SCHEMERING

PHILIPPE CLAUDEL BIJ DE BEZIGE BIJ

Grijze zielen
Zonder mij
Het kleine meisje van meneer Linh
Rivier van vergetelheid
De wereld zonder kinderen
Het verslag van Brodeck
Kleine fabriek van droom en werkelijkheid
Tot ziens, meneer Friant
Alles waar ik spijt van heb
Het Onderzoek
Geuren
Kleine mechanieken
De boom in het land van de Toraja
Archipel van de hond
Onmenselijk
Een Duitse fantasie

Philippe Claudel

Schemering

Vertaald door Manik Sarkar

2024
DE BEZIGE BIJ
AMSTERDAM

Gepubliceerd met steun van het Institut français des Pays-Bas

Eerste druk september 2023
Tweede druk oktober 2023
Derde druk oktober 2023
Vierde druk december 2023
Vijfde druk december 2023
Zesde druk februari 2024
Oorspronkelijke titel *Crépuscule*
Oorspronkelijke uitgever Éditions Stock, Parijs
Omslagontwerp bij Barbara
Omslagillustratie Natalia Goncharova/Scala Archives
Foto auteur Jean-Luc Bertini
Vormgeving binnenwerk CeevanWee, Amsterdam
Druk CPI Books GmbH, Leck
ISBN 978 94 031 2878 8
NUR 302

debezigebij.nl

MIX
Papier | Ondersteunt verantwoord bosbeheer
FSC® C083411

Bij de productie van dit boek is gebruikgemaakt van papier dat het keurmerk van de Forest Stewardship Council® (FSC®) mag dragen. Bij dit papier is het zeker dat de productie niet tot bosvernietiging heeft geleid.

Voor Dominique, mijn hoofdzaak
die op een onduidelijke manier
tot dit boek heeft geleid

Als je het goud en vernis wegkrabt
Vind je uiteindelijk duisternis

Leo Perutz
De geboorte van de Antichrist, 1921

I

De Plaatsvervanger, die luisterde naar de oeroude naam Baraj, wist zich geen raad met zijn gestalte, en in het bijzonder met zijn grote hoofd met kort krullend haar. Zwijgend wierp hij met zijn gele ogen ongemakkelijke blikken op zijn meerdere, de Politieman, die bij het lijk was neergeknield. Om hen heen heerste de winternacht, scherp van de kou en met inkt gekleurd.

Baraj was een man op de helft van het bestaan, dat hij aflegde als een slecht begaanbaar pad. Dat bleek uit zijn chronische verlegenheid en zijn angst voor woorden, die zo groot was dat hij soms urenlang met zijn tanden, zwart van de tabak die hij 's avonds bij het stervende haardvuur pruimde, op de stilte kauwde terwijl hij Mijn Schoonheden aaide, de twee grote honden die zijn hart en zijn geest vulden.

Hij wist nooit wat hij met zijn handen aan moest, die dik, groot, eczemateus en opgezet waren. Met zijn onbeholpenheid, verlegenheid en zijn enorme massa deed hij denken aan een os of een trekpaard. Het enige wat ontbrak was een staak waar hij zijn hele leven aan vast zou zitten tot de slachthamer zijn leven zou beëindigen.

Toch was hij niet zo dom als je op het eerste gezicht zou denken. Zijn kennis van het stadje, de streek en de bewoners was opmerkelijk. Hij kon de stamboom opnoemen van de families in alle omliggende gehuchten, tot aan de Grens aan toe. Ook had hij een uitstekend geheugen voor gezichten en stemmen, evenals voor geografie, kadastrale gegevens, namen van steen- en boomsoorten, geneeskrachtige kruiden, watervogels en andere dieren. Zijn toewijding aan de Politieman was onwrikbaar, want voor hem was hiërarchie iets onveranderlijks.

De Politieman heette Nourio. Hij was van gemiddelde lengte, een en al bot, met een olijfkleurig gezicht. Hij droeg het uniform van een of ander leger, dat door slijtage en het verstrijken van de jaren op een jachtpak was gaan lijken.

In wat ooit een weitas moet zijn geweest die hij schuin over de borst droeg, bewaarde hij papieren, notitieboekjes en potloden. Een kleine, gedeukte koperen jachthoorn stak uit de rechterzak van zijn broek van groene stof.

Toen de mensen hem voor het eerst hadden gezien, vonden ze die verbijsterende uitdossing meer bij een rondreizend circus passen, maar met het verstrijken van de jaren stonden ze er niet meer bij stil. Uiteindelijk kun je overal aan wennen en de wereld draait door.

De roestbruine huid van zijn gezicht wekte de indruk dat hij aan een chronische leverkwaal leed, en de dunne, roetzwarte snor die een streep boven zijn bovenlip vormde, benadrukte de onrust en het ongenoegen dat hij uitstraalde. Hij was iets jonger dan de Plaatsvervanger en in veel opzichten intelligenter, wat in de mensenwereld niet altijd een goede eigenschap is.

Nourio, die het lichaam van het slachtoffer aandachtig bestudeerde zonder acht te slaan op de vrieskou en de duisternis, had de rang van Kapitein. Dat stond tenminste op de papieren die hij vijf jaar geleden aan iedereen die wilde had getoond. Zodra hij zijn mond opendeed merkte je dat hij niet van hier kwam, want bepaalde woorden die hij gebruikte en de melodie waarmee hij ze liet rollen, waren duidelijk niet van hier. Hij sprak onze taal vrij goed, maar het was overduidelijk niet de zijne.

Toen het Keizerlijk Bestuur hem deze standplaats net had toegewezen, werd hij bekeken en beluisterd als een curiosum. Vaak vroeg men hem zijn woorden te herhalen, om er zeker van te zijn dat men hem goed had begrepen. Niet om hem te kwellen of de spot met hem te drijven: hij was gewoon moeilijk te verstaan. Maar de tijd vormde de oren en liet de ogen wennen, en legde hem tegelijk de plaatselijke intonaties in zijn mond. Hij werd gerespecteerd omdat hij zijn standplaats en functie wist te behouden, al was men niet dol op hem, want echt dol ben je nooit op iets wat anders is en van elders komt.

Door zijn donkere kleur zou je kunnen denken dat hij van Turkse afkomst was; sommigen beweerden dat hij in Triëst was geboren, anderen in Salonika, en weer anderen dat hij uit de Innvallei in de provincie Tirol kwam. Eigenlijk had men geen idee. Zoals men ook niet wist of hij moslim of christen was, want niemand had hem ooit naar de kerk of de moskee zien gaan.

Baraj, de Plaatsvervanger, kwam wel uit deze streek. Je hoeft hier maar een muurtje om te duwen en er komen tientallen Barajs tevoorschijn, dat is altijd zo geweest, het lijkt haast alsof er in dit gebied alleen Barajs wonen. Om de leden van het geslacht uit elkaar te houden, krijgen ze toponiemen toebedeeld of noemt men de naam van hun vader of moeder erbij: Baraj van het Plateau, Baraj van de Poel, Baraj van Ludi, Baraj uit de Sevia, Baraj van het Moeras, Baraj uit het Powowoud.

Aangezien plaatsnamen gevormd worden door persoonsnamen, spreken buitenlanders op doorreis vaak over Barajland, en ook wel over Winterland, aangezien er hier aan dat seizoen geen einde komt. In bepaalde politieke kringen in de hoofdstad van het Rijk is het niet ongewoon om deze regio de Verloren Provincie te noemen, en in haar dubbelzinnigheid duidt die frase zowel op onze ligging aan de rand van het Rijk als op het lot dat deze gronden beschoren lijkt te zijn.

De Plaatsvervanger was verwant aan de Barajs van Krajna, maar slechts in de derde graad. Die half-beesten, half-mensen hadden hem in de Grote Winter van 1872, na de dood van zijn ouders en drie boers en zussen, opgenomen en in de schuur grootgebracht met stokslagen en bietensoep.

Hij had nooit geklaagd over het sobere bestaan zonder tederheid en aandacht waartoe hij was veroordeeld. Niemand had hem ooit zien huilen. De oorvijgen van de Schoolmeester, die zijn domme uiterlijk en zijn onverstoorbaarheid niet kon uitstaan, waren als liefkozingen voor hem geweest, en het klaslokaal als een paleis.

Hij was geen goede leerling, maar toch leerde hij lezen, schrijven, tellen en landkaarten ontcijferen. Dat laatste werd overigens zijn passie. Zonder het ooit moe te worden volgde hij met zijn dikke vingers urenlang de beige of blauwe stroken die heuvels en rivieren verbeeldden, de donkere, groene vormen van de bossen, de grijze stippellijnen van de oude paden en het kronkelende maaswerk van hoogtelijnen.

Baraj had nooit een vrouw genomen en hij woonde alleen met twee roodbruine honden met gouden spikkels in de ogen, sterke bastaarden van nobele allure die zowel iets van staanders als van Beierse bergzweethonden hadden, en die al even zwijgzaam waren als hij. De twee honden waren zo onafscheidelijk dat Baraj ze geen eigen namen had gegeven, maar ze altijd met 'Mijn Schoonheden' aanduidde.

Als hij het woord richtte tot de Politieman zei hij meestal Meester in plaats van Kapitein, en het was komisch om die grote herkauwer dat nerveuze, slechtgehumeurde mannetje Meester te horen noemen. Maar Nourio mocht er dan uitzien als een gekrenkt knaagdier, hij had overwicht op iedereen tot wie hij het woord richtte, en dikwijls bogen degenen die ondervraagd werden of op straat werden begroet het hoofd ten teken van schaamte en onderwerping.

Nourio had een vrouw en vier piepjonge kinderen, vuile, kwijlende, roze wezentjes die in leeftijd nauwelijks een jaar van elkaar verschilden. Zijn vrouw was blond, met een zacht gezicht, en ze leek weggelopen uit een schilderij in een kerk of een museum in een ver land; ze had grote, peervormige, blauw dooraderde borsten die altijd bol stonden van de melk, en lichte, grijze ogen met de kleur van as en water.

Niemand wist haar voornaam. Ze leek permanent uitgeput en kwam nauwelijks buiten. Ten tijde van het misdrijf wist men alleen dat er een vijfde kind in haar buik zat en dat de bevalling aanstaande was. Nog een paar weken waarschijnlijk. Niet meer.

De dode heette Pernieg. Jan Igor Seïd Pernieg. Zesenzestig jaar geleden geboren. Zijn geboortehuis en sterfplek lagen krap veertig passen van elkaar.

Op het moment dat dit verhaal begint, lag zijn lijk zijn warmte te verliezen en begon het langzaam maar zeker te verstijven. Zijn lippen werden geel en zijn ogen troebel; de huid van zijn handen kreeg het aanzien van ruw karton.

Nu wist hij eindelijk of hij er goed aan had gedaan om zijn leven aan God te wijden of dat hij zijn dagen aan onzin had verspild. Of misschien wist hij niets meer, niet eens dat hij er niet meer was, en was hij niets anders meer dan een mager lichaam in de sneeuw, gehuld in een opgelapte soutane, in een steegje in een stadje waarvan het grootste deel van de mensheid niet wist dat het bestond.

Terwijl de Politieman het lijk uitvoerig bestudeerde, dacht hij aan de dood en de hypothetische eeuwigheid die daarop volgt, ook al was alle geloof hem vreemd – hoewel hij ervoor waakte om daar ooit voor uit te komen. Nourio beschouwde het leven als een stompzinnig spel met veranderlijke, nooit vastgelegde regels met een neutrale uitkomst: geen winst en geen verlies. Het was tijdverdrijf, een nulsomspel, en het was niet makkelijk om er een betekenis aan te geven.

Op de achterkant van de schedel van het slachtoffer, onder het haar, dat op die plek dun en vettig was, zat een grote wond. De steen die het bot had verbrijzeld lag naast het lichaam, zo groot als een vuist, aan één kant scherp, haast prehistorisch, bedekt met bruin gestold bloed en brokjes van een lichter gekleurde substantie die hersenweefsel kon zijn, want de klap had het bot gespleten.

Het lichaam van de Pastoor was door twee kinderen gevonden, in de steeg achter de kerk, niet ver van de dienstdeur die toegang gaf tot de sacristie en via een binnengang ook tot het priesterkoor. Omdat het al donker werd, hadden ze het lijk pas op het laatste moment gezien; ze waren er haast over gestruikeld. Het waren een meisje en haar broertje, Lémia en Douri Pakmur. Ze waren melk van de laatste melkbeurt gaan halen op de boerderij van de famillie Bazki, terwijl hun vader, een notoire dronkaard, in de Herberg zat te drinken of ergens in een goot lag.

De melk was vlak bij het lichaam op de grond beland. De dunne sneeuwlaag had hem opgedronken: wit op wit. En toen de Politieman en de Plaatsvervanger ter plekke kwamen, op de hoogte gebracht door de kleine jongen die op de deur van de Politiepost was komen bonken, begon het wit dat uit de lucht viel, de sneeuw die uit de duisternis druppelde het tafereel al te bestuiven, zodat het macabere aspect ervan verdoezeld werd; het kreeg bijna iets onwerkelijks, vooral omdat er een volmaakte stilte hing, want alle aanwezigen – de Politieman, de Plaatsvervanger, de kinderen en het bevroren riviertje – zwegen.

Nourio had de kinderen opdracht gegeven om te blijven zodat hij hun getuigenverklaring kon optekenen, bang als hij was dat die vervormd zou worden door het geheugen of gesprekken met volwassenen. Ze stonden op een afstandje te wachten, aan de rand van de pikdonkere nacht die desondanks glinsterde in de prille winter. Ze leken zich in evenwicht te houden op een wonderbaarlijke grens. Uit hun mond kwamen wolkjes damp. De jongen, die een jaar of zeven moest zijn, stond te rillen in de zwarte cape die tot aan zijn voeten reikte. Hij drukte zich tegen zijn zus aan, die een korte mantel van geitenhuid droeg die iets te groot voor haar was en die een moederlijke arm om zijn schouder had gelegd. Ze leken weggelopen uit een verontrustend sprookje waarin dieren de rol van mensen spelen en met knekels dobbelen om hun leven, gadegeslagen door de kinderen die zo snel mogelijk hoge, donkere bossen doorkruisen.

De Politieman had zijn stormlamp tegen het lijk gezet, vlak bij het hoofd; de schaduw van het profiel van de Pastoor, wiens ogen en mond wijd openstonden alsof hij nog iets wilde uitschreeuwen of een laatste woord wilde spreken, wierp een trillend silhouet met gekartelde randen op de grond, dat aan de landkaart van een onbekend continent deed denken.

In de laatste decennia waren er in het stadje weinig misdrijven begaan. Sinds Nourio hier gestationeerd was nog maar drie. In alle drie de zaken was het motief glashelder geweest en had hij de Moordenaar gemakkelijk gevonden: twee dronken boeren, broers, die in de herberg van Bjerk ruzie hadden gekregen over een kalf dat door verwaarlozing was omgekomen, waarvoor ze geen van beiden schuld wilden dragen. De ruzie was uit de hand gelopen en uiteindelijk had de een de ander op weg naar huis, wankelend en drankovergoten, tien messteken toegediend. Dan de vrouw die haar man met rattengif had omgebracht omdat hij haar dagelijks mishandelde. En ten slotte een moord die voor een ongeluk had moeten doorgaan, waarbij iemand onder de hoeven van een kudde was geduwd. Die keer was het motief een geschil over een erfgrens van vier generaties oud.

Nourio had niet veel werk aan die onderzoeken gehad. Hij had ze wel plezierig gevonden, omdat ze een afleiding waren van de monotonie van het alledaagse, en al met al was hij teleurgesteld geweest dat hij ze zo gauw had opgelost. Hij had er spijt van, want hij had ze ook kunnen rekken, van het wachten kunnen genieten, een diep genoegen kunnen voelen als hij degene van wie hij wist dat het de Moordenaar was op straat zou tegenkomen en dan niets laten merken, een praatje maken over de oogst of over kometen, en dan observeren, als een kat die met zijn klauwen uit voor een van angst ineengeschrompelde muis staat.

Maar helaas, in al die zaken was hij net zo onstuimig geweest als hij bij het bedrijven van de liefde was: hij was tekeergegaan als een veulen dat dronken is van het verse hooi. En geconfronteerd met de feiten en bewijzen die hij de verdachten had voorgelegd, hadden ze allemaal direct schuld bekend, zonder uitvluchten te bedenken. Na een paar dagen in de enige cel van de Politiepost, onder de stilzwijgende en gegeneerde waakzaamheid van de Plaatsvervanger, had Nourio ze naar T. gebracht, waar ze in slechts een paar uur tijd waren berecht en veroordeeld en drie uur later als saucijzen op het plein met de galerij waren opgehangen.

Na het bijwonen van die terechtstellingen had de Politieman een merkwaardige droefenis gevoeld: hij wist dat er een bijzondere periode voorbij was die zijn leven smaak had gegeven. Op de terugweg had hij bedacht dat hij weldra weer in het sombere stadje zou zijn waar de dagen eenvormig waren en even weinig mysterie bevatten als er ijs glinsterde in de woestijn. Versuft door de monotone tred van zijn oude knol had hij zichzelf erop betrapt dat hij op een nieuwe misdaad hoopte, terwijl hij dacht aan de verbijsterde blik en openhangende mond van de levenden die met het touw om de nek kronkelden, zich van hun lichaamsstoffen ontdeden en naar de dood gleden. Hij had bedacht dat die dood geen pijn leek te veroorzaken, eerder stomme verbazing. Ergens benijdde hij ze een beetje.

Nu was er een nieuwe misdaad, en niet zomaar een. De Pastoor was vermoord! Het zou zijn dagelijks leven op de kop zetten, dat leed geen twijfel.

Gewoonlijk struinde hij dagelijks de straten af, meestal met de Plaatsvervanger een meter of twee achter zich aan. Ze namen nooit dezelfde route, maar dat was niet genoeg om de verveling te verdrijven, al waren er drie dagen die aangenaam van de rest verschilden: woensdag was het marktdag, op vrijdagavond vond in de moskee het grote gebed plaats en op zondag werd de hoogmis gevierd in de kerk, waarvan de gele zandstenen muren dik waren van ouderdom, terwijl de moskee, bekroond met een geverniste koperen koepel die het zonlicht koel weerkaatste, meer leek op een delicaat poppenhuis van fijn gezaagd beukenhout.

Op die drie dagen werd de stad om verschillende redenen groter, zodat de Politieman en de Plaatsvervanger meer te doen hadden. Via de hoofdpoort die een onderbreking vormde in de oude, half afgebrokkelde stadsmuren waarop de geiten in het voorjaar en de zomer van het onkruid en de doornstruiken vraten, was het een komen en gaan van kooplieden, venters, boeren en gelovigen, onder wie zich ook dieven bevonden: oplichters die zich voordeden als genezers, advocaten, profeten, waarzeggers, en misschien – hier was de Politieman voor gewaarschuwd toen hij deze standplaats had gekregen, al had hij er tot nu toe nooit een op heterdaad betrapt – spionnen, in alledaagse, armoedig aandoende vermommingen, die de Grens overstaken om het leven in het stadje van dichtbij te observeren.

Nourio had zich altijd afgevraagd wat voor geheimen een spion hier zou kunnen ontsluieren, hier waar nooit iets belangrijks gebeurde, waar mannen en vrouwen hun rol van man en vrouw vervulden, hun werk deden, 's nachts gingen slapen, kinderen kregen, af en toe dronken werden, lachten, huilden en eenzaam stierven, net als op duizend andere plaatsen op aarde.

Baraj hechtte meer geloof dan hij aan dat spionnenverhaal dat het Keizerlijk Gezag had opgedist. Op een dag, toen

Nourio naar T. was vertrokken om orders op te halen, had Baraj een eenogige, schurftige oude man, met een gezicht misvormd door een slecht geheelde hazenlip, vier dagen en nachten lang vastgezet; het bleek een zwervende monnik van de Theobaldusorde te zijn, die gebeden neuriënd door het land trok en de namen van zoveel mogelijk mensen op een lange, vuile rol papier schreef om zo hun zielen te redden. De Plaatsvervanger had de rol in beslag genomen, en toen de Politieman terugkwam had hij er triomfantelijk mee gezwaaid alsof het een bewijsstuk was.

De rol en de monnik stonden buiten de tijd. Van beide ging de zure geur van ongewassen lichaam uit, want de oude man bewaarde het bijna onleesbare document opgerold op zijn blote huid. Een detail dat hem in de ogen van de Plaatsvervanger overigens nog verdachter maakte.

Nourio liet de monnik gaan, die de namen van beide mannen ondanks het gebeurde op het perkament bijschreef om hen van toegang tot het Paradijs te verzekeren. Dat maakte Baraj nog meer van streek. Ze gaven de zwervende heilige zijn staf en zijn buidel terug en toen liep de oude man weer verder terwijl hij litanieën mompelde. Hij was blootsvoets en de eeltlaag onder zijn voeten was zo dik dat die een gebarsten bruine zool onder zijn hielen vormde.

De volgende dag schaamde Baraj zich zo dat hij geen woord tegen zijn meerdere durfde te zeggen. Hij boende de hele Politiepost, schrobde de zwarte stenen vloertegels, wreef het schaarse meubilair en het pleisterwerk met was op, lapte de ramen, vulde de olie in de lampen bij, nam de cel zelfs met een borstel onder handen en legde er vers stro neer om zijn fout te herstellen; en ondertussen werkte de Politieman buitengewoon geconcentreerd aan een rapport. Een rapport over wat er was voorgevallen, vermoedde de Plaatsvervanger ongerust. Een rapport dat hem ongetwijfeld op een berisping van hogerhand zou komen te staan, of zelfs op een overplaatsing naar een bergdorpje in het hart van het land, duizenden kilometers van zijn geboortestreek, in het hart van de Woestijn waar, naar men zegt, de zon zo fel is dat je een ei kunt koken door het op een muurtje te leggen.

Maar toen de Politieman wegging om de begrafenis van een overledene bij te wonen, waagde de Plaatsvervanger het om een blik te werpen op het document waaraan zijn leidinggevende een uur lang had gewerkt: het was gewoon een overzicht van de taken die hem de komende maanden te wachten stonden.

2

Het was al na middernacht toen Nourio de lakens opensloeg en zich geluidloos in bed liet glijden. Langzaam bewoog hij in de richting van de lichaamswarmte van zijn vrouw, die op haar zij lag, met haar kalme rug naar hem toe gedraaid. Hij hoorde haar ademhaling, vermengd met de snellere van de twee jongste kinderen, die de slaapkamer deelden. Ze lagen in kleine houten bedden, gesneden uit de stam van een grote berk.

De handen en voeten van de Politieman waren ijskoud. De Plaatsvervanger en hij waren bijna vier uur op de plaats delict gebleven, tot lang nadat ze het lichaam van de Pastoor naar de pastorie hadden gebracht, waar het dienstmeisje zich bij het zien van het lijk op haar knieën had laten vallen en haar handen kreunend naar de Hemel had uitgestoken, ongetwijfeld in de hoop dat de Hemel in staat was de hersenen van de Pastoor terug in zijn schedel te proppen, het verbrijzelde bot te dichten en het uitgedoofde hart weer aan te zwengelen.

De mannen hadden het lichaam van Pernieg op tafel gelegd in de grote kamer waar zich ook een bidstoel bevond, een geguillocheerd crucifix, een ingelijste afbeelding van een pietà-scène en twee hoge stoelen met zittingen en rugleuningen van satijn dat ooit paarsviolet was geweest, maar alle glans had verloren. Ze wisten niet precies wat ze moesten zeggen, daarom hadden ze afscheid genomen en waren ze weer naar buiten gegaan, naar de kou en de duisternis.

Terug op de plaats delict hadden ze zonder overtuigend resultaat naar aanwijzingen gezocht. De sneeuw viel nu dik en zwaar. Ze hadden schetsen van de positie van het lichaam gemaakt in het gekartonneerde notitieboekje dat Nourio altijd in zijn weitas had zitten. Je kon de vorm van het lichaam nog perfect ontwaren, want waar het had gelegen smolten de vlokken zo snel alsof het vervlogen leven van de Pastoor de grond blijvend lauw had gemaakt.

De Plaatsvervanger en de Politieman maakten hun schetsen zonder die van elkaar te bekijken, zodat een vergelijking tussen die twee de waarheid ten goede zou komen. Ze brachten het lijk zorgvuldig in beeld en maten en noteerden de afstanden die het scheidde van de steeg, de beek, en de muren van de belendende gebouwen.

Toen ze de schetsen af hadden, keerden ze terug naar de Politiepost. Baraj vulde de haard met jenevertakken en twee blokken van het eikenhout dat hij in zijn ledige momenten spleet. Hij had al zoveel gehakt dat de stapels alle buitenmuren van de Politiepost bedekten, en als je om het gebouw heen liep waren de enige onderbrekingen de ingang aan de voorkant en aan de achterkant de grote staldeur, waarachter twee reumatische knollen hun leven uitzaten en hooi vermaalden. Het verzamelde hout gaf het toch al niet zo hoge gebouw het aanzien van een onneembare vesting. Het enige wat ontbrak om die illusie compleet te maken waren kanonnen die naar buiten staken door de smalle ramen, vanwaaruit je aan de ene kant de dikke metalen ruggen van de daken van het stadje zag, en aan de andere kant de onmetelijke, lege horizon.

In de haard wierp het vuur al snel een gele woekering op de gezichten, maar noch het vuur, noch de hete thee uit de samowaar kon de mannen opwarmen en de kou uit hun lichaam verdrijven. Misschien hadden ze op die lange avond te veel tijd met de dood doorgebracht. Ze wisselden een paar lege, korte woorden, daarna niets meer. Ze dronken hun kopjes leeg en toen gaf Nourio het vertreksein. De Plaatsvervanger ging er snel vandoor. Hij miste Mijn Schoonheden, zijn pruimtabak en zijn huis.

De Politieman kon de slaap niet vatten. In zijn bed, dat verwarmd werd door zijn vrouw, dacht hij na over het misdrijf, maar hij voelde ook een prikkeling. Het was midden in de nacht, maar het was vooral het begin van een avontuur waarin hij geblinddoekt en tastend rondwaarde.

Raadsels kruiden het leven, en Nourio was dol op kruiden. Het misdrijf wond hem op, hij voelde het bloed door zijn lichaam stromen en op duizend plaatsen branden, hij snoof aan het losse haar van zijn vrouw, proefde van de blondheid. Het was een verontrustende geur van leven, slaap en zweet.

De Politieman was niet gevoelig van aard, maar soms miste hij in dit land, waar geen einde aan de winter leek te komen, de landschappen uit de streek waar hij was geboren en opgegroeid, die afhankelijk van het seizoen groen, roze, geel of wit waren; en ook miste hij de talloze geuren, want alles had daar een geur, terwijl hier, in het grote land van de kou, de steriele, minerale, naakte adem van de landwind de geuren vaker wel dan niet overspoelde en in zijn kille leegte opslokte.

Hij legde zijn rechterhand op de ronde buik. Het kind, dat nog een paar weken in het vlees gevangen zou zitten, verroerde zich niet. De strakke huid was warm. De bolling van de gevulde buik vulde de dubbele bolling van de borsten aan, die door de zwangerschap zwaarder waren geworden en waarvan de tepels op de paarse bessen van een onbekende struik leken.

Tussen zijn dijen voelde de Politieman zijn lid hard worden. Hij drukte het tegen de onderrug van zijn vrouw en liet het daar liggen, vlees tegen vlees, want allebei sliepen ze naakt onder een berg dekens. Hij had zin om in haar te komen.

Ook overdag maakte dit verlangen zich maar al te vaak van hem meester, in ieder jaargetijde, en dan vervulde het zijn gedachten zozeer dat hij zich nauwelijks op zijn werk kon concentreren. Dan verliet hij de Politiepost en haastte zich naar huis, waar zijn vrouw de waanzin direct in zijn ogen las. Ze zuchtte; hij nam haar waar ze stond, zonder omhaal en zonder iets te vragen. Als een uitgehongerd varken drong hij in haar binnen, hijgend en grommend, en zij liet hem begaan, zwijgend, onderdanig en vreugdeloos, ging verder met het snijden van de soepgroenten als ze daar mee bezig was. Wanneer hij was klaargekomen, hees hij beschaamd zijn broek op en verliet het huis zo snel hij kon, zonder een woord. Ze sloeg haar rokken omlaag, wiste het zweet van haar voorhoofd, pakte de aardappel waar ze mee bezig was en schilde door.

Na een paar maanden kwam er dan een kersverse baby als kwijlend, verfrommeld gevolg van de kortstondige koorts. De Politieman keek spijtig neer op het roze lichaam in de wieg. Nog een mond om ruim vijftien jaar te voeden was een hoge prijs voor zo'n kortstondig genot. Iedere keer was hij weer boos op zichzelf, maar hij kon zich niet beheersen.

Soms dacht hij dat hij het liefst zijn ballen zou afhakken, zoals ze dat bij jonge stieren deden.

Opeens doemde het gezicht van de dode Pastoor achter zijn oogleden op. De Politieman was verbaasd dat hij na een nacht als deze nog wellustige gedachten had. Er was iemand vermoord, en dan ook nog heel bruut – bruut en primitief, want de eerste mensen moesten hun soortgenoten op dezelfde manier hebben omgebracht, met een klap van een steen; vanwege een stuk vlees, een vuursteen, een wijfje of een plaats dicht bij het vuur, dat destijds een wonder was – maar het enige waar hij aan kon denken was zijn vrouw berijden en klaarkomen.

Een van de kinderen begon te schreeuwen. De Politieman wist niet welk van de twee een nachtmerrie had, de jongste of de andere. De dochter of de zoon. Toen niets meer. Opnieuw de slaap, stilte in de slaapkamer, geruststellend en honingzoet, een groot contrast met het allesoverheersende, ijskoude gefluit van buiten, waarop de Politieman tijdens zijn vleeshonger geen acht had geslagen.

En nu hij het weer hoorde, herkende hij in het geruis en gewoel dat aan de luiken en de muren krabde, de snoet van een storm die uit het hart van het land kwam. Die zich een weg had gebaand door de bergen en daar door de kou, de wind en de sneeuw was aangezwollen, op de lange weg over de kale vlakte vaart had gekregen en nu over het doodlopende plateau wervelde, tegen de omringende lage bergkammen botste aan de voet waarvan het stadje lang geleden was gebouwd. De storm leek op een wild dier dat in de val zat, dat rondjes liep langs de ijzeren tralies en op zijn eigen staart joeg.

Alles zou spierwit worden, bedacht de Politieman. Dit

was het echte begin van de eindeloze winter, die hier als een sterfgeval is dat zich dagelijks herhaalt. Die gedachte bracht hem terug naar de smeltende vlokken op het verbijsterde gezicht van de vermoorde Pastoor.

Want de Pastoor was vermoord.

Ja, de Pastoor was vermoord, herhaalde hij omdat hij het nog niet echt kon geloven, en hij voelde iets te veel vreugde over de moordzaak die hem hopelijk lang zou bezighouden.

Hij lag te woelen. Bij het lijk was die zin steeds opnieuw door zijn hoofd gegaan.

De Pastoor is vermoord.

En Nourio had niet aan zijn Plaatsvervanger willen laten merken hoe ongewoon dit misdrijf was, hoe ver het af stond van de andere misdrijven waarmee ze in het verleden waren geconfronteerd. De Politieman wilde niets aan zijn ondergeschikte laten merken, want hij was van mening dat het nooit goed is als de lagere rangen iets merken van de onrust en kwetsbaarheid van hun meerderen.

De Politieman kende Pernieg omdat hij hem vaak tegenkwam. In zo'n klein stadje was de Pastoor een bekend persoon, net als de Imam, de Notaris, de Burgemeester, de Archivaris, de Ontvanger, de Schoolmeesters, de Dokter en de Rapporteur van het Gezag. Zijn opzettelijke dood zou zonder twijfel een belangrijke gebeurtenis blijken, met grote consequenties voor het stadje, de bevolking, misschien voor het district, én voor zijn carrière. Die consequenties zouden positief zijn als hij zich van een scherpzinnige kant liet zien, maar funest als hij de pech had dat hij het raadsel niet kon oplossen en hij er niet in zou slagen de rust in de gemeenschap te laten weerkeren.

Voorlopig wisten alleen die kinderen, de dienstmeid, de

Plaatsvervanger en hijzelf ervan. En de Moordenaar zelf natuurlijk. Alle andere bewoners lagen diep te slapen terwijl de wind en de sneeuw hun muren teisterden. Zou degene die de steen had uitgezocht en de schedel van de Pastoor had verbrijzeld op dit moment rillen van berouw, of was het een dronkaard die allang door de donkere wijn was geveld en een zware roes uitsliep?

Zijn vrouw draaide zich volkomen ontspannen naar hem toe. Haar grote buik, waarin twee harten waakten, raakte zijn zij en haar dijen gingen een eindje uit elkaar. Onder de stapel dekens bracht die beweging een warme luchtstroom teweeg die aan de buik van de Politieman likte, zijn uitgedoofde geslacht streelde en daarna opsteeg naar zijn neusvleugels.

Direct begon de begeerte zijn bloed weer te kwellen. Hij legde een hand op de linkerdij van zijn vrouw, volgde de lijn van haar huid, waarvan hij wist dat die in het daglicht zo wit was als brood van puur tarwemeel, en bereikte haar dichte begroeiing.

Hij verloor zijn vingers in de zoete wonde zonder dat zijn slapende vrouw er wakker van werd; toen trok hij ze terug en bracht ze naar zijn neus en mond. Nourio likte, hij proefde de zilte bron van zijn vrouw en abrupt spoot het melkachtige zaad in vier smartelijke stralen uit zijn lid. Zijn lichaam kromp samen. Hij bleef nog een tijdlang onbeweeglijk liggen, toen plonsde hij in de slaap, als een ellendig steentje dat in een grote put wordt geworpen.

3

Het was nog geen zeven uur, maar de Plaatsvervanger had al een pad gemaakt in de sneeuw van de Politiepost. Nourio liep stomverbaasd om het gebouw heen. Hoe laat was die vent dan opgestaan? Had hij überhaupt wel geslapen vannacht?

De sneeuw, die een laag vormde ter hoogte van een kind, was over de gehele lengte in tweeën gedeeld door een perfecte sleuf waarvan de wanden uitgezaagd leken. Al die sneeuw, al dat gewicht was in een enkele nacht gevallen.

Het land was veranderd. Verstikt. De daken waren barokke meringues die oplichtten in de duisternis. In de richting van de opkomende zon was nog geen schijnsel zichtbaar. Niets dan duisternis, waarin de sneeuwvlokken dansten als vuurvliegjes die door de wind worden meegevoerd.

Aan de hemel te zien zou het nog urenlang blijven sneeuwen. Het zou met schepels tegelijk uit de lucht vallen, daar was geen twijfel over mogelijk. Een ruiter die een tocht maakte zou de neusvleugels van zijn rijdier niet eens kunnen zien. En dat zou dagen- en maandenlang zo blijven. De Politieman zuchtte. Hij trapte met zijn laarzen tegen de muur naast de deur en ging naar binnen.

Baraj, die iets onduidelijks aan het doen was, sprong op en ging in de houding staan. Dat was een tekortkoming van hem, die militaire houdingen, het was iets belachelijks en mechanisch waar Nourio allang geen aandacht meer aan besteedde. Baraj had zo snel bewogen dat de vlammetjes in de lampen trilden en haast uitdoofden. Ze groetten elkaar.

De Plaatsvervanger haastte zich naar de samowaar en schonk zijn meerdere een kop thee in die naar leer smaakte. Daarna wachtte hij, nog steeds staand, tot de ander iets zou zeggen.

Maar dat gebeurde niet, want al heel snel verscheen de dode Pastoor weer tussen de beide mannen, met zijn driekwart kale, verbrijzelde schedel, als een lastpak waar je niet van afkomt. Rustig pakte hij er een stoel bij. Zijn rozenkrans tikte tegen de oude soutane en hij glimlachte dunnetjes, wat hij altijd deed, zo vaak dat het haast leek of het geen glimlach was maar een soort vriendelijk uitziende spiertrekking als gevolg van een onderhuidse zenuwknoop. Zijn handen, kleurloos geworden door de dood, lagen plat op zijn knieën. Hij leek buiten het bereik van alle drukte te zijn. Hij had de tijd. Alle tijd om zich als een wroeging te nestelen, als een worm in de geesten van de levenden, van de Politieman en zijn Plaatsvervanger te boren. Dat pleziertje ging hij zichzelf niet onthouden. Wie zou hem dat kwalijk nemen? De doden zullen zich enorm vervelen.

In het gezelschap van dit kersverse spook dat bijdehand aan hun baardharen trok, dronken de Politieman en zijn Plaatsvervanger zwarte thee en wachtten ze woordeloos tot het licht werd, terwijl in de haard van tijd tot tijd een opspringend kooltje ontplofte.

De dode Pastoor woog zwaar op hen. De wereld ligt bezaaid met grote zakken stenen, en hoe langer het leven duurt, hoe meer het weg krijgt vaneen overvolle wagen die kraakt onder het gewicht van te veel lichamen en te veel verloren zielen.

Als kolengruis dat lichter wordt wanneer je het tussen je handpalmen fijnwrijft in een fluim, begon het daglicht de grote zwarte hemel eindelijk grijs te kleuren. Nourio mijmerde over het mirakel van het licht, toen over goud, toen over nieuwigheid, lente, levenswater, veldbloemen, en ten slotte over meisjes, mooi, roze, breekbaar als fijngeweven linnen draden; meisjes die niets van de dood weten, die buiken hebben met de kleur van frambozen en tepels als bessen. Meisjes naar wie hij graag mocht kijken, verscholen in het riet, als ze in de rivier de lakens wasten en over eerdere liefdes zongen, terwijl de stroming hun drijfnatte jurken tegen hun dijen plakte.

De Politieman verjoeg de meisjeslichamen uit zijn gedachten en knipperde met zijn ogen. Baraj pookte verwoed in de haard om het lawaaiige hout tot zwijgen te brengen. Het licht uit het oosten dat door het smalle raam naar binnen stroomde, verspreidde zich over de muur, en toen Nourio dat zag, dacht hij aan de koe die hij twee dagen eerder in een stal had gezien waar ze de vieze, natte huid schoonlikte van het met slijm en verbijstering overdekte kalf dat net uit haar was gekomen en dat nog niet wist wat het moest doen, dat nog niet op haar slappe blauwe poten kon staan. Vanaf welke leeftijd ben je geen onzeker, naïef kalf meer, vroeg Nourio zich af.

Eindelijk brak de ochtend aan.

De Politieman gebaarde de Plaatsvervanger te gaan zitten. Ze namen plaats aan weerszijden van een groot bureau dat leek op de tafels die als drager dienden voor de jachttableaus die naar men zei schaamteloos werden opgesteld in de hal van het jachthuis van Markgraaf Ozlë – dat eigenlijk een reusachtig, helemaal uit hout opgetrokken kasteel was – in de hoge bossen van het Korijagebergte.

Nourio kende het slot – een donkere, fantastische verschijning achter een massa naaldbomen – alleen uit verhalen en van een afstandje, want hij was er nooit uitgenodigd, iets waarover hij zich permanent verbitterd voelde, zo belangrijk was het voor hem om erkenning te krijgen en gezien te worden door diegenen die door hun rang of hun geboorte hoger waren dan hij.

De mannen vergeleken de tekeningen die ze in het notitieboekje hadden gemaakt: er waren weinig verschillen, alleen de hoek van de rechterelleboog verschilde, die lag op de tekening van de Plaatsvervanger een tiental graden verder van het lichaam af, maar dat deed er niet toe. Ze beschikten over een slachtoffer, een identiteit, een lighouding, een plaats delict, een tijdstip, een verwonding, een instrument waarmee die was aangebracht en een broer en zus als eerste getuigen – dat was allemaal zo helder als bronwater. Maar verder hadden ze niets. Dikke roggepap.

En deze dode was niet zomaar een dode. Het was een Pastoor. Meneer Pastoor. Wie ging er nou met een grote steen een Pastoor de hersens inslaan? Voor zover ze wisten, had Pernieg geen vijanden. De Politieman probeerde de glimlach die zijn ziel verlichtte niet op zijn gezicht te laten zien. Hij voelde zich voortgestuwd door een nieuwe, verse vreugde. Het was gewoon een droom om een zaak als deze onder handen te hebben, hier, in het aarsgat van de wereld, in deze plaats waar geen greintje fantasie te vinden was, nog geen zandkorrel, waar alles in alledaagsheid was gewikkeld en de winter de dieren, mensen en huizen overdekte en de gewrichten verstijfde.

Nourio liep naar het raam en drukte zijn voorhoofd tegen de ruit, en het was heel mooi om hem zo te zien: de zorgelijke rimpels vermengd met vreugde, de vragen die te groot voor hem waren, dat magere, byzantijnse gezicht tegen het glas waarop het ijs sterren en kristallen had getekend. Dit vluchtige, geheel onbewuste tafereel legde hem beter bloot dan een slager met een vilmes voor elkaar zou hebben gekregen. Hij werd zichtbaar zoals hij was, als een man die zijn lauwe huid tegen iets kouds had gelegd: de vleesgeworden zwakte, opgeschud door gedachten, die in botsing komt met een leegte en onwrikbaarheid die volkomen onverschillig staan tegenover menselijk leed en het lot van de wereld. Hij die dacht dat hij overal boven stond, was gewoon een ellendig insect.

IJdelheid.

'Wat ging er door je heen toen je gisteren bij het lijk stond?'

Nourio tutoyeerde Baraj, die op zijn beurt u zei. Hij had gesproken zonder van houding te veranderen. Toen hij de vraag had gesteld, bleef het stil.

'Slaap je, Baraj? Ik vroeg wat er door je heen ging toen je bij het lijk stond.'

Nourio draaide zich om naar de Plaatsvervanger, die geen andere keus had dan terug te kijken. De grote kerel deed zijn best om na te denken, zuchtte diep, vertrok zijn mond, krabde aan zijn handen die al rood waren, woelde met zijn potlood door zijn haar om ideeën uit zijn hoofd te trekken.

'Dat wil zeggen, Meester, ik weet het niet precies. Het is altijd raar, zo'n lijk. Het is een mens en ook weer niet. Je ziet jezelf opeens als dode. En bij een moord is dat nog erger. En dan ook nog op Pastoor Pernieg, dus ik dacht...'

De Plaatsvervanger zweeg. Hij liep om de put, wilde er geen steentje in gooien.

'Wat dacht je?'

'U zult me wel uitlachen, ik dacht...'

'Schiet op, verdorie!'

'Ik dacht dat dit... het einde was.'

'Wees eens wat duidelijker.'

'Wie een Pastoor doodt, loopt aan de hand van Satan. Dat bedoel ik. De Duivel. Ik had het gevoel dat we aan het einde waren gekomen.'

'Het einde der tijden?'

Baraj spande zich nog meer in, dacht zo diep na dat zijn gezicht vertrok.

'Ja... zoiets...' zei hij ten slotte.

Nu was het Nourio's beurt om te zwijgen. Hij draaide zich weer naar het raam, en de Plaatsvervanger ademde diep in en boog zich weer over het papier; maar op hetzelfde moment fluisterde de Politieman iets wat Baraj niet goed verstond – 'Dat is waar', meende hij te horen, maar het kon ook 'Dat is raar' zijn; of het was 'Wat is waar?'

Hoe dan ook, in alle drie de gevallen waren de woorden van zijn meerdere zo goed als onbegrijpelijk.

De dag was bijna ontloken, de zon zonk weg in een woelig pleisterwerk van wolken en kwam de rest van de dag niet meer tevoorschijn. De lage wolken vatten ongegeneerd post, aarzelden een paar uur en leegden toen hun opgeblazen ingewanden boven het stadje.

De sneeuw viel niet zijdeachtig, zoals de vorige avond, maar in dikke, vuile vlokken, als slootwater. De Politieman keek er een ogenblik naar; en in tegenstelling tot zijn Plaatsvervanger dacht hij dat alles misschien nog maar een begin was, dat de dood van de Pastoor het startsein van een grote verandering was, van een donkere, chaotische apotheose. Want is het einde der tijden niet ook het begin van nieuwe tijden waarbij de kaarten worden geschud van het grote spel van de mensheid, van vorsten en omstandigheden? Wanneer uit marmer gehouwen keizerrijken waarvan je denkt dat ze duizend jaar zullen voortbestaan, instorten als kaartenhuizen? Waar monarchen in hun hemd komen te staan, waar onopvallende, onbekende mensen, mannen zoals hijzelf dus, plotseling een weg voor zich zien opdoemen, geplaveid met hoogachting en eerbetoon?

Die gedachte wond hem hogelijk op.

Er ging een rilling door hem heen, en opeens wilde hij bewegen. Hij pakte zijn mantel, wierp hem over zijn schouders en liep zonder een woord naar buiten. Baraj, die gewend was aan de abrupte gemoedsveranderingen van zijn meerdere, was niet verbaasd. Bevrijd van de last van diens aanwezigheid stond hij op, pakte de bezem en verjoeg energiek wat denkbeeldige stofjes van de vloer, terwijl hij een overdreven ritmisch Hongaars deuntje floot dat hij zich uit zijn dienstjaren herinnerde.

4

Het dienstmeisje liet ze geen moment alleen. De Pastoor was dood, maar ze bleef hem dienen, net als toen hij leefde. Toen ze had opengedaan voor Nourio en de Dokter, die Krashmir heette, liet ze hen enkele ogenblikken wachten in de hal. Alsof ze haar Meester ging vertellen dat er bezoek was; en wie weet, misschien deed ze dat ook. Ze bleven allebei staan, onbeweeglijk, zonder iets te zeggen, en lieten hun ogen over de groen gepleisterde wanden vol godsvruchtige afbeeldingen gaan, waarachter gedroogde palmtakjes waren gestoken die door de tijd op bosjes tuinkruiden waren gaan lijken.

Krashmir, die door de Politieman thuis was opgehaald toen die bij de Politiepost was vertrokken, leek het nieuws nog te moeten verwerken; hij begreep er niet al te veel van. Hij leverde geen commentaar en stelde geen vragen, en dat zat de Politieman dwars. Het dienstmeisje kwam terug en knikte in de richting van de openstaande deur die leidde naar de grote, in schemerlicht gehulde kamer. Nourio en de Dokter gingen langzaam naar binnen en zetten instinctief een serieuze blik op die voor ingetogenheid kon doorgaan.

De luiken waren gesloten; het enige licht kwam van de twee kandelabers, die beide zes kaarsen bevatten. Het lichaam van de Pastoor lag nog net zo op tafel als de Politieman en de Plaatsvervanger het hadden neergelegd, alleen had iemand de handen bij elkaar gevouwen en samengebonden met een ivoren rozenkrans die om de polsen was geslagen. Het gezicht was gewassen en op een wit linnen kussen gelegd. Het dienstmeisje had de soutane afgeborsteld, de schoenen afgeveegd en gepoetst, en een zilveren kruis op de borst gelegd. Er stonden een wijwatervat en een kwispel ter beschikking van de bezoekers. Zonder aarzelen greep de Dokter de kwispel beet en zegende het lichaam, toen gaf hij hem aan de Kapitein, die niet anders kon dan hetzelfde doen. Het dienstmeisje was op de bidstoel gaan zitten. Met halfdichte ogen ratelde ze onzevaders en weesgegroetjes af, maar Nourio merkte dat ze al hun bewegingen in de gaten hield.

Krashmir werd weer de Dokter en onderzocht Perniegs schedel. Hij tilde het hoofd een eindje op, maar het lijk was zo stijf dat het hele lichaam meebewoog toen hij het vastpakte. Het leek of de Pastoor wakker werd en schopjes gaf tegen de lucht. Toen het dienstmeisje dat zag sloeg ze vier kruizen, en ook de Politieman, die toch al heel wat had meegemaakt, voelde zich slecht op zijn gemak.

De Dokter bestudeerde de wond die de steen had gemaakt en legde het hoofd van de Pastoor weer op het doodskussen. Hij gebaarde naar Nourio dat hij klaar was en dat ze konden gaan. De mannen namen afscheid van het dienstmeisje, en na het lichaam nog een keer te hebben gezegend, gingen ze naar buiten. Ze wachtten tot ze de drempel over waren voordat ze iets zeiden. Krashmir begon.

'Ik begrijp nog steeds niet waarom u me gisteravond niet bent komen halen.'

'Wat had u kunnen doen? Hij was morsdood. Ik heb genoeg lijken gezien om de belangrijkste conclusies zelf wel te trekken. En nog een aanwezige zou de sporen op de plaats delict nog meer hebben verontreinigd. Is hij inderdaad overleden door de klap met die steen?'

'Of door de klap, of door de klap en de kou. Maar dat maakt weinig uit. De steen heeft het schedeldak verbrijzeld, en als hij niet op slag dood was, is hij bewusteloos op de grond gevallen. Met die vorst kan de dood niet lang op zich hebben laten wachten, hooguit een minuut of tien, zou ik denken. Was het lichaam al koud toen u aankwam?'

'Ik denk het wel.'

'"Ik denk het wel?" Hebt u het niet aangeraakt?'

'Ik heb het langdurig geobserveerd.'

'U houdt er merkwaardige methodes op na, Kapitein.'

'Het zijn mijn methodes. Tot nu toe lijken ze te werken.'

'Ik wilde u niet beledigen.'

'U hebt me niet beledigd.'

Maar het was overduidelijk dat de opmerking van de Dokter niet in goede aarde was gevallen, en dus zocht hij een manier om de Politieman vriendelijker te stemmen. Ze liepen samen door de hoofdstraat. De bewoners, gehuld in vele lagen kleding, de hoofden bedekt met mutsen, kappen, tulbanden, slappe hoeden en bontmutsen, maakten de stoepen met grote scheppen begaanbaar. Het veroorzaakte een schrapend, krassend geluid dat als je het hoorde subiet de smaak van zure gal naar je mond bracht. De weinige rijtuigen zigzagden over de rijweg, want de hoeven van de paarden gleden ondanks de vastgeklonken hoefijzers over de ijslaag onder de sneeuw.

'Zullen we iets warms drinken?' stelde Krashmir voor. 'Ik trakteer.'

Ze stonden voor de Herberg van Vilok. Nourio haalde zijn schouders op, wat de Dokter als instemming interpreteerde. Hij leek opgelucht. De mannen schraapten met hun laarzen over de voetenschraper, schudden hun mantels uit en duwden tegen de deur onder het blikken uithangbord van een wolf die met een jager danst, waaraan tientallen stalactieten van verschillende lengte hingen.

Pas toen Vilok, een man met een bizarre neus met de kleur en de vorm van een grote zwarte radijs, twee kommen vleesbouillon waarin de geuren van komijn en knoflook overheersten voor hen had neergezet en ze een paar slokken hadden genomen, nam de Dokter weer het woord.

'Ik kom niet uit dit land. Dat weet u vast wel. Maar ik heb mijn plek gevonden en ik ben hier niet ongelukkiger dan waar dan ook. Mijn vrouw mist de stad, maar daar maakte ik geen schijn van kans. Ik was geen al te beste student, en ik zou geen goede Dokter zijn voor delicate lieden met gecompliceerde kwalen.'

Krashmir liet een stilte vallen. Kennelijk dacht hij dat de Politieman iets terug zou zeggen maar dat gebeurde niet; hij blies alleen in zijn bouillon.

'Hier is alles ruig en primitief, zowel de mensen als hun kwalen. Niets wat me boven de pet gaat. We zijn hier ver van alles. Ver van alle eerbewijzen en alle verwijten. Hier kan ik mensen genezen, daar had ik ze gedood. In de orde der dingen is alles dus goed zoals het is. De mensen in deze streek zijn merkwaardig. Ik geloof dat ik ze in de loop der jaren wel heb leren kennen, maar toch vraag ik me af wat voor effect deze moord op ze zal hebben. Het zijn gewoontedieren, ze houden van vaste gebruiken. Ze hebben weinig aanleg voor het ongewone. Net als ik. Hier gaat gedoe van komen, daar ben ik van overtuigd. En God mag weten waar het toe zal leiden.'

Met veel lawaai slurpte Nourio een hap naar binnen van de bouillon waar hij de gesneden plak brood doorheen had gedaan die hij in stukjes had gesneden met het mes dat hij van zijn vader had gekregen en dat hij altijd bij zich had, dat een heft had van zwijnenbot en een lemmet dat zo dun was van het slijpen dat het op de maan in het laatste kwartier leek. De kruimels zogen zich vol. De vetoogjes in de bouillon staarden hem aan. Het was een onaangename, monsterlijke aanblik, al die onbeweeglijke, gezichtloze blikken in de aardewerken kom. Een tribunaal van vet. Hij verloor in één klap zijn eetlust. Hij legde de lepel weg en duwde de kom van zich af.

De Dokter slurpte zijn bouillon op als een kat – eigenlijk deed alles aan hem aan een kat denken, zijn dunne snor die vanuit het midden van het puntige gezicht uitwaaierde tot een borstel, zijn groen met gouden, amandelvormige ogen en zijn nagels, die Nourio voor de eerste keer opvielen en die verbazend lang en spits waren.

'Wilt u dat ik een autopsie uitvoer?'

De Politieman haalde een sigaartje uit zijn vest – een Zwitserse *krumme*, de enige luxe die hij zich permitteerde, die hij in dozen van vijftig stuks uit Bern liet overkomen en die nog het meest op kronkelende regenwormen leken. Hij keek de Dokter een paar seconden aan voordat hij antwoord gaf.

'Ik heb het altijd vulgair gevonden om iemand als een konijn open te snijden, en in het onderhavige geval zie ik niet wat we er wijzer van zouden kunnen worden, behalve misschien dat we erachter kunnen komen wat de laatste maaltijd van het slachtoffer was, en dat kan ik u nu ook al vertellen omdat we hier allemaal hetzelfde eten: schapenvlees, uien, knollen en zwartbrood. Dus wat doet het ertoe? De doodsoorzaak is duidelijk, of niet?'

'Ja, op dat ene detail na,' antwoordde Krashmir, die teleurgesteld leek dat hij niet in de ingewanden van de Pastoor mocht wroeten; maar hij herstelde zich snel en zei enthousiast: 'Ik kan niet zeggen wie er heeft gewonnen, de steen of de kou, maar wat voor u vooral van belang is dat ik u kan verzekeren dat de Pastoor geen natuurlijke dood is gestorven en dat het ook geen ongeluk was: de hand die de steen vasthield is een hand die de Pastoor wilde ombrengen, de hand van iemand die niets heeft gedaan om hem te redden toen hij misschien alleen nog maar gewond op de grond lag. En hoewel het niet binnen mijn vakgebied ligt, kan ik daar nog aan toevoegen dat er in mijn ogen ook geen sprake van een vergissing kan zijn. Pastoor Pernieg is met zijn kleding behoorlijk herkenbaar, zelfs in de schemering. Het lijkt me dus duidelijk dat hij het beoogde slachtoffer was, en niet iemand anders.'

Nourio reageerde niet. Het leek of hij de woorden van de Dokter in zijn hoofd liet rondgaan. Het was bijna twaalf uur en de Herberg was leeg. Vilok stond de onderkant van de muur die naar de keuken leidde wit te sauzen. Door de keukendeur zag je af en toe zijn echtgenote, een dikke vrouw die door een huidziekte zo kaal was dat het leek of Vilok met een man samenleefde, en die kool stond te raspen; op een hakblok lag wat dood gevogelte te wachten om geplukt te worden.

De muren van de eetzaal waren versierd met jachttrofeeën en geweien: herten, zwijnen, reeën, lynxen en wolven hingen dicht op elkaar, en wie niet aan deze plaats gewend was kon overweldigd raken door het gevoel dat hij was omsingeld door een meute omgebrachte dieren die hun krachten hadden gebundeld en hun moordenaars ter verantwoording riepen.

Nourio's blik verdwaalde in het gewei van een twaalfender. Hij volgde de granuleuze lijnen van de geweitakken, gleed met zijn blik langs de hoofdtakken, uitspruitsels en kroon en dwaalde naar de bleke uiteinden, zo delicaat als een kindergebit; toen beet hij op het uiteinde van de sigaar die hij nog niet had aangestoken.

'Zegt u niets?'

De Dokter keek naar de Politieman. Hij wilde weer een hap van de bouillon nemen, maar zijn hand bleef halverwege hangen. Hij wachtte. Nourio wendde zich af van het gewei en keek hem aan.

'U had naast dokter ook politieman kunnen worden. U hebt de situatie perfect samengevat. Ik had het zelf niet beter kunnen doen.'

'Proef ik ironie in uw woorden?'

'Absoluut niet. Ik hou niet van ironie. Ironie geeft idioten de illusie van intelligentie.'

'Een dokter die politieman speelt, een politieman die filosoof speelt. Daar zijn we mooi klaar mee.'

Nourio keek Krashmir strak aan, die opeens bang was dat hij te ver was gegaan; maar op het gezicht van de Politieman verscheen een glimlach en de Dokter ontspande.

'Deze streek is zo saai dat je andere passies moet ontwikkelen, anders word je wrang en melancholiek. Mag ik u een persoonlijke vraag stellen?'

De Dokter fronste en knikte behoedzaam, wat door kon gaan voor instemming.

'Gelooft u in God?'

De Dokter gaf niet direct antwoord. Hij kuchte, staarde naar de kom bouillon en streek met een vinger langs de aardewerken rand. Met zijn blik nog steeds op tafel gericht glimlachte hij, en zachter dan eerst zei hij: 'In deze tijd is die vraag bijna gevaarlijk, vindt u niet?'

Nourio haalde zijn schouders op. De Dokter vervolgde: 'Ik ben moslim. Dat weet u, want u ontgaat niets. Mijn God is dus niet die van u of de Pastoor.'

'Wat weet u van mijn God?'

'Ik weet dat ik u nog nooit in de moskee heb gezien. Daaruit leid ik af dat u naar de kerk gaat.'

'Zijn dat de enige twee mogelijkheden?'

De Dokter keek ongelovig naar de Politieman, die niet ontevreden leek met het verrassingseffect van zijn woorden.

'Maakt u zich geen zorgen, ik ben niet joods. U weet dat joden in dit deel van het Rijk bijna niet meer voorkomen. Ik bedoel dat je ook geen enkele religie kunt belijden, en in geen enkele god kunt geloven.'

'Is dat niet het gevaarlijkst van alles?'

Die opmerking leek de Politieman te amuseren.

'Ik heb het in de vorm van een hypothese gegoten; ik zeg niets persoonlijks. Bovendien praat ik met u onder de mantel van het beroepsgeheim waaraan u bent gehouden. U bent altijd dokter, ik ben altijd politieman. We hebben allebei een uniform gekozen dat we niet kunnen uittrekken, zelfs niet als we in bed liggen, en daar zullen we de consequenties van moeten dragen. De Pastoor die gisteravond is vermoord, was ook aan zijn eed gebonden, net als u en ik. Wat dat betreft was hij een broeder. Laat ik u iets anders vragen: waarom zegende u het lichaam van de Pastoor terwijl u moslim bent?'

'In tegenstelling tot aan de andere kant van de Grens is onze Gemeenschap hier sterk in de minderheid, dat weet u net zo goed als ik. Dat we hier eeuwenlang zonder moeilijkheden hebben kunnen leven, hebben we mede te danken aan een zekere behoedzaamheid en discretie, in combinatie met het talent om onzichtbaar te zijn. Voor mij voelt het niet als verraad aan de Profeet als ik met de handelingen die zijn godsdienst voorschrijft eer betoon aan een dode. En u? Waarom deed u het dan?'

'Om dezelfde redenen als u, vermoed ik. En anders voor de grap.'

Het leek of de mannen het einde van hun gesprekstof hadden bereikt en dat ze daar een zekere gêne over voelden. Ze richtten hun aandacht op hun handen en nagels. Ten slotte stond de Politieman op. Hij bedankte de Dokter voor de bouillon, knikte naar Vilok en liep naar de deur. De Dokter legde wat muntstukken op tafel en ging achter hem aan. Ze stonden weer buiten, in de kou, in de sneeuw die de aarde en de hemel in een doorlopende witheid liet versmelten. De Dokter trok zijn handschoenen aan.

'Als u me nodig hebt, weet me te vinden. Ik wens u veel sterkte.'

Hij trok de bontkraag van zijn wijde mantel omhoog, zette de astrakan muts recht en liep met voorzichtige passen over het beijzelde trottoir. Hij leek op een beginnende schaatser. Die laatste woorden weergalmden onaangenaam door Nourio's geest – vooral dat 'veel sterkte', dat tegelijkertijd vaag en uitdagend klonk.

Waarom had hij sterkte nodig? De Moordenaar, ja, die wel, die zou binnenkort sterkte nodig hebben; maar hij niet. De Politieman had nog nooit een veroordeelde gezien die de treden naar de galg opgeruimd beklom. Iedereen die het tijdstip van zijn dood en de manier waarop die zal worden voltrokken te horen krijgt, verandert in een week hoopje snot en ontlasting. Dat was een regel waarop geen uitzonderingen waren.

Nourio twijfelde er niet aan dat hij de schuldige vroeg of laat zou ontmaskeren. Maar dat 'vroeg of laat', dat was de crux. En bij het onderzoek waaraan hij nu begon was het zaak om de vreugde zo lang mogelijk te rekken, maar ook om niet te verzuipen, om zo ver mogelijk van dat 'vroeg' verwijderd te raken, maar niet voorbij dat 'laat' te komen. Een spel van elastiek dat hij zo ver mogelijk moest uitrekken, maar ook niet mocht breken. Want dat zou zijn einde betekenen, hoe subliem hij het spel ook zou hebben gespeeld. Dan zou hij naar de Duivel worden gezonden, of naar de zoutmijnen, wat op hetzelfde neerkwam.

5

Voordat de duisternis inviel, wat in dat seizoen wilde zeggen tegen vier uur 's middags, was het hele stadje op de hoogte van de moord op de Pastoor.

De Politieman deed geen moeite om te achterhalen wie er had gepraat: Baraj, de jongen en het meisje Pakmur, hun vader, de Dokter, Perniegs dienstmeid, of Vilok, die alle gesprekken die in de Herberg werden gevoerd met één oor volgde. Het deed er niet toe. Het is de mens nu eenmaal eigen om iedere trilling te weerkaatsen, en wanneer er geen sprake is van een trilling maar van een aardschok, dan wordt de echo een donderslag.

De atmosfeer in het stadje was veranderd, al zou het niet makkelijk zijn om dat met rationele argumenten te staven. De kinderen liepen gehaaster over de trottoirs. Meer van hen werden door hun moeder opgehaald bij het uitgaan van de school, ook degenen die gewoonlijk alleen naar huis gingen. De mensen sloten zich vroeger op in huis. Ze controleerden of de deur op slot zat. De schuurdeuren werden met houten grendels afgesloten, wat anders niet gebeurde. De mannen keken onder het lopen wantrouwig om zich heen, hielden een hand in hun zak, en wanneer ze thuis waren draaiden ze de sleutel twee keer om, met de onbewogen blik van een opgejaagd dier, om hun gezinnen veilig te stellen.

Sommigen olieden hun jachtgeweer of karabijn. Anderen zorgden er bij het naar bed gaan voor dat er bij het hoofdeinde een ploertendoder, haardijzer of keukenmes binnen handbereik lag.

Egor, de Burgemeester, een magnifieke stomkop van het imbecielste soort, kon niets beters bedenken dan de Kleine Raad bijeenroepen. Daar maakte de Politieman geen deel van uit, maar gezien de omstandigheden werd hij wel ontboden, samen met de Plaatsvervanger, die dikke, zachtpaarse oogleden van vermoeidheid had.

De andere aanwezigen waren Dimitria Fonhres, de Notaris, Lev Kako, de Archivaris, Ludwig Neubaum, de Rapporteur van het Keizerlijk Gezag, en Oresz Mlaver, de oudste Schoolmeester.

Ze kwamen niet bij elkaar in de imposante grote zaal van het Gemeentehuis, met de hoge plafonds die eruitzagen als stille wateren, maar in het kantoor van de Burgemeester, een vertrek met bizarre afmetingen dat iets van een kajuit had en waarvan de muren bedekt waren met geolied larikshout.

De Burgemeester zat in zijn fauteuil, zich ervan bewust dat de hoge stoel waarvan de gedraaide stijlen boven zijn hoofd uitstaken indrukwekkender was dan hijzelf. Iedereen zocht een plaatsje, op de grote, geelfluwelen sofa met hier en daar een halfopen wond waar vulling uit lekte, of op een eenvoudig krukje, zo laag bij de grond dat de knieën van degene die erop zat zijn kin raakten.

Al die bezorgde lichamen in zo'n kleine ruimte verspreidden een ranzige, rokerige geur, en de aanwezigen sudderden in hun gedachten en hun kleding, die in deze streek, waar water in de wintermaanden kostbaar was, niet vaak verschoond of gewassen werd, omdat het stadje alleen een put met een verzilt reservoir had en twee vrekkige bronnen die opborrelden uit het rotsige plateau waar het stadje zich al ruim duizend jaar aan vastklampte.

Egor schraapte zijn keel om het woord te nemen en werd bevangen door een hoestbui. Zijn van nature rode huid verschoot naar karmozijn, toen naar het ongezonde bloedrood van een hanenkam; zijn geleiachtige krop trilde en hij spuwde oud bezinksel uit zijn longen in zijn zakdoek, dat hij eventjes bekeek, waarna hij de doek in de zak van zijn lederhosen liet verdwijnen. De anderen wachtten in stilte. Uiteindelijk slaagde hij erin een zin uit te spreken, maar het was slechts een bal die hij de Politieman toespeelde.

'Weest u zo vriendelijk de situatie voor ons samen te vatten, Kapitein.'

Het verraste Nourio niet. Hij kende de Burgemeester. Die was zonder twijfel de grootste lafbek van het stadje, en een van de grootste stommelingen; maar hij was zo vermogend dat hij het recht had te kiezen en gekozen te worden. En juist vanwege zijn middelmatigheid kozen de anderen hem, want die keken er wel voor uit om een dapper iemand tot hoofd van hun gemeenschap te kiezen die met vernieuwingen zou komen en die ook daadwerkelijk zou willen invoeren; en bovendien waren ze te trots om een briljantere geest dan zijzelf te kiezen. Vrede en stupiditeit zijn een waarborg voor stilstand, en vaak genoeg de bondgenoot ervan. Steeds opnieuw slagen samenlevingen, van de grootste tot de kleinste, erin om de teugels van het bestuur in de handen van de grootste stommelingen te leggen. Dat is zo oud als de wereld zelf, en overstijgt alle grenzen.

Maar de Burgemeester was nou ook weer niet zo dom dat hij niet wist aan wie hij zijn functie te danken had. Daar was hij overigens niet rouwig over, want hij had een balans tussen tevredenheid en gekrenktheid gevonden waar zijn ijdelheid mee kon leven. Bovendien: met zijn vermogen, gestoeld op de verpachting van vijf domeinen en het uitbaten van twee steengroeven, dat zo groot was dat drie generaties die zich aan niets anders hadden gewijd dan het opmaken ervan het niet klein hadden kunnen krijgen, hoefde hij zich over niets in het leven te beklagen. Een intelligente hongerlijder geniet minder van het leven dan een domme rijkaard. Hier beneden ligt alles voor het oprapen, en hoe het daarboven is, weten we niet.

De Politieman hield van woorden, en zoals een hond die goed behandeld wordt zijn baasje een plezier wil doen, betaalden ze hem terug. De Plaatsvervanger, die in geen enkel opzicht sentimenteel was, kon niet anders dan bewondering voor zijn meerdere voelen als die in het openbaar sprak. Hij was nog nooit in het theater geweest en kende er alleen de naam van, maar hij dacht dat dat er ongeveer hetzelfde uit moest zien: een acteur die op de Kapitein leek en die een gedistingeerd publiek toesprak met woorden die zo goed gekozen waren dat ze even scherp waren als een pas geslepen bijlblad. En het publiek zweeg, waardeerde de kracht van de messcherpe woorden. Als de Politieman was uitgepraat, moest Baraj dikwijls de aandrang om te applaudisseren onderdrukken. Wel ging hij staan en stak zijn borst naar voren, want hij had het gevoel dat er dan iets van de glorie van de man in de schijnwerpers als goudstof op hem neerdaalde.

Nourio sprak nog geen tien minuten. Hij vertelde alles wat hij wist, wat Baraj en hij hadden vastgesteld op de plaats delict. Hij vertelde ook over het bezoek aan de dode in gezelschap van de Dokter, en de conclusie die die had getrokken. Hij waagde zich niet aan het formuleren van een serieuze hypothese, want daar waren nog niet genoeg aanwijzingen voor. Hij preciseerde dat het sinds hun aankomst bij het lichaam van de Pastoor had gesneeuwd, en dat de opgehoopte sneeuw het onderzoek niet bepaald had vergemakkelijkt, omdat ze geen enkele voetafdruk van de eventuele Moordenaar hadden kunnen vinden. Hierna vatte hij samen wat de andere aanwezigen al wisten: dat Pernieg zijn ambt al bijna veertig jaar vervulde, dat hij voor zover men wist geen vijanden had, dat hij een gerespecteerde, sobere, weinig inschikkelijke oude man was geweest die geen bijzonder goede vrienden of vertrouwelingen had, en dat zijn leven zo transparant als een glas water was geweest.

Tot besluit bracht hij te berde dat de oplossing van het misdrijf ongetwijfeld complex zou blijken en veel tijd zou kosten, tenzij de Moordenaar zich onverwacht bekend zou maken en zijn misdaad zou opbiechten – iets wat hem, zo meende hij te moeten toevoegen, bijzonder onwaarschijnlijk leek. Hij liet een paar seconden verstrijken zodat de aanwezigen zijn woorden konden verteren, en op een plechtige, langzame manier die de Plaatsvervanger haast in vervoering bracht haalde hij uit de zak van zijn mantel de steen tevoorschijn waarmee de schedel van de Pastoor was ingeslagen; hij legde hem behoedzaam, alsof hij elk moment kon ontploffen, op het bureau van de Burgemeester.

Er ging een voelbare rilling door het kleine gezelschap heen, en met uitzondering van Baraj, die niet durfde – en die de steen bovendien al kende en zelfs minutieus had onderzocht –, kwamen de mannen in één beweging overeind, verdrongen zich om het bureau en bogen zich eroverheen, terwijl de Politieman een stap opzij deed, een krumme uit zijn vestzak haalde en naar zijn lippen bracht maar niet aanstak, en toen op de sofa plaatsnam, met een glimlach die niemand opviel.

Zodra de Burgemeester zijn verrassing, waarin ook een zekere irrationele angst lag, de baas was, pakte hij de steen voorzichtig vast. Hij hield hem vlak voor zijn kippige ogen, leek er haast aan te snuiven, draaide hem om, draaide hem weer terug, woog hem, deed of hij hem stevig vastgreep en er ruw mee zwaaide alsof hij hem ging gooien, zodat de Notaris, een ongepolijst schepsel ingesnoerd in een zwart habijt, met het lichaam van een hazelworm en het gezicht van een sprinkhaan, ervan schrok.

De Burgemeester legde de steen terug op de plek waar de Politieman hem had neergelegd. Hij was algemeen bezit geworden en iedereen pakte hem vast. De steen was opeens het middelpunt van de aarde geworden, de steen waar alles om draaide was het hart van de grote steen geworden.

In zekere zin raakten ze de dood aan. Hielden ze hem vast. Het was een merkwaardig gevoel, zwaar en met een laagje bloed. Een geweer zou nooit tot zoveel passie en zo'n woordenvloed leiden. Een geweer is gemaakt om te doden. Dat is een wapen, dat weet iedereen, dat werd in deze contreien alleen gebruikt om dieren te doden en heel zelden mensen. Maar een steen – daarvan lagen er duizenden langs de wegen en paden, daar lette je niet op, die beidden hun tijd tot ze werden ingemetseld in een muur, in de gevel van een huis, in een put of de rand van een graf. Maar als zo'n steen in aanraking kwam met de verbeelding van een Moordenaar, als die hem verkoos boven alle andere stenen, als die hem selecteerde, woog, beoordeelde, besloot dat die het zou worden en geen andere, dan was er niets gewoons meer aan een steen. Dan kreeg die het gewicht van het vergrijp. Dan hulde die zich in een habijt van zonde en lelijkheid. Dan kon die ieder ogenblik met bloed bevuild raken en een andere aard krijgen. Dan klonk de doodskreet die hij zou uitlokken er al in door. Dan werd hij medeplichtig aan datgene waarvoor hij werd uitgezocht. Dan werd hij niet meer gezien als iets wat weliswaar hard en scherp maar in wezen onbelangrijk was, maar werd hij voor altijd uniek en vervloekt. Dan verloor hij zijn onschuld en zuiverheid, en werd hij voortaan alleen nog genoemd met het met schande overladen woord *moordwapen*.

'Zulk mooi rood graniet vind je bijna nergens. De enige ader loopt vanaf de kam van de Khalij naar de westflank van het Maserplateau, en eindigt in een soort uitstroom van puin tussen de weilanden. Mijn vader heeft daar geregeld mooie steenblokken voor bijzondere graftombes gevonden. Maar nu liggen er alleen nog wat kruimels. Ik heb er al jaren geen stap meer gezet.'

De stem van de Burgemeester klonk zelfverzekerd, en omdat zijn lijf in alle richtingen uitdijde, kraakten bij iedere beweging die hij maakte de stiksels van de uitbundige kleding die hij in T. liet maken en die net zo goed bij hem paste als een toga bij een ezeltje.

Hoewel hij stupiditeiten bij de vleet kon debiteren, kon je hem op het gebied van stenen vertrouwen, want dat was zijn vak. Hij wist niet veel, maar de vindplaats van rotsen noemen en weten waar je ze in de buurt nog meer kon vinden – dat was een onderwerp waarover hij meer wist dan wie dan ook. Dat had hij in de steengroeven van zijn vader geleerd, die het weer van zijn eigen vader had.

De Politieman zag de plaats voor zich, die op minder dan

een uur lopen van het stadje lag. Een uithoek van de wereld, zwaar van stilte, waar nauwelijks bomen groeiden, alleen een paar kronkelige alpendennen die gebukt gingen onder wind, dorst, maandenlange sneeuw en gruwelijke hitte.

Hij kwam er bijna nooit. Soms liet iemand er een kudde achter, nagenoeg of helemaal zonder toezicht omdat het landschap op die plaats een keteldal vormde waarvan de randen werden gevormd door een bergkam en het puin van oude morenes. Een poel omzoomd met gaspeldoorns en verrotting leverde stilstaand, maar drinkbaar water voor de dieren. Het gras kwam nooit hoog op, ofwel omdat de dieren het afgraasden ofwel omdat de noordenwind onophoudelijk over het plateau waaide en het alle lust ontnam om te groeien.

De herders die er kwamen, bleven nooit lang. Gewoonlijk waren het de allerarmsten, degenen die geen vette weides konden huren en voor wie zelfs het gebruik van de gemeenschapsgronden te kostbaar was. Ze vestigden zich op het plateau, voor een heel seizoen, dachten ze, en ze sliepen in een schuilhut van droge steen, niet eens een echte schuilhut maar drie muren van een meter hoog, die hen in staat stelde om zich bij het vallen van de nacht te beschermen tegen de wind die nooit ging liggen en zich op te warmen bij een vuur in een zwarte haard die een bloemenkroon van roet op de grond had getekend. Maar na een paar dagen, in het beste geval na twee of drie weken, gingen ze weer weg vanwege de klaaglijke kreten van hun uitgehongerde beesten; en dan dreven ze hun kuddes nog wat verder in de richting van de Grens, waar het gevaarlijker was maar wel meer gras groeide.

De Schoolmeester haalde de Politieman uit zijn gedachten.

'Zijn de autoriteiten al op de hoogte gebracht?'

Nourio wendde zich naar de oude man, die ondanks zijn leeftijd – hij was de zeventig gepasseerd – nog steeds lesgaf. Er had een zweem van angst in zijn stem gelegen. Hij maakte deel uit van de meerderheid van de stadsbewoners die van mening waren dat hoe minder contact het stadje had met de prefectuur waaronder het viel, hoe beter.

Veel mensen hier waren blij met de afstand tot de werkelijke wereld. Het plateau en de akkers eromheen vormden een paradoxale schuilplaats in de openlucht, waar ondanks de vaak dreigende nabijheid van de Grens al eeuwenlang een aangenaam gevoel van vergetelheid hing. Dat wat lang geleden ongetwijfeld was gezien als een tekortkoming, was inmiddels een deugd geworden, een zegening zelfs. Hier kon je van de rillingen of stuiptrekkingen van de beschaving genieten, omdat ze door de afstand in ruimte en tijd gedempt werden, zodat veel mensen dachten dat ze er nooit door getroffen zouden worden, al zouden ze dat vanzelfsprekend nooit zo zeggen. Als een zuigeling die onzichtbaar denkt te zijn als hij zijn mollige handjes voor zijn ogen houdt, dacht het stadje dat het buiten het bereik van alle problemen was omdat het op twee dagreizen te paard van T. lag, in een gebied dat ongeschikt was voor iedere vorm van comfort, voor iedere opwelling van rijkdom, zodat niemand de behoefte zou krijgen om het te willen veroveren. Het stadje genoot van die illusie met een bedwelmende werking.

Maar als er iemand was die dat juist betreurde, dan was het Nourio. En hij beschouwde de moord op de Pastoor als een mogelijkheid om aansluiting te vinden bij de woelige, gewelddadige stromen van de tijd waar hij geen deel van uitmaakte, die zo onstuimig waren als de maalstromen die hier in het korte warme seizoen ontstonden. Maar hij was ook bang dat het gezag waar hij onder viel vanwege het bizarre karakter van deze zaak zou besluiten om hem de leiding over het onderzoek uit handen te nemen en die over te dragen aan een ambtenaar uit T. die uit de hoogte tegen hem deed en hem al zijn plezier zou ontnemen.

Bedaard antwoordde hij de oude Schoolmeester: 'Morgenochtend zal Baraj vertrekken met het verslag dat u allen hopelijk zo goed zult zijn hem ter hand te willen stellen. In een sneeuwstorm als deze kan niemand T. bereiken. Ik wilde wachten tot die ging liggen en ook tot ik uw mening had gehoord. Zelf zal ik hier blijven, om het onderzoek voort te zetten.'

De Plaatsvervanger, die had gedacht gebruik te kunnen maken van de aandacht die de verschijning van het moordwapen had gewekt, was ingedut op zijn kruk. Hij schrok wakker toen zijn naam werd genoemd en viel er bijna vanaf. Hij knikte instemmend bij de woorden van zijn meerdere, al had hij ze niet helemaal verstaan.

Hij begreep alleen dat hij vanaf morgen met zijn zitvlak aan zijn knol zou vastvriezen, uren- en urenlang, maar uiteindelijk bedacht hij dat dat uitstapje door wind, storm en winter hem vast wel zou bevallen, omdat hij op de momenten dat hij alleen was geen andere meester had, wat in zijn ogen de hoogste vorm van geluk was.

De Rapporteur van het Keizerlijk Gezag, met zijn perfect ronde kop van een bedrogen echtgenoot, zijn steil aflopende neus en zijn dode linkeroog dat schuilging achter een zwartleren kussentje dat hem de aanblik van een ouderwetse piraat gaf, vroeg de Burgemeester toestemming om zijn bureau te gebruiken, en ingefluisterd en gecorrigeerd door de anderen, met uitzondering van de Politieman, die zijn sigaar eindelijk had aangestoken, die het ervan nam op de sofa en de blauwe rook liet spelen, stelde hij een hoogdravend rapport op waarin verslag werd gedaan van de belangrijke gebeurtenis, een rapport dat hij voorlas en dat toen geparafeerd werd door de uitverkoren aanwezigen, waarna de Burgemeester zijn handtekening er in dubbel zo grote letters aan toevoegde, in een wolk van kleine vlekjes die een sluier van dode sterren vormde.

Toen werd het document dichtgelakt. Het werd officieel aan Nourio toevertrouwd, die het direct en niet minder plechtig aan Baraj overhandigde.

Het was elf uur toen ze uit elkaar gingen.

Buiten bleef de sneeuw zijn alledaagse rampspoed uitstorten.

6

De volgende ochtend liep de Politieman ongeschoren, op sloffen en in zijn onderbroek rond, en verwarmde zijn pezige lichaampje bij de kachel van het huis. Zijn vrouw was er stomverbaasd over, want zoals alle inwoners wist ze inmiddels wat er was gebeurd. Ze droeg haar dikke buik als een slecht vastgesjorde vracht, ondersteunde hem met een hand en verplaatste haar voeten in eendenpas rond de tafel, terwijl ze de half wakkere kinderen die nu al kibbelden warme melk inschonk.

Het gezicht van haar man vertoonde zo nu en dan een merkwaardige glimlach, die ze tussen twee schreeuwen en drie snikken door opving en die ze niet goed van hem kende. Toen het gebroed naar school was, liet ze zich in een stoel zakken en verlichtte haar lendenen door ze langdurig met beide handen te masseren. In haar buik was het kind wakker geworden; het schopte en sloeg. Nog een jongetje, dacht ze bitter. Ze zuchtte.

Nourio ging bij haar zitten, pakte haar hand, kuste die, ging omhoog naar haar pols, haar onderarm, haar bovenarm, die hij ontblootte door haar hemdsmouw op te stropen. Hij pakte de borst van zijn getergde vrouw, die heel vroeg was opgestaan, maar die hem liet begaan zonder iets te durven zeggen, hij streelde haar andere borst, haar buik, hij duwde haar dijen uit elkaar, daar, vlak bij het vuur waarvan de uitgeputte bron zo rood als vlees was geworden, hetzelfde rood dat hij nu ook zag op haar wangen, en ze hijgde en sloot haar ogen terwijl Nourio's vingers wegzonken onder het kind dat warm in de buik van zijn moeder zat, onder de opbollende huid, het kind met gesloten ogen in de grote, vloeibare duisternis die een continent, een wereld op zichzelf was.

Toen hij een uur later de deur van de Politiepost openduwde, zag hij dat het vuur was uitgegaan. Baraj was voor zonsopgang vertrokken, en in de haard hadden de kooltjes van de gelegenheid gebruikgemaakt om uit te doven. Zijn vingers, waar hij af en toe aan snoof, roken nog naar het zilte vocht van zijn vrouw.

Het was de meest vasthoudende geur die hij kende; het was meer dan een geur, een dierlijk, ancestraal parfum van wildheid dat je liet afdalen in de diepe put van de afstamming. Hij zou zijn handen de hele dag niet wassen, dan kon hij wanneer hij wilde en zonder dat iemand het merkte de geur van haar schoot en zijn zaad terughalen, en dan zou hij opnieuw voelen dat zijn lid zich oprichtte en zou hij opnieuw aan de borsten van zijn vrouw denken, aan haar billen, aan haar tong, aan haar ogen die stuurloos ronddobberden in wat hij dacht dat genot was, maar dat gewoon uitputting was.

Hij deed zijn best om het vuur op te rakelen, en toen de vlammen de ruimte weer verlichtten en de muren verwarmden, zette hij de stoel bij het raam en ging op de plaats zitten waar hij zoveel van hield en waarvandaan hij een aangenaam geordend uitzicht op een hele reeks taferelen had: vlakbij, op de voorgrond, de tuin van de Politiepost, waar de twee paarden in het milde seizoen vrij rondliepen, niet wetend wat ze met die relatieve vrijheid aan moesten, en daarom onvermoeibaar rondjes liepen en af en toe een pluk vlasachtig gras uitrukten dat ze met hun gele tanden vermaalden omdat je toch ergens op moet kauwen, terwijl ze met hun grote ogen naar de gekalkte muren keken die voor hen de vaste witte grenzen van hun universum waren.

Na het tuinmuurtje kwam de lage kant van de begraafplaats, die in dat stadje vreemd genoeg op een steile helling lag; de rijen graven begonnen bij de westelijke muur van de kerk en daalden daarvandaan met hun opstaande stekels, bestaande uit kruizen en grafstenen, vanaf de kleine verhoging waarop het kerkgebouw stond naar twee grote rotsblokken die er het einde van vormden en waarvan Nourio de vorm nog kon onderscheiden onder de sneeuwlaag die ze het aanzien gaf van gigantische zeedieren die met sleepnetten uit de dieptes waren opgehaald en lagen te wachten tot ze in reusachtige, gelatineuze stukken zouden worden gehakt.

Voorbij de begraafplaats begonnen de golvende akkers die doorliepen tot aan de weg naar T., die ze in tweeën sneed met een kaarsrechte wonde die afhankelijk van het seizoen bruin en stoffig, modderig of broos was, of zoals vandaag glad en onvoorspelbaar wit. Aan de overkant van de weg hervatten de velden hun vlakke monotonie tot aan de rotsflanken van het eerste hoogteverschil, dat voorzichtig aan het oppervlakte van het plateau krabde en er een reliëf op tekende met de vorm van spataders, ruggenwervels, bulten, cystes, slakkenhuizen, zinkgaten en overstekken, en daarna gestaag bezit nam van de steenbodem en hem kneedde als deeg en er lange, gelaagde hellingen van maakte die eruitzagen als treden naar de horizon maar die vlak daarvoor ophielden, als de tanden van een kam die aarzelen bij het naderen van een immense haardos. Nog verder weg zag je het dek van de hoge naaldbossen van het Korijagebergte.

De Politieman hield ervan om zijn kromme sigaartjes te roken en met zijn ogen door het landschap te dwalen dat door de lijst van het raam een schilderij werd en een duidelijk beeld gaf van de uitgestrektheid en onveranderlijkheid van de streek, en ook, voor iemand die zichzelf wilde pijnigen, van de nietigheid van degene die de tijd nam om ernaar te kijken.

Hij dacht aan Baraj, die er op dit tijdstip uit zou zien als een ruiterstandbeeld van sneeuw en ijs, strijdend tegen de wind, ongetwijfeld als enige weggebruiker – want wie anders zou bij zulk weer zijn leven op het spel zetten om een tocht te maken? – en in zijn buidel het rapport over de dood van de Pastoor.

Hij zag hem koppig doorrijden, zijn haargrens versierd met bleke kristallen, zijn benen lekker warm onder de berenvacht die ook de flanken van het paard beschermde, met geen andere gedachte dan het monotone schommelen van de stapvoetse tred die zo geschikt was om bij te suffen en weg te dromen.

In deze streek bestonden talloze legendes over mensen die zo waren overleden, in slaap gevallen op hun paard, door de kou en het zachte ritme van de stappen meegevoerd tot voorbij het leven, zonder dat ze zelfs maar merkten dat ze de onzichtbare grens van de slaap overstaken. Was dat eigenlijk niet de mooist denkbare dood, of in elk geval een van de meest romaneske en lieflijke, om ongemerkt te worden meegevoerd naar de wereld van de fabelen, waar je weer tot leven kwam in grote prentenboeken die door dromerige kinderen werden gelezen?

Er werd aangeklopt.

Baraj verdween uit Nourio's gedachten.

De Politieman deed open. Voor hem stond de Imam. Guedj heette die. Hij droeg zijn winterhabijt, een soort beige, trapeziumvormige tabberd die tot zijn voeten reikte, zijn gehele lichaam bedekte en zijn benen, armen en handen aan het zicht onttrok. Zijn lange baard had dezelfde kleur als het kledingstuk, zodat je als je hem aankeek het gevoel had dat zijn gezicht was teruggebracht tot een smalle strook, omdat zich uit de schaduw onder het wollen hoofddeksel in de vorm van een kalot alleen het lichte voorhoofd vrijmaakte, iets van de ogen, iets van de wangen, iets van de neus en verder niets, want zelfs zijn mond was onzichtbaar en de woorden die eruit kwamen leken afkomstig uit een warrig struikgewas.

'Mag ik u storen, Kapitein?'

Met een handgebaar nodigde de Politieman hem uit om binnen te komen. Guedj sloeg met zijn voeten tegen elkaar om de sneeuw van zijn schoenen te kloppen. Nourio deed de deur achter hem dicht en nodigde hem uit bij het vuur.

De regels van wellevendheid vereisten dat Nourio de bezoeker thee zou aanbieden. Zelfs in de armoedigste huishoudens werd dit gebod nooit overtreden, en er pruttelde altijd water in de samowaar; en als er geen thee meer was, als je echt geen karot of wat blaadjes kon betalen, dan kon je je nog behelpen met gedroogde kruiden, zachtpaarse tijm, jasmijnkorrels, wilde munt of pachamibloemen. Guedj wreef bij het vuur langdurig in zijn handen, iets langer dan nodig, wachtend op een gloeiendhete kop die hem zou opwarmen; maar toen hij zag dat de Politieman op de andere stoel plaatsnam en geen aanstalten maakte hem iets aan te bieden, begreep hij teleurgesteld dat hij direct ter zake moest komen.

Hij probeerde zijn gekwetstheid over wat veel mensen als een belediging zouden opvatten te verbergen en zei: 'Ik ben hier vanwege dat verschrikkelijke drama...'

Hij liet de zin lang duren, evenals de stilte die erop volgde. Hij wachtte op een teken, een aansporing van de Politieman om door te gaan, maar er kwam niets.

Het leed geen twijfel dat Nourio merkte hoezeer dit de Imam verwarde, want hij schraapte zijn keel, ging rechtop in zijn stoel zitten en stak zijn handen in de zakken, wachtend op wat Guedj te zeggen had. Met een knik maakte hij de ander duidelijk door te gaan.

'Pastoor Pernieg en ik hadden een bijzonder goede verstandhouding, hoewel we twee godsdiensten vertegenwoordigden die men in deze moeilijke tijden dikwijls tegen elkaar wil uitspelen. Ik denk dat ik niet overdrijf als ik zeg dat hij me respect betoonde en ik verzoek u mij te geloven als ik zeg dat ik ook een oneindig respect voor hem had. Allah hebbe zijn ziel en koestere die! De mens is een zwak wezen dat zonder God niets voorstelt, en als Gods herder er niet meer is, als die wordt gedood, dan worden de slechte neigingen van de mens als verdwaalde beesten die langzaam maar zeker terugkeren naar een staat van verwildering en dan verscheuren ze wat ze de vorige dag nog vreesden. Kapitein, als de schuldige niet snel ontmaskerd wordt, dan vrees ik dat de dood van die arme Pastoor Pernieg, moge Allah hem aan de borst drukken, de rust in ons stadje zal verscheuren.'

Guedj zweeg en Nourio wreef over zijn gezicht, dronken van de geur van het geslacht van zijn vrouw die op zijn vingers herleefde. Hij staarde de imam aan met een lege blik, die zijn bezoeker zo slecht op zijn gemak stelde dat hij zijn ogen neersloeg en niet wist wat hij moest doen of zeggen.

De Politieman kwam overeind, pakte een houtblok dat naast de haard lag en legde het op de gloeiende houtskool. Direct waagden korte, roze-oranje vlammetjes zich er vlakbij en begonnen eraan te likken, en er klonk een dof gesnor op uit de haard, alsof een dier van vuur blij was dat het gevoerd was. Nourio bleef staan.

'U spreekt in raadselen en ik ben geen helderziende: als u iets te zeggen hebt, zeg het dan gewoon.'

De Imam zat te draaien in zijn stoel.

'Stel dat zou blijken, en ik zeg *stel*, dat de dader van deze doodzonde een kind van Allah is, dan begrijpt u wat er zou kunnen gebeuren, Kapitein.'

'Hebt u redenen om aan te nemen dat dat het geval is?'

'Helemaal niet! Maar de mensen praten.'

'Ze praten...?'

'Ja.'

'En?'

'U weet dat wij hier niet talrijk zijn. Mensen die anders zijn, worden getolereerd zolang de wereld zo soepel loopt als touw door een katrol, maar er hoeft maar een stofje te zijn, een zandkorrel, een scheurtje in het vlas, een gat in de emmer van de put, een kwaal die de kudde treft, een opgedroogde bron, en dan beginnen de vingers al te wijzen. Wie een kat wil verdrinken, zegt dat ze bijt.'

'Sinds ik in deze stad gestationeerd ben, en dat is al heel lang, zijn vijandigheden tegen uw gemeenschap uiterst zeldzaam, zo niet non-existent, of laat mijn geheugen me in de steek?'

'Dat klopt, Kapitein, maar hoe ver weg en ingeslapen het

verleden ook lijkt, de vergeten vader van het heden. Het heden is een zoon die gemakkelijk domme dingen doet. Zonder geheugen, zonder emotie. Ik vrees voor mijn gelovigen. Gisteravond is een van de vrouwen van Rudjic de Tinnegieter uitgescholden voor "stinkende rat". Iemand probeerde haar sluier af te rukken. Ze kreeg een duw, terwijl ze in verwachting is. Moge Allah – geprezen zij Zijn naam – haar beschermen! Ze is huilend weggevlucht.'

Nourio keek naar de man, die ineengezakt in zijn stoel zat, zo in elkaar gedoken dat het leek alsof het habijt geen lichaam omvatte, alleen een paar vreesachtige ogen: hij was een ineengeschrompeld, nauwelijks menselijk wezen.

'Gerechtigheid staat boven de mens,' merkte de Politieman op. 'En – sta me toe dit te zeggen, beschouw het niet als godslastering – ook boven de goddelijke wetten. Gerechtigheid neemt altijd haar beloop, en de route ervan wordt alleen door de waarheid bepaald. De dader zal gevonden en bestraft worden, dat beloof ik u. Of het nu een christen of een moslim is. Zijn daad valt alleen hem aan te rekenen, niet zijn geloofsgemeenschap. Overigens wijst niets erop dat de moord religieus gemotiveerd is. En wijst dus ook niets erop dat de consequenties dat wel zullen zijn, op welke manier dan ook. Maakt u zich niet druk. Het is mijn taak om dat te voorkomen, en niet om religies te reguleren en de ene boven de andere te stellen. Stelt u uw gelovigen gerust en laat mij mijn werk doen. Het is allemaal mensenwerk. Als God al bestaat, dan raapt Hij geen stenen op om ze als wapen te gebruiken. Ga in vrede, meneer de Imam.'

'U spreekt als een heilige, Kapitein, en dat verrast me niet van u, want u hebt het gezicht en de ziel van een goed en rechtvaardig mens. Moge Allah u in Zijn barmhartigheid bewaren!'

De Imam leek gerustgesteld. Hij glimlachte en ontblootte zijn stervende gebit.

Nourio liep in de richting van de deur.

De Imam begreep dat het tijd was om te gaan. Hij zette zijn vilten kalot op, sloeg de capuchon van zijn gewaad omlaag, maakte een buiging, bedankte Nourio voor de ontvangst en liep naar buiten. Voor de Politiepost belandde hij direct in een werveling van krankzinnige sneeuwvlokken die hem al snel uitwiste.

Door de open deur waaide de met kou geladen wind in het gezicht van de Politieman. Het vuur achter zijn rug werd gegeseld door de tocht en de vlammen schudden alle kanten op. En opeens voelde de Politieman zijn opgerichte geslacht tegen het weefsel van zijn broek wrijven, wat een heerlijke, pijnlijke opwinding teweegbracht. Opnieuw werden zijn gedachten vervuld van lust en gemeenschap. Het kleine mannetje dat hij was keerde zich naar binnen en opeens deed de wereld, met de dode Pastoor en de bezorgde Imam, met het stadje dat was opgeschrikt door de dood van een inwoner, met de streek die geheel en al in de greep was van de koude winter, er helemaal niet meer toe.

7

Vier dagen later keerde Baraj terug met in zijn leren buidel een brief voor zijn meerdere en in een reiswagen waar hij naast reed een Bisschop.

De Plaatsvervanger had de terugreis op dezelfde manier als de heenweg afgelegd, op de rug van zijn oude merrie, maar die had hem minder tijd gekost want de sneeuwstorm was gaan liggen, en de wegen, met aan weerszijden hoge sneeuwverstuivingen, waren beter begaanbaar.

Hij had de opdracht gekregen te waken over de veiligheid en het comfort van de Bisschop, maar aan comfort ontbrak het de Bisschop niet, want zijn rijtuig – waar hij niet uit kwam en dat hij deelde met Vicaris Rajko, zijn secretaris en tevens de Priester-exorcist van het bisdom – bleek vanbinnen even weelderig en luxueus als het vanbuiten sober was: vanbuiten was het een middeleeuwse reiskar, met breed ijzerbeslag en geteerde houten schotten versterkt met koud gesmede nagels, en de kieren dichtgestopt met textielafval.

Buiten Baraj bestond het konvooi uit vier mannen uit de hofhouding van de Bisschop. Ook zij gingen te paard, maar een van hen stapte geregeld af om aan een verzoek van zijn Meester te voldoen, die hem riep door tegen het dak van het rijtuig te bonken. Baraj, die liever zweeg dan een band met die mannen aan te knopen, bedacht dat het de Lakei van de

Bisschop moest zijn. Hij was niet al te dik en had een jongemeisjesgezicht, roze, delicaat, en fijn getekend, ook al was hij zonder enige twijfel een man, want hij kon drinken en vloeken als een ijzervreter, zoals Baraj merkte op de avond dat het konvooi de nacht doorbracht in de herberg van de vier mijlstenen, die zich halverwege tussen T. en het stadje bevindt.

Aan het einde van de reis werden de Bisschop en zijn gevolg ondergebracht in wat men hier het Staatspaleis noemt. De pastorie was zowel qua afmetingen als qua comfort te eenvoudig voor zo'n belangrijke gast, en degenen die hem welkom heetten – de Burgemeester, de Rapporteur van het Keizerlijk Gezag en de Politieman, die op de hoogte waren gebracht door Baraj, die een paar uur voor de aankomst van het konvooi vooruit was gesneld door zijn rijdier de sporen te geven en zich aan een galop te wagen die niet lang aanhield omdat de knol astmatisch begon te hijgen – vielen twee dingen aan de Bisschop op.

Ten eerste zijn Bijbelse leeftijd. Hij leek minimaal honderd jaar oud, en zijn door rimpels en groeven doorploegde gezicht was geheel kleurloos geworden. Hij deed denken aan oud karton op zolder, geteisterd door het zon- en maanlicht dat door een dakraam naar binnen viel; zijn lange vingers leken uitstekende botten onder een dunne, wasachtige huid, en zijn gekrompen, gereduceerde, uitgedroogde lichaam leek ieder moment te kunnen breken.

Het tweede wat hun opviel was zijn delicate schoeisel van rood leer, bij de enkel afgezet met wit bont dat hermelijn kon zijn, schoeisel dat van een andere planeet was neergedaald, dat gemaakt was voor hoogstaande plaatsen, conciliezalen, opgewreven rooms parket, mildere klimaten; hier droeg iedereen vormeloze, met stro of schapenwol gevoerde laarzen van dik leer, en de Bisschop wist niet waar hij zijn voet moest neerzetten want de sneeuw, waar toch zand, zout en as over was uitgestrooid, zag eruit als een klonterige pasta, koude lava, zo plakkerig en dik dat je vreesde dat je er geheel in zou wegzakken.

De Bisschop bleef licht wiegend op de treeplank staan; hij zag er radeloos uit, keek met panische angst naar de grond, opende zijn kleine, bleke mond met schuimvlokken in de hoeken, maar bracht geen enkel geluid voort.

De Burgemeester stapte naar hem toe en betuigde zijn respect. Hij probeerde de robijnen ring te kussen door zijn lippen naar de hand van de Bisschop te brengen, maar de Bisschop leek hem niet te zien, en de Burgemeester zag ervan af de steen te kussen omdat de hand van de oude geestelijke te veel trilde.

Achter hem verscheen Rajko, de Vicaris, als een monnik gekleed in een lang habijt van zware zwarte stof en zijn blote voeten met lange nagels in sandalen. Nourio merkte op dat hij de blik en de baard van een krankzinnige had, en ook de vastberadenheid, zodat hij direct op de grond stapte, onverschillig voor de ijsbrand die de molasse-achtige sneeuw op zijn blote huid zou veroorzaken, waarna hij de leiding nam en de leden van het escorte opdroeg om de Bisschop op te tillen, wat ze ogenblikkelijk deden, zodat de Bisschop plotseling een klein bundeltje werd, bijeengehouden met een lint van scharlakenrode stof, waar weinig heiligs meer aan was; en het duurde niet lang tot ze hem op de zwart met okeren tegels van de staatsiezaal van het Staatspaleis hadden neergezet, waar hij er nog idioter uitzag dan op de treeplank van zijn rijtuig, en waar zijn verwilderde blik heen en weer ging tussen de delegatie van de Burgemeester, misschien uit angst dat er een monster tegenover hem stond, en de lage gewelven van het gebouw, dat de zwaarte van de eeuwen in zijn reusachtige massa leek samen te ballen, en degenen die eronder stonden reduceerde tot het formaat van een huismijt.

Het Staatspaleis was alleen in naam een paleis. Samen met de kerk was het het oudste gebouw van het stadje. Op een dag had de Archivaris Nourio een perkament uit de archieven laten zien, voorzien van vijf waszegels zo groot als biscuits die met broze linten aan het document vastzaten, waaruit bleek dat het in het jaar 1157 van de christelijke jaartelling al had bestaan.

Het werd erin beschreven als een versterkte woning, eigendom van de Vorsten van Maser, en er werd gezegd dat de vrije inwoners van het Vorstendom en ook de lijfeigenen er konden schuilen *in het geval van een aanval, belegering, epidemie en andere calamiteiten van natuurlijke of menselijke aard.*

In de loop van de eeuwen had het gebouw, na het uitsterven van het geslacht Maser, politieke wisselvalligheden en herverdelingen van land en macht, afhankelijk van het tijdperk dienstgedaan als graanopslag, kazerne, wapenopslag als de spanningen bij de Grens de angst voor oorlog deden toenemen, vleesmarkt, en uiteindelijk als residentie voor voorname bezoekers die in het gebied op doorreis waren.

Naast de kerk en de minaret van de moskee, was het dankzij de wachttoren een van de hoogste gebouwen van het stadje, en als je vanuit het westen over de vlakte aankwam en nog niets anders op het plateau zag dan een rimpeling die daken suggereerde, die oploste in de zanderige monotonie van de grond en het brons van de akkers en het braakland, viel het oog op die drie uitsteeksels: de klokkentoren, de minaret en de vierkante toren van het Staatspaleis, en voor de twijfelende reiziger was dat een bevestiging dat er een stadje was.

De muren waren twee meter dik. Als de zon de straten en huizen teisterde, was het er fris; en ondanks de grote vuren die in de haarden werden gestookt, vestigde de kou er 's winters een alleenheerschappij. Kortom: het was een schitterend, maar onbewoonbaar huis, alleen bruikbaar voor de spoken van het verleden en eeuwenoude herinneringen die geen vlees en geen huid hebben.

De Burgemeester, de Politieman, de Rapporteur van het Keizerlijk Gezag en Baraj trokken zich verbijsterd terug: de Bisschop had geen woord gezegd en ook geen tijdstip en datum vastgesteld voor de uitvaart van Pastoor Pernieg, terwijl dat de belangrijkste, zo niet enige reden voor zijn komst was.

Nourio stopte de brief die de Plaatsvervanger hem overdreven beleefd had overhandigd in zijn zak en gaf hem verlof om uit te rusten; hij zei dat hij hem aan het einde van de dag weer terugverwachtte en toen ging hij naar huis, vanuit het idee dat hij daar beter zat dan op de Politiepost en in alle rust soep en thee zou kunnen drinken en naar zijn vrouw zou kunnen kijken, in haar buurt zou kunnen komen, haar even zou kunnen aanraken en zich in haar warmte en haar geur zou kunnen begraven.

Terwijl hij over de besneeuwde stoepen liep, voerde de gedachte aan zijn vrouw hem terug naar het bezoek dat hij de dag ervoor aan Pakmur had afgelegd om Lémia en Douri te zien, de kinderen die het lichaam van de vermoorde Pastoor hadden ontdekt.

Hun vader was klompenmaker. Sinds het overlijden van zijn vrouw, een paar jaar geleden, leefde hij met zijn dochter en zoon. Ze woonden in een van de armoedigste huizen van het stadje, een voormalige stal aan de rand van de stad, gebouwd van leem en ruwhouten planken die lukraak aan elkaar waren vastgemaakt, en het bestond uit één grote ruimte met een vloer van aangestampte aarde die op sommige plaatsen bedekt was met niet bij elkaar passende tapijten die zo versleten waren dat je noch de kleur, noch het motief ervan kon onderscheiden.

De ruimte deed dienst als werkplaats, als slaapkamer, als keuken en als woonkamer. Je kon zien waar de fundering van de door salpeter aangevreten muren zat omdat op die plaatsen reusachtige witte bloemen langs de plinten te zien waren. Het viel te vrezen dat het niet lang meer zou blijven staan. Het zou de Politieman niet verbazen als hij op een dag bericht kreeg dat het was ingestort en dat er niets van over was. Woningen vergaat het immers net zoals hun bewoners. Ze zijn er, en een ogenblik later is er geen spoor meer van ze.

Toen Nourio aanklopte, werd er opengedaan door Lémia, de dochter. Haar vader was niet thuis en niemand wist waar hij was: waarschijnlijk zat hij stomdronken in de Herberg of lag hij ergens op een stoep zijn roes uit te slapen. Douri was hem gaan zoeken. Het meisje liet de Politieman binnen terwijl ze de deken die haar hele lichaam omhulde strakker om zich heen trok. Ze liep op blote voeten. Nourio had aan een enkele blik genoeg om zeker te weten dat haar vader meer flessen leegde dan klompen maakte. Op de vergeten gereedschappen lag een stoflaag, en de berg houtkrullen was kleiner dan de berg lege kruiken.

Bij het vuur verspreidde een houten bak met dampend water een zeepgeur die de kotsgeur bijna wist te verdrijven. Het meisje had van de afwezigheid van haar vader en broer gebruikgemaakt om zich te wassen en de Politieman had haar tijdens het bad gestoord. De uiteinden van haar haar waren nat en druppelden op de wol. Haar wangen leken met een borstel opgewreven, zo wit en glad waren ze. Ze zat op de rand van een bed dat het hare wel zou zijn. Nourio liep naar het vuur. Een paar blonde haren zwommen over het oppervlak van de kuip; ze deden hem denken aan heel dunne slangen.

'Zijn je sinds die nacht nog nieuwe details te binnen geschoten? Misschien hebben jij of je broer nog iets bedacht?'

Het meisje, dat de blik van de Politieman ontweek en heel kinderlijk met haar voeten tegen elkaar wreef, schudde het hoofd. Nourio bestudeerde haar gezicht. De vorige avond, in het donker, zag ze eruit als een schuw knaagdier met afstotelijke trekken. Maar nu ze geen last had van de kou, van het donker, van de angst en van haar geitenhuiden jas die veel te groot was voor haar lichaampje, bleek ze er heel anders uit te zien, zacht en mooi; en door het roze dat naar haar wangen trok leek ze op een pioenroos of steppeanjer.

Hoe oud was ze? Dertien? Zo zag ze er niet uit – de dood van haar moeder had haar ongetwijfeld in één klap ouder gemaakt en de last van de volwassenheid op haar schouders gelegd. De Politieman stapte van het vuur vandaan en ging naast haar zitten. Hij zag dat ze zich geneerde, maar toch bleef hij zitten waar hij zat; hij vond haar charmant en beminnelijk. Ze trok de deken nog strakker om zich heen en pas op dat moment bedacht Nourio dat ze eronder naakt was. Die gedachte verwarde hem.

'Ik wil dat je me nog eens vertelt hoe jullie het lichaam van de Pastoor hebben gevonden. Misschien zijn er details waar je niet nog niet aan gedacht hebt en die je alsnog te binnen schieten.'

Het meisje begon te praten. Ze hervatte het verhaal dat ze op de avond van de misdaad had gehouden en vervolgde met matte stem haar litanie; de Politieman bedacht dat zo legendes geboren worden, voordat ze door vele eeuwen en monden worden doorverteld tot er alleen maar fijngesponnen goud resteert.

Haar vader was niet thuis geweest. Ze had gezien dat er geen melk in huis was. Ze besloot een kan te halen van de laatste melkbeurt op de dichtstbijzijnde boerderij, die van de familie Bazki. De dag was bijna ten einde, er was nog een beetje licht.

Op de boerderij hadden ze moeten wachten omdat het melken nog niet was begonnen. Ze bleven lekker warm in een hoek van de stal staan tot Fédour, de jongste telg van de familie Bazki, een achterlijke jongen die bovendien stom was, de dieren van de last van hun uiers had bevrijd. Hij wilde ze pas helpen als hij al het werk had gedaan, dat wil zeggen als hij alle twaalf melkkoeien van het Sarine-ras had gemolken, die laag op de poten stonden en graatmager, maar wel solide waren, en die zich niet druk maakten over de kwaliteit van het gras. Terwijl Lémia het tafereel met monotone en tegelijk charmante stem aan de Politieman beschreef, verscheen uit het niets een kat die miauwend naar haar toe liep, op haar schoot sprong en zich nestelde. Een tijdlang keek het dier Nourio aan; ze voelde dat dat kleine mannetje met het olijfkleurige gezicht een indringer was; toen sloot ze de ogen en begon ze onder de strelingen van het meisje te spinnen.

Fédour vulde de kan van de kinderen met melk en het meisje maakte haar broertje wakker, dat door de warmte van de stal en de adem van de dieren in slaap was gevallen. De stomme onnozelaar probeerde ze langer bij zich te houden door grote gebaren en grimassen te maken en de clown uit te hangen. Ook haalde hij zijn lid uit zijn broek en zwaaide ermee rond als een grote, donkerrode vleesworst, wat hij wel vaker deed, waar hij ook was, maar toen hij zag dat ze het niet grappig en ook niet eng vonden stopte hij hem terug, haalde zijn schouders op, spuugde verongelijkt hun kant op en ging weer met de dieren aan de slag. Het meisje vertelde alles zonder enige schaamte, alsof het de gewoonste zaak van de wereld was.

Daarna waren de jongen en het meisje naar buiten gegaan.

Het was donker.

Ze namen niet de kortste weg maar liepen terug door het steegje dat de Slechte Voet wordt genoemd. Het meisje liep met de melkkan in de ene hand en haar broertje aan de andere. Toen begon het te sneeuwen, vertelde ze. Er stak een wind op, wat de reden moest zijn dat de lantaarn achter de kerk, op de plaats waar de steeg zich verbreedde als de darm van een dier waar iets diks in zit, uitdoofde; en dus was het daar die avond zo donker als drop.

Ze gingen iets sneller lopen, beangstigd door de poel van duisternis, en precies op dat moment botste het jongetje, wiens hart in de duisternis tekeerging, tegen iets langs en slaps dat op de grond lag. Het meisje greep hem vast zodat hij niet viel. Toen ze aan het donker gewend waren, zagen ze dat die gestalte de Pastoor was. Ze bleven stram en onbeweeglijk staan, een minuut misschien, niet langer, en Lémia, die als eerste bij haar positieven kwam, stuurde haar broertje eropuit om de Politieman te halen. De jongen rende weg.

Zo.

Dat was het.

'Toen Baraj en ik aankwamen, leken jullie niet bang. Waren jullie niet ontdaan door jullie vondst? En jij bleef in je eentje bij het lijk staan wachten; was je niet ongerust dat de Moordenaar nog in de buurt was en jou ook zou doden?'

Het meisje gaf niet direct antwoord. Ze keek naar de grond en streelde haar kat, die zich omdraaide in haar slaap en haar witte buik aan de vingers van het kind aanbood en onderwijl haar pootjes strekte en deed of ze een langzaam gevecht voerde. Uiteindelijk haalde het meisje ontkennend haar schouders op.

'Heb je hem aangeraakt om te zien of hij gewond was of hulp nodig had?'

'Hij was dood. Dat wist ik.'

'Dat wist je? Heb je al eerder een dode gezien?'

Lémia knikte en richtte haar aandacht weer op de kat, die als een gelukkige vorstin lag te snorren.

Nourio dacht na. Hij sloot zijn ogen om in gedachten de route van de kinderen te volgen, vanaf de boerderij van de familie Bazki naar de plaats delict. Hij legde hem langzaam af, meter voor meter, maar het leidde tot niets. Hij deed zijn ogen weer open. Het meisje leek op het onderwerp van een schilderij. Schilderijen zoals hij die in de kathedralen van grote steden had gezien; hij had nooit gedacht dat hij ooit in de nabijheid zou verkeren van een van de modellen ervan.

Zonder dat het meisje iets doorhad was de deken van haar schouder gegleden en nu lag de aanzet van haar rechterborst bloot. Ze werd helemaal in beslag genomen door de kat en leek zich niet meer bewust van de aanwezigheid van de Politieman. De huid van haar schouder leek verguld in het schijnsel van het vuur, en haar borst, die aan de bovenkant heel licht was, verdween in een fluwelen schaduw die hem in duisternis dompelde, maar de bolling benadrukte.

Haar kleine lichaam wasemde de geur uit van badwater en zeep, maar ook de geur van het lichaam zelf, warm, zacht en muskaatachtig, die deed denken aan wilde munt die in een vijzel is gestampt.

De Politieman stond opeens op. Hij moest weg. Dat naakte lichaam zo dichtbij. Dat jonge vlees. Het vuur. De vlammen. Het schijnsel. Het tafereel, het gezicht van het meisje, de halfnaakte heilige, heilig omdat ze puur en afstandelijk was, een eeuwig kind maar ook helemaal naakt, in dezelfde tijd en dezelfde ruimte, dat wil zeggen kwetsbare en zachte huid en een gevormd lichaam dat al geschikt was om te beminnen, dat al in staat was – ze was immers oud genoeg – om zich met een man te verenigen. Hij voelde zijn geslacht hard worden in zijn broek. Hij werd er bang van. Was het mogelijk dat zijn driften hem zo vergiftigden dat hij begeerte opvatte voor een kind? Het leek nog het meest op een valstrik. Maar wie had die dan gezet?

Hij mompelde iets wat hij zich het volgende ogenblik al niet meer herinnerde, en met een gloeiend voorhoofd ging hij naar buiten, zonder het meisje nog aan te kijken. Hij herinnerde zich nog net dat de kat toen hij naar buiten ging gemiauw liet horen dat als bijtend zweet langs zijn nek stroomde; en toen hij de volgende ochtend klaarkwam in zijn vrouw die languit op de keukentafel lag en zijn gedachten op het moment van het grootste genot uit elkaar spatten, was het Lémia's gezicht dat zich aan de binnenkant van zijn gesloten oogleden vertoonde.

8

Nourio las de brief die de Plaatsvervanger uit T. had meegenomen twee keer over. Hij was geschreven door zijn meerdere, commandant Sroh, en er stond niets in wat echt belangrijk was. De Commandant, een bangelijke man, waarschuwde Nourio: de zaak van de moord op de Pastoor was uitzonderlijker en incoherenter – dat woord, twee keer doorgehaald omdat de officier twijfelde over de spelling, was driemaal onderstreept – dan alles wat hij in zijn lange carrière had meegemaakt. Het was belangrijk dat het onderzoek nauwgezet, maar ook omzichtig werd uitgevoerd, want je kon niet weten wie zo'n drama kon hebben beraamd en ook niet wie het had uitgevoerd.

De Commandant liet ook weten dat hij het Ministerie direct had ingelicht, want aan een misdrijf als dit, gepleegd in zo'n gevoelige regio als de Grensstreek, zaten kanten die noch hij, noch Nourio konden bevatten. Hij voegde eraan toe dat het Ministerie hem in de persoon van het adjunct-hoofd van de afdeling Oostelijke Grensgewesten had bedankt en met zeer grote regelmaat van de voortgang van het onderzoek op de hoogte gehouden wilde worden. Nadere instructies zouden zo nodig volgen.

De Politieman vouwde de brief op en borg hem op in het dossier dat alle officiële correspondentie uit T. bevatte. Hij zuchtte.

De Commandant had een kantoor om zijn voeten in op te warmen en dronk iedere avond punch in een van de grote brasserieën in de stad, omringd door opgemaakte vrouwen die zich door niemand de les lieten lezen en waar alles deinde op de aantrekkelijke deuntjes van het orkest. Hij leidde een leven van boenwas, vloeipapier, gemarineerd vlees, bier, meisjes en op maat gemaakte kleding. Door de bril die hij vanwege zijn bijziendheid droeg zag hij er diepzinnig uit en zijn kale achterhoofd suggereerde een formidabele herseninhoud, hoewel hij in werkelijkheid een trage, armzalige denker was. Hij had zijn carrière uitgestippeld als een eindeloze schaakpartij waarin hij geen blijk gaf van genialiteit, maar waarin hij zijn tegenstrevers uitputte door trage beslissingen te nemen; en nu zat hij waar hij zat, in een stad vol lichtjes, vrolijke stemmen en leuke gezichtjes, waar hij nooit bang hoefde te zijn dat hij met zijn mooie laklaarzen in een modderpoel ging staan of op een mistige dag een veedief moest achtervolgen over een winderig plateau.

Nourio wierp de krumme die hij niet had aangestoken en waarop hij alleen had gekauwd in het vuur. Geen twijfel mogelijk: het leven zat oneerlijk in elkaar. Als er een god was, dan was dat een stommeling of een kreupele geest, anders zou hij niet zo met mensen omgaan. Hij dacht aan de Bisschop, dat misbaksel dat hiernaartoe was gestuurd, dat overrijpe lichaam onder een habijt, die meelijwekkende blik in waterige ogen, die kwijlende, openhangende mond. Als die gevormd was naar het evenbeeld van zijn God, was dat dan ook zo'n krachteloze sukkel? Het viel te hopen dat zijn leven niet zou uitdoven in het tochtige Staatspaleis, dat leven dat al aan alle kanten uit hem leek weg te lopen als water uit een lekke waterzak – als hij in het stadje zou overlijden, werd alles nog lastiger!

Toen hij thuiskwam om zijn vrouw op te zoeken, vond hij een grote chaos. Zijn twee jongste kinderen zaten op de grond ruzie te maken met snot op hun kin en vieze billen in hun luiers. Hij riep zijn vrouw zodat ze hen tot stilte zou manen, maar hoe vaak hij ook riep, ze reageerde niet. Hij sneed een plak brood in tweeën en duwde beide kinderen een stuk in de mond; toen ging hij naar boven, naar de slaapkamer; hij was opeens ongerust. Zijn vrouw lag op bed te dommelen, met halfgesloten ogen en een vuurrood, zwetend voorhoofd. De lakens waren doorweekt. De kamer stonk naar urine. Het was er drukkend warm. Hij zette het raam open. De koude lucht stroomde naar binnen en bracht sneeuwvlokken mee.

Nourio's vrouw wenkte hem en liet haar arm toen terug op bed vallen; hij liep naar haar toe en legde een hand op haar voorhoofd. Ze gloeide. Met een snelle beweging tilde hij de lakens op. Haar buik leek reusachtig en was heel warm, een vochtige, zure, ranzige warmte, en onder de huid hoorde je het kind bonken als een dwangarbeider in zijn cel.

De Politieman legde de lakens terug en pakte de hand van zijn vrouw. Haar pols ging als een razende tekeer. Ze vroeg om water en hij was blij dat hij de kamer uit kon. De twee kleintjes waren gekalmeerd. De stukjes brood waren kletsnat omdat ze erop zogen als op een borst. Hij schepte een karaf helder water uit de tobbe en ging terug naar de slaapkamer. Zijn vrouw had zich opgericht in bed, een zwaar, overbelast, ziek dier. Onder haar kin zaten drie plooien in haar huid. Haar borsten sloegen tegen haar buik. Haar warrige haar kleefde in vettige plakken aan elkaar.

Toen hij een paar minuten geleden naar huis was gekomen droomde hij van een vrijpartij, en dat idee en de gedachte aan het dochtertje van de Klompenmaker hadden hem stijf gemaakt, maar nu deze omgeving die hij zo goed kende opeens door koorts was aangetast, nu er walgelijke geuren uit de emmer kwamen en de lucht als een vervuilde broeikas aanvoelde, vond hij zijn vrouw afstotend.

Zijn begeerte vloog ervandoor.

Hij dacht aan het lichaam van Lémia dat net uit bad kwam. Haar satijnen huid. De geur van het soepele, ingezeepte vlees van een kind op de drempel van volwassenheid. De aanzet van haar borst en de schaduw waarin die verdween.

'Zal ik de Dokter halen?'

Hij zei het met een stem die hij liefdevol wilde laten klinken. Zijn vrouw schudde van niet, mompelde heel zwak dat het kind haar energie opmaakte, dat hij haar tegelijk leegzoog en vulde en dat er geen twijfel over mogelijk was dat het een jongetje was. Dat dat niet anders kon. Het laatste zei ze op spijtige toon.

Ze dronk gulzig van het water dat hij haar aangaf. Ze bleven samen zitten zwijgen en keken elkaar een beetje aan. Nourio legde zijn hand op die van zijn vrouw. Hij had maar één wens: deze kamer verlaten en het huis uitlopen, maar dat probeerde hij te verbergen. De twee oudsten konden ieder moment uit school komen. Deze stinkende stilte zou veranderen in gekrijs, lawaai, geruzie, geklaag, geschreeuw en gehuil. Hij wilde het allemaal niet horen.

Hij voelde weinig affectie voor zijn nageslacht. Alle vier waren ze nog heel jong. Hij beschouwde ze als onaffe wezens waarmee je als volwassene geen contact kon maken, en verder niets. Er moest tijd verstrijken en de dood moest hen sparen. Daarna zou hij ze vast wel gaan mogen.

‘Ik moet weg. Weet je zeker dat de Dokter niet hoeft te komen?’

Zijn vrouw perste er een glimlach uit. Op dat moment hervond ze iets van haar schoonheid. Ze zei dat hij kon gaan, dat alles in orde zou komen. Dat het niet de eerste keer was. Dat ze dit met de andere kinderen ook had meegemaakt. Dat ze eraan gewend was.

Nourio boog zich naar haar toe en kuste haar op het voorhoofd. Hij vertrok zonder om te kijken. Beneden zaten de twee kleinsten met hun poppen te spelen. Die waren in een fel gevecht verwikkeld. Geheel in stilte. Hun klappen klonken gedempt. De dreumesen zwegen. De dood bleef beperkt tot hun knuffeldieren. Ze besteedden geen aandacht aan het vertrek van hun vader.

Aan het einde van de dag kwam ook Baraj naar de Politiepost, zoals ze hadden afgesproken. De Plaatsvervanger had zich na zijn tocht niet verkleed maar hij had wel geslapen, want zijn dikke gezicht leek jonger en de linkerkant van zijn wollige haar was nog plat van het kussen. Hij tapte water uit de samowaar en maakte thee. Die schonk hij in twee koppen, waarvan hij er een voor de Politieman neerzette; toen nam hij tegenover hem plaats en snoof met een kropachtig geluid aan zijn mok. Hij keek naar zijn meerdere, wachtte tot die iets zou vragen, maar er kwam niets; en daarom opende hij voor één keer het gesprek.

‘De stad is anders dan anders.’

De Politieman hield de mok in zijn handen. De damp van de thee steeg op langs zijn wangen en ogen en deponeerde druppels op zijn hoekige jukbeenderen die daarna weer naar zijn snor rolden.

‘En dat verbaast je? Waarom zou ons stadje niet anders zijn, nu de Pastoor is vermoord?’

'Niet ons stadje, Kapitein,' vervolgde de Plaatsvervanger. 'Ik bedoel T. Er hangt een soort... voelbare spanning.'

Nourio was verrast door de woorden van de Plaatsvervanger, en bovenal door die uitdrukking 'voelbare spanning' die hij nog ooit van hem gehoord had, die veel te wijs en precieus voor hem was. Die niet van hem kon zijn, dat wist hij zeker. Te precies. Te gelikt. Hij had haar vast ergens opgevangen en toen onthouden, in zijn geheugen opgevouwen en bewaard om haar zelf te kunnen gebruiken.

'Wat bedoel je daarmee?'

Baraj zette zijn kop neer, herontdekte opeens zijn grote handen, die hij op tafel legde, toen onder zijn oksels stak en uiteindelijk onder zijn billen klemde, tussen zijn broek en de ezelshuid waarmee de houten bank overtrokken was. Onzichtbaar. Hij zat onrustig op zijn stoel en vertelde.

'Ik kom er natuurlijk bijna nooit, maar de straten waren anders dan anders. Nerveus, gespannen. De voorbijgangers. De paarden zelfs. Niemand lachte. Niemand. Zelfs de gezichten achter de caféramen niet. Het was haast alsof iedereen ergens op wachtte. Of dat ze bang waren dat er iets ging gebeuren. Ze deden me denken aan dieren die voelen dat er een onweersbui of zandstorm aankomt, snapt u wat ik bedoel, Kapitein? En het vreemdste van alles was de stilte. Er was niets te horen. De mensen spraken niet of nauwelijks. Het leek of ze wachtten tot iemand zijn stem zou verheffen. Alsof ze een bericht of een belangrijke opdracht verwachtten.'

Even vroeg de Politieman zich af of de Plaatsvervanger zijn verstand was verloren. Maar Baraj' gezicht zag er net zo uit als anders, met twee grote, donkere, naïeve, rollende ogen. Een soort kind in het lichaam van een onhandige volwassene. Een geest die zweefde in een te ruim bemeten envelop, zonder kwaadaardigheid, zonder berekening, vrij van waanzin en de kwellingen van de intelligentie.

'Dat verbeeld je je. Het leven hier heeft ons wereldvreemd gemaakt, wij zijn niet in staat om te begrijpen hoe de tandwielen van de samenleving in elkaar grijpen en functioneren. T. is een complex mechaniek, dat kun je niet begrijpen als je dit voorbeeld gewend bent. Wij zijn verdwaald op dit plateau, wij zijn nergens, ver van alles en iedereen.'

Baraj keek Nourio aan. Die had het gevoel dat de Plaatsvervanger zijn woorden door zijn hele lichaam liet vloeien, door zijn aderen, spieren en al zijn organen liet gaan om er de diepste betekenis uit te halen. Baraj schudde het hoofd, haalde zijn handen onder zijn billen vandaan en krabde door zijn haar.

'Natuurlijk,' zei hij uiteindelijk. Een woord dat tot niets verplichtte. Toen vroeg hij Nourio toestemming om te vertrekken en die kreeg hij.

De Plaatsvervanger stond op, iets zwaarder dan eerst, terwijl hij had gehoopt dat wat hij net aan zijn meerdere had verteld dat vormeloze, onstoffelijke gewicht dat hij voelde en dat hij tegelijk met de brief en de Bisschop uit T. had meegebracht, juist zou verlichten. En net toen hij over de drempel wilde stappen, bracht de Politieman hem op de hoogte van het laatste nieuws.

'De Pastoor wordt morgen aan het begin van de middag begraven. Op weg hierheen kwam ik een van de lijfwachten van de Bisschop tegen. Zodra het lichaam onder de grond zit, komt er een processie om de stad te zuiveren. Geleid door Vicaris Rajko.'

'Een processie?' zei Baraj met open mond. Het woord

stuiterde door zijn hoofd en maakte hem onrustig.

'Met wierook, mensen, muziek en gezang. Zie het maar als gegarandeerd vermaak.'

Voor de Plaatsvervanger waren de woorden van de Politieman als dichte mist, maar hij deed maar of hij ze begreep.

'Natuurlijk,' zei hij opnieuw, en hij salueerde; toen ging hij naar buiten.

Nourio schonk zich nog een kop thee in en stak nog een sigaar op. Hij lurkte eraan en dacht aan een weelderige boezem, bekeek zichzelf in een spiegeltje dat altijd in zijn zak zat, streek zijn snor glad met wat speeksel en glimlachte zichzelf toe, terwijl hij aan de lippen van de dochter van de Klompenmaker dacht.

Het stadje zou onder de sneeuwlaag in beweging komen. Los van de aanleiding voor die processie zou het spektakel de illusie wekken van harmonie en praal. Een paar uur lang kon iedereen de winter, de zorgen, het plateau waar het altijd waaide, de verveling en zelfs de moord vergeten.

De Kerk wist precies hoe je goudpoeder maakte om in de ogen te strooien van iedereen die ze openhield. Bovendien zou het hem nog wat tijd geven om te genieten van het mysterie en het onderzoek, bedacht hij, zodat hij niet te hard hoefde op te schieten, de schaduwen nog even ondoordringbaar kon houden en in ieder gezicht in de processieoptocht een mogelijke Moordenaar kon zien.

Hij proefde van dat idee, snoof eraan, koesterde het en genoot er nog meer van dan van zijn sigaar.

9

De nacht voor de begrafenis van Pastoor Pernieg had de Politieman, toen hij naast zijn nog steeds klamme en lijdende vrouw lag, een droom.

Hij zwierf door een bos waar de toppen van de bomen verdwenen in een melkachtige hemel. De bodem lag vol dode takken, veenmos, sponzige stronken, heidewortels en brosse stenen, wat het lopen enorm bemoeilijkte, des te meer omdat zijn lichaam abnormaal zwak was, alsof hij dagenlang niet had gegeten en gedronken. Hij stapte wankelend voort zonder echt ergens naartoe te gaan. Het voelde alsof hij geen doel had. Toen dook er plotseling vanachter een half verrotte boomstam op de grond een dier op, dat verstijfde toen het Nourio zag.

Het was een piepjong hertje, wankel op de pootjes, met een rossige vacht met witte vlekken zo zacht als een balsem. De Politieman liep naar het dier toe, dat nog steeds niet bewoog, dat in de ban was van die menselijke gedaante.

Nourio stak zijn hand uit en raakte het hertje aan. Het trilde bij de aanraking, maar vluchtte niet. De Politieman vatte moed en legde zijn vingers om de hals. Het dier leek verlamd. Tot zijn verbazing zette Nourio steeds meer kracht, terwijl de grote bomen boven zijn hoofd begonnen te tollen en een lach vanuit het niets als een waterval over zijn schouders viel. Uiteindelijk wurgde hij het hertje; het lichaam werd zo slap als een dweil en daarna beet hij het de strot af, zette zijn tanden in de buik, in het rauwe vlees, en verlustigde zich aan het warme, vloeibare bloed, vermaalde het dunne skelet, zoog het merg uit de botten en verslond alles alsof hij een roofdier was.

Zwetend werd hij wakker.

Het was diep in de nacht.

Een paar uur later, in de ochtend, toen hij zijn kinderen aan de buurvrouw had toevertrouwd en haar had gevraagd om de Dokter te halen, wreef hij, terwijl hij naar de Politiepost liep, meer dan eens hard met zijn mouw over zijn lippen. Hij had het gevoel alsof hij in zijn mond nog steeds de smaak proefde van het bloed, het lauwe vet en de gebroken botten van het dier uit zijn droom; en ondertussen slaagde hij er nog steeds niet in om het mooie, jonge gezichtje van Lémia en haar fluweelzachte, gewassen huid uit zijn gedachten te verjagen.

Pas nadat hij de kooltjes had opgepookt en het vuur had gevoed en achter zijn bureau zat kwam hij bij zinnen, geholpen door het eentonige werk aan het verslag van de gebeurtenissen van de voorgaande dag dat hij iedere ochtend opstelde.

Het hanteren van pen, inkt en papier verschafte hem een eenvoudige rust die het heden uitwiste, die hem naar een andere plaats voerde waar noch het jaargetijde, noch het tijdstip, nog zijn huiselijke aangelegenheden, noch de wisselvalligheden van het bestaan, noch zelfs de schommelingen van zijn gemoed ertoe deden.

Hij was er iets meer dan een uur mee bezig. Daarna lunchte hij met een ui, een plak volkorenbrood en thee met veel suiker. Baraj was nog altijd niet terug. Zodra die zich bij de Politiepost had gemeld, had Nourio hem naar het Staatspaleis gestuurd om de route van de processie te vernemen zodat hij ervoor kon zorgen dat ze ruim baan hadden, dat niets de stoepen versperde en dat de winkeliers hun uitstallingen hadden weggehaald.

Sinds halverwege de ochtend hoorde je de kerkklokken dof en luguber slaan, een smartelijke voorbode van de aanstaande ceremonie. Het was een ritme zonder variatie, oneindig langzaam en macaber, waarvoor alleen de klokken met de laagste tonen werden gebruikt. Het was al lang geleden dat er zoiets had geklonken. Alsof men zich plotseling een oud gebruik herinnerde dat in onbruik was geraakt, ook al wist niemand waarom.

In de laatste decennia leek de alomtegenwoordigheid van het katholicisme te zijn afgenomen, zowel in het stadje als in het grootste deel van het Keizerrijk. Het duizend jaar oude cement begon te verbrokkelen, hoewel het niet helemaal duidelijk was wat er precies aan vrat. De kranten die de Politieman onregelmatig ontving, spraken in pompeuze termen over de 'val van het christelijke westen', en bepaalde filosofen van wie hij de essays las in de vorm van kleine boekjes met roestbruine kaften, spraken over 'de dood van God'.

Zeker, de rites en gebaren bestonden nog, maar ze werden langzaam maar zeker ontdaan van hun ziel, zoals een kip van zijn ingewanden. Wat voor de meeste mensen overbleef was niets anders dan uiterlijke schijn, gebeden, ceremonieel, feestdagen, een snufje moraal en geboden, en verder bijna niets. God was een antiek werktuig geworden dat weinig nut meer had, maar dat je desondanks niet weg durfde te doen. Dat in de kast was gezet en af en toe tevoorschijn werd gehaald om het aan de kinderen te laten zien en ze angst in te boezemen, of om een kleinigheid weg te poetsen.

Toch kwam het voor dat sommige mensen vanwege hun hoge leeftijd of het naderen van de dood overtuigd raakten van de noodzaak hun leven te beteren en het pad van het geloof weer te gaan bewandelen, of in elk geval te doen alsof, en zo werd de mis een mank allegaartje, een kudde kale tronies, gerimpeld als oude buidels, waarin tanden even zeldzaam waren als haar, en waar men diep in het wankele geheugen groef om flarden van gebeden en psalmen boven te halen.

Voor die dungezaaide gemeente, die incontinent was en vaak aan een of beide oren doof, had Pastoor Pernieg de laatste jaren de liturgie gevierd in een kerk die zo naar urine stonk dat zwaaien met wierook niets uithaalde.

Dopen en bruiloften boden een kans om de gelederen aan te vullen en te verjongen, maar dat zette uiteindelijk geen zoden aan de dijk, daar trapte niemand in, en Pernieg al helemaal niet, die toch geen water bij de wijn deed en zijn roeping bleef uitoefenen met de onbuigzaamheid van metaal: hij weigerde om dat wat gevreesd werd of niet meer geliefd was, iets aardiger te maken met een kleine aanpassing of een glimlach.

De oude wereld stortte in, verzonk in een diepe slaap en rolde zich op in zijn lethargie als een luie slak die in zijn schelp zit te gapen, en wreef zijn herinneringen van roestig verguldsel op met speeksel.

Aan de andere kant van de Grens, in het land waar de banier getooid was met een gouden maansikkel, bracht het jonge bloed de boel juist in beweging; het putte zijn kracht uit een onstuimige, turbulente, fanatieke koorts. Iedere bunder grond trilde ervan als het vel van een tamboer, en de weergalm bracht de buiken en harten tot in hun middelpunt in beweging. Men zei dat er daar iedere week een nieuwe moskee werd opgericht en dan bedacht men dat in de christelijke landen ooit, eeuwen geleden, op dezelfde manier hoge kathedralen waren verrezen.

Het Keizerrijk woog de rapporten van zijn diplomaten en spionnen voorzichtig af, bedacht of men die drukte voor de drempel, die op een dag een schouderduw tegen de deur zou kunnen geven, moest laten uitwoeden of moest vertrappen.

Als de Politieman en zijn Plaatsvervanger op hun inspecties langs de bergkammen reden en het weer zo helder was dat ze het land aan de andere kant van de Grens konden zien, werden ze soms getroffen door een vreemd fenomeen: het leek of daar in de verte op de grond werd geslagen, zoals je tapijten uitklopt die je opnieuw tot leven wil wekken. Op duizend plaatsen stegen stofwolken op, in wervelingen, spiralen en rookpluimen; en wat misschien gewoon sporen waren van karavanen of groepen ruiters, kreeg het bovennatuurlijke karakter van een reusachtige, enthousiaste, veelbelovende bezigheid, van een hartstochtelijk, hoopvol elan, of van legermanoeuvres.

Het onmiddellijke gevolg daarvan was dat er op Nourio's voorhoofd een lange, zorgelijke rimpel verscheen; maar hij leerde gauw genoeg om zijn ongerustheid in zijn rapporten te verbergen en om die gebeurtenissen, waarvan de aard hem ontging, kleiner te maken dan ze waren, want er was niets wat hij meer vreesde dan lastig te worden gevallen of onderworpen te worden aan verscherpt toezicht van de autoriteiten in T.

Later die dag, op het tijdstip van de uitvaart, toen de Politieman de kerkdeur openduwde, voelde hij zich alsof hij een droom betrad.

Nooit hadden de muren van het oude gebouw zoveel zielen of lichamen omvat. Het hele stadje stond hier dicht op elkaar: kinderen, vaders en moeders, ouden van dagen. En iedereen hield een waskaars vast, zodat alle trillende vlammen de illusie wekten dat deze plaats trilde, tot leven was gekomen, meedeinde op de gezamenlijke ademhaling.

Het gebouw had zijn lompheid verloren, en de muren, die voor Nourio altijd grijs en zo zwaar als een nachtmerrie waren geweest, die vochtig zweetten als een grot, werden door de betovering van die duizend lichtjes honingblond. En wat ook een vreemde dimensie aan het tafereel gaf was dat het licht van die ontelbare kaarsen bij elkaar de gezichten verlichtte en ze beeldhouwde in goud en zwart, waardoor ze onherkenbaar werden, omdat de kleine vlammen de neuzen en kinnen verlengden, de ogen wijd opensperden, de voorhoofden kromtrokken en de haren en oren uitrekten tot groteske of sublieme uitsteeksels.

Het leek of het dicht opeengepakte gezelschap zo'n metamorfose onderging die door antieke dichters was bezongen, waarbij mensen het uiterlijk van dieren aannemen. Strikt gesproken was het niet zo dat ieders lelijkheid hier aan het licht kwam door het spel van licht en donker, maar wel hun onmiskenbare dierlijke oorsprong, de dierlijkheid die in ieder menselijk wezen zit, die wordt weggepoetst met kleding en gebruiken maar die gewoon op een geschikt moment wacht om zich te laten zien en zijn snuit in het daglicht te steken.

Het kostte Nourio moeite om het koor te bereiken: het schip, de zijbeuken en het centrale gangpad stonden vol met een onbeweeglijke, samengepakte menigte, zo dik als pleisterwerk dat door een onhandige leerjongen is verprutst.

Sommigen keken Nourio aan, hun ogen aangevreten door de vlammen van de waskaarsen die ze vasthielden, maar toch zagen ze hem niet, en als hij ze opzijduwde om zich een weg te banen, gebruikmakend van zijn handen, ellebogen en heupen, om niet in de massa gevangen te blijven, lieten ze hem begaan, als vredige herkauwers.

Perniegs grafkist was bedekt met een doek van zwart velours die tot aan de grond reikte. Erop waren zijn soutane gelegd en het vertinde ijzeren kruis dat hij gedurende zijn hele leven om zijn hals had gedragen.

Op het moment dat de Politieman de voorste rij van de menigte bereikte, liep de Vicaris er net omheen met een wierookvat. Hij zwaaide met de metalen bol en er stegen geelgrijze rookpluimen uit op, die een beschermende mist rondom de dode vormden.

De Vicaris droeg nog steeds een monnikspij. Hij had zijn ogen dicht en er kwam een onhoorbaar gebed over zijn door een wilde baard omringde lippen. Hij was blootsvoets, net als toen hij aankwam, maar nu droeg hij ook geen sandalen meer, zodat hij met zijn voeten op de ijskoude tegels stond.

De oude Bisschop was neergezet in een hoge zetel ter rechterzijde van het altaar. Nu hij zat, leek hij nog minusculer; hij had iets van een hazelmuis. Hij zag eruit als een onderdeel van zo'n carnavalsschilderij waarop de gek tot koning wordt gekroond en de dieren het recht hebben om priestergewaden te dragen. Zijn hoofd wiebelde als een automaton waarvan het interne mechanisme is opgewonden. Zijn witte ogen leken net zo verdwaald als hijzelf. Hij hield zijn verzilverde staf vast zoals een kind een zuurstok. Zijn lippen glommen van schuimend kwijl, en zijn ziekelijke, gebochelde lichaam was zo verschrompeld dat hij geheel en al in zijn mijter had kunnen verdwijnen. Hij was een heel klein hoopje mens, opgesmukt met kostbare linten en kantwerk, ongevaarlijk en zwakzinnig; en de Politieman wist niet of hij medelijden of minachting moest voelen.

De Vicaris was klaar met de bewieroking. Hij besteeg de drie treden die naar het altaar leidden, knielde neer en boog zijn voorhoofd naar de verhoging terwijl hij zijn armen haaks op zijn lichaam hield, zodat hij een groot kruis vormde. Hij bleef lange tijd knielen, en Nourio kon in alle rust de zwarte boog van zijn voeten bewonderen, die je van een paar meter afstand voor klompen zou kunnen aanzien.

Toen kwam hij weer overeind, liep om het altaar heen, ging voor de menigte staan en keek de aanwezigen strak aan; daarna slaakte hij een kreet, een eindeloze kreet die iedereen die zich in de kerk had verzameld door merg en been ging. Een kreet die opsteeg naar het kapiteel, botste tegen de bogen en de kerkramen deed trillen. Een buitensporige kreet die nauwelijks een menselijke oorsprong leek te hebben, die niet leek af te nemen, die in de oren drong en zich als een oneindig lange schroef in de schedels boorde; en die eerste kreet, die hoofdkreet, lokte met zijn echo of voorbeeld een tweede uit, toen een derde, toen nog een, tientallen, honderden, want dat wat bezit had genomen van de Vicaris nam nu bezit van alle aanwezigen, alle mannen, vrouwen, bejaarden en kinderen, op een paar uitzonderingen na, zoals de Politieman bijvoorbeeld, die aan de oeroude legende van Odysseus en de Sirenen dacht, of de Plaatsvervanger, wiens reusachtige, weldoorvoede gestalte niet ver van de doopkapel opdoemde en wiens verbijstering zijn gezonde verstand niet uit kon wissen.

Later, 's avonds, toen ze elkaar op de Politiepost troffen, durfde Baraj een vraag te stellen over de Vicaris.

'Is hij krankzinnig, Meester?'

De Politieman zoog aan zijn sigaar en glimlachte. Hij nam alle tijd voor zijn antwoord.

'Niet krankzinniger dan jij of ik. Hij is een kenner van de menselijke natuur en van de menigte. Meer niet. Hij windt ze als slangen om een stok. Hij kan ze laten dansen. Ken je de fabel van de rattenvanger?'

De Plaatsvervanger krabde in zijn haar en groef in zijn slecht opgeborgen herinneringen.

'Die las Oresz Mlaver voor op school.'

'Nou, als je de rattenvanger vervangt door een blootvoetse Vicaris, dan ben je er.'

Baraj kon zich het verhaal gedeeltelijk herinneren: een stad met een rattenplaag, een magische muzikant die werd ingehuurd en zijn geld niet kreeg, en verdronken kinderen. Toch begreep hij niet precies waarom de Politieman over die legende begon. Wie ging er verdrinken? Hij hield zijn vraag liever voor zich, uit angst dat het antwoord hem meer hoofdpijn zou opleveren dan het uitblijven ervan.

De Politieman had genoten van de collectieve stuiptrekking, zoals je ook van een lekkere ragout met komijn en een glas tokaj kunt genieten. Hij had zelfs enige jaloezie jegens de Vicaris gevoeld, die niets anders hoefde te doen dan met zijn geesteszieke ogen rollen, onbegrijpelijke, idiote kreten te slaken en met de vuile nagel van zijn wijsvinger naar de kist van Pernieg priemen om in een oogwenk een menigte te smeden die geheel aan zijn genade was overgeleverd.

Met een kort handgebaar, als een dirigent in een muziektent, had de Vicaris het geschreeuw laten ophouden.

Op de woede volgde de stilte.

Er was niets anders te horen dan een zacht, ergerlijk geluid dat de Politieman aanvankelijk hield voor het schrapen van een knaagdier maar dat in werkelijkheid afkomstig bleek van de Bisschop in zijn hoge stoel. Door de onophoudelijke trilling in zijn magere gezicht tikte zijn mijter continu tegen zijn staf, wat het geluid van een vuursteentje maakte. Zijn voeten, die niet tot aan de grond kwamen, bungelden in de lucht, waardoor een van zijn kostbare rode schoenen op de vloer was gevallen en daar een gestolde bloedvlek vormde.

De Vicaris liet de stilte voortduren. Hij leek de kudde af te zoeken met zijn wijd opengesperde ogen die door het licht van duizend waskaarsen nog blauwer leken, en met zijn heldere pupillen nagelde hij alle gezichten vast door zijn blik erop te laten rusten, alsof hij probeerde de mismaaktheid te zien van de kleine hersenen die erachter zaten.

Stel dat je in één ruk de huid van mensen los kon trekken zodat ze in al hun naaktheid voor je stonden, met hun bloederige ziel in het volle licht – wie zou die aanblik kunnen verdragen?

Nourio, die de inwoners goed kende, las ze als een open boek: ieder van hen wachtte op zijn straf, want ieder van hen wist dat hij een gebrek had, een misstap of zonde had begaan, een fout had gemaakt, een ongepast verlangen had gevoeld of een onzuivere gedachte had gehad.

Het afgrijselijke geschreeuw van de Vicaris en de daaropvolgende stilte, die nog afschuwelijker was, hadden ervoor gezorgd dat de aanwezigen in de kerk naar het diepste van zichzelf werden teruggeworpen. De aanwezigheid van het lichaam van de vermoorde Pastoor, voor eeuwig opgesloten in een armzalige houten kist, functioneerde als een belangrijk relikwie dat je dwong de waarheid onder ogen te zien: in de nabijheid ervan kon je onmogelijk een leugen verkondigen en ook niet op de vlucht slaan.

De stem van de Vicaris, zo scherp als een scherf van spiegelglas, verhief zich. Hij sprak enorm traag, haalde de woorden los van elkaar, verstikte ze, omhulde ze met een leegte die hun kern blootlegde.

'Hier, binnen deze muren en buiten deze muren, zie ik goede mensen. Maar ik zie ook monsters. Monsters die vlak bij uw huizen wonen, die u dagelijks tegenkomt, met wie u gesprekken voert, met wie u lacht, maar in wier aderen geen bloed vloeit, geen bloed zoals het uwe, maar een onreine, dodelijke gal. Monsters met de hypocriete gedaante van een buurman, een vriend, een broeder, een echtgenote, een vrouw, een zoon, monsters wier handen de uwe vasthouden, wier glimlach een masker is en wier woorden altijd bedriegen.

Zo een monster heeft een moord gepleegd.

Zo een monster meent Gods gelijke te zijn en heeft uw Pastoor het leven ontnomen. Hij is er niet meer, maar deze kerk is vervuld van zijn ziel. Zijn eeuwige ziel, die is teruggekeerd naar Gods schoot. Ik weet dat hij ons hoort, ons ziet, in deze kerk die eens zijn huis was. Ja, ik voel de ziel van de herder die nog steeds vreugdevol en met goedheid over zijn radeloze kudde waakt.

Uw herder is voor u gestorven! De kracht van zijn offer moet uw hart verlichten! Kom tot inkeer!

Satan verschijnt in duizend gedaanten. Satan kent duizend vormen van bedrog! Satan is neergestreken in uw gemeenschap! Kom tot inkeer!

Satan is hier. In uw midden. Om u heen! En ik zeg u, ten

overstaan van het koude en verminkte lichaam van onze broeder, dat er maar één redding is en die redding is God, zoals er ook maar één God bestaat, en dat is onze God. Kom tot inkeer!

Eén ware God!

Wie een andere God aanbidt, wendt zich tot de duivel!

Kom tot inkeer!

KOM TOT INKEER!'

De Vicaris zweeg.

Hij liet zijn armen terugvallen langs zijn lichaam en zijn hoofd viel omlaag, alsof er plotseling een te zware gedachte in zat waar hij doodmoe van werd. De menigte leek met stomheid geslagen. De woorden van de ziener renden door de schedels en botsten tegen de wanden. Alles deed pijn. Ze hadden lucht nodig. De wierook prikte in hun ogen.

Wie de gezichten bestudeerde zoals de Politieman dat deed, las een groot boek van ontreddering en onwetendheid. De woorden van de Vicaris waren vonkjes op kleine bergjes buskruit die alleen tot ontploffing gebracht hoefden te worden. Eigenlijk hadden weinig inwoners de Pastoor voor zijn dood in hun hart gesloten, en niemand miste hem, maar het simpele feit dat hij er niet meer was, gaf hem opeens een belangrijke positie.

De Politieman bedacht dat de dood van Pernieg heel goed uitkwam, en hij dacht na wie ervan kon profiteren. Hoe, dat wist hij nog niet precies, maar mensen die beter dan hij begrepen hoe de aarde draaide waren er waarschijnlijk al mee bezig.

De processie bevestigde alleen wat Nourio al voorvoeld had. De komst van de Vicaris was niet zozeer een eerbetoon aan Pernieg als wel een manier om de bevolking klaar te stomen, te spannen als een boog, te slijpen als een mes. De moord was de onbedoelde prelude van een dramatisch bouwwerk, waarvan de culminatie ongetwijfeld zou zijn dat er een brandstapel of een schavot gebouwd zou worden; deze uitvaart en processie waren de eerste akte.

Er zat een plan achter dit alles. Een plan dat de Politieman boven de pet ging, de stad boven de pet ging en misschien zelfs de Vicaris boven de pet ging; een plan dat tot rijping was gekomen in de vooraanstaande geesten van het Keizerrijk, tijdens bedachtzame gesprekken die zo exact waren als wiskundige vergelijkingen en waarin werd gesproken over de mens en zijn lot, zonder emotie, zonder verwarring, zoals je ook puur wetenschappelijk kunt spreken over het minieme gewicht van raaigras dat door de wind wordt meegevoerd.

De processie duurde ruim twee uur. Zodra men de kerk uit kwam werden de waskaarsen vervangen door fakkels die men uit grote aarden potten haalde, en het zachte licht dat tijdens de uitvaart geel en zalvend over de gewreven planken was gevallen maakte plaats voor een barbaars schijnsel van gewelddadige, warrige vlammen die een onbehouwen geur verspreidden, hars en teer, vet en pek, die de hoofden van de menigte lichter maakte dan welke eau de vie dan ook.

De Vicaris ging voorop, nog altijd blootsvoets, door de natte vuile sneeuw, ongevoelig voor de kou. Dan kwam de kist van Pernieg, gedragen door de gebroeders Sandjaraï, vier timmerlieden die ook als lijkgravers werkten en een monnikenbestaan leidden, die nooit een vrouw hadden genomen en van wie bittere tongen beweerden dat ze onderling sodomie bedreven. Ze hadden sinds hun prille jeugd nooit een kerkdienst gemist. De afgelopen twee dagen hadden ze, terwijl ze een waterval aan tranen plengden en gebeden neurieden, hun krachten gebundeld en met pikhouwelen en ijzeren staven een graf voor de Pastoor gegraven in de bodem die tot meer dan een meter diepte bevroren was.

Dan kwam de Bisschop, nog steeds in zijn hoge stoel, waar tussen de poten sterke stokken waren gestoken zodat hij kon worden opgetild door de mannen van zijn gevolg, waaronder de secretaris met het roze meisjesgezicht, die een brede, soepele, met nerts gevoerde bontmantel over de magere schouders van zijn Meester had geworpen die hem zo goed beschermde tegen de kou dat het niet lang duurde totdat hij in slaap sukkelde en begon te snurken.

De kerkklokken zwegen.

De mensen begonnen achter deze merkwaardige gestalten aan te lopen.

Aanvankelijk was er niets anders te horen dan de voetstappen van de menigte op de wintergrond, maar toen steeg de stem van de Vicaris op, die driemaal dezelfde frase sprak: 'Kom tot inkeer!', waarna de menigte die drie keer herhaalde, waarna het weer de beurt van de Vicaris was, en dan weer van de menigte, enzovoort, eindeloos, tot je er misselijk van werd, tot je er verdoofd van raakte, tot je van je stokje ging, tot je ieder besef verloor van tijd, weer en ruimte, van dag en nacht.

Aan het einde van de tocht, toen het pikdonker was, bereikte de processie het kerkhof, nadat ze alle straten van het stadje hadden doorlopen zonder een enkele over te slaan, inclusief de smalste, waar het legioen pas op de plaats moest maken.

Toen men de kist in de kuil liet zakken leek die geen bodem te hebben. De lage hemel brak een ogenblik open en de bijna volle maan verscheen, een bleke kaas met hier en daar een schimmelplek. Maar kennelijk beviel de aanblik van die idiote menigte haar niet, want ze trok zich al snel terug achter dikke wolken en liet zich daarna niet meer zien. En zo verdwenen Pernieg en zijn houten habijt naar de keerzijde van de wereld.

10

De pen van de Politieman rende over het papier. Hij had altijd van schrijven gehouden. Het was iets wat hem vrolijk stemde. Het haalde hem uit zijn weinig rooskleurige situatie van een ondergeschikt ambtenaar aan de rand van de wereld, ver van zijn geboortegrond, in een van de vele administratieve uithoeken waar weinig gebeurde en waarvan de meeste onderdanen van de Keizer niet eens wisten dat ze bestonden, laat staan hoe ze heetten.

De juiste woorden vinden en ze met elkaar verbinden om perfecte zinnen te componeren deed hem ook vergeten dat hij de vader van vier kleintjes was en dat het vijfde trappelde van ongeduld in de strakke buik van zijn vrouw: nog iemand waarvan de neus gesnoten moest worden, die gevoed, verschoond, onderhouden en later opgevoed moest worden.

Het scherpe gekras van zijn pen op het papier en de geur van de inkt slaagden er zelfs in zijn onzuivere gedachten te onderdrukken, het vuur in zijn roede, de gedachte aan gemeenschap die hem zo vaak pijnigde en in beslag nam en die hem dwong om zich in het geheim te strelen op de Politiepost, nadat hij de Plaatsvervanger eropuit had gestuurd om aan het einde van de wereld een of andere nutteloze opdracht te vervullen.

Als hij zijn best deed om met een perfect handschrift te schrijven vergat hij zelfs Lémia, haar onbewogen gezicht, de aanzet van haar borsten, de door het warme badwater soepel geworden huid en de speekselbelletjes tussen haar lippen als rode vruchten, alle elementen kortom van de aanblik die hem een paar dagen eerder had overvallen en die sindsdien constant in hem rondspookte.

Gewoonlijk viel er in het dagelijkse rapport niets te melden en moest de Politieman al zijn fantasie gebruiken om iets te bedenken. Sinds de moord op Pastoor Pernieg moest hij daarentegen iedere dag opnieuw voorkomen dat het rapport de omvang en de dramatiek van een hoofdstuk uit een roman kreeg. Hij wist dat Commandant Sroh zijn aandacht niet lang bij hetzelfde onderwerp kon houden en dat hij niet buitensporig intelligent was; en dus probeerde hij het kort te houden, wat in deze nevelige tijden een evenwichtsoefening bleek.

Baraj had het vuur gevoed. De verstikkende hitte verspreidde de geur van vet leer, voeten en sigaren. Buiten ging de besneeuwde aarde naadloos over in de hemel. De noordoostenwind had plaatsgemaakt voor een westenwind die zwaar was van het vocht. Er klonk geen enkel geluid, behalve zo nu en dan een harde trap van een van de knollen in de naastgelegen schuur, die ongetwijfeld dagdroomden over de zomer, over grote velden met vers gras.

De Plaatsvervanger was op zijn krukje in de hoek gaan zitten, bij het raam, met een muur tegen iedere schouder. Hij keek toe terwijl de Politieman schreef en hoopte dat hij op die plaats uit het zicht vergeten zou worden.

Tenzij Nourio het rapport aan hem voorlas, wat niet vaak voorkwam, of als de Plaatsvervanger er een blik op kon werpen wanneer de Politieman wegliep, had hij geen idee wat zijn meerdere opschreef.

Eerlijk gezegd vond hij dat geen gemis. Hij deed zijn werk. De dagen volgden elkaar op. Hij patrouilleerde door het stadje met zijn mechanische, onbeholpen tred, berispte soms een kind op verzoek van de ouders, controleerde de papieren van venters, inspecteerde vrachten, suste burenruzies. Op de Politiepost veegde hij, boende hij, ruimde hij op en zorgde hij dat de samowaar continu gevuld bleef met water, en soms ging hij naar buiten om hout te halen en de paarden van hooi en voer te voorzien.

Als hij tijd over had, vouwde hij een van de landkaarten uit die op een plank lagen en bestudeerde die tot in het kleinste detail, tot zijn ogen ervan sleten. 's Avonds ging hij naar huis, kauwde net zo lang op een mondvol tabak totdat die in zwart sap veranderde waar hij dan langdurig mee gorgelde, en haalde zijn geluk uit de liefkozingen van Mijn Schoonheden die hem blij verwelkomden en hem aankeken met grote, herfstkleurige ogen vol liefde en erkenning, alsof hij een vorst en het middelpunt van het heelal was.

Hij die nooit iets of iemand benijdde, had toch graag gewild dat hij net zo kon schrijven als de Politieman: snel, moeiteloos, prachtig, zonder twijfel of doorhalingen. Ja, soms waren er bepaalde gedachten die hij graag snel aan het papier had willen toevertrouwen, fragmenten van zinnen die door hem heen schoten, waar kop noch staart aan zat maar die hem blij maakten met hun muziek, hun smaak en hun kleur, wat een belachelijke gedachte was omdat woorden geen smaak of kleur hebben; maar die zinsflarden, waarvan hij niet wist waar ze vandaan kwamen, regen zich in zijn binnenste aan elkaar, soldaten gevlucht uit een parade, die hun geweren, helmen en patroontassen hadden weggegooid en lachend naar plaatsen zwierven waar officieren niets te zeggen hadden. Het was iets wat hem verrukte, hoewel geen van zijn zinnen een plek in zijn geheugen wist te bemachtigen, waar weinig ruimte was.

De Plaatsvervanger was groot uitgevallen en leeftijdsloos; hij leek eerder gekneed uit kinderlijkheid dan uit verstand, en zijn grove, met houtskool getekende trekken wekten de indruk dat hij volslagen imbeciel was, wat nog werd versterkt door zijn ongemakkelijke houding en in alle opzichten werd bevestigd door zijn conversatie, die zo armoedig was als een opgedroogde bron. Maar dat beest met het lelijke mensengezicht voelde in zijn innerlijk soms flarden van prachtige gedichten opborrelen waarvan hij niet eens wist dat het gedichten waren, en die hij net zomin kon vasthouden als een kruik vol gaten de wijn die erin zit, ook al is het de kostbaarste wijn op aarde.

En dus bleef hij de Plaatsvervanger, en daar was hij best tevreden mee; alleen zuchtte hij af en toe als hij erover nadacht, overigens zonder dan echt verdrietig te worden, want hoewel Baraj zoals zoveel mensen rakelings langs een ander mogelijk leven was gescheerd waarvan hij op een dag zonder het te merken de deur over het hoofd had gezien, beviel zijn leven hem uitstekend.

'Heb je geteld hoe vaak de processie stilhield?'

De stem van de Politieman rukte hem uit zijn warrige dromen en hij ging staan, min of meer in de houding maar wel krom.

'Blijf daar niet zo achter me staan. Kom hier.'

De Plaatsvervanger voelde zijn verlegenheid terugkomen. Hij had de vraag nauwelijks begrepen, en die had een handjevol woorden verjaagd die op bezoek waren gekomen – *de tijd van de wind is niet voorbij, de sneeuwranden zijn hun glimlach kwijt* – en nu alweer uit elkaar vielen.

'Nou?' zei Nourio, met een stem waarin enige irritatie doorklonk zodat het gedicht voor eeuwig werd uitgewist. 'Blijf daar niet zo staan! Je lijkt wel een boomstam! Ga zitten en geef antwoord.'

Baraj perste zijn hoge benen onder de tafel en zette zijn dikke achterwerk op de ezelshuid.

'Heb je geteld hoe vaak ze gestopt zijn?'

Tijdens de processie had de Plaatsvervanger op de gezichten gelet. Hij had zich afgevraagd of de Moordenaar dapper of krankzinnig genoeg zou zijn om achter de kist van zijn slachtoffer aan te lopen, maar de eindeloze litanie van de Vicaris, de menigte, de kou, de deinende vlammen van de fakkels, de geur die je naar het hoofd steeg, het hongergevoel omdat de erwtensoep en het spek van die ochtend al ver achter hem lagen, en de mensenvloed die als pap door de straten stroomde, hadden hem hoofdpijn bezorgd en langzaam maar zeker was zijn aandacht verslapt. Hij had wel gemerkt dat de processie af en toe niet vooruit leek te komen, maar dat had hij geweten aan opstoppingen, veroorzaakt door het grote aantal deelnemers en de geringe breedte van sommige straten.

Uiteindelijk biechtte hij beteuterd aan zijn meerdere op dat hij ze niet had geteld, nee.

'Had je wel moeten doen. Veertien keer. Hoor je me, ze zijn veertien keer gestopt. Dat is geen toeval. Zegt dat aantal je niets?'

Baraj had een hekel aan de momenten waarop de Politieman hem vragen stelde. Bijna nooit wist hij het antwoord, hij was er helemaal niet aan gewend om op die manier te moeten nadenken, om dingen te wegen, te bestuderen, op zoek te gaan naar betekenissen en waarheden aan het licht te brengen. Dan voelde hij zijn mond droog worden en lagen zijn nutteloze kolenschoppen te trillen op zijn dijen. Dan werd hij weer het trage jongetje dat door de schoolmeester werd overhoord, dat met een mond vol tanden bij het bord stond, wiens onwetendheid aan de anderen ten voorbeeld werd gesteld en dat daarna tot het einde van de les in de hoek werd gezet.

Hij liet het getal veertien door zijn hoofd gaan. Ja, het zei hem wel iets, maar wat dan? De Politieman keek hem met zijn gele ogen aan terwijl hij zijn snor aaide. In de stal hoorde hij de merries briesen. Een ervan hinnikte zwakjes. Ze kreeg geen antwoord van haar metgezel. En opeens kreeg de Plaatsvervanger een inzicht dat hem deed huiveren.

'De kruisweg! De veertien statiën van de kruisweg!'

'Goed zo!' zei de Politieman, en hij beloonde hem met een glimlach, wat de Plaatsvervanger, die zijn lichaam voelde ontspannen, niet merkte.

Onopvallend veegde hij zijn klamme handen af aan de stof van zijn broek, en toen glimlachte hij ook, heel kort omdat hij niet aan glimlachen gewend was, omdat hij nogal onbewogen van aard was en hij zich schaamde om zijn tanden, zwart van de pruimtabak, te ontbloten.

De Politieman legde zijn pen neer, kwam kwiek overeind, trok aan zijn vestje en liep om de tafel heen, de handen op de rug, voorovergebogen, wat hij altijd deed als hij op het punt stond aan een lang verhaal te beginnen.

Met koortsachtige stem legde de Politieman de Plaatsvervanger uit dat hij eerst hetzelfde had gedacht. Alles wees erop dat dat de verklaring was. Ze waren veertien keer gestopt. Er waren veertien statiën. De kruisweg. De lijdensweg van Christus. Pernieg die door de Vicaris met een nieuwe Messias werd vergeleken, op zijn minst met een martelaar. Het kon niet anders! Maar toen ze voor de vijfde keer stopten, was hij gaan twijfelen. En dat gevoel van twijfel werd bij de zesde stop versterkt en bij de zevende nog heviger. Bij de achtste stop wist hij dat het waar was wat hij voorvoelde, zodat hij zelfs kon voorspellen waar ze de volgende keren halt zouden houden, tot de veertiende keer aan toe.

En hij had zich niet vergist.

'Pak het notitieboek en kijk op de rechterpagina.'

Baraj greep het schrift van zijn meerdere met de omzichtigheid die gewoonlijk voor kostbare manuscripten wordt gereserveerd.

'Lees voor wat ik heb opgeschreven.'

De Plaatsvervanger ademde diep in, schraapte tweemaal zijn keel en begon te lezen, met bij ieder woord de angst dat hij zou struikelen. 'Eerste statie: Antovic. Tweede statie: Kadar. Derde statie: Bedjej. Vierde statie: Krashmir. Vijfde statie: Drakjo. Zesde statie: Kouechi. Zevende statie: Pechvec. Achtste statie: Velkoj. Negende statie: Egosgh. Tiende statie: Rudjic. Elfde statie: Mameijka. Twaalfde statie: Sarkejk. Dertiende statie: Uvguejic. Veertiende statie: Guedj.'

Hij zweeg. Hij was uitgeput van de inspanning. Zijn mond was droog maar hij durfde zich geen thee bij te schenken. 'En? Zie je het?' Baraj zag helemaal niks, maar dat durfde hij niet te zeggen. De ervaring had hem geleerd dat hij alleen maar hoefde te wachten. Alles zou vanzelf duidelijk worden, want de Politieman deed niets liever dan zijn redeneringen uitleggen. Hij knikte alsof hij het begreep.

'Alle families! Alle veertien moslimfamilies in het stadje. Er ontbreekt er niet een. De Vicaris heeft voor al hun huizen halt gehouden. Je ziet dat de staties niets met de kruisweg te maken hebben! Niets! En als het je is opgevallen dat ze voor het laatst halt hielden voor het huis van de Imam, dan kan ik je verzekeren dat dat ook geen toeval was! Absoluut geen toeval!'

'Nee, absoluut geen toeval...' meende de Plaatsvervanger te moeten zeggen, die van de hele geschiedenis nu echt hoofdpijn kreeg.

De Politieman herinnerde hem eraan dat de Vicaris bij iedere stop na een korte stilte zijn spreuk 'Kom tot inkeer! Kom tot inkeer! Kom tot inkeer!' had geroepen, steeds luider, en dat de menigte dat vervolgens had nageroepen als een reusachtig kanon dat drie schoten lost.

Baraj wist het niet, zoals er wel meer dingen waren die hij niet wist. Anders dan Nourio, die bij de kop van de stoet was gebleven, had hij zich onder de menigte begeven en zich laten afzakken om iedereen te observeren. Daarom had hij niet precies gezien waar ze hadden halt gehouden, net zomin als hij het woedende gezicht vol haat had gezien waarmee de blootvoetse Vicaris naar de gesloten luiken keek van de huizen waarvoor hij bleef stilstaan als hij zijn banvloek schreeuwde.

Nu liep de Politieman niet meer om de tafel heen; hij stond bij het raam en drukte zijn voorhoofd tegen het glas, wat hij graag deed als hij het door al zijn denkwerk te warm kreeg. Hij keek naar de reusachtige witheid die zich voor hem uitstrekte, zonder schakeringen, zonder reliëf. Hij voelde zich verloren en zwak. Dat gebeurde wel vaker, dat hij van grote opwinding abrupt doorsloeg naar diepe verslagenheid.

Het zien van de complexiteit van de wereld, of in ieder geval een deel ervan, was niets om rustig van te worden. Integendeel. Hij dacht aan de Plaatsvervanger, wiens vredige adem hij achter zich hoorde. Hij benijdde hem om zijn beperkte intelligentie.

De wrede dood van de Pastoor scheen hem opeens lachwekkend toe. Want wat nu telde was wat bepaalde krachten ermee gingen doen. Hij had het gevoel dat het kleinste detail het onderzoek, waar hij zich zo op verheugd had, in een richting zou kunnen sturen waar noch de waarheid, noch zijn deductieve vermogens, noch de ware identiteit van de dader, noch hijzelf van enig belang waren, en op het moment dat hij dat bedacht besefte hij dat hij geen enkele manier kon bedenken waarop hij zich tegen zo'n stormachtige loop van de gebeurtenissen kon verzetten.

Hij voelde zich belachelijk klein en machteloos. En dus balde hij zijn magere vuisten en duwde zijn voorhoofd nog harder tegen het koude glas, bijna totdat het brak, en sloot zijn ogen.

II

Het was voor de Politieman niet moeilijk te ontdekken hoe de Vicaris de adressen van de veertien huizen had achterhaald.

In de dagen dat de Bisschop en zijn gevolg in het stadje hadden doorgebracht, hadden de oude, verlepte geestelijke en zijn Vicaris het Staatspaleis niet verlaten. De eerste lag opgerold in een hemelbed dat stamde uit de tijd van de Heren van Kodiva, waarin wel tien skeletten zoals het zijne te ruste konden worden gelegd en waar hij zich voedde met thee en kippenbouillon die de Vicaris in de pastorie liet bereiden door Perniegs dienstmeid, die het daarna met alle egards kwam brengen, in de overtuiging dat het hemelse gerechten waren die de poorten van het Paradijs wijd voor haar zouden openen.

Wat betreft de Vicaris, die verdeelde zijn tijd tussen bidden, in de slaapkamer of in de kapel van het paleis, die voor de gelegenheid goed was afgestoft, waar hij uren per dag aan wijdde, en lange gesprekken met de Burgemeester en de Rapporteur van het Keizerlijk Gezag, die hij apart van elkaar ontving.

Ondanks zijn pogingen om de tongen los te maken bij een glas bier, kon de Politieman niets achterhalen over de teneur van die gesprekken, en dat zat hem dwars; maar wat hem nog meer dwarszat was dat zijn aanbod om zich ter beschikking van de Vicaris te stellen, was afgeslagen. Een man uit het gevolg van de Bisschop had hem het antwoord gebracht, niet eens schriftelijk, gewoon mondeling, die zei dat ze hem niet nodig hadden en dat hij zich weer *over zijn eigen taken kon ontfermen.*

Die laatste formulering deed meer pijn dan een dolkpunt. Die reduceerde hem tot het niveau van de grond, maakte een dienstknecht van hem die geen andere functie had dan vloeren te schrobben en beertonnen te legen.

De Politieman ging ervan uit dat de Vicaris geïnteresseerd was in wat hij te vertellen had en zijn mening over de moord zou willen horen. Hij bedacht dat het een goede gelegenheid zou zijn om dat merkwaardige personage van dichtbij te observeren en te ontdekken wie hij werkelijk was, want vooralsnog wekte hij eerder de indruk dat hij van het podium van een clownstheater of uit een krankzinnigengesticht kwam dan uit de studiezalen van het grootseminarie van T.

En nu had die groteske geestelijke hem laten weten dat het onnodig was, dat hij kon blijven waar hij was, dat hij zich weer *over zijn eigen taken kon ontfermen*! Nourio was het gewend dat iedereen in het stadje, bewoners en notabelen, hem met respect, ja zelfs ontzag behandelde, en dat had ertoe geleid dat hij een verkeerd beeld van zichzelf en zijn taak had gekregen. De kwetsende houding van de Vicaris bracht hem terug tot zijn werkelijke, ellendige toestand: hij was een soort veldwachter wiens werk bestond uit het oplossen van kleine geschillen en straatruzies, niet van ingewikkelde misdrijven.

Zoals bij iedere mens die zwaar is van trots en een flinke

snuf zelfgenoegzaamheid heeft, had deze belediging de uitwerking van een verwonding met een roodgloeiende pook, en om iets van zijn waardigheid en kalmte te hervinden liep de Politieman urenlang over het besneeuwde plateau, door de rukwinden en de nevel, zonder vaste richting, met als enige doel om moe te worden.

Terwijl de Bisschop terugkeerde naar de dreumesjaren van de vroege kindertijd en in het overdreven grote bed aan zijn kruidenthee nipte, en de Vicaris zich de importantie van een ambassadeur aanmat, hadden de andere leden van de delegatie, te weten de drie lijfwachten en de verwijfde jongeman, hun intrek genomen in de herberg van Vilok, waar ze stevig dronken, schransten als wolven en de eeuwige dronkaards om hen heen continu trakteerden, zodat die hun geluk niet op konden.

De jonge man was hun leider. Hij was zorgvuldig gekleed met fluweel uit Parma en wolvenbont, en alles aan hem getuigde van een goede opleiding en een hoge geboorte. Hij dronk niet minder dan de anderen, maar was goed gemanierd en gracieus; hij hield de ruwe glazen van de Herberg vast alsof ze uit het mooiste kristal waren gesneden.

De andere drie hadden vechters- of moordenaarskoppen, breed en doorkliefd met littekens die souvenirs van bloedige vechtpartijen of veldslagen konden zijn. Ze joegen iedereen die hun blik kruiste angst aan, en niemand zou blij zijn om ze in een donkere uithoek van het woud of in een donkere steeg tegen te komen.

Ze waren gekleed als soldaten, maar soldaten uit een andere tijd, lansknechten of huurlingen uit verloren eeuwen, met hoog opgetrokken laarzen die tot boven hun knieën reikten, vilten broeken, pofhemden die ooit wit waren geweest en waarvan de gekreukte mouwen uit gilets van Spaans leer staken die met veters waren dichtgebonden.

Het was bijna verrassend dat ze geen rapier aan hun zij hadden of een dolk aan hun riem. Ze spraken de taal van hier, met een rauwe intonatie, maar onderling spraken ze iets anders, een taal die de Politieman niet kende en die hem ook niet aan een van de andere talen deed denken die hij in de loop van zijn leven had gehoord; maar het Keizerrijk was uitgestrekt en gevarieerd, er vielen zoveel volkeren en culturen onder dat het onmogelijk was om alles wat er werd gesproken te kennen.

De vier mannen zaten steevast aan de beste tafel; een massief, gedraaid, Beiers meubelstuk van notenhout dat hier op de een of andere manier verzeild was geraakt en dat Vilok in een hoek van de Herberg had neergezet, op een verhoginkje, tegenover de keukendeur en niet ver van de haard van blauw plateel die hij tot de nok toe volpropte om de drinkebroers te behagen, maar ook om hun dorst te prikkelen.

Wanneer de duisternis het tegen vier uur 's middags langzaam maar zeker van het grijze daglicht won en de kachel werd bijgevoed met vierkante houtblokken maar daarnaast ook de haard werd aangestoken, evenals de kaarsen van de grote smeedijzeren kroonluchters, kon het gebeuren dat een passant die een blik in de Herberg wierp de vier mannen dronken lachend zag zitten, met een glas of speelkaarten in de hand, terwijl hun gezichten half in het schemerdonker verdwenen.

Om de tongen los te krijgen, moet je de kelen smeren. Wijn laat de woorden gemakkelijker stromen, zodat stevige drinkers vaak flinke praters zijn. De jongeman met de vrouwenmanieren en zijn drie metgezellen achterhaalden al snel wat ze wilden weten, namelijk waar degenen woonden die de God van Mohammed tot de hunne hadden genomen, hoe ze heetten en met hoeveel ze waren.

Sommige drinkebroers wezen hun de huizen van de moslimfamilies door met wankele stappen mee te lopen als de vier metgezellen deden alsof ze luid zingend door het stadje wilden wandelen. En het lijdt geen twijfel dat de Burgemeester en de Rapporteur, die beiden op hun ijverigst voor de dag wilden komen, de inlichtingen aan de Vicaris bevestigden.

Daarom was het op de dag van de processie niet nodig om de boetelingen te vertellen waarom er op sommige plaatsen werd halt gehouden en op andere niet. De menigte is stom, maar af en toe schieten er toch schichten van inzicht door haar heen. Vaak is het genoeg om even te wachten en dan komt de openbaring vanzelf, en iets wat op het moment zelf niets lijkt te betekenen kan dagen later, door middel van een wonderbaarlijk verteringsproces, alsnog betekenis krijgen.

Een van de eerste effecten van die gastro-intestinale reactie liet niet lang op zich wachten.

Drie dagen na de uitvaart van Pastoor Pernieg en de boeteprocessie, op de dag nadat de bibberende Bisschop en zijn gevolg hun kamp opbraken en terugkeerden naar T., hing een anonieme hand een big die hij ter plaatse had gekeeld aan de deur van de moskee, waarna hij de deuren van de veertien woningen met varkensbloed besmeurde door er een symbool op te kladden dat iets weg had van een maansikkel.

Sinds het nieuws van de moord op de Pastoor was de stad in de greep van ongeloof en angst. Het godslasterlijke offervarken en het geklieder raakte de zielen en verhitte ze. In gesprekken op straat werd er schande over gesproken, maar heimelijk werd er ook om gelachen. Men sprak zijn afschuw uit, maar men stootte elkaar ook lachend aan en strooide met knipoogjes. In het openbaar was men geschokt, maar binnenshuis had men begrip.

Zoiets als dit was nog nooit vertoond: in nog geen twee weken tijd waren er in het stadje twee dingen gebeurd die ieder op zich genoeg waren om de avondgesprekken van drie generaties te voeden. Ze stonden aan de rand van een afgrond, dat was duidelijk – maar wat voor afgrond? De wetenschap dat ze vlak bij een immense, onpeilbare diepte stonden, het feit dat men niet wist hoe die eruitzag en ook niet hoe de wereld erin zou vallen, leidde zowel tot onrust als opwinding. De mens geniet van periodes van mogelijke rampspoed, die het sleetse bestaan waarde geven en de dagen erna, waarvan je nog niet weet hoe die eruit zullen zien, een zweem van gewelddadigheid.

Het was de Imam die, vergezeld door de Burgemeester, bij het woonhuis van de Politieman aanklopte. Hij had de bloedstrepen op de deur van zijn woning ontdekt en vlak daarna het gekeelde varken bij de moskee. Hierna had hij zijn gelovigen bezocht, van wie sommigen zich bij het zien van dat bloed in het gezicht sloegen, kreunden en huilden.

Het was een sprankelende dag. Voor het eerst in een paar weken was de hemel onbevlekt blauw. De zon was licht en helder en gaf de sneeuw, die dik op de daken en de omliggende velden lag, een onverdraaglijke schittering.

Nourio keek er met samengeknepen ogen naar door het raam van de slaapkamer, waar hij naartoe was gegaan met een kom thee voor zijn vrouw. Haar buik was nog iets boller geworden en het kind schopte, zodat ze onafgebroken kreunde. Haar haar was doorweekt van het zweet. Ze hield de kom met twee handen vast, dwong zichzelf om kleine slokjes te nemen en slaakte iedere keer dat het kind een trapje gaf een kreet.

Toch was de zwangerschap nog niet voorbij. Ze zou nog drie tot vier weken moeten lijden. De Politieman kon niet meer. Zijn vrouw kwam haar bed niet meer uit. De kinderen werden aan hun lot overgelaten. In huis rook het naar een varkensstal. Het wasgoed stapelde zich op. Het vuil zette zich overal af. Walgend nam hij alles in ogenschouw.

Toen hij het gebonk op de deur hoorde en hij bij het opendoen het blozende, gegeneerde gezicht van de Burgemeester en dat van de Imam ontdekte, wiens verwilderde blik zijn hevige ontsteltenis verried, voelde hij zijn hart een sprongetje maken: er was weer iets gebeurd.

Iets wat hem een excuus zou geven om zijn huis, zijn kreunende vrouw en zijn onuitstaanbare kinderen te verlaten. Iets wat hem opnieuw het aanzien zou geven dat bepaalde figuren hem hadden ontnomen.

Nourio, de Burgemeester en de Imam kregen al snel gezelschap van Baraj, die geruchten had opgevangen; en gezamenlijk liepen ze de stad door en keken ze naar de godslasteringen die de families met talloze emmers warm water verwijderden.

De Politieman had zijn notitieboekje tevoorschijn gehaald, stelde vragen en maakte aantekeningen. De Imam was heel erg van streek, zijn kleine lichaam trilde en hij hief zijn handen continu naar de Hemel, terwijl hij in het Arabisch iets mompelde wat gedichten of bezweringen konden zijn. De Burgemeester wist niet precies hoe hij zich moest opstellen en zei alleen continu dat het erg zorgwekkend was en dat er alles aan gedaan zou worden om de verantwoordelijke zo snel mogelijk te vinden. Wat Baraj betreft, die volgde de stoet als een zorgelijk, ongevaarlijk, gehoorzaam dier.

Toen de inspectieronde was beëindigd, kreeg hij de taak toegewezen om het dode varken van de moskeedeur te halen en te laten verdwijnen. Toen de Politieman hem die opdracht gaf, met instemming van de Burgemeester, voelde Baraj dat zijn hart harder ging kloppen en hij bedankte hen uitbundig; daarna besefte hij dat het belachelijk was om de Politieman en de Burgemeester zo te bedanken, omdat het hem opeens duidelijk werd dat ze hem alleen met die taak opzadelden omdat niemand anders het wilde doen, en werd hij zo rood als een jong meisje.

Hij vervulde de opdracht zo goed als hij kon, en toen hij ieder spoor van het bloed op de deur had weggeboend, knoopte hij de big los, die een meter boven de grond aan zijn achterpoten was opgehangen. Het dier keek hem aan met zijn blauwe, zachte, vreedzame ogen. Baraj sleepte het naar een kruiwagen en liet het erin vallen. Het kadaver was nog slap en lauw, waar de Plaatsvervanger uit afleidde dat ze het kort voor zonsopgang hadden laten leegbloeden. Als het midden in de nacht was gebeurd, was het varken in de ochtend vanwege de vrieskou al zo hard als een steen geweest. Hij nam zich voor om dat aan de Politieman te vertellen.

Toen Baraj door de straten in de richting van de stadspoort liep, werd hij gevolgd door een vrolijke menigte huppelende kinderen die grappen maakten toen ze de goeiige, schommelende kop van het gekeelde varken uit de kruiwagen zagen steken. De Plaatsvervanger vond het eerst wel leuk, maar toen hij de laatste huizen was gepasseerd, joeg hij ze weg.

Het liep tegen twaalven. Het was guur, maar prachtig weer. Baraj deed zijn ogen dicht en snoof een diepe teug winterlucht op. De koude lucht verspreidde zich door zijn longen en liet er een heerlijk vuur in branden. Hij vervolgde zijn weg met de kruiwagen. Hij was van plan om naar de rand van de Plözevkloof te lopen en het kadaver daarin te dumpen.

Het kalkplateau waarop het stadje was gebouwd, was een kaas doorboord met duizend en één dolinen, sommige niet groter dan een kreuzer, andere daarentegen met de diameter van een wachttoren. Sommige minder diepe gaten vingen in de lente regenwater op en deden in de zomer dienst als drinkplaats voor de dieren. Andere leken bodemloos te zijn: als je er een steen in liet vallen, hoorde je die secondenlang tegen de wanden botsen, opspringen en terugvallen, tot hij de aars van de wereld bereikte.

Toen de Plaatsvervanger al een flink eind had afgelegd, keek hij naar het varken dat in de kruiwagen een middagdutje leek te doen, en hij bedacht dat het wel stom was om zo'n mooie berg vlees weg te gooien. Voor de Imam en zijn geloofsgenoten was het dier misschien onrein, maar voor hem niet, en toen zijn meerdere en de Burgemeester hem de taak hadden gegeven om het te laten verdwijnen hadden ze niet gezegd hoe hij dat precies moest doen. Of je dat dier nu in een gat gooide of tot worsten en hammen verwerkte, dat kwam op hetzelfde neer, behalve dan dat de Plaatsvervanger van die eerste methode eeuwig spijt zou hebben en dat de tweede hem zou verzekeren van blije dagen en levensmiddelen. Vlees was hier duur, en van zijn schamele wedde kon hij het zich niet vaak veroorloven.

Baraj vergewiste zich ervan dat hij niet gevolgd werd, dat

niemand hem kon zien; toen veranderde hij van richting. Hij werd aan het zicht onttrokken door hoge sneeuwjachten en na een uur bereikte hij, met talloze omwegen en dwaalsporen, zijn blokhut, waar Mijn Schoonheden blaffend om hem heen sprongen, zijn handen aflikten die doordrenkt waren van de geur van bloed, en daarna de snuit van het varken besnuffelden.

Op hetzelfde ogenblik vond er overleg plaats tussen de Burgemeester, de Politieman en de Rapporteur van het Keizerlijk Gezag, die zich bij hen had gevoegd. Ze zaten aan het uiteinde van de Raadstafel, en ze zagen er alle drie piepklein uit in die zaal die veel te groot voor ze was, maar dat beseften ze niet: de mens bekommert zich weinig om de lessen die de architectuur hem wil leren.

De Imam was graag gebleven, maar op de drempel had de Politieman hem laten weten dat zijn aanwezigheid niet gewenst was, met de eenvoudige woorden: dat is niet gewenst. Guedj leek zo geschokt dat hij niet eens een verklaring durfde te vragen.

'Ik denk dat u wel iets beters te doen hebt, bij de moskee en in uw gemeenschap, niet dan?' had de Politieman er nog aan toegevoegd, op een ironische toon die bij de Rapporteur niet bepaald in verkeerde aarde was gevallen.

De Imam wreef over zijn baard om er een tegenargument uit te toveren, maar dat lukte kennelijk niet; daarom had hij zijn kaftan gladgestreken en de drie mannen tegenover hem kil aangekeken; toen zei hij: '*Wifq Allah alsahat aldaala!*'

'Is dat een dreigement?' vroeg de Politieman.

'Kunt u *onze* taal misschien gebruiken?' zei de Rapporteur, die het leren lapje streelde dat voor zijn dode oog hing.

'Ik gebruik de taal van de waarheid. De taal van de Profeet, geprezen zij Zijn naam!'

'En denkt u dat u de goedheid kunt opbrengen om de woorden van *uw* Profeet te vertalen?' hervatte de Politieman, die zich aan alles van het gedrag van de Imam ergerde.

'*Moge Allah de verdwaalde schapen te hulp komen!* Dat is geen dreigement. Dat is een gebed. Een soera uit het Heilige Boek.'

'Bedoelt u daarmee dat u vindt dat wij verdwaalde schapen zijn?' vroeg de Politieman met een spottende glimlach.

De Imam, die Nourio's blik tot dan toe had ontweken, keek hem recht aan. Zijn gezicht, zijn handen, zijn hele lichaam trilde, alsof hij de experimentele behandeling met geneeskrachtige elektriciteit onderging die sinds een paar jaar in krankzinnigengestichten werd toegepast. En toen hij antwoord gaf, spuugde hij de woorden meer uit dan dat hij ze sprak.

'Nu misschien nog niet, maar ik ben bang dat dat nog wel zal komen.'

Toen draaide hij zich op zijn hakken om en liep de zaal uit.

Hoewel zijn vertrek de Politieman een glimlach ontlokte en de Rapporteur een hinniklach, werd de Burgemeester er onrustig van, want er was niets waar hij een grotere hekel aan had dan aan gedoe. Maar met een paar glazen jenever uit de fles die werd gebracht door Mirko, zijn manusje-van-alles, die opviel omdat hij een been miste dat in zijn jonge jaren was verbrijzeld door een eikenboom en daarna was vervangen door een prothese gesneden uit dezelfde boom die hem had verminkt, hervond de Burgemeester zijn zelfverzekerde idiotie en luide stem.

Nourio merkte tegen de twee anderen op dat tot nu toe niemand melding had gemaakt van een gestolen varken.

Terwijl ze de hele stad waren rondgegaan. Inmiddels wist de hele bevolking wat er was gebeurd, en toch was er niemand verschenen die zei dat hij een dier miste. De Rapporteur peuterde peinzend in zijn neus. De Burgemeester, die niet wist hoe hij de opmerking van de Politieman moest interpreteren, schonk zich nog maar eens bij. Nourio liet zijn glas tussen zijn vingers draaien en had het nog niet aan de mond gezet.

'Wat betekent dat, volgens jullie?' vroeg de Burgemeester.

'Heel eenvoudig: dat er geen sprake is van diefstal. Iemand heeft een van zijn eigen varkens gebruikt. Iemand heeft een varken afgestaan voor deze "ceremonie", en ik denk dat hij niet alleen heeft gehandeld. Die big woog bijna een centenaar, je hebt twee, misschien wel drie man nodig om zoiets op te tillen en aan een deur te hangen. En als je daarna zo'n bloedronde maakt, en dan ook nog in zo weinig tijd, dan kun je beter niet alleen zijn. Een eenling zou er ruim een uur voor nodig hebben en bovendien het risico lopen betrapt te worden. Terwijl je met z'n drieën of vieren of met nog meer in tien minuten klaar bent. Wat deze hypothese ondersteunt is dat op hetzelfde tijdstip, dat wil zeggen om halfzes, Mulud Drakjo en Samir Pechvec beiden iets bij de voordeur hoorden, hoewel ze aan de andere kant van de stad wonen. Ze gingen ervan uit dat het een dier was: een hond of een wolf. Ze keken op de klok, maar namen niet de moeite om naar buiten te gaan. Het lijdt geen twijfel dat het geluid dat ze hoorden van de verfkwasten kwam.'

En om zijn woorden kracht bij te zetten, tikte de Politieman op het notitieboekje dat voor hem lag.

'Dan hoeven we dus alleen nog maar te achterhalen bij

wie er een varken ontbreekt en dan hebben we de dader ontmaskerd?' merkte de Rapporteur op.

De Burgemeester hief zijn opvallend korte armen en liet ze weer op tafel vallen.

'Denk je dat ik een lijst heb van alle varkens in de gemeente? Op de welbekende groep na heeft iedere familie er wel een paar. Sommige twee of drie, andere tien! Om nog maar te zwijgen over de boeren! Boniek of Srolic handelen erin, die hebben een hele stal vol!'

'Zeer juist,' zei de Rapporteur stijfjes. 'Wat raadt u dan aan?'

De gegeneerde Burgemeester wendde zich tot de Politieman. Nourio bleef even zwijgen, en uit strategische overwegingen keek hij de mannen tegenover zich aan, die een idee of oplossing uit zijn mond verwachtten alsof hij door de voorzienigheid gezonden was. Hij liet het effect nog even voortduren, toen zei hij met een lage, ernstige stem: 'Het lijkt me het beste om niets te doen.'

De Rapporteur viel bijna van zijn stoel.

'Niets doen? Wat is dat nou weer? God weet wat er gebeurt als we niet ingrijpen!'

'Wat gaat er volgens u dan gebeuren? Het is een heel eenvoudige mathematische vergelijking.'

Bij het horen van het woord 'mathematisch', dat ietwat ongewoon voor hem was en eindeloze vergezichten opriep, fronste de Burgemeester. Hij schonk zich nog maar eens in.

'Verklaar u nader!' eiste de Rapporteur.

'De uitkomst van de optelsom van de moord op Pernieg en de processie van de Vicaris is een dood varken en godslasterlijke leuzen. Daar is niets toevalligs aan, dat houdt allemaal verband met elkaar. Haal een van de elementen van de vergelijking weg en de rest bestaat niet meer. Daar wil ik nog aan toevoegen dat de vergelijking compleet is en een uitkomst heeft, wat betekent dat er geen enkel ander gevolg meer zal zijn. En om die reden stel ik voor om niets te doen. Deze laatste gebeurtenis te negeren. Niemand is erbij gebaat als we achterhalen van wie dat varken was, wie het heeft gekeeld en aan de deur van de moskee heeft opgehangen, en wie het bloed heeft opgevangen om er de voordeuren van moslims mee te besmeuren. Het belangrijkste, meest spoedeisende is dat ik mijn onderzoek kan voortzetten en kan achterhalen wie de moord op Pernieg op zijn geweten heeft of hebben. De Vicaris heeft met de processie duidelijk gemaakt dat de Moordenaar deel uitmaakt van de moslimgemeenschap van de stad, en het lijdt geen twijfel dat sommige mensen dat begrepen hebben – vandaar die leuzen. Op basis waarvan is hij tot die conclusie gekomen? Ik heb geen idee. Jullie wel? Jullie hebben uitgebreid met hem gesproken, nietwaar?'

'Laat mij ook nog ergens op wijzen.'

De Rapporteur had zijn zelfverzekerdheid teruggevonden en sprak met luide stem. Nourio draaide zich naar hem toe. De Burgemeester keek hem vreesachtig aan.

'Wat is er nou echt aan de hand in de stad? Het is hier gewoonlijk altijd rustig, maar nu zijn er allerlei bijzondere dingen gebeurd. Van het eerste is meteen duidelijk dat het een gruweldaad is: een man van de Kerk is koelbloedig vermoord. Het andere heeft meer van een studentengrap. Het eerste is een schokkende gebeurtenis die de overgrote meerderheid van de inwoners raakt. Van het tweede heeft maar een heel klein deel van de bevolking last gehad. De veertien families die hier de islam aanhangen, vertegenwoordigen in totaal vierenvijftig zielen; zuigelingen en bejaarden incluis. Die aantallen heb ik nagelopen in het bevolkingsregister. De andere huishoudens, de christelijke zogezegd, dat wil zeggen de rest van de bevolking, tellen dertienhonderdachtenzeventig zielen. Is het normaal, gepast, acceptabel dat aan de opinies, gevoelens en meningen, dat aan het lot van vierenvijftig zielen meer waarde wordt gehecht dan aan die van dertienhonderdachtenzeventig? Mijn antwoord is nee. Voor mij is het de hoofdzaak dat we ons bekommeren over het grootste aantal, en daarvoor dienen we de waarheid te achterhalen over de moord op onze Pastoor en de dader of daders daarvan te bestraffen.'

De Rapporteur zweeg en zoog zijn longen vol zuurstof en eigendunk. De Burgemeester wist niet wat hij moest denken. Hij keek smekend naar de Politieman om hem te laten reageren. Die tikte met de rug van zijn notitieboekje tegen de tafel.

'Volgens mij bedoelen wij hetzelfde, meneer de Rapporteur. Ik wil ook de waarheid achterhalen over de moord op Pastoor Pernieg.'

'Natuurlijk, de waarheid,' onderbrak de Rapporteur. 'Maar welke waarheid? De waarheid die voor het grootste deel van onze gemeenschap acceptabel is, of een waarheid die ten gunste van een zeer kleine minderheid tegen de gevoelens van de meerderheid in gaat?'

'Er kunnen geen twee waarheden bestaan.'

'Daar ben ik niet zo zeker van als u, Kapitein. Want uiteindelijk is de waarheid datgene waarvan in het algemeen belang wordt besloten dat het de waarheid is. Hoe denkt u daarover, meneer de Burgemeester?'

Egor, die verschrikkelijk moe werd van dit gesprek en

niet meer helemaal helder was van de alcohol, knikte hevig, ook al had hij de redenering van de Rapporteur niet helemaal kunnen volgen.

'Dan doen we het zo. Laten we erop proosten!' zei hij, terwijl hij in zijn handen wreef en overeind kwam. Het was een uitspraak die weinig om het lijf had en tot niets verplichtte, en het was niet de eerste keer dat hij er een kreupel debat mee beëindigde dat hij niet geheel volgde.

De twee anderen stemden in. De Rapporteur trok de chique jas recht die hij nooit uittrok en die zijn grote trots was, herschikte het leren kussentje op zijn dode oog en streek zijn rossige haar glad.

De Politieman borg zijn notitieboekje peinzend in zijn weitas op. Hij dacht aan de schaakpartijen die hij in zijn jonge jaren had gespeeld en die hem vervulden van bitterheid en vraagtekens, omdat hij tijdens het spelverloop best had gemerkt dat zijn tegenstander een langetermijnstrategie tegen hem toepaste, maar hij er desondanks nooit in slaagde om daar iets tegen te doen, hoezeer hij zijn best ook deed, zodat hij uiteindelijk altijd mat kwam te staan.

De drie mannen namen zwijgend afscheid en liepen de zaal uit. Buiten leek de lage winterzon een paar meter boven de daken hangend te aarzelen of hij zich erachter zou laten zakken. De kou was scherp en enerverend. De lucht tintelde. De rookpluimen uit de schoorstenen stegen recht omhoog naar de diepblauwe hemel.

Nourio stak een krumme op en zoog de eerste haal enthousiast naar binnen. Hij werd er zoals altijd een beetje wankel van, want de geur en smaak van de rook deden hem denken aan het vrouwelijk geslachtsdeel. Hij begaf zich naar huis en nam nog een haal van de sigaar, die erotische fantasieën in hem opwekte; en opeens dacht hij aan Lémia.

Hoewel hij op straat stond, deed hij zijn ogen dicht.

Het gezicht van het piepjonge meisje doemde op. Hij dacht aan haar delicate lippen, aan haar voorhoofd, aan de vlezige lelletjes van haar oren. Hij probeerde te bedenken hoe haar dijen en heupen eruitzagen en hoe haar zachte prille vachtje eruitzag en rook. Hij voelde zijn geslacht in zijn broek hard worden tegen de stof van zijn onderbroek, terwijl zijn hart op hol sloeg.

Hij moest haar zien.

Hier.

Nu.

Hij maakte zich wijs dat het in het belang van het onderzoek was.

Hij draaide zich om en liep met grote passen naar het huis van de Klompenmaker.

12

Het was de tweede keer in een paar weken tijd dat Nourio de woning van Pakmur betrad. Hij werd nog meer dan de vorige keer geraakt door de armoede en het verdriet die er hingen. De enige kamer was een allegorie op de ellende, waaraan alleen nog tranen en geweeklaag ontbraken. Ieder voorwerp leek gewond. De kleuren werden gesmoord in een ton sur ton van doffe bruinen en gebluste groentinten. De muren zweetten salpeter, en grijze schimmelplekken vormden verontrustende fresco's. Van het plafond van dikke, slecht aansluitende planken hing een maaswerk van spinrag dat roet en strostof vasthield. De twee ramen waren half geblindeerd en het glas, dat op meerdere plaatsen was gebroken, was provisorisch vervangen door stukken hout, zodat de kamer zelfs op een lichte dag als deze op het duistere magazijn van een oude joodse woekeraar leek.

Alleen de haard, waarin een mooi vuur brandde, gaf iets menselijks en vriendelijks aan dit verstikkende universum dat eruitzag alsof er alleen geschreeuw, pijn en drama uit konden ontsnappen. En het meest angstaanjagende, bedacht de Politieman, was dat deze woning geen ouderdom had. Al deze ellende en ontberingen hadden zowel in Bijbelse tijden, in de Dertigjarige Oorlog, als in het onveranderlijke heden bestaan.

Nourio zag dat alles in de hoek waar de werkplaats en de werktuigen van de Klompenmaker zich bevonden nog op dezelfde plaats lag als bij zijn eerste bezoek. Het was een onveranderlijk decor, een beeld dat was stilgezet vanwege een onderzoek of de dood van een bewoner.

Hij zocht de houten kuip waarin Lémia had gebaad, maar hij zag hem niet. Wel zag hij in de hoek bij het vuur twee kleine bedjes staan, dicht tegen elkaar aan, met dekens waar hier en daar gaten in zaten maar die keurig waren afgezoomd.

Op een van de twee lag een houten ledenpop met een felblauw geverfde neus en ogen. Niet ver daarvandaan stonden een tafeltje, een bank en een soort krat dat dienstdeed als provisiekast en waarin een groot brood, borden en bestek lagen. Op die plaats was het stof, dat een beige wattensluier over de rest van de kamer legde, verjaagd. Daar was alles schoon en netjes. Een piepkleine enclave in de chaos, en dat kon alleen maar het werk zijn van het meisje, dat haar rol van moeder en vrouw serieus nam, al had ze de leeftijd voor spel en onbezorgdheid.

Aan de andere kant van de kamer lag een matras op de aarden vloer, omringd door lege flessen en twee gebroken glazen – daar sliep de vader. Het stonk er naar slechte wijn, vuil en zweet. Een bol opgerolde lompen verspreidde de geur van braaksel. Te midden van dat alles lag de Klompenmaker te slapen, met zijn gezicht tegen een laars met een losse zool gedrukt.

Nourio stootte hem aan met zijn voet. Dat moest hij vier keer doen, toen ontwaakte de ander uit zijn roes en keek hij verward om zich heen. Hij ging met moeite rechtop zitten, wreef met beide handen over zijn gezicht, kamde met zijn vingers door zijn haar; hij probeerde op te staan maar dat lukte niet. Dus bleef hij zitten, leunde met zijn ellebogen op zijn knieën en draaide zijn gare kop in de richting van de Politieman.

'Waar zijn uw kinderen?'

'Kinderen...?'

'Lémia en Douri?'

'Lémia...?'

Pakmur herhaalde de woorden van de Politieman automatisch, hij leek ze niet te begrijpen.

'Ik heb dorst,' zei hij uiteindelijk.

Hij begon om zich heen te wroeten en vond in de zak van een jas die zijn vorm en kleur was verloren een fles waar nog een bodempje drank in zat. Hij sloeg het achterover, veegde zijn lippen af met de rug van zijn hand en liet de fles vallen. Er ging een stuiptrekking door hem heen, hij boerde, toen keek hij weer naar de Politieman. Hij leek wakkerder.

'Ik ken jou. Wat moet je?'

'Ik wil Lémia nog wat vragen stellen en de route nalopen die ze heeft afgelegd voordat ze het lichaam van de Pastoor vonden.'

'Hm... de jongen ook?'

'Hoeft niet. Alleen Lémia is genoeg.'

Zijn hoofd schommelde. Hij hikte en boerde weer.

'Heb je niks te drinken...?'

Hij stelde de vraag met zwakke stem, op smekende toon, met zijn gezicht naar de grond gericht. Nourio gaf geen antwoord. De Klompenmaker keek langzaam naar hem op.

'Veroordeel me niet.'

'Ik veroordeel u niet.'

'Ik zie dat u dat wel doet, Commissaris.'

'Ik ben geen commissaris. Gewoon Kapitein.'

De zuiplap stak zijn hand naar hem uit. Hij aarzelde of hij die zou pakken, maar uiteindelijk hielp hij hem met opstaan.

De Klompenmaker was een kop groter dan hij. Hij verzoop in zijn kleren, alsof ze voor iemand anders waren gemaakt. Kennelijk was hij de laatste tijd veel gewicht verloren. Toen de Politieman hem aandachtig bekeek, werd hij opeens getroffen door zijn gelaatstrekken, die door het jarenlange drinken waren vervaagd maar waarvan je door de couperose heen her en der nog wel kon zien hoe fijn ze waren. Zijn doordringende ogen leken de overblijfselen van een ander mens, een wezen dat half was weggezakt in de puinhopen van een onomkeerbare val. De Klompenmaker leek Nourio's gedachten te lezen. Hij zei op rustige toon: 'Ik ben er niet altijd zo aan toe geweest.' Hij liep naar het vuur en stak zijn handen ernaar uit.

'Ik kom uit de stad. Ik was vioolbouwer. Ik heb alles achtergelaten voor de liefde. Maar hier heeft niemand violen nodig. Dus ging ik klompen maken. Waarom ook niet. Ik was een goede klompenmaker. Ik hield van mijn gezin. Ik dronk niet. We waren arm, maar gelukkig. Het ontbrak de kinderen aan niets. Dit was een mooi huis. 's Zomers rook het er naar veldbloemen en 's winters naar krullen zachthout, kaneel, bijenwas en hooi. Ik heb mijn violen nooit gemist. Ik leefde met de vrouw die ik liefhad. Ik zou haar naar het einde van de wereld zijn gevolgd. Het maakte me niet uit wat voor werk ik daarbij deed.'

Pakmur stond stil, nog steeds met zijn rug naar de Politieman.

'Het kan raar lopen in het leven. Je zou haast denken dat er iemand is die er plezier in schept om alles overhoop te gooien als hij vindt dat je te gelukkig bent. Als God al bestaat, dan is dat een klootzak die jaloers is op de mensen die Hij heeft geschapen omdat hun levens mooier zijn dan het Zijne.'

De Politieman kwam naast de Klompenmaker staan. De blik van die man verdwaalde in het vuur. Er leek opeens een eindeloos verdriet op hem te rusten. Het hout crepeerde in de haard, wierp af en toe vrolijke vonken op die aan de voeten van de mannen landden en daar stierven.

'U spreekt over God alsof Hij een vijand is die je moet verslaan. Beseft u dat daar in de bekende context heel makkelijk een draai aan kan worden gegeven die dodelijk voor u zou kunnen zijn? Dat u God zoveel kwalijk neemt dat u ook wel een hekel zult hebben aan degene die Hem in dit ondermaanse vertegenwoordigde?'

'Ik heb de Pastoor niet vermoord, als u dat bedoelt. Hij was geen goed mens, een stuk vuil zelfs, als u het mij vraagt. Ik mocht hem niet, maar hij was maar een marionet. Ik zou liegen als ik zei dat ik om zijn dood getreurd heb, maar ik heb hem niet vermoord. Trouwens, dat wist u al. Men zegt dat u een goede Politieman bent, en u hebt ongetwijfeld al navraag gedaan naar mijn alibi. En dan weet u dus dat ik die hele avond in de Herberg was en dat ik urenlang op een tafel heb liggen snurken.'

Inderdaad was Nourio, met hulp van de Plaatsvervanger, de gangen nagegaan van alle mannen die bekendstonden omdat ze gedoe veroorzaakten, incidenten of ruzies uitlokten of willekeurige voorbijgangers beledigden en lastigvielen; een daarvan was Pakmur, die onder invloed van de alcohol drie keer op straat ruzie had gezocht.

De avond van de moord op Pernieg was hij in de Herberg. Dat was door Vilok en vijf andere gasten bevestigd. De Herbergier had hem kort voor middernacht, bij sluitingstijd, aan de deur gezet, toen de schedel van de Pastoor al een paar uur was ingeslagen en zijn ziel niet-begrijpend rond zijn lijk fladderde.

'Waarom bent u zo boos op God?' vroeg Nourio.

'Hij heeft me mijn vrouw afgepakt. Hij heeft haar laten doodgaan. Sindsdien geef ik nergens meer om.'

'Niet eens om uw kinderen?'

De Klompenmaker gaf niet direct antwoord. Hij wendde zich tot de Politieman, maar die keek recht voor zich uit. Langzaam wendde Pakmur zich weer naar het vuur.

'Niet eens om mijn kinderen, hoe verschrikkelijk dat ook is.'

Nourio probeerde zich de vrouw van de Klompenmaker voor de geest te halen, maar hij wist zeker dat hij hem alleen als weduwnaar kende. Ze moest zijn gestorven voordat hij naar het stadje was gekomen, maar hij had nooit iemand over haar horen praten. Hij moest maar eens navraag doen bij Baraj, of het Overlijdensregister op de Politiepost raadplegen.

Op dat moment kwamen Lémia en Douri binnen. De Klompenmaker nam niet de moeite om zich om te draaien.

'Lémia, de Kapitein heeft je nodig. Ga met hem mee en doe wat hij zegt.'

Toen Nourio naar haar keek, besefte hij dat ze bang was, maar dat ze zichzelf in de hand had en de angst zo goed als ze kon verborg. Hij zag het alleen aan een paar kleine signalen, een lichte trilling in haar handen en lippen en een bepaalde urgentie waarmee ze haar broertje de zwarte pij liet uittrekken die hem de aanblik van een monnikje gaf en toen in de richting van zijn bed duwde, zodat hij ging zitten. Toen ze dat had gedaan, trok ze haar jas van geitenvacht recht, liep zonder de twee mannen aan te kijken langs hen heen naar de deur en bleef bij de drempel op de Politieman wachten.

Buiten was de zon uit de hemel verdwenen, maar er vielen nog wel roze strepen op de besneeuwde trottoirs en de gevels. Het was weer erg koud en de straten waren leeggelopen. Nourio deed de deur achter zich dicht. Het meisje wachtte op hem.

'Ik wil dat je precies dezelfde route loopt die jij en je broer op die avond namen. En ook in hetzelfde tempo, niet sneller en niet langzamer dan toen. Hoor je me?'

Lémia knikte. Ze keek de Politieman niet aan. Ze keek strak naar de grond. Er kwam damp uit haar halfgeopende mond. Met haar dikke, ronde wenkbrauwen, de perfecte tekening van haar neusvleugel, en haar ronde, tere voorhoofd was ze zo gracieus als een Madonna.

'Ik loop een paar passen achter je. Let maar niet op mij. Ik hou je in de gaten. Dit is heel belangrijk voor me. Je hoeft niet bang te zijn.'

Het meisje begon te lopen als een gecompliceerde zelflopende ledenpop, van dat speelgoed vol tandwielen dat meestertechnici in de vorige eeuw geduldig in elkaar zetten voor excentrieke rijke verzamelaars. Vanbuiten leken ze volkomen menselijk, maar een subtiele stramheid in hun tred, een welhaast onzichtbare gekunsteldheid in hun bewegingen en hun starre gelaatstrekken met koude glazen pupillen zorgden ervoor dat de toeschouwers zich ongemakkelijk voelden en toch gingen twijfelen.

De Politieman had het gevoel dat hij achter zo'n pop aan

liep en het maakte zijn opwinding nog groter, al begreep hij niet waarom. Lémia veranderde van een jong meisje van vlees en bloed in een bijzondere, gehoorzame, metronomische pop, en Nourio kreeg het verontrustende idee dat hij haar kon besturen. Als hij haar een bevel zou geven zou ze dat direct opvolgen, zonder tegensputteren. Ze was zijn speelgoed geworden. Hij kon met haar doen wat hij wilde. Hij voelde een knoop in zijn buik, een zoete pijn die uitstraalde naar zijn geslacht en het nog stijver maakte dan het al was.

Ze liepen de Vlijkasteeg in, sloegen af naar de rue des Tanneurs, langs de bedding van de Sokëk, die in de lange wintermaanden niet meer was dan een onbeweeglijke, grillige slang van ijs. Toen liepen ze door de rue des Herbes, waar alle winkels de luiken al hadden gesloten, en staken ze het Marktplein over, waar drie dik in konijnenbont en wollen sjaals gehulde vrouwen net uitgeroddeld waren en hen bekeken alsof ze een angstwekkende spookverschijning waren, zodat een van hen onopvallend een kruis sloeg. Ze liepen langs de westkant van de kerk, passeerden het afdak van de Graanmarkt, sloegen af naar het Prijnikapad, waar ze werden overvallen door de noordoostenwind die ze in de huid beet. Hier was geen levende ziel te bekennen, de schemering wiste alle schaduwen uit en maakte de gebouwen plat en donker, maar in de verte kwam een zwak licht uit de stal van de boerderij van de familie Bazki.

Lémia liep er recht op af, ongevoelig voor de ijskoude wind die nog dubbel zo snijdend werd. De Politieman volgde op een meter afstand, hield zijn ogen niet van haar af; zijn gedachten kookten, verhitten zijn zinnen en zijn bloed. De wind bracht de geur van het meisje naar hem toe: een merkwaardig mengsel waarin de scherpe geur van de geitenvacht zich vermengde met rook van een houtvuur, haar lauwe adem en iets wat nog bijzonderder was, een licht kruidige, bedwelmende zweetgeur met vleugjes nacht en peper.

Op vijf meter van de stal bleef ze staan. Geuren van rook, mest, smerige magen, warm stro, pis, melk en natte aarde ontsnapten uit het gebouw, waarvan de deur niet helemaal dichtzat. Je hoorde dieren en rinkelende kettingen. Een donkere hond stak zijn bek naar buiten, keek ze aan en verdween zonder te blaffen weer naar binnen. Lémia wendde zich tot de Politieman. Hij stond nu zo dichtbij dat zijn jasje haar mantel raakte, en toen ze zich naar hem omdraaide raakten haar lippen bijna zijn kin en kon hij haar adem nog beter ruiken. Haar angst leek vervlogen, en het leek haar niet te verbazen dat de Politieman bijna tegen haar aan stond.

'Moet ik binnen melk vragen?' vroeg ze.

Half en half onderscheidde hij haar tanden, haar tong. Hij keek naar haar ogen en dook er met zijn eigen ogen in, die brandden onder zijn oogleden. Hij ademde haar woorden in, die door de kou vluchtige damp waren geworden. Hij wilde niet dat zijn stem de echo van de hare zou verdringen. Daarom zweeg hij en schudde hij van nee. Lémia keek weer naar de stal. Hij bracht zijn gezicht naar haar toe en snoof aan haar haar.

De deur ging open. De Politieman schrok en belandde weer met beide benen op de grond. Fédour Bazki kwam naar buiten, met zijn dikke donkerbruine jas en zijn verwrongen lippen. Hij droeg een emmer met een of andere vettige vloeistof die hij haast over hun voeten smeet. Toen zag hij ze pas. Hij keek ze met zijn ronde ogen niet-begrijpend aan en uit zijn mond kwamen afschuwelijk kreten, grindachtig gebrabbel waarvan niemand begreep wat het betekende. Toen begon hij te lachen, mompelde iets naar Lémia, tastte tussen zijn benen, haalde zijn enorme roze geslacht tevoorschijn en hield het met zijn vuile vingers vast.

Zonder na te denken greep Nourio het meisje bij de schouders, draaide haar om en drukte haar tegen zich aan; hij drukte haar gezicht tegen zijn borstkas zodat ze de obscene gebaren van de onnozelaar niet hoefde te zien.

Maar op hetzelfde moment voelde hij zijn eigen lid, dat even stijf en gezwollen was als dat van Fédour, door zijn kleren en de jas van geitenvacht tegen Lémia's buik drukken.

Een vurige, bedwelmende pijn.

'Alles is goed. Alles is goed...' fluisterde hij continu in Lémia's oor. En het was niet duidelijk of hij dat voor haar of voor zichzelf bedoelde.

De tijd verstreek. Uiteindelijk lachte de onnozelaar een vettige lach en liep hij de stal weer in.

Ze bleven nog even staan; geen van beiden durfde zich te verroeren. De hersenen van de Politieman waren zwaar van de smerige gedachten, maar langzaam maar zeker vloeiden die terug naar het riool. Zijn hart deed zijn best om weer een normaal ritme te krijgen. Hij schaamde zich, maar die schaamte bracht paradoxale fonkelingen teweeg, want het genot dat hij had gevoeld maakte hem duizelig.

Uiteindelijk maakte Lémia zich langzaam los uit zijn omhelzing.

'Je hebt gelijk. Laten we doorlopen.'

Toen ze wegliepen, was het pikdonker. In het zuiden ontblootte het oog van Sirius langzaam maar zeker zijn glanzend zilveren pupil, terwijl rondom de grote ster fonkelend stof op het immense inktvlak leek neer te dalen. De noordoostenwind was gaan liggen, maar de kou hardde uit als cement.

Ze legden de route in omgekeerde richting af, zonder een levende ziel tegen te komen. Toen ze weer onder het afdak van de Graanhal stonden sloeg Lémia rechts af, zodat de kerk aan haar linkerhand lag, en liep ze het steegje in dat de Slechte Voet werd genoemd, een naam waarvan de Politieman de betekenis nooit had kunnen doorgronden.

Het was niet de kortste weg want dat pad was niet recht, maar meanderde langs de gebouwen die in de loop der eeuwen rondom de kerk waren neergezet. Het was er niet al te donker door de lantaarns die gemeentewerker Pipek iedere avond ontstak, maar er waren wel allerlei hoekjes die constant in zo'n diepe duisternis waren gedompeld dat je het angstaanjagende gevoel kreeg dat je er nooit meer uit zou komen als je ze zou betreden.

Uiteindelijk kwamen Lémia en Nourio op de plek waar de twee kinderen het lichaam van de Pastoor hadden gevonden. De steeg was hier breder, vormde een pleintje met een terras en een verlaten bankje. In het mooie seizoen neuriede de beek zijn heldere watermelodie, en in de winter vormden de kale takken van een grote linde de poten van een gigantische spin.

De pastorie was hier vlakbij. Je kon er de deur al van zien, zo hoog dat je bijna te paard naar binnen kon. Als de Pastoor naar de kerk ging of terugliep, kwam hij hier langs, want er was geen directe doorgang tussen de pastorie en de sacristie. Kennelijk wist de Moordenaar dat en had hij verscholen achter de stam van de linde of in de schaduw van het muurtje op de komst van Pernieg gewacht.

Het meisje bleef staan op de plaats waar zij en haar broertje het lichaam hadden ontdekt. Ze wendde zich tot de Politieman alsof ze op een nieuwe opdracht wachtte.

Nourio was door de koude lucht bij zinnen gekomen. Zijn schandelijke opwinding was afgenomen en hij had iets van zijn helderheid terug.

'Waarom namen jullie deze weg?' vroeg hij.

Lémia bleef zwijgen en keek naar de verte.

'Die is veel langer,' vervolgde de Politieman.

Het meisje haalde de schouders op.

'En bovendien veel gevaarlijker. Er zijn allerlei donkere plekken in de steeg. Vond je het niet eng om hier te lopen?'

'Ik ben nooit bang.'

Ze zei het met een zelfverzekerde stem, waarin geen enkele uitdaging doorklonk. Alsof het vanzelf sprak.

'Nooit?' vroeg Nourio.

'Nooit,' zei ze.

Hij bekeek haar als een curiosum. Ze keek terug, trotseerde zijn blik. Ze zag er opeens veel volwassener uit. Er lag een hardheid in haar ogen die hij niet kon thuisbrengen. Ze maakte hem nog verwarder dan hij al was, al had deze verwarring niets gemeen met de verwarring die hij eerder had gevoeld.

Hij rilde en sloeg zijn ogen neer. Hij had de indruk dat hij een oude snoeper was die op heterdaad betrapt was. Hij maakte een einde aan het korte gesprek.

'Laten we gaan. Ik breng je naar huis.'

13

Het was niet dat Nourio zijn werk niet serieus nam, maar sinds hij Lémia had gezien toen ze net uit bad kwam, een tafereel dat in wezen niets anders was dan de incarnatie van alle taferelen die in mythologische verhalen worden geschetst of worden uitgebeeld op de lichtvoetige gravures in de verzameling van liefhebbers, stroomde zijn bloed zo heet door zijn aderen dat de voortgang van het onderzoek en het achterhalen van de waarheid opeens op de achtergrond waren beland.

Het allegaartje aan complexe teksten dat hij eertijds had gelezen dankzij een draagbare bibliotheek van filosofische werken die te groot voor hem waren, had als enig resultaat gehad dat het wankele bouwwerk van principes dat hij in zijn kindertijd en tijdens zijn korte studie had weten op te bouwen, was ingestort.

En het feit dat geen enkel geloof in welke god dan ook die lacune ooit had opgevuld, leidde ertoe dat er geen enkel *godslampje* was dat hem in staat stelde om iets van orde in zijn ideeën aan te brengen. Hij dacht aan Lémia, vond in zijn herinnering de geur terug van haar haar en haar adem, en de zachte druk van haar buik en haar jonge borst tegen zijn eigen lichaam, door alle kleren heen.

Het ging boven alles, en in het bijzonder boven alle vragen waarop hij nog geen antwoord had, zoals de vraag waarom ze ervoor had gekozen om op de terugweg van de boerderij van de familie Bazki door het steegje van de Slechte Voet te lopen en niet dezelfde route als op de heenweg te nemen.

Als je je heel prozaïsch een waterleiding voorstelt met een grotere diameter dan gemiddeld, die wordt geblokkeerd door samengedrukt vuil dat het heldere water verhindert om te stromen, dan heb je een nauwkeurig beeld van het functioneren van Nourio's gedachten.

Hoewel de toestand van zijn vrouw dat wel rechtvaardigde, ging hij toen hij Lémia op de drempel van haar huis had achtergelaten niet rechtstreeks naar huis, maar naar de Politiepost. Zowel vanuit de behoefte om alleen te zijn als om enkele documenten te raadplegen.

Toen hij vlakbij was, zag hij tot zijn grote verrassing dat er licht brandde; ook zag hij de grote gestalte van Baraj achter het raam. En toen hij de deur openduwde, sprong de Plaatsvervanger op.

'U laat me schrikken, Meester.'

'Wat doe jij hier nog?'

Baraj boog het hoofd als een betrapt kind en legde uit dat Choshnékia, de Kruidenier, wiens zaak naast de Politiepost lag, een uur geleden bij hem aan de deur was gekomen om te vertellen dat een van de paarden in de stal onophoudelijk hinnikte en tegen het schot trapte.

Baraj was direct gekomen en had gezien dat Mikio, de oude merrie, een lange splinter in haar hoef had. Hij had hem eruit getrokken en het dier gerustgesteld en afgedroogd omdat het onder het zweet zat. Daarna had hij geen zin gehad om meteen weer terug naar huis te gaan en had hij de bezem door de Politiepost gehaald.

'Wilt u thee, Meester?'

De Politieman knikte. De Plaatsvervanger haastte zich naar de samowaar en zette snel thee.

Nourio haalde een dik schrift van de plank waarvan de rug was beplakt met zwarte stof. Het was het Overlijdensregister. Baraj keek vanuit zijn ooghoek toe terwijl hij de dampende kop bij hem neerzette.

Dit deel van het Register, nummer elf, was achttien jaar eerder begonnen. In de laatste periode vond je er het handschrift van Nourio en als je door de jaren terugbladerde dat van zijn voorgangers, wier handtekeningen, sommige bombastisch, andere minuscuul, getuigden van hun zelfingenomenheid of wanhoop.

In het Register werd de dood van ieder mens en het leven dat daaraan voorafging teruggebracht tot één regel: geboortedatum indien bekend, naam en voornamen, adres, beroep indien van toepassing, overlijdensdatum en doodsoorzaak. Meer niet. Zo kan een leven van een paar decennia worden teruggebracht tot een twintigtal woorden en getallen: een duidelijker les over moraal en bescheidenheid valt niet te bedenken.

Jaarlijks vielen er een stuk of zestig overlijdens te betreuren. De oorzaken waren over het algemeen doodgewoon: stuwingen, koorts, commotie, beroertes, hersenbloedingen. Ieder jaar waren er ook een paar slachtoffers van ongelukken, over het algemeen mannen – houthakkers die werden verpletterd door de boom die ze velden, voermannen die onder een verschoven lading werden bedolven, ossendrijvers die door een neerslachtige stier op de horens werden genomen –, en stierven er ook een paar kinderen, direct na de geboorte, of door verdrinking of een val in een ravijn.

Toen de Politieman de namen van de doden de revue liet passeren, merkte hij tot zijn verrassing dat hij zich van ieder van hen het gezicht voor de geest kon halen. Hij wist niet dat zijn geheugen ze zo nauwkeurig had bewaard: niet zoals ze er bij leven hadden uitgezien, maar met de uitdrukking die de dood op hun gezichten had gestempeld.

Hij werd er meestal vrij snel bij geroepen, vlak na de Dokter, en dan kwam hij in een huis waar het opeens koud was, ook al was het hartje zomer, en stil. Altijd dezelfde verslagenheid, dezelfde verbijstering, en altijd die gezichten die hem aankeken, hopend dat hij iets kon doen aan de verschrikking die net had toegeslagen.

Het was gebeurd in augustus, een jaar voor zijn komst, en het overlijden van Pakmurs vrouw stond vermeld in het handschrift van Ostenböck, zijn voorganger. *Dénia Milaï Tajnevic, echtgenote Pakmur; geboren 2 maart 1878, geen beroep, overleden 22 augustus 1909. Zelfmoord door verhanging – zie rapport.*

De Politieman was verbijsterd over de doodsoorzaak. Voor zover hij wist was dit de enige zelfmoord die in tijden in deze streken was voorgekomen. Het leek of men het leven hier te kostbaar vond om het uit eigen beweging te verkorten. Zelf beschouwde hij zelfmoord – vooral bij vrouwen – als een teken van burgerlijke verdorvenheid. Nourio zette het Register terug op de plank en zocht op de onderste plank naar het Register van Rapporten, waarin hij meer informatie zou vinden. Voor ieder jaar was er een. Het woord 'register' was trouwens niet juist, want het ging om kartonnen omslagen met daarin de dagelijkse rapporten die op losse papieren waren geschreven. De meeste van zijn voorgangers waren onopgeleide lomperiken die nauwelijks konden schrijven en rekenen. Wanneer hij willekeurig door hun rapporten bladerde om de lange uren te vullen, werd de Politieman vaak getroffen door het slechte taalgebruik, de stomme fouten en het gewoonlijk abominabele handschrift.

Baraj had het kopje van zijn meerdere bijgevuld. Hij vroeg toestemming om zich terug te trekken, wat de Politieman hem met een wuifhand vergunde. De Plaatsvervanger was blij dat hij weg kon uit de Politiepost. Hij haastte zich naar huis, waar het offervarken half opgesneden op hem wachtte. Buiten vroor het dat het kraakte en de sneeuw was zo hard als pakijs.

Nourio nam een krumme uit zijn vestzak, bracht hem naar zijn neus en rook eraan. Toen stak hij hem met veel misbaar op, en hij voelde dat de rook van de eerste trek zijn mondholte innam, door zijn keel gleed, in zijn longen drong en ze helemaal vulde; en dat overmande hem met een weldaad die overging in een lichte trilling door zijn hele lichaam. Hij pakte het rapport dat Ostenböck over het overlijden van Dénia Pakmur had opgesteld.

Vandaag, 22 augustus 1909, tegen tien uur des avonds, toen ik net thuis was, kwam de vrouw Sonja Hackmej alhier zelve mij opzoeken. Zij verklaarde dat haar buurvrouw, de vrouw Dénia Pakmur, door haar man morsdood was gevonden. Hackmej was geheel en al in staten. Toen ik haar vroeg wat de omstandigheden rondom de dood van voornoemde buurvrouw waren, vertelde ze die en zei dat de echtgenoot haar hangend aan een muurhaak had gevonden, aan de buitenmuur buiten het huis. Ik voorzag me met kleding en volgde. Toen ik de woning aan het adres van de Pakmurs bereikte, trof ik een opstootje aan van buurvrouwen en buurmannen die degenen waren die in de buurt woonden. Binnen op bed was de dode neergelegd. Ze droeg blauwe sporen van ~~stranglatie~~, ~~stranga~~, ~~strangulering~~, strangulatie. Het gezicht was pafferig, gezwollen van zwellingen, en tevens blauw. Naast haar vlakbij bevond zich een man, haar echtgenoot, in een toestand van grote verslagenheid. De man heeft klompenmaker als beroep. Een buurvrouw die vlakbij woonde, nam op mijn verzoek naar haar huis de twee kinderen van het stel, een meisje en een zuigeling die niet begrepen wat er gebeurde en onophoudelijk huilden en tranen uit beide ogen vielen. Ik vroeg ook dat de dokter gehaald zou worden en allerijl ontboden werd. Toen hij arriveerde kon hij niet anders dan constateren dat de overledene dood was. Hij vulde het overlijdenscertificaat in en tekende en vermeldde toen in zijn handschrift geschreven: 'Zelfmoord door verhanging.' De echtgenoot van vrouw Hackmej toonde op mijn herhaalde en indringende verzoek de haak waaraan vrouw Pakmur haar gehele lichaam had gehangen. Die was aan de gevel, en kwam uit een muur op een hoogte van twee meter ongeveer. Het leren lint waarmee het slachtoffer zich had verhangen door haar hals erin te steken hing er nog. Het was doorgesneden om haar te onthangen zoals een ham. Op de grond bevond zich ook het krukje dat ze had gebruikt om dezelfde exacte hoogte van de haak te bereiken. De eerste die haar hangende had gevonden was de echtgenoot, die daarop geschreeuwd had, waardoor enige buurmannen en buurvrouwen die vlak bij de woning woonden tevoorschijn waren gekomen uit hun woning. Er bestaat geen twijfel over de waarachtigheid van zelfmoord, ook al zijn motieven en redenen onbekend. Ik achtte het niet goed een onderzoek te beginnen om nader te onderzoeken en ik ondertekende de toestemming om het lijk bij de begrafenis in de aarde te begraven. Wladimir Ostenböck.

De Politieman las het slaapverwekkende rapport twee keer door. Hij had er spijt van dat hij Baraj toestemming had gegeven om te vertrekken, want hij had hem graag naar de zaak gevraagd. Zeker, Baraj was destijds nog geen Plaatsvervanger geweest – toen was hij nog een landarbeider zonder grond, die zijn spierkracht aan rijkere boeren verhuurde – maar hij zou zich dat ongewone sterfgeval vast herinneren.

De Politieman vroeg zich af waarom zijn Plaatsvervanger er nooit op had gezinspeeld, ook niet toen hij navraag bij hem had gedaan naar de familie Pakmur. Baraj had alleen gezegd dat de echtgenote een paar jaar geleden overleden was. Verder niets.

Toen Nourio aan zijn functie begon, bestond de functie van Plaatsvervanger nog niet. Zijn voorgangers hadden het jarenlang alleen gered. Door middel van tien brieven had hij verzocht of die functie in het leven kon worden geroepen, met als argument het enorme gebied waarvoor hij verantwoordelijk was, de nabijheid van de Grens en het om die reden strategische en mogelijk explosieve karakter van de streek.

De waarheid is dat een ondergeschikte hem in staat stelde om zich de baas te voelen en dat zo'n hiërarchie, hoewel numeriek beperkt, zijn trots streelde.

Tot zijn stomme verbazing gaf commandant Sroh hem toestemming om iemand aan te nemen, waarbij hij wel opmerkte dat de wedde lachwekkend laag zou zijn. Misschien dacht hij dat er toch geen gegadigden zouden zijn, maar dan kende hij de mensen van deze streek nog niet: die verkochten hun ziel voor een enkele kreuzer.

Wat hem aan Baraj beviel waren zijn kracht, zijn prehistorische gestalte, zijn doffe ogen als van een getemde stier en zijn onderdanigheid. Hij had zich samen met zes andere kandidaten gemeld, voor het grootste gedeelte stinkende, kreupele of zwakzinnige dronkaards. Hij bedacht dat een creatuur dat zo lelijk en lomp was hem nooit zou tegenspreken, nooit een opdracht zou weigeren, hoe vreemd die ook was, nooit tegen hem in zou gaan, hoe belachelijk hij ook deed, en zo trouw zou zijn als een muilezel voor wie het vooruitzicht van een portie haver genoeg is om de nukken te onderdrukken en de wrevel uit te wissen.

14

De volgende dagen waren zo met elkaar versmolten dat het leek of ze uit dezelfde gietvorm kwamen. Het seizoensverschijnsel dat hier de *rudjia* wordt genoemd, en dat zich gewoonlijk alleen midden december voordeed, kwam een paar weken te vroeg en verwijderde het stadje nog iets verder van de topografie en de inventaris van de wereld.

De rudjia is een combinatie van mist, sneeuw, ijzel en woelende luchtmassa's die om elkaar heen draaien en een tegennatuurlijk verbond aangaan met de ijzige noordenwind, die er op zijn beurt van langs krijgt van de warme luchtstroom uit het zuiden. Het resultaat van deze atmosferische kookpot was dat de streek verstikte onder dikke wolken die hun zwaarlijvigheid zo dicht tegen de grond drukten dat je nog geen vijf meter voor je uit kon kijken, en dat de dikke sneeuwvlokken niet alleen uit de lucht vielen maar zo nu en dan van de grond leken op te stijgen, vanwaar ze onder de jassen, pijen, jurken, en broeken drongen.

Ademen was moeilijk.

Bij het minste of geringste stikte je.

Een ander effect van dit merkwaardige weersverschijnsel was dat de gedachten van de mensen onafgebroken kleverig en zwaarmoedig waren, zodat ze achter slot en grendel bleven in de nauwe gevangenis van hun schedel en daar onmogelijk uit konden ontsnappen.

Nourio's vrouw was nog niet bevallen en haar toestand werd zorgwekkend. Als de Politieman zijn hand op haar voorhoofd legde, had hij het gevoel dat hij de zijkant van het fornuis aanraakte. Ze at weinig, duwde de bouillon weg die haar werd gebracht door Anjela Vitok, een behulpzame buurvrouw die iets van een schrikachtige spitsmuis had. Het grootste deel van de tijd lag ze te dommelen, af en toe slaakte ze een dunne kreet, als een hond die ligt te dromen.

Haar buik stond zo strak dat het angstaanjagend was; en het kind dat erin zat, een moordenaar die nog niet was ontloken, zette zijn wrede aanvallen voort, met de regelmaat van een metronoom, als een krankzinnige die haar kapot wilde maken.

Uiteindelijk besloot Nourio de dokter naar het bed van zijn vrouw te roepen. Onder de lakens had de vrouw van de Politieman al haar kracht en schoonheid verloren. Ze leek op een groot, dik, gepijnigd dier, lelijk en uitgeput, dat op haar zij aan de rand van weg ligt te wachten totdat de dood zich over haar ontfermt.

Toen de Dokter haar ausculteerde, reageerde ze niet.

De draagtijd was verstreken maar er was nog geen ontsluiting. De weeën waren nog niet begonnen. De vliezen waren nog niet gebroken. En het kind leek reusachtig en wild. De pols van de moeder sloeg op hol. De koorts steeg.

Krashmir groef in het diepst van zijn herinneringen naar de paar jaar dat hij aan de universiteit had gestudeerd en een erbarmelijk studentje was gebleken, maar hij vond geen antwoord op de vragen die hij zichzelf stelde. Wat moest hij doen? De bevalling inleiden of niet? En zo ja, hoe dan? Opereren? Opereren...! Helaas, al had hij het gewild, dat kon hij niet.

Hij beperkte zich tot het voorschrijven van opiumhoudende kruidenthee en beloofde de Politieman dat hij nog diezelfde avond zou terugkomen. Voordat hij over de drempel stapte en uit de ongezonde dampen van het huis wegvluchtte, toen hij bij de deur stond, zich in zijn mantel wikkelde en zijn vilten handschoenen aantrok, twijfelde hij: moest hij Nourio laten weten hoe ernstig zijn vrouw eraan toe was en hoe weinig hij daaraan kon doen? Moest hij hem wijzen op de mogelijk tragische afloop? Wat had dat dan voor zin, behalve dat hij dan de waarheid had verteld? Het dichtstbijzijnde ziekenhuis lag op twee dagreizen gaans, de rudjia maakte iedere reis onmogelijk, al helemaal voor iemand in haar toestand.

'Zorg goed voor haar. Lucht de kamer. Haal een natte doek over haar voorhoofd en zorg dat ze genoeg drinkt.'

Hij probeerde zijn schaamte over die lege woorden te verbergen. Hij ging naar buiten en stond op straat, in de sneeuw en de mist waarin hij opgelucht kon verdwijnen.

Op hetzelfde moment hing Baraj, onder de welwillende blik van Mijn Schoonheden die hem kwijlend aankeken, de laatste van de vier hammen van het heiligschennende varken in de oude rookkist die hij voor de gelegenheid had opgeknapt. In de dagen dat hij er al mee bezig was, waarin hij zich geconcentreerd van zijn taak van varkensslachter had gekweten, had hij aan niets anders gedacht dan aan het dier en het roze vlees dat hij ervan af had gesneden, dat hij hartstochtelijk en systematisch had ontbeend, gezouten, gepeperd, geknoflookt en toebereid, dat hij deels had gemalen, dat hij op smaak had gebracht met azijn en zure augurken, met kruiden die hij in de korte zomer op het plateau plukte en daarna aan spijkers aan de houten muren van zijn slaapkamer te drogen hing.

Hij keerde terug naar de keuken, waar boven de haard, die hij had volgepropt met beukenhout, in de grote ketel aan de beugel een court-bouillon van tijm, rode ui, sjalotten, laurier, jeneverbes, marjolein en hysop kookte waarin de mooie, verbijsterde kop van het offervarken lag, samen met zijn vier bedremmelde poten die een aritmische dans uitvoerden.

Het stond allemaal vrolijk te pruttelen en vulde de ruimte met een geurige damp. Door het borrelen van de kokende vloeistof leek de snuit van het dier te dansen, en zijn oren kwamen af en toe gelijktijdig met een pootje uit het brouwsel omhoog.

Baraj ging voor de haard zitten, op een hakblok van driehonderd jaar oud hoepelhout waaruit hij nu al tien jaar geleden een fauteuil had gesneden. Hij groef in zijn zakken naar een eindje tabak, dat hij tussen zijn wang en zijn tanden legde om het zacht te maken.

Zijn honden kwamen naar hem toe en gingen aan weerszijden van zijn benen liggen. Hij aaide ze, woelde met zijn korstige handen door hun warme, roodbruine vacht. Hij die in zijn kindertijd zo vaak geslagen was, kon van ieder kortstondig geluk ten volste genieten. Hij vroeg niet veel van het leven: wat hout voor de winter, ingrediënten om soep te maken, een beetje tabak, 's nachts zonder wrok te kunnen slapen, vrijwaring van ziekte, honger en de grote vragen die azijn over de ziel uitstorten, en tot slot zijn grootste genoegen: het strelen van de honden die alles voor hem waren, net zo lang tot hij in slaap viel.

En precies op dat moment, toen hij in die keuken vol geurige stoom bij het vuur en de broeiende varkenskop zat, terwijl in zijn mond het eerste tabakssap over zijn tandvlees stroomde en zijn tong bereikte en hij de zachte, warme lokken van de lange vacht van zijn honden om zijn vingers had gewikkeld terwijl buiten de kou de kraaien uit de lucht vroor, borrelden er in zijn geest woorden op, snelle passagiers van een gedachte, waar hij van kon genieten maar die hij niet kon vangen – *in de verte niets dan afgeschuurde tijd, kou en dode sterren, en hier in zijn borst, in vertrouwde warmte, het huis, de vlam, zijn hart.*

De Plaatsvervanger voelde het gedicht al uit zijn geheugen wegdrijven op het moment dat het zich vormde in zijn geest. Dat maakte hem niet rouwig, hij glimlachte erom.

Op dat moment dat anders was dan alle andere, terwijl er elders op allerlei plaatsen in het Koninkrijk talloze belangrijke privé- en publieke kwesties werden bezegeld, terwijl er in de paleizen van vorsten met kristallen coupes met de bijzonderste champagnes werd geklonken, terwijl de prachtigste vrouwen in zijden jurken, behangen met diamanten en parels, klaterend als een waterval lachten en gingen walsen op het duizelingwekkende geluid van de gestropdaste muzikanten, terwijl steenrijke mannen, pronkend in hun rok, de oude gerimpelde keel gevat in een harde kraag, gewurgd door het stijfsel, zwarte kaviaar en dunne plakjes vers opgegraven truffel in hun mond schepten, bedacht Baraj dat hij de gelukkigste mens ter wereld was.

En het leukste om te vertellen is dat hij dat, in het kleine stadje waar sommige mensen hun kwaadwilligheid al slepen en hun gal destilleerden, en ook daarbuiten, ver daarbuiten, heel ver daarbuiten, in het hele Keizerrijk en zelfs tot over de grenzen daarvan, ja zelfs tot over de randen van de bewoonde wereld heen, ongetwijfeld ook was.

15

Zodra de Dokter weg was, klopte de Politieman bij zijn buurvrouw aan, die de deur vreesachtig op een kiertje zette. Toen ze zag dat hij het was, leek ze gerustgesteld. Nourio vroeg of ze een oogje op zijn vrouw en zijn kinderen wilde houden omdat hij de stad in moest vanwege het onderzoek naar de moord op Pastoor Pernieg.

Bij het noemen van de gewelddadige dood van de Pastoor sloeg de vrouw drie kruizen en trok ze de sjaal om haar hoofd om zich te beschermen tegen een onzichtbare dreiging. Ze stemde woordeloos toe door met haar puntige gezicht te knikken. De Politieman bedankte, ging naar huis, pakte zijn dikke, ruwe dienstmantel met talloze gouden knopen van de haak en trok die stevig om zich heen; en nadat hij zijn hoofd in de capuchon had gestoken liep hij naar buiten, de natte kou en de armzalige dag in.

Als zijn geringe lengte zijn silhouet niet minder angstaanjagend, ja zelfs een beetje grotesk had gemaakt, had hij er in deze uitdossing uitgezien als de engel des doods, voorzien van een capuchon en soms een zeis, die stond afgebeeld op volkse plaatsjes en houtsneden van slechte kwaliteit die reizende handelaren voor een muntstuk verkochten.

Toen hij de deur van Viloks Herberg openduwde, deed zijn dramatische kleding, waar de rudjia dikke glimmende sneeuwvlokken op had geprikt, direct haar werk. Hij werd niet herkend en bij het zien van die verontrustende verschijning viel iedereen stil.

Nourio nam de tijd en stampte met zijn modderlaarzen op de mat. Niemand ademde. Hij wist dat iedereen met grote ogen naar hem keek. Hij genoot nog even van het effect, en toen hij ten slotte heel langzaam, als een te nadrukkelijke toneelspeler, zijn capuchon achteroversloeg en zijn magere, groenige gezicht openbaarde, klonk er een collectieve zucht van verlichting.

Hij herkende de vaste drinkebroers, in het bijzonder degene voor wie hij gekomen was, die alleen in een hoek aan een tafel zat bij een raam dat uitkeek over straat: Pakmur, de Klompenmaker, de voormalige snaarinstrumentenmaker die zijn vrouw was verloren, de vader van een serieuze zoon en een gloeiende dochter.

Hij hield zijn grote glas met beide handen vast. Voor hem stond een ongetwijfeld lege fles waarin zijn blik verdwaalde. Hij leek nog niet geheel dronken. Toen de Politieman bij zijn tafel stond, keek hij op met ogen waarin geen enkel licht meer doordrong.

'Mag ik bij u komen zitten en u iets te drinken aanbieden?' vroeg Nourio, en zonder het antwoord van Pakmur af te wachten legde hij zijn doorweekte mantel over de stoel.

'Iets te drinken...?' zei de Klompenmaker met een verdrietige glimlach. 'Misschien bent u de Duvel niet, maar u hebt verdomd veel van hem weg.'

'U gaat me toch niet vertellen dat u in zulke onzin gelooft?'

'Ik geloof nergens meer in, Kapitein. Zelfs niet in wat ik met mijn eigen ogen zie. Ik geloof alleen in wat ik drink!' En met die woorden pakte Pakmur de fles op en liet de Politieman zien hoe leeg die wel niet was. Nourio draaide zich om naar Vilok en gebaarde dat hij een nieuwe moest brengen. De Herbergier kwam direct in actie en zette algauw een liter *hpetz* tussen de mannen neer.

In deze streek waar geen wijngaarden of gerstakkers waren was dit de enige echte drank, geproduceerd door in houten okshoofden gelijke delen gele gentiaanwortel, wilde sleepruimen die van dichte struiken werden geplukt, en zachte graansoorten te laten gisten. Dat mengsel liet men maandenlang kalmpjes klotsen, en met Sint-Nicolaas werd het gedestilleerd.

De alcohol die uit de alambiek kwam had een lichte aardgeur maar ook iets bloemigs. Hij rook naar het land zelf, dat voor een paar weken mooi weer en heldere hemels moest boeten met maanden van chaos, regen, zware vorst en ijzel.

'U bent hier toch niet alleen naartoe gekomen om mij te trakteren, Kapitein? Ik ben een wrak, maar ik ben niet gek. En u komt op het tijdstip waarop ik al meer heb gedronken dan goed voor me is, maar nog niet zo dronken ben dat ik onder de tafel zak. Dus wat wilt u van me?'

'Ik wilde u spreken over de dood van uw vrouw,' zei Nourio, met een stem die hij vriendelijk wilde laten klinken.

'En daar gaan we,' zei de Klompenmaker, waarna hij zijn glas in één slok leegde en het toen weer bijvulde.

'In het rapport van mijn voorganger las ik over de omstandigheden van haar overlijden. Ik zou graag willen dat u me meer vertelt.'

'Meer? Denkt u dat ik meer weet? Denkt u dat je zulke dingen kunt uitleggen? Dat wij levenden kunnen begrijpen waarom iemand die twee kinderen heeft zich in de dood stort?'

Hij zweeg abrupt, grinnikte, streelde de rand van het glas met twee vingers. Het duurde lang.

'Ik hield van mijn vrouw. En zij van mij. Ze hield van de kinderen. Ik verdiende niet veel, maar genoeg om mijn gezin te onderhouden. Toen Dénia uit de stad weg wilde om hiernaar terug te keren, waar ze haar eerste levensjaren had doorgebracht, ging ik akkoord. Ze werd triest van de stad. Ze stikte. Als ik 's avonds thuiskwam, zag ik haar vaak bij het raam staan, dan staarde ze over de daken van de huizen en de rook van de fabrieken naar de verte; en die verte, dat was hier. Ik dacht dat ze hier haar vreugde, schoonheid en kracht zou terugvinden. Dus we vertrokken, en de eerste jaren was ze weer de Dénia waar ik zo dol op was geweest. Ze lachte weer als een meisje, en alles wat ze deed was weer gracieus en licht. Maar dat duurde krap twee jaar, en langzaam maar zeker ging haar lach er weer vandoor. Ze sprak minder. Haar blikken waren niet meer voor ons bestemd. Ze leek een ander heelal te hebben betreden waarin de kinderen en ik niet bestonden. Ze was urenlang buiten, dan zwierf ze door de stad, wat voor weer het ook was. Doorweekt van de regen, verbrand door de zon, blauw van de kou kwam ze thuis. Ik droogde haar af, warmde haar op, gaf haar gloeiendhete thee. Ze werd mijn derde kind en ze bekommerde zich niet meer om haar eigen kinderen.'

Hij pauzeerde om zijn glas te legen, en toen nog een, in één slok. De alcohol legde een krankzinnig licht in zijn ogen.

'Ik ben haar een paar keer stiekem op die wandelingen gevolgd. Ze nam altijd dezelfde weg, die eindigde op de hoogvlakte van de Maser. Die kale vlakte trok haar aan. Wat dacht ze daar te vinden? In het midden bleef ze stilstaan. Ze legde een hand op de stam van een oude kale den en keek naar de getande bergkammen die in de hemel prikten. Met dezelfde blik waarmee ze in de stad naar de daken keek.'

Pakmur leegde zijn glas en schonk zich bij, met minder vaste hand. Zelf had Nourio zijn glas nog niet aangeraakt. De blik van de Klompenmaker werd mistig en zijn onderlip begon te hangen. Hij praatte door, maar zijn woorden klonken langzaam en onbeholpen. Ze plakten aan zijn tong en werden deegachtig.

'Sommige mensen zijn nergens op hun plek. Niet op een plaats en niet in de tijd. Dénia was zo iemand, ze was nooit tevreden met het heden, had altijd het gevoel alsof ze overal ver vandaan was. Wij zijn mechanieken, en sommigen van ons zitten beter in elkaar dan anderen, denkt u niet, Kapitein? Als de Grote Horlogemaker ons in elkaar zet vergeet hij weleens een tandwieltje of schroefje, maar denk maar niet dat hij het werk dan afkeurt. Welnee, hij windt het op met de sleutel en kijkt het na als het wegloopt, tikke-takke. Daarna moet je jezelf maar zien te redden, arme drommel die je bent! Ach mijn Dénia, mijn lieve, zachte Dénia...'

Het gezicht van de Klompenmaker trilde, uit zijn ogen vielen dikke tranen. Hij veegde ze weg met de rug van zijn hand en snoof luidruchtig. Hij was dronken. Hij stond abrupt op, greep de fles vast en zette hem aan zijn lippen, in de houding van een regimentstrompetter die op zijn klaroen blaast. Zijn dunne adamsappel ging omhoog en omlaag en werd nat van de drank die van zijn lippen stroomde. Hij werkte de resterende halve liter weg, stikte er bijna in; toen staarde hij met krankzinnige ogen naar de andere gasten en zwaaide met de lege fles. Hij barstte uit in een bulderend gelach en sloeg de fles op tafel kapot; hij begon te wankelen, zette grote ogen op alsof zijn hart het begaf, ging met zijn hand naar zijn keel als iemand die niet genoeg lucht krijgt en zakte ineen op zijn stoel; toen keek hij de Politieman, die zich niet had verroerd, een paar seconden aan en daarna viel zijn veel te zware hoofd met een verschrikkelijke klap op tafel, midden in de glasscherven.

16

Het viel de Politieman niet makkelijk om de Klompenmaker in zijn eentje naar huis te brengen, maar hij sloeg alle hulp af. Hij wilde niemand in de buurt. Vilok had het bloedende hoofd van Pakmur in een oude keukendoek gewikkeld. Het glas had zijn voorhoofd verwond en het bloed gutste eruit. Ze hadden hem zo goed en zo kwaad als het ging op zijn benen gezet en nu snurkte hij staand. Nourio trok zijn zware mantel weer aan en de Herbergier hielp hem de arm van de Klompenmaker om zijn schouder te leggen. Hij vergezelde het merkwaardige duo tot op straat.

Daar was de nacht, wit van mist en sneeuw, lichtgevend haast. De Politieman begon langzaam te lopen. De ander liep mee zonder iets te beseffen, hing aan hem in zijn dronkenmansslaap. Er was niets te horen. De wind was gaan liggen. Het enige wat er was, waren de mist en de sneeuwvlokken. De kerkklok sloeg acht uur. Pakmur, die dun gekleed was, rilde van de kou. Hij mompelde iets onverstaanbaars, probeerde een oog open te doen, en toen dat niet lukte gaf hij het op.

Onderweg overdacht Nourio wat de ander over zijn vrouw had verteld. Heel veel woorden voor heel weinig; was zij dan de enige die zich niet op haar plek voelde, die haar plek niet had gevonden? Neem hem, in deze verloren uithoek van de wereld – was hij hier op zijn plek? Had hij elders niet een heel ander leven kunnen leiden, met andere, voornamere functies die meer in overeenstemming waren met zijn intelligentie en zijn capaciteiten? En waren het besef van zo'n bittere pil en het eeuwige malen daarover genoeg redenen om jezelf dan maar van het leven te beroven?

In de ogen van de Politieman was zelfmoord altijd de lafst mogelijke dood geweest, niet omdat het een belediging van het leven was, wat door sommigen, maar niet door hem, werd beschouwd als het kostbaarste wat er was, maar omdat het ervoor zorgde dat je de grote onbekenden uit de weg ging die met het einde van het bestaan zijn verbonden: het feit dat je niet weet waar, hoe en wanneer je je einde zult vinden, het besef dat je daar niets aan kunt doen en dat je tóch doorgaat, getuigt van een grandioze moed. De confrontatie met dat mysterie maakt de mens groter. Een zelfmoordenaar gaat dat allemaal uit de weg, wat bewijst hoe laf iemand is die het tijdstip en de doodsoorzaak zelf uitkiest.

Nourio had een aantal duidelijk omlijnde ideeën over het leven, de wereld, de dood en de dingen. Maar wat hij aanzag voor diepe gedachten waren in werkelijkheid idiotieën die hij als kostbaarheden in zijn gedachtebibliotheek bewaarde, waar de overvolle planken getuigden van zijn leegheid en zijn middelmatige argumentatievermogens.

Toen ze bij het huis van de Klompenmaker waren aangekomen, wachtte hij even voordat hij aanklopte. Hij moest eerst op adem komen. Zijn bloedende vracht begon weer te snurken. Terwijl hij de dronkaard ondersteunde, wierp hij een blik op de gevel. Het haakje waaraan Dénia Pakmur zich had verhangen was weggehaald. Het enige wat resteerde was een gat met grillige randen in de pleisterkalk. Was dat de herinnering aan een heel leven?

Hij hoefde niet op de deur te bonzen. Die ging al open en Lémia verscheen. Toen ze het omzwachtelde hoofd van haar vader zag slaakte ze een kreetje; ze keek niet eens naar de Politieman.

'Niets ergs,' zei die. 'Een paar snijwondjes.'

Ze gingen naar binnen. Het jongetje sliep al. Zijn rug kwam boven de dekens uit. Hij hield zijn gezicht in de richting van het vuur, waarvan de korte, onbeweeglijke vlammen er onecht uitzagen. Op het bed naast het zijne lag een opengeslagen dik boek en op het nachtkastje brandde een dunne kaars.

Lémia liep voor de Politieman en zijn lading uit naar het bed van haar vader. Ze sloeg het laken weg en de Politieman liet de dronkaard erop vallen. Het meisje knielde neer bij het voeteneinde en trok zijn laarzen uit. Toen legde ze een kussen onder zijn hoofd en sloeg een laken en een dikke deken over hem heen.

Haar bewegingen waren zacht, aandachtig en geroutineerd en ze voerde ze ongetwijfeld voor de duizendste keer uit. Ze zei geen woord. Nourio kon zijn ogen niet van haar afhouden. Ze droeg een lang wit nachthemd dat haar schouders bloot liet. Haar loshangende donkerblonde haar hing tot haar middel. De vermoeienissen van de dag hadden haar oogleden zwaar gemaakt en dat maakte haar blik vaag en afstandelijk: nog verontrustender, vond hij.

Ze draaide de Politieman de rug toe en liep naar haar eigen bed; ze pakte een gehaakte sjaal, die ze om zich heen sloeg. De beweging duurde maar een paar seconden, maar het schijnsel van het vuur tekende haar jonge naakte lichaam oneindig nauwkeurig af onder de stof, en Nourio had het gezien. Zijn hoofd tolde. Hij liep naar het meisje, dat met neergeslagen ogen op bed zat. Toen hij naast haar ging zitten, sprong ze op.

'Niet bang zijn. Ik wil je geen kwaad doen. Integendeel. Wat lees je daar?'

Het meisje gaf geen antwoord. Ze trok de sjaal om zich heen en verschool zich erin alsof het een pantser was. Nourio merkte dat hij een droge keel had. Hij had moeite met slikken. Zijn kleine gestalte trilde nerveus. Het leek of er een elektrische schok door hem heen ging. Hij pakte het boek en bladerde het door. Het was een verzameling legendes en volksvertellingen, vergezeld van liedjes en eenvoudige tekeningen. Kennelijk had ze haar broertje voorgelezen voor het slapengaan.

Nourio legde het boek weg en schoof dichter naar haar toe. Hij voelde haar angst en dat wond hem op. Hij hoorde haar jongedierenhart haast op hol slaan. Hij bracht de rug van zijn hand naar haar wang. Hij begon haar langzaam te strelen. Ze had haar ogen gesloten en ademde niet meer. Zijn vingers gleden over haar huid en hij voelde zijn bloed tot in het diepst van zichzelf bonzen.

Lémia hield haar ogen stijf dicht. Ze trilde van angst. De Politieman streelde haar wangen, haar voorhoofd, haar wenkbrauwen, haar lippen, hij was niet in staat die krankzinnige ontdekkingstocht langs haar gezicht te stoppen, en ook niet om iets anders te zeggen dan 'rustig maar... rustig maar... rustig maar...', dat hij continu diep ademend herhaalde.

Het meisje begon nog heviger te rillen toen de vingers van de Politieman langzaam naar haar hals gleden, over haar keel naar haar boezem dwaalden, toen weer omhooggingen naar haar lippen en die half openduwden om het vochtige binnenste te liefkozen, 'rustig maar... rustig maar... rustig maar...'; en net op het moment dat Nourio haar tanden uit elkaar wilde duwen om binnen te dringen in haar mond werd er drie keer hard op de deur gebonsd, die direct openzwaaide, zonder dat er op een reactie was gewacht.

Op de drempel tekende zich een reus af.

Het was Baraj.

'Meester,' zei de Plaatsvervanger. 'U wordt met spoed thuis verwacht. Uw vrouw...'

Die zin bleef hangen, niet uit angst om het tragische bericht door te geven maar omdat Baraj besefte dat het meisje hem glimlachend aankeek, ze glimlachte naar hem, ze schonk hem de mooiste, zuiverste glimlach die er bestond terwijl hem gewoonlijk weinig anders werd geschonken dan afwerende, vijandige of minachtende blikken, want de mensen keken niet verder dan zijn grote, dierlijke trekken, het stro op zijn schedel, zijn reusachtige, lompe lichaam, zijn zieke handen en zijn paddenhuid, en dachten dat de ziel die daarin huisde ook wel uit zulke onbehouwen en ongepolijste materialen zou bestaan.

Zoiets had Baraj nooit meegemaakt.

Een glimlach.

Lémia's glimlach.

En die glimlach baande zich een weg naar zijn eenzame hart waarin tot dan toe alleen Mijn Schoonheden een plaatsje hadden, duwde ze opzij en nam de beste plaats in, en op hetzelfde moment ging er een gedicht door zijn ziel, *engel van stilte, zachte dunne vingers, de heldere ogen van een heilige, altijd de jouwe mijn gedachten en kracht, zo luidt de belofte*; en Baraj, die was vergeten hoe het moest, die het misschien nooit echt had geweten omdat zijn leven al sinds zijn kindertijd gevuld was met kerven en houwen, verwrong zijn dikke lippen en plooide zijn enorme ogen in een poging om Lémia een glimlach terug te schenken.

En Lémia slaagde erin om dat wat veel mensen voor een groteske grimas zouden hebben aangezien op waarde te schatten, en haar prachtige gezichtje werd een grote zon in het donkere hok.

Baraj voelde dat hij rood werd. Hij zag niet eens dat zijn meerdere langs hem heen het huis uit liep. Hij wist niet precies wat hij moest doen, hij was vervuld van dankbaarheid en affectie voor het meisje en daarom ging hij in de houding staan en nam afscheid met een hoofdknik, waarna hij achteruit naar buiten liep, plechtig en langzaam, omdat hij zich herinnerde dat hij ooit had gehoord dat je koninginnen, koningen, vorstinnen en vorsten nooit de rug mocht toekeren.

Helemaal vervuld van die mooie verschijning met de glimlach van een Toscaans schilderij had de Plaatsvervanger niet gemerkt dat zijn meerdere toen hij de deur opengooide veel te dicht bij dat kind zat en haar boezem streelde.

Toen de deur was opengegaan, was de Politieman razendsnel opgestaan, alsof een jachthond zijn tanden in zijn bil had gezet, en hij had de Plaatsvervanger aangekeken met de doodsbange blik van een dief die met zijn hand in de kas wordt betrapt. Hij voelde zich opeens krachteloos en zijn maag draaide zich om. Hij wankelde de deur uit, en toen hij buitenstond ging hij over zijn nek.

Even later stond hij buiten adem voor zijn huis en hij zag eruit als een bezetene. Binnen heerste de stilte van een graf; de eerste persoon die hij zag was Krashmir, de Dokter, die zich in een stoel had laten vallen en zijn hoofd in zijn handen had begraven. Hij droeg geen witte jas en de mouwen van zijn witte hemd vol bloedvlekken waren tot aan de ellebogen opgestroopt. Hij keek de Politieman aan met een lege, verslagen blik. Nourio voelde dat hij wankelde. Hij zocht steun bij de deurlijsten, maakte zich klaar voor het bericht van de Dokter dat zijn vrouw en kind waren overleden. Maar net toen Krashmir zijn mond wilde opendoen, klonk er van boven het dwingende, halsstarrige gekrijs van een pasgeborene, gevolgd door de zachte stem van de moeder die het kind rustig probeerde te krijgen.

De Politieman ging haast van zijn stokje.

'Alles is in orde, zoals u hoort. Het is een jongen. En uw vrouw houdt zich kranig.'

De Dokter sprak met een stem waarin verdriet doorklonk. Dat kwam omdat de probleemloos verlopen bevalling zijn gehele diagnose onderuit had gehaald. Een paar uur geleden was hij bij de zwangere vrouw weggegaan in de overtuiging dat zowel zij als het kind in haar buik zouden sterven, en dat hij niets aan die dramatische uitkomst kon veranderen omdat hij noch de kennis, noch de vermogens, noch de soepelheid van geest had om zo'n crisis te bezweren. En nu was het kind met een probleemloze bevalling ter wereld gekomen, iets wat hij niet had voorzien en wat hij zich nooit had kunnen voorstellen. Hij voelde zich nog middelmatiger dan eerst. Hij was er kapot van. Hij had dubbel verloren. En in plaats van blijdschap voelde hij ontreddering. Hij bedacht dat hij net zo goed een andere baan kon zoeken, schoenen kon gaan verkopen, een obscure secretaris op een obscuur ministerie kon worden, tabakshandelaar, wegwerker, huisschilder of scharensliep.

Ook bij de Politieman leidden het gekrijs van de pasgeborene en de stem van zijn vrouw niet tot de opluchting die je zou verwachten. Tijdens zijn minutenlange haastige tocht door het stadje had hij alle tijd gehad om aan de dood van zijn vrouw te wennen. Hij had verdriet gevoeld, gedeeltelijk oprecht en gedeeltelijk gespeeld, en hij had alvast de bedankjes gemompeld die hij tot degenen zou richten die hem met een ernstig gezicht kwamen condoleren. Hij had over de uitvaart gefantaseerd en een plaats op het kerkhof uitgezocht. Hij had ook al bedacht dat hij na de rouwperiode zijn kroost tegen een bescheiden vergoeding aan een ver familielid van zijn verscheiden echtgenote zou toevertrouwen. En toen had hij zichzelf als een vrij man gezien, zonder last en ruggespraak, sterk, vol pit, in de kracht van zijn leven, gedreven door een hevig verlangen dat door niets werd gedwarsboomd, en hij dacht aan Lémia die bijna geslachtsrijp was en die als de rouw achter de rug was de huwbare leeftijd zou hebben bereikt zodat er in het stadje geen praatjes zouden komen over zijn snelle terugkeer naar de liefde. En met de gedachte dat het meisje iets rijper zou zijn, dat haar borsten zouden zijn opgebold als ze geheel in het wit aan zijn arm door het middenpad van de kerk naar het altaar liep waar een gezichtloze priester stond te wachten, was hij bij zijn huis aangekomen en had hij de teleurgestelde Dokter gezien die ieder moment in tranen kon uitbarsten.

De Politieman liep langzaam de trap op naar de slaapkamer; hij dacht aan Sisyphus. Hij had niets aan alles wat hij vroeger had gelezen, het enige wat hij ermee kon, was namen en beelden plakken op de prozaïsche gebeurtenissen van alledag. God, wat was die trap lang, en God, wat was zijn ontgoocheling groot. Zat hij dan echt vast in dit leven? Kon hij er echt niet aan ontsnappen? Wie had dat bepaald? En wat had hij verkeerd gedaan dat hij zoveel beproevingen moest doorstaan?

Toen hij de deur van de slaapkamer openduwde dwong hij zichzelf om te glimlachen. Zijn vrouw gaf de borst aan iets wat kaal en roze was. Ze keek naar hem op en legde de wijsvinger van haar vrije hand op haar lippen, want het kind was met de dikke tepel in zijn kleine tandeloze mond in slaap gevallen.

Nourio kwam geluidloos dichterbij en ging op bed zitten, naast zijn vrouw, die hem met gesloten ogen haar voorhoofd aanbood zodat hij er een kus op kon drukken. Even keek hij naar haar gezicht, dat uitgeput maar vol vertrouwen was, toen drukte hij een kus op haar huid, waarbij ook hij zijn ogen dichtdeed zodat het uitgebluste gezicht van zijn vrouw kon plaatsmaken voor een ander gezicht, fris, maagdelijk en jeugdig; want in al zijn verwarring en teleurstelling deed hij toch zijn uiterste best om dat op te roepen.

17

Waaraan kun je in de geschiedenis van de mensheid merken dat het te laat is? Van welke symbolen, tekens, breuklijnen, onbeduidende gebeurtenissen en waarschuwingen schrikken de geesten wakker, worden ze waakzaam? Door welke onopvallende veranderingen en minuscule ontsporingen begrijpen oplettende blikken dat ze alarm moeten slaan om te voorkomen dat het chaos wordt? En heeft dat uiteindelijk wel zin? Is het op bepaalde plaatsen en bepaalde momenten niet *altijd* te laat?

Het Keizerrijk, dat monster met honderd koppen en honderd lijven, wist dat zijn voortbestaan afhing van de macht over de kleinste, meest afgelegen provincie. En dus hielden de elites die het bestuurden altijd al surveillancekanalen open, enerzijds met de hiërarchische structuur van het Gezag, maar anderzijds met een minder officiële structuur, waarvoor een onbekende de naam *De Duizend Oren* had bedacht, die het mogelijk maakte dat alles wat werd gezegd op straat, in cafés, op de markt, in de haven, bij de posterijen en bij de nog in een vroeg stadium verkerende spoorwegen, afgeluisterd en doorgeseind kon worden.

De agenten ervan hadden geen gezicht en officieel bestonden ze niet. De man aan het tafeltje naast je kon er deel van uitmaken, net als de jonge vrouw op een bankje op het plein die schijnbaar diep verzonken in het dagblad las, en de oude man die deed of hij stokdoof was maar geen woord leek te missen van het gesprek van twee schakers in de achterzaal van een cafeetje in een kleine stad in Istrië.

Wanneer bepaalde progressieve blaadjes met socialistische idealen, waarvan de redacteuren precies wisten hoe koud de keizerlijke kerkers waren omdat ze er talloze malen in hadden verbleven, vraagtekens zetten bij De Duizend Oren en zich er kwaad over maakten, werden ze door de kranten die onder het juk van de machthebbers zaten en de andere geautoriseerde stemmen bespot en uitgelachen omdat ze zo naïef waren dat ze zulke geruchten geloofden.

In werkelijkheid werd er alleen al geklikt vanwege het feit dat men dácht dat het netwerk bestond; en hoewel de informanten nooit een beloning kregen, werden er iedere dag allerlei briefjes, grotendeels anoniem, geschreven, waarin werd verraden, beschuldigd, verguisd, bezoedeld, bevuild en aan het kruis genageld; smerige pamfletten die haastige handen in de brievenbussen van politieposten, onderprefecturen of ambtenaren belast met ordehandhaving lieten glijden.

En zo kon het dat het Keizerrijk nooit een geheim genootschap van talloze spionnen had opgericht maar dat er toch zoiets bestond. Het had zelfs een naam, die we net noemden, en duizenden laffe, jaloerse, schijterige, hebberige, bittere, misantropische, weekhartige, zelfingenomen medewerkers die het aan de praat hielden en er innerlijk van genoten dat ze deel uitmaakten van dat geweldige apparaat dat niet eens bestond, en die daar in hun verwrongen koppen een krankzinnige voldoening uit haalden die ze even waardevol als een salaris vonden.

Ook het stadje ontkwam niet aan die twee surveillancekanalen. Nourio was een officieel radertje in het geheel, maar door zijn extreme kortzichtigheid wist hij nooit wat er speelde, en was hij al helemaal niet in staat om te peilen wat er leefde onder het volk, dat steeds verhitter werd toen het erop ging lijken dat de moord op Pernieg onopgelost zou blijven.

De Rapporteur ontving ondertussen talloze confidenties in de vorm van die beruchte anonieme briefjes, waarin hij werd gewaarschuwd voor de toenemende spanning onder de bevolking en op de hoogte werd gebracht van de roddelpraatjes waarin de schuldigen werden aangewezen, en van de zinloosheid van verdere naspeuringen omdat die te veel tijd kostten en het absoluut noodzakelijk was dat de Pastoor werd gewroken, met harde maatregelen, waarvan de bijwerking zou zijn dat de kwaadwillende elementen uit de bevolking werden verwijderd.

De Rapporteur besteedde er nauwelijks aandacht aan, want hij had het druk: hij schreef.

Aan een roman.

Een roman over piraten en de zee, want het paradoxale aan die man wiens missie het was om te waken over het bestuur van een landstreek die ver van alle kusten lag, was dat er voor hem niets kostbaarders in het leven was dan zeeën, oceanen, getijden, strandplaten, eilanden, grote schepen met witte zeilen, visserstochten, drama's in de diepte, cyclonen, stormen, rukwinden, stuifwater, de geur van bijtend zout en de ruwe lichamen en gebruiken van zeelui.

De gage van de Rapporteur, die er warmpjes bij zat maar niet in weelde leefde, garandeerde hem in combinatie met een kleine erfenis en de bruidsschat van zijn vrouw die hij handig voor zich liet werken door een belegging in aandelen in een Amerikaans katoenbedrijf, een bourgeois levensstijl in een van de gerieflijkste huizen van het stadje.

Hij had een manusje-van-alles, een kokkin en twee dienstmeisjes en ontving iedere eerste vrijdag van de maand de notabelen van het stadje aan de eettafel, waar de kwaliteit van de gerechten en dranken de disgenoten zeer kon bekoren – hier moet vermeld worden dat de Politieman nooit aan deze dis werd uitgenodigd, iets wat hij als zeer vernederend beschouwde –, en besteedde het leeuwendeel van zijn dagen niet aan zijn werk, dat eerlijk gezegd niet zoveel tijd in beslag nam, maar aan de inhoud van zijn bibliotheek, die, dat mag duidelijk zijn, enkel werken over de zee en de wereld daaromheen bevatte, en aan het schrijven van zijn meesterwerk, getiteld *John Bridget Simons of de Grote Zeereis*, waarvan hij op het punt stond om deel twaalf te voltooien.

De Rapporteur was een schrijver zonder publiek, want hij had zijn dikke roman nooit uitgegeven – dat was niet eens zijn doel. Voor hem telde alleen het schrijven zelf. Dat hij niet gepubliceerd werd en dat zijn roman slechts in één handgeschreven exemplaar zou bestaan, deed in zijn ogen niets aan zijn schrijverschap af, en zo zag hij zichzelf; zijn ambtenaarschap en zijn Rapporteursfunctie waren slechts secundaire bezigheden, broodwinning: de Rapporteur was schrijver, want hij schreef.

Hij was de draad van het plot van zijn piratenroman al lang geleden uit het oog verloren; in wezen was wat hij schreef niets anders dan een onhandige hervertelling van alles wat hij sinds zijn kindertijd had gelezen. De avonturen van zijn held voerden hem in alle windrichtingen over de wereldzeeën en brachten hem in contact met incarnaties van Robinson Crusoe en Long John Silver, met schatzoekers, rumdrinkers, galjoenen, ontdekkingsreizigers en spookschepen, om nog maar te zwijgen over de scheepsladingen slaven en goud en schone odalisken die door Moorse piraten werden ontvoerd.

Talloze pagina's waren gevuld met eindeloze beschrijvingen van de ondergaande zon bij een vredige of woeste zee, die zo saai waren dat je ervan zou gapen maar waar hij zelf heel tevreden mee was, zo tevreden zelfs dat hij onvermoeibaar naar dat motief terugkeerde en het steeds probeerde te verbeteren, zoals een schilder dat van schilderij tot schilderij doet, zonder daar helaas ooit in te slagen.

Hij was getrouwd met een vrouw die niet mooi en niet lelijk was en die hij maar één keer had bemind, te weten in de huwelijksnacht, waarna hij er nooit meer aan was begonnen, omdat die hele zaak hem doodsbang maakte en hij zich niet erg aangetrokken voelde tot het vrouwelijk lichaam en de uitwasemingen daarvan. Met zijn stilzwijgende instemming troostte zijn vrouw zich met de korte, woedende, naar hars geurende omhelzingen van Hkanka, een timmerman die was gaan lijken op het rondhout dat hem dagelijks omringde.

Als de Rapporteur zijn bezoedelde proza en zijn zilte spookbeelden ooit had laten varen, als hij eenvoudigweg door het stadje had gewandeld en de winterse mist had opgesnoven waarin de geur van buskruit prikte, als hij met een half oog de stapel briefjes had bekeken die verkrampte handen onder zijn deur door hadden geschoven en die met hun armoedige vocabulaire en hun kreupele handschrift getuigden van de oplaaiende haat, als hij de gezichten van de voorbijgangers had bekeken, het vuur in hun ogen had gezien, de droge, dichte monden, de op elkaar geklemde kaken, de gespannen lichamen die klaar waren om aan te vallen, als hij de korte, geschuurde, gezandstraalde, snauwerige zinnetjes had gehoord die sommige mensen uitspuugden, dan had hij de ophanden zijnde dreiging ongetwijfeld zien aankomen.

Want grote branden beginnen met mos en vonken. Voordat er miljoenen doden vallen en eeuwenoude beschavingen instorten, valt er een eerste dode, dan een tweede, dan een derde, enzovoort.

Alle begin is klein.

Troje. Rome. Voor wie zich de moeite getroost om goed te zoeken zijn er duizenden voorbeelden.

De geschiedenis stottert.

De geschiedenis is seniel, of de geschiedenis draagt nog een luier.

Kies maar.

Als we ons best zouden doen zou het begin ook een einde kunnen zijn. Maar liever herhalen we ons. Dat is gemakkelijker.

Door hun liefhebberijen, die oeroude heksenstreken, verdwaalden zowel de Politieman als de Rapporteur, even vanzelfsprekend als een peuter die in de schemering door het onderhout kruipt. Ze namen zichzelf allebei zeer serieus, maar eigenlijk waren ze clowns. Ze zagen zichzelf als voorname figuren, maar in werkelijkheid waren ze verre neven van de groteske personages uit de krochten van het werk van de reus Nikolaj Gogol. Helaas was er niemand die hun dat vertelde, en dus konden de dingen hun dodelijke beloop nemen. De dunne wal die ze hadden kunnen zijn werd een lekke dijk, die al het vuile water doorliet waar ze zelf ook in dobberden, of ze dat nu wisten of niet.

18

Het was nu een maand geleden dat Pastoor Pernieg was vermoord. Op de ontheiliging van de moskee en de vervloekingen die op de huizen van de moslims waren geklad waren geen grote incidenten meer gevolgd, ook al was die gemeenschap daar wel bang voor geweest, terwijl er door een aanzienlijk aantal christelijke inwoners juist op werd gehoopt: goede, fatsoenlijke zielen die maar al te graag in het wijwatervat doken en iedere avond voor het slapengaan in hemdsmouwen hun weesgegroetjes en onzevaders opzegden met de nek gebogen, met de blote knieën pijnlijk op de vloer, maar met het hart vol gal.

Het aantal beledigingen, gefluisterde verwensingen, zachte duwtjes, allerhande scheldwoorden, weigeringen van winkeliers om iemand te woord te staan omdat ze Fatima, Laftia, Biyouna of Leila heette, sluiers die werden afgetrokken door kinderen die er dan vandoor renden, nam gestaag toe, in die mate zelfs dat op de laatste vrijdag van november Imam Guedj bij het grote gebed tot zijn verrassing zijn gehele kudde voor zich zag: alle mannen, kinderen en vrouwen hadden zich in de moskee verzameld, hoewel gewoonlijk alleen de mannen kwamen.

Ondanks de hekel die de Politieman aan hem had, was Imam Guedj een man van grote medemenselijkheid en opmerkelijke intelligentie – iets wat soms met de bescheidener term gezond verstand wordt aangeduid.

Het zou moeilijk zijn om het kleinste vleugje kwaadaardigheid in hem te vinden, en het was zijn diepste wens om zijn leven aan anderen te wijden en het licht van de voorschriften en de geboden van de Profeet over het dagelijks leven van hem en van de gezinnen onder zijn hoede te laten schijnen.

Tolerant als hij was, had hij geenszins de wens om van zijn religie de enige ware te maken, en hij had geen enkele hegemoniale ambitie. De islam die hij bedreef ging uit van welwillendheid en gematigdheid. Hij woonde al zo lang in het stadje dat hij heel naïef meende dat hij deel van de gemeenschap uitmaakte en daarom over dezelfde rechten als iedere andere burger beschikte. Hij was vergeten dat in het Keizerrijk de volgelingen van Mohammed werden *gedoogd*, en dat dat woord in de wetsteksten niets anders betekende dan dat zij in de ogen van de instituties geen onderdanen zoals de anderen waren en dat ook *nooit* zouden worden.

'In de naam van Allah, de Meest Barmhartige, de Meest Genadevolle.
Alle lof zij Allah, de Heer der Werelden.
De Meest Barmhartige, de Meest Genadevolle.
De Heerser op de Dag des Oordeels.
U alleen aanbidden wij en U alleen vragen wij om hulp.
Leid ons naar het rechte pad.
Het Pad van degenen die U heeft begunstigd, niet van degenen op wie de toorn rust en niet van de dwalenden.'

Imam Guedj reciteerde de Fatiha om het gebed te beginnen, zoals de traditie dat voorschrijft; daarna las hij Soera de Vrijdag. Maar algauw merkte hij dat anders dan gebruikelijk, anders dan het tot nu toe was gegaan, namelijk dat de gelovigen het hoofd rechtop hielden en de blik naar voren richtten om het gebed aan te horen, de meeste aanwezigen zich naar hem toe hadden gewend en hem aankeken, zodat hij zich slecht op zijn gemak voelde.

Hij pauzeerde even; toen begon hij aan de eerste preek, waar hij die ochtend lang aan had gewerkt en waarvan hij ieder woord had gewogen, in de wetenschap dat veel mensen op zijn woorden wachtten en ook dat ze in geen geval op een betreurenswaardige wijze mochten worden geïnterpreteerd.

'Broeders en zusters, u allen die zich hier verzameld hebt, bij de gratie van Allah, moge de meest Barmhartige geprezen zijn, ik wilde u laten zien dat het leven een pad met stenen is. Elk van die stenen kan de eerste steen zijn van een huis, als een zuivere hand hem opraapt en andere zuivere handen die eerste hand helpen om hem te bewerken, om er muren van te bouwen, haarden, ovens, stallen, schaapskooien. Dan wordt het pad van het leven, het pad met stenen, een pad van broederschap en belofte. Onze gemeenschap, onze kleine gemeenschap die tot zo kort geleden zo gelukkig en rustig was, onze gemeenschap verkeert momenteel in moeilijke tijden en ik...'

'Ja, laten we het daar eens over hebben!'

Een harde stem steeg op en kapte de zachte, lage stem van de Imam af. Het was Ohran Kadar, de Hoefsmid, die gesproken had. Zijn stem weerkaatste tegen de koepel van de moskee, die weliswaar niet al te groot was maar wel een verrassende echo teweegbracht.

Imam Guedj was met stomheid geslagen. In geen geval mocht de preek van de voorganger tijdens het grote gebed onderbroken worden. Die regel kende iedere moslim. Schending daarvan was een grote zonde. Een heiligschennis die de overtreder op schande en vervloeking kon komen te staan.

Dat wist Kadar ook, maar nog belangrijker was dat zijn interruptie niet tot verwijten van de andere aanwezigen leidde.

Integendeel, bedacht Guedj, wiens hersenen op volle toeren draaiden, het leek alsof iedereen hierop had gewacht. Alsof Kadar was verkozen, uitverkoren, om de preek te verstoren en de aanval te openen.

Wat moest hij doen? Doorgaan? Hij wist zeker dat hij direct opnieuw zou worden onderbroken. Dat voelde hij. Trouwens, de ander was overeind gekomen en stond kaarsrecht tegenover hem.

De Imam koos ervoor om een ogenblik lang niets te zeggen, en hij liet de stilte voortduren terwijl hij Kadar in de ogen keek, want hij besefte dat de gelovigen een reactie van hem verwachtten, dat ze hem onafgebroken in het oog hielden en op zijn kleinste beweging letten.

Hij maakte gebruik van de aandacht om langzaam de drie treden van de *mukkabariyya* af te lopen, om duidelijk te maken dat hij de plaats verliet waar het heilige woord werd gesproken, waar het gebed wordt opgezegd, en dat hij zich op hetzelfde niveau plaatste als zij. Dat hij een van hen werd. Niet langer de Imam die het grote vrijdaggebed leidde, maar een lid van de gemeenschap. Niets bijzonders.

'Als je iets wilt zeggen, Kadar, zeg het dan. We luisteren.'

Guedj sprak heel vriendelijk en liet zijn woorden vergezeld gaan van een glimlach. Hij slaagde erin om de bijzondere gebeurtenis terug te brengen tot iets doodgewoons, dat geen gevolgen had. Iedereen keek naar de Hoefsmid, die opeens minder zelfverzekerd leek, en zijn keel een paar keer schraapte voordat hij het woord nam.

'*Hazrat*, het is niet mijn bedoeling het gebed te verstoren of u te beledigen, maar we hebben uw leiding nodig: iedere dag wordt er wel iemand beledigd, vernederd of bespot. Hoelang gaat dat nog duren? Waarom worden wij verantwoordelijk gehouden voor die verschrikkelijke misdaad? Kunnen we ons niet beschermen, kunnen we de vrede niet terugbrengen? Kunt u niet bij Kapitein Nourio en de Burgemeester op bezoek gaan en hun om bescherming vragen? Wie weet wat er hierna zal gebeuren? Moeten we lijdzaam afwachten tot er iemand vermoord wordt voordat ze iets ondernemen?'

Onder het praten was zijn stem steeds vaster geworden, want kennelijk merkte hij dat de andere aanwezigen het met hem eens waren, knikten en bijval mompelden. De kleine menigte van hooguit een man of vijftig leek opeens aan te zwellen, meer plaats in te nemen, nu ze door een gemeenschappelijke hartstocht werden bewogen – en dat was vast de reden dat Kadar tegen het einde van zijn toespraak steeds luider ging praten en dat zijn gezicht purper werd van de woede die opeens was teruggekeerd, niet alleen bij hem, maar bij de hele groep.

Verhit ging hij weer zitten, in een regen van bijval.

Je zou denken dat Imam Guedj, dat kleine, onopvallende mannetje dat haast verdween onder zijn zware last en zijn te ruime gewaad, helemaal gewichtloos was, niet meer dan een natte merel woog, nu hij gehoord had wat er was geroepen en wat kennelijk de mening van de meerderheid was.

Maar dan kende je zijn evenwichtige geest nog niet, zijn kennis van de menselijke natuur en het voorspelbare mechaniek daarvan; en het kwam dan ook door die geest dat hij niet op de Hoefsmid reageerde, maar het woord doorgaf. Hij vroeg wie er nog meer iets te zeggen had.

Het was alsof hij water uit een stuwmeer liet lopen: iedereen ontdekte de hartstochtelijke orator in zichzelf en zong een couplet, meestal niet origineel, dat moet gezegd, want iedereen borduurde met bijna identieke woorden voort op Kadars bittere melodie. Het duurde bijna een halfuur, toen zakte het oproer in als een soufflé die uit de oven wordt gehaald, die klotsend en dampend naar het banket wordt gedragen maar zodra hij wordt opgediend inzakt tot een kalme krater.

De woorden van de aanwezigen gaven de spanning een tijdelijke uitlaat, en de boze energie werd gezuiverd. De imam stelde tot zijn opluchting vast dat lichamen moe waren en de zielen gekalmeerd, toen er een verlegen, bezorgde stem opklonk.

'Alstublieft... Alstublieft...'

Het was Krashmir, de Dokter, met zijn galachtige, zorgelijke gezicht. Het werd weer stil. Degenen die waren opgestaan gingen weer zitten. De Dokter keek naar de Imam en wachtte op toestemming, die de ander hem met een hoofdknik gaf, zij het enigszins ongerust.

'Ik zal het kort houden, Hazrat. Ik ben geen orator. Ik hou sowieso niet van praten. Sommigen van u hebben over uw angsten gesproken, over uw vrees, over deze situatie die we nooit eerder hebben meegemaakt. Ik bevind me in uw midden, maar ik ben niet praktiserend, dat kan Imam Guedj bevestigen; sterker nog, vergeef me mijn eerlijkheid, ik weet niet eens zeker of ik wel geloof. Dat zeg ik niet om iemand te beledigen. Maar wat ik wel weet, wat ik helemaal zeker weet en waar ik trots op ben, is dat ik deel uitmaak van deze gemeenschap. Ik ben opgevoed en grootgebracht met de voorschriften van de Profeet. Tot voor kort was dat niet iets waarop ik me liet voorstaan, al schaamde ik me er ook niet voor. Maar als iemand me morgen naar mijn godsdienst vraagt, zal ik onbevreesd zeggen dat ik moslim ben, omdat ik de zoon ben van mijn vader en mijn moeder, Vrede zij met hen, en zij godsvruchtige gelovigen waren. Omdat er is gebeurd wat er is gebeurd, omdat er in onze stad zal gebeuren wat er gaat gebeuren, en ik aan jullie kant sta en niet aan de andere kant. Zo. Dat heb ik gezegd. En ik wil nog iets zeggen, namelijk de reden waarom ik het woord heb gevraagd. En wat ik ga zeggen, wat ik nu ga zeggen, zeg ik niet als Dokter.'

Her en der begon men Krashmir verbijsterd aan te kijken. Voor iemand die zei dat hij niet van spreken hield, kon hij behoorlijk kletsen. De geesten, die hij aanvankelijk nog in de hand had gehouden, fladderden tussen zijn vingers door, en her en der klonk een flauw geroezemoes; hij merkte het en het schudde hem wakker.

'Ik zal ophouden met praten. Excuus voor deze lange inleiding. Ik zal zeggen wat ik te zeggen heb.'

'Doe dat dan!' riep een getergde vrouwenstem die niemand kon thuisbrengen.

'Dat zal ik doen. Mijn advies: ga hier weg! Zo snel mogelijk. Ga allemaal weg. Weg uit deze stad. Pak je spullen in. Het maakt niet uit waar je heen gaat, maar ga. Kijk niet om. Ga weg, en snel ook. Het is hier gevaarlijk. Dat is mijn advies. Denk niet dat ik gek ben. Denk niet dat ik waangedachten heb of dat ik mijn verstand ben verloren. Als jullie hechten aan het leven, aan het leven van jullie kinderen, aan het leven van jullie grootouders, ga dan weg. Ga. Ga weg! Ga snel weg, vrienden! Voordat het te laat is! Ga weg!'

Een paar seconden klonk er geen enkel geluid, geen enkel woord. Niets. Imam Guedj vroeg zich af hoe hij op deze oproep moest reageren.

Maar toen steeg er een bulderend gelach op, iets wat in de moskee nog nooit was vertoond; het was de lach van een hele gemeenschap, een overdreven, spottende lach, angstig, giftig en vijandig tegelijk, een bijtende, snoevende lach als reactie op de apocalyptische woorden van de Dokter.

Een lach die niet ophield.

Die nog steeds niet ophield.

En toen het gelach dan eindelijk verstomde, was het niet de Imam die het woord nam maar Kadar, de Hoefsmid, wiens gezicht door zijn dagelijkse verblijf in de smederij permanent de kleur van terracotta en gebraden vlees had aangenomen.

'Ik ben hier geboren. Dit is mijn stad. Ik ga hier pas weg als ik sterf, en tot die tijd laat ik me door niemand verjagen. Je bent een lafbek, Krashmir, ik schaam me voor je. Je advies is het advies van een man zonder ballen, als ik me zo mag uitdrukken. Hou die woorden voor je! Met wat beledigingen of mishandelingen krijg je mij niet weg! Ik heb niks gejat, niemand vermoord, niks verkeerds gedaan! Ik ben hier thuis! Wij zijn hier thuis!'

Na het bulderende gelach klonk er applaus in de moskee, wat ook nog nooit was vertoond.

De wereld veranderde. In gebedshuizen was ruimte voor

theater. Allah was in een blijspel beland.

Krashmir bleef staan en keek met zijn vermoeide ogen naar de grond. Het gelach deed evenveel pijn als wespensteken en het applaus voelde als klappen op zijn hart. Hij bedacht dat het onmogelijk was om anderen te helpen. De Duivel nam ze bij de neus en ze liepen vrijwillig met hem mee. Hij had gezegd wat hij te zeggen had, hij had ze gewaarschuwd, hij had zijn plicht gedaan. Vanaf nu was het ieder voor zich.

Niemand lette nog op hem, met uitzondering van Imam Guedj, die door de woorden van de Dokter was geraakt omdat hij er oprechte wanhoop in hoorde. Hij begreep niet hoe Krashmir zo zeker wist dat een snel vertrek de enige oplossing was. Maar hij voorvoelde dat Krashmir gelijk had, dat het ergste nog moest komen. Toen de Dokter de deur uitging, keek Imam Guedj zijn licht gebogen gestalte na. Daarna was hij weer alleen met zijn geloofsgenoten, en hij bedacht dat zijn lot verbonden was met dat van hen: als ze allemaal vastbesloten waren om te verdrinken, zou hij dat ook doen.

19

Drie dagen later, nog voordat de zon op was, verstopten de Dokter, zijn vrouw en hun drie kinderen zich met als enige bagage drie reiskoffers en twee grote leren tassen in de slee van een houtvester uit Stiermarken genaamd Alexis Grünen, wiens familie door de vader van de huidige Markgraaf, de oude Markgraaf Ourdinanz Julius Konrad Ozlë, tachtig jaar geleden was gevraagd om zich op zijn gronden te vestigen omdat er geen betere houthakkers bestonden dan degenen die aan de voet van de Hoher Dachstein waren geboren, en hij niet van zins was zijn bossen aan de eerste de beste toe te vertrouwen.

Sindsdien waren er drie generaties Grünens geweest, allemaal in dienst van de Markgraven Ozlë, die de reusachtige naald- en loofbossen beheerden, waarvan ze het rondhout verkochten of aan stukken zaagden, afhankelijk van de vraag en de toestand van het bos, omdat ze de zaag en de bijl even behendig hanteerden als het telraam, zodat ze erin slaagden om zowel het vermogen van hun meesters als hun eigen bezittingen vrucht te laten dragen.

Krashmir had Grünen twee dagen eerder zover gekregen om hem en zijn gezin naar de Grens te brengen. De Dokter had op zijn ronde een omweg langs de zagerij gemaakt, die aan de rand van een naaldbos lag, op zo'n vijf werst van het dorp.

De Houtvester, die zijn verrassing en irritatie nauwelijks kon verbergen – hij had wel iets beters te doen dan de Dokter aanhoren –, had hem toch ontvangen met alle egards die je zo'n hoogstaande gast verschuldigd bent; hij bood hem een kop thee aan en kleine zandgebakjes gevuld met de zelfgemaakte bramenjam van zijn echtgenote. Het viel hem op dat de Dokter er bang uitzag, dat hij bij het minste gekraak uit het vlakbij gelegen bos opschrok en terwijl hij aan zijn gebakje knabbelde continu angstige blikken rondstrooide, als een eekhoorn die op een beukennootje knaagt.

Eerst weigerde Grünen, met als excuus dat zoiets in dit jaargetijde een langdurige en uitputtende onderneming was en dat hij het te druk had, dat zo'n expeditie inclusief terugreis minimaal drie dagen zou duren omdat de natte sneeuw de wegen drassig had gemaakt.

Daarna had hij de Dokter enigszins kwaadaardig gevraagd waarom hij zo nodig weg moest, waarom hij geen beroep deed op degenen wiens werk het was, de families Mrazic en Totebazc, die al het transport per rijtuig, koets of slee in die contreien regelden.

Toen Krashmir met enige gêne vertelde dat hij zo onopvallend mogelijk wilde vertrekken, had Grünen zijn pion vooruitgeschoven door te zeggen dat hij akkoord ging, maar vervolgens een belachelijke prijs te vragen ter hoogte van vier maandsalarissen van de Dokter, waarop Krashmir, die bepaald niet rijk was, zijn ogen ten hemel sloeg, zijn armen in de lucht stak, zich beklaagde en uiteindelijk akkoord ging, ook toen de ander nog een extra maandsalaris als prijs voor zijn stilzwijgen bedong.

De rudjia had de stad en de regio verlaten. Ongetwijfeld werd die het beu om door de straten te waaien en zich via de schoorstenen of onder de deuren door in de huizen te wringen. Hij liet niets anders achter dan een natte mist die alle geluiden verstikte en de rook uit de schoorstenen belette naar de hemel op te stijgen. Overal hing de geur van as en gloeiende sintels.

De slee van Grünen, waar hij alle belletjes en lantaarns vanaf had gehaald, gleed geluidloos voort, als een spookvoertuig dat nauwelijks uit de mist was opgedoemd voordat het er alweer in verdween, en als iemand het zou hebben gezien – wat niet zo was – zou die zich hebben afgevraagd of dat vreemde voertuig geen droom was geweest.

Bij het weggaan lieten de Dokter en zijn gezin de voordeur wijd openstaan, en niemand zou ooit weten of dat door de haast kwam of dat ze het expres hadden gedaan, als een boodschap, en wat die dan betekende. In elk geval schrok Zoria Mekbec, de dienstbode, een jong meisje dat al twee jaar voor ze werkte, zich een hoedje toen ze de open voordeur zag, en ze vreesde dat er iets ergs was gebeurd. Maar toen ze een paar keer angstig had geroepen en als enig antwoord de achtergelaten kat hoorde miauwen, besefte ze dat er geen levende ziel in huis was, en ze ging vlug naar de Imam om het hem te vertellen.

De Dokter en zijn gezin werden nooit meer gezien. Toen Grünen terugkwam van de expeditie was hij kennelijk van mening dat de prijs die Krashmir voor zijn stilzwijgen had betaald niet hoog genoeg was, want hij bracht de hele middag door in de Herberg van Vilok, waar hij de ene pot bier na de andere achteroversloeg en ondertussen in geuren en kleuren vertelde over het bezoek van de Dokter aan de zagerij en de tocht naar de Grens.

Hadden ze die Grens ooit bereikt? Als Grünen zijn belofte om te zwijgen zo snel verbrak, zou hij ze dan wel naar de beloofde bestemming hebben gebracht?

Michal Borovicj, de Timmerman, die de volgende dag naar de zagerij ging om stutbalken te halen, verklaarde dat hij had gezien dat Grünen zijn slee bijzonder energiek met warm water had schoongemaakt. En hij vertelde ook dat de Houtvester door zijn komst in verlegenheid werd gebracht en dat de sneeuw rondom de slee bevlekt was met roze strepen, alsof er bloed in lag.

Toen dit alles de Politieman een paar dagen later ter ore kwam, haalde hij zijn schouders op. Borovicj stond erom bekend dat hij meer dronk dan goed voor hem was; de alcohol vrat al jaren aan de inhoud van zijn hersenpan. En als het waar was wat hij zei over dat bloed in de sneeuw, en als Grünen het gezin van de Dokter inderdaad met een hakbijl te lijf was gegaan, wat deed dat er uiteindelijk dan toe? Wat weg was, was weg. In zijn rapport over Krashmirs vlucht wijdde Nourio niet eens een alinea aan de getuigenis van de Timmerman.

Toen de Plaatsvervanger bij zijn meerdere aanklopte om het hem te vertellen, trof hij hem aan met de rode, kreukelige pasgeborene in zijn armen, die brullend met zijn roze vingers naar de lucht graaide. Nourio zag er uitgeput uit. Hij slaagde er niet in om dat woedende wezentje tot rust te brengen en hij wiegde het te hard, zodat de zuigeling alleen maar angstiger werd. Zijn vrouw had iets van haar krachten hervonden en was zich aan het wassen. Boven hoorde je het water in de tobbe stromen. Na de wekenlange stank van maceratie rook het huis weer naar melk en zeep.

Voor de Politieman was de komst van zijn ondergeschikte een verlossing, want bij het zien van Baraj' grote lichaam werd de zuigeling op wonderbaarlijke wijze rustig. Hij keek met zijn nieuwe, ronde ogen naar de reus en strekte zijn minuscule vingers pruttelend naar hem uit.

Nourio ging zitten en wees Baraj een stoel. Zodra de twee mannen tegenover elkaar aan de keukentafel zaten, viel het kind in slaap. De Politieman durfde het niet in de wieg te leggen uit angst dat het wakker zou worden en dus hield hij het tegen zich aan, als een vervelende vracht die je toch bij je moet houden.

Hij woog de woorden van de Plaatsvervanger en probeerde het vertrek van de Dokter te duiden. Er was geen twijfel mogelijk: de enige verklaring was angst. Sinds de moord op de Pastoor, en vooral in de dagen na de uitvaart, was het klimaat in het stadje veranderd. Het incident met het varken en de met bloed besmeurde huizen, de diverse beledigingen gericht tegen vrouwen en kinderen van de moslimgemeenschap, hadden de Dokter kennelijk doen besluiten dat er wel eens grotere gevaren zouden kunnen dreigen. Maar waarom was hij in het geheim vertrokken?

Als hij op klaarlichte dag was weggegaan, zou niemand hebben geprobeerd hem tegen te houden, de Politieman al helemaal niet. Er is geen wet die het de onderdanen van het Keizerrijk, inclusief de volgelingen van Mohammed, verbiedt om een andere woonplaats te zoeken en een ander leven aan te nemen. Waarom was hij er dan zo stiekem tussenuit geknepen? Had hij iets gedaan? Wist hij iets over de moord wat Nourio niet wist? Een dokter was tot geheimhouding verplicht, en als hij in de uitoefening van zijn praktijk een confidentie of bekentenis vergaarde, mocht hij daar niet over praten. Werd hij zo gekweld door die informatie die hij niet bekend mocht maken dat hij liever was verdwenen? Het was natuurlijk maar een hypothese, maar de Politieman vond haar best geloofwaardig. Maar daar schoot hij niets mee op, en het vertrek van de Dokter werd er niet minder reëel en – daaraan twijfelde hij niet – ook niet minder definitief van.

Nourio liet de gedachte voor wat ze was en begon een ander gedachtespoor te volgen, dat zo onopvallend als een schuw diertje in de verte langsliep. Hij naderde het voorzichtig, uit angst dat het zou wegvluchten voordat hij het te pakken had. Opeens kreeg die gedachte een duidelijke vorm, en hij kon haar als volgt onder woorden brengen: stel dat je aan iemand die noch de stad, noch de bevolking kende, beide feiten zou voorleggen – de Pastoor was vermoord en de Dokter was gevlucht –, welke conclusie zou die daar dan zonder enige twijfel uit trekken? Dat de Dokter op een of andere manier bij de moord betrokken was en, in de wetenschap dat hij ieder moment ontmaskerd kon worden, eieren voor zijn geld had gekozen.

Het was een meedogenloze, onweerlegbare redenering. Maar Nourio wist zoveel meer over de zaak, de stad en de Dokter dat het niet eens in hem opkwam dat die interpretatie zou kunnen kloppen, hoe logisch die ook klonk.

Met het slapende kind nog steeds in zijn armen en tegenover hem Baraj op zijn stoel die, ondanks het feit dat zijn ogen wijd openstonden, ook leek te slapen, vervolgde de Politieman zijn denktrant. Hij vroeg zich af hoe zijn meerdere, Commandant Sroh, deze kwestie zou bekijken, en vooral hoe de hogere geesten op het Ministerie die zouden interpreteren.

Er schoten hem beelden te binnen van de processie na Perniegs begrafenis: de veertien staties, de vervloeking van de Vicaris en de spanning die de menigte in haar greep kreeg. Als je ervan uitging dat de Vicaris niet op eigen initiatief had gehandeld maar een agent was die een weldoordachte politieke wens van hogerhand had uitgevoerd, zou je kunnen concluderen dat het de bedoeling van het keizerlijk gezag was om de moslimgemeenschap te stigmatiseren en als schuldige aan te wijzen, ongeacht de ware toedracht, zonder oog voor de waarheid, ja, misschien zelfs met angst dat de waarheid in een andere richting zou wijzen. Vanuit die hoek bezien was het overhaaste vertrek van de Dokter wonderkoren op de molen van degenen die in die richting werkten.

Nourio voelde een luid bonzen. Eerst dacht hij dat het de hartslag van zijn zuigeling was, maar toen besefte hij dat het zijn eigen hart was. Het feit dat zijn bloed zo hard en snel door zijn aderen stroomde en tekeerging in zijn slapen, was een teken dat zijn denkproces het eindpunt had bereikt: hij had de wensen van zijn meerderen achterhaald – deed hij er dan niet goed aan om het onderzoek in die richting te sturen? Ongetwijfeld zou de ontmaskering van de echte Moordenaar minder voor zijn carrière betekenen dan de vondst van de ideale dader die in de hoogste kringen was uitgetekend.

Hij was zo in de ban van die redenering, die hij helemaal zelf had gedacht, dat hij zijn vrouw niet de trap af hoorde komen. En dus schrok hij toen ze haar hand op zijn schouder legde. De pasgeborene werd wakker van die aanraking en begon meteen te brullen. Nourio kwam weer bij zijn positieven. Hij keek naar zijn vrouw. Vanwege haar komst was de Plaatsvervanger gaan staan, zijn eindeloze armen tegen zijn zij geplakt, grotesk in de houding, waar hij niet meer uit kwam.

Nourio's vrouw nam het kind van haar man over en wiegde het. De Politieman trok zijn vest recht en kreeg de controle terug over alles wat zo hevig in hem tekeerging, de naamloze, onduidelijke deeltjes die iets weg hadden van de dikke droesem die op de bodem van bepaalde flessen wijn ligt te dommelen. Hij knikte naar de Plaatsvervanger en samen verlieten ze het huis. Ze liepen naar de Politiepost, en Baraj was stomverbaasd dat zijn meerdere, die een dun sigaartje had aangestoken en daar nu aan lurkte, in de scherpe, bijtende kou van deze late ochtend een vrolijk deuntje floot.

20

Twee dagen later kreeg Nourio bezoek van Frejko Sabir, de huisknecht en het manusje-van-alles van de Rapporteur van het Keizerlijk Gezag.

De Politieman was alleen. Baraj was diezelfde ochtend naar T. vertrokken met een brief voor Commandant Sroh waar de Politieman zes uur aan had gewerkt. De brief ging over het vertrek van de Dokter en stond bol van de insinuaties, dubbele betekenissen en multi-interpretabele formuleringen, die zo geraffineerd waren dat Nourio zich bij het nalezen van het bericht, waarvan je je kon afvragen of Sroh er de finesses en de strekking wel van zou begrijpen, met trots vervuld voelde.

Hij rookte in alle rust een krumme en dacht aan de lichte lippen en jonge boezem van Lémia toen Sabir zijn opwachting maakte.

Sabir was een lange, gebochelde bonenstaak met weelderig grijs haar dat hij in een staartje droeg. Hij was de vijftig gepasseerd, was zes jaar in dienst geweest, had twee oorlogen meegemaakt die even smerig en dodelijk als iedere oorlog waren geweest, was drie keer van nationaliteit veranderd vanwege diplomatieke verschuivingen waarvoor hij op geen enkele manier verantwoordelijk was, had allerlei kleine baantjes gehad en wat prostituees bemind, had de pijn gevoeld van het verlies van twee echtgenotes en drie jonge kinderen, was bijna bezweken aan de honger, kende de ontbering als zijn broekzak, was teruggekeerd naar zijn land, waar hij een beminnelijke levensgezellin en een passend emplooi had gevonden. Hij droeg een merkwaardig kledingstuk dat zijn Meester hem had gegeven en dat deed denken aan bepaalde zeevaarderstenues van de West-Indische Compagnie.

'Meneer de Rapporteur heeft mij gezonden om u te laten weten dat hij het als een grote eer zou beschouwen als u om vijf uur bij hem op de thee zou willen komen.'

Nourio vroeg zich af of hij de huisknecht wel goed verstaan had. Het was de eerste keer dat hij zo'n uitnodiging kreeg. Hij had nooit een hoge dunk van de Rapporteur gehad, temeer omdat die hem iedere keer dat ze in elkaars gezelschap waren heel goed liet voelen hoe weinig achting hij voor hem had – niet alleen voor zijn functie, maar ook voor zijn persoon. En bovendien stoorde hij zich bij de Rapporteur aan alles: aan zijn zelfgenoegzame voorkomen, zijn plakkerige rossige haar, zijn dode oog achter het zwarte verband, zijn reputatie van vrijwillige hoorndrager, zijn hoge geboorte die alle deuren voor hem had geopend, zijn rijkdom, zijn ledigheid, zelfs zijn lange mantel die hij in alle seizoenen en onder alle omstandigheden droeg, kennelijk zonder ooit te beseffen hoe belachelijk dat onmodieuze kledingstuk was.

'Thee, zegt u? Om vijf uur?'

'Juist, meneer de Kapitein. Welk antwoord zal ik hem overbrengen?'

'Wablief?'

'Wat moet ik aan mijn Meester zeggen? Bent u in de gelegenheid een bezoek aan hem te brengen of bent u verhinderd?'

'Welnee. Natuurlijk is het een mogelijkheid. Dat is het zeker!' antwoordde de Politieman, die opeens in een slechte toneeldialoog verstrikt was geraakt.

Sabir keek de Politieman aan alsof hij een bizarre levensvorm was, een eencellig organisme uit een niet gedetermineerde, weinig gedocumenteerde orde van het dierenrijk, en ging toen terug.

Een paar uur later, toen de klokken van de kerktoren vijfmaal sloegen, na de woedende sneeuwstorm te hebben getrotseerd, koortsig, vervuld van importantie en erkenning, de kleding afgeborsteld en de laarzen gepoetst, liet de Politieman de koperen deurklopper in de vorm van twee halfnaakte, gespierde mannen die een sloep droegen tegen het geverfde hout van de hoge deur van de residentie van de Rapporteur slaan.

Niet Frejko Sabir deed open, maar de oude dienstmeid met lichte baardgroei die min of meer deel uitmaakte van de huisraad, aangezien ze ook al voor de vorige Rapporteur had gewerkt.

De Rapporteur ontving de Politieman in wat hij zijn Kaartenkamer noemde. Het was een soort rooksalon waarvan de muren en het plafond bedekt waren met planisferen en portulanen. Aan weerszijden van twee canapés van gecraqueleerd leer stonden aardbollen uit verschillende tijden, met de opvallende bijzonderheid dat de continenten geen opschriften droegen; staten, grenzen en landen waren er niet op aangegeven, maar de zeeën en oceanen waren wel bezaaid met namen, in verschillende handschriften, reusachtig of minuscuul, in alle richtingen.

Het spaarzame licht dat zich door de kamer verspreidde vanuit bollen die op de grote kleurige tapijten stonden, waarop octopussen en zeemonsters elkaar bestreden, gaf het eenogige gezicht van de Rapporteur de zalmachtige tint van een peinzende Lemuriër.

'Daar bent u dan!' waren zijn eerste woorden, en hij maakte een beweging alsof hij ging opstaan om Nourio te verwelkomen maar dat deed hij niet.

De oude, tandeloze dienstmeid kwam terug met een blad met een zilveren theepot en porseleinen kopjes beschilderd met driemasters en schoeners.

De Rapporteur stuurde haar weg met een handgebaar, en toen hij zijn rossige haar achterover had geveegd schonk hij thee in. De Politieman zat op het randje van de canapé, durfde het zich niet gemakkelijk te maken. Hij wachtte. Waarop wist hij niet, maar dat kon hem ook niet schelen; hij was dolblij dat hij op deze plaats was en hij keek zijn ogen uit.

De Rapporteur had zijn kopje niet aangeraakt; ten slotte kwam hij overeind en liep rondjes door de kleine ruimte, met de handen achter zijn rug, het voorhoofd gefronst en zijn enige oog donker en verontrust.

'Sinds de vlucht van de Dokter worden mij dagelijks talloze briefjes gebracht. Het woord "gebracht" is slecht gekozen. Ze worden onder mijn deur door geschoven, in de brievenbus gepropt, of gewoon op de stoep gegooid. Het grootste deel is anoniem, dat zal u niet verbazen. Op sommige staat het herkenningsteken van het zogenaamde geheime genootschap De Duizend Oren, waar u ongetwijfeld bekend mee bent. De meeste wemelen van de grove taalfouten, wat erop duidt dat de afzenders onopgeleid zijn. Welk geheim genootschap, vraag ik u, zou zulke onbehouwen lieden rekruteren – als het al bestond? Maar daar gaat het nu niet om.

Waar het om gaat is dat al die briefjes min of meer hetzelfde zeggen: dat Krashmirs vlucht een bekentenis is. Dat hij ofwel de Moordenaar van Pernieg is, of in elk geval medeplichtig. De briefjes wijzen allemaal op de implicaties van zijn vlucht. En daarover wil ik me met u onderhouden, Kapitein. Ik vraag u dus op de man af: wat denkt u?'

'Wat ik denk is niet van belang, meneer de Rapporteur. Het gaat erom wat u wilt dat ik denk.'

'Dat zegt u mooi, maar wat bedoelt u daar precies mee?' antwoordde de ander, die weer op de canapé was gaan zitten en het leren kussentje herschikte dat zijn dode oog aan het zicht onttrok.

'De laatste dagen heb ik veel nagedacht,' vervolgde de Politieman. 'Daar word ik voor betaald, denk ik, hoe weinig ook. U en ik maken deel uit van dezelfde machine. Vanzelfsprekend bekleedt u daarin een aanzienlijke functie, en ik een lachwekkende – het zij zo. Maar waar het om gaat is dat u en ik op onze eigen niveaus deel uitmaken van hetzelfde grandioze mechaniek, dat bestaat uit duizenden tandwielen en in al zijn complexiteit en choreografie de orde en bestendigheid perfect kan garanderen. Dat schitterende mechaniek wordt het Keizerrijk genoemd.'

Aangemoedigd door het knikken van de Rapporteur, wat Nourio als instemming beschouwde, ging hij verder.

'Ik dacht aan wat u zei toen u en ik ons na die kwestie met dat gekeelde varken met meneer de Burgemeester onderhielden: over het kleine aantal en het grote aantal, over de bevolkingssamenstelling van ons stadje, dat overigens zeer representatief is voor het Rijk in zijn geheel, en over het principe van de waarheid. Ik ben tot de conclusie gekomen dat de waarheid datgene is wat de grootste groep wenst en acceptabel vindt. Dat een kleine concessie aan de minderheid al tot wanorde en chaos leidt, al heeft die minderheid de werkelijke waarheid aan haar kant. En op basis van uw redenering en mijn overdenkingen verkies ik boven die werkelijke waarheid, die in de afgelopen eeuwen door talloze mensen is beschouwd als een fundament, als het kompas dat de enig juiste koers aangeeft, de voorkeur aan het concept van de *werkbare waarheid*, die meer rekening houdt met de werkelijkheid en in mijn ogen beter in staat is om een wenselijke, noodzakelijke vorm van sociale stabiliteit te garanderen.'

De Politieman zweeg. Zijn hart bonkte. Hij bracht de theekop naar zijn lippen en nam een slokje.

'Interessant, Kapitein. Zeer interessant. Ik heb me niet in u vergist. U bent een intelligent man. De werkbare waarheid, zegt u? Dat vind ik een prachtig idee. Prachtig!'

Nourio bloosde. Hij had zich nog nooit zo belangrijk gevoeld. Het gevolg daarvan was dat hij hartstochtelijk van de Rapporteur ging houden en hem alle denkbare kwaliteiten toeschreef, al had hij die vlak daarvoor nog niet in hem gezien.

De Rapporteur was weer opgestaan en liep rondjes. Hij dacht na. Nourio bewonderde zijn diepe concentratie, vond het voorhoofd plotseling nog groter en het eenzame oog nog sprankelender en reusachtiger.

Minutenlang liep hij rondjes. Bij iedere stap kraakte het parket onder de diepzeetapijten als brekende botjes. De Rapporteur ademde luidruchtig in en blies de lucht door zijn neus uit, wat het geluid produceerde van een stoomlocomotief waarvan het vuur wordt opgestookt en tegelijk de remmen worden aangetrokken.

Ten slotte bleef hij staan, met zijn rug naar de Politieman gekeerd.

'De werkbare waarheid. Dat is perfect. Perfect, Kapitein, maar wat wil dat in het onderhavige geval zeggen?'

Nourio keek naar de grote schouders van de Rapporteur met de mantel eromheen, toen naar diens handen met de verstrengelde vingers. Hij begreep dat de rest van zijn carrière afhing van het antwoord dat hij nu zou geven en de beslissingen die hij in de komende uren en dagen zou nemen. Commandant Sroh was de jongste niet meer. Die ging binnenkort met pensioen. Was hij niet de ideale, voor de hand liggende opvolger? Zou hij met steun van de Rapporteur niet serieus op die promotie mogen hopen? Opeens tekende alles zich verbijsterend helder af. Hij mocht niet langer aarzelen. Hij had de perfecte kaarten om zijn eigen lot in handen te nemen.

'Ik meen te kunnen beweren dat we onze gemeenschap moeten geven waar zij om vraagt, meneer de Rapporteur. Als de Dokter door het gezond verstand en de volkswil wordt aangewezen als een directe of indirecte betrokkene bij de moord op Pastoor Pernieg, dan moeten we daar niet tegenin gaan. Als onze gemeenschap aan die waarheid wil vasthouden, dan is het onze plicht om haar daarin te steunen. Wat dat oplevert is meer rust en een hernieuwde samenhang. Daar voeg ik nog aan toe dat het lot van de Dokter en zijn gezin er op geen enkele manier door verandert. Niemand weet waar ze zijn. Ongetwijfeld aan de andere kant van de Grens; en zonder angst dat we ons vergissen kunnen we wel beweren dat ze nooit meer terug zullen komen. Noch hun leven, noch hun goede naam zullen dus worden aangetast door wat wij besluiten te zeggen of doen.'

De Rapporteur draaide zich abrupt om. Op zijn gezicht verscheen een grote glimlach.

'Perfect gesproken, Kapitein. Ik ga ervan uit dat u vanaf nu in die richting zult werken en dat u onze medeburgers geeft wat ze verwachten. Zorg dat dit nieuws zich verspreidt – niet officieel natuurlijk. Wees efficiënt. Een paar woorden in het juiste oor en klaar is Kees, nietwaar?'

'Ik dank u voor het vertrouwen dat u in mij stelt, meneer de Rapporteur.'

Hij voelde de behoefte om zijn hoofd te buigen als teken van respect, toen schuifelde hij achteruit naar de deur.

Zodra hij de woning van de Rapporteur had verlaten, geselde de bijtende kou weer zijn geest. En met vastberaden pas begaf hij zich naar de Herberg van Vilok, waar hij de gebruikelijke menigte nathalzen aantrof die in de winter nog gulziger dan anders naar alcohol verlangden. Hij zag dat de Klompenmaker op zijn vaste plaats in slaap was gevallen. Voor hem vormden twee lege flessen een nutteloze erehaag.

Nourio ging niet zitten maar bleef bij de bar staan, tot grote verbazing van Vilok, wiens rode knollenneus nog dikker dan anders leek. De Politieman bestelde komijnbouillon, die de Herbergier hem bracht met een plak donker brood. Nourio verkruimelde het brood in de bouillon en het zoog zich direct vol met het vettige, geurige water. Vilok sloeg hem gade, leek ergens op te wachten.

'Alles in orde, Kapitein?' vroeg hij ten slotte.

Nourio slobberde twee slokken bouillon op en antwoordde toen: 'Als het kwaad is gevlucht, is alles in orde.'

Hij liet de betekenis van die zin op Vilok inwerken als een kostbaar geschenk; toen zette hij zijn lippen weer aan de gloeiendhete bouillon.

21

Herbergen zijn geweldige echokamers, en in een afgelegen streek waar geen pers bestaat, geen kranten, geen tijdschriften, zijn ze een effectieve vervanger van alles wat geschreven, gedrukt en gelezen kan worden.

Nog voor het einde van de ochtend van de volgende dag werd het huis van de Dokter geplunderd, het meubilair kort en klein geslagen, het linnengoed dat de familie niet had meegenomen verbrand, de vloeren en muren ondergescheten en ondergepist, en de matrassen kapotgesneden. De enige reden dat het niet in brand werd gestoken was dat het tussen twee andere huizen lag, maar de gevel werd beklad met grove opschriften waarin de woorden 'moordenaar' en 'heiden' de boventoon voerden en onhandige karikaturen van de Profeet Mohammed met het gezicht van een ezel.

De plundering was uitgevoerd door doodgewone mensen die niet eens konden aanvoeren dat ze dronken waren, en in de loop van hun bestaan nog nooit een gewelddaad hadden begaan; het waren mannen van alle leeftijden, vrouwen en kinderen, en ze hadden genietend van de verwoesting die ze hadden aangericht luid lachend door de ruïnes geparadeerd, en elkaar in die vlaag van besmettelijke woede aangespoord om alles kapot te maken wat nog heel was.

Pas bij de komst van de Politieman, die deed alsof hij een

einde aan het geweld kwam maken, sloegen ze halfhartig op de vlucht. Nourio betrad het huis, liep de kamers door, ging de trap op. Het was een oorlogstafereel. Niets was gespaard gebleven. In het diepst van zichzelf ervoer hij een voldoening die hij nog nooit eerder had gevoeld, die voortkwam uit zijn vermogen om de loop der gebeurtenissen te bepalen en te veranderen.

Om het te vieren haalde hij een krumme uit zijn weitas en stak hem op.

Toen hij weer buiten was, zag hij aan de overkant een stuk of tien mannen op de stoep staan die hij direct herkende. Ze waren allemaal moslims. Op hun gezichten viel beurtelings afschuw en woede te lezen. Onder hen bevond zich ook Imam Guedj, die zodra hij de Politieman zag naar hem toe liep. Ze begroetten elkaar zwijgend, en Nourio zag dat de ogen van de geestelijke vol tranen stonden.

'Waar gaat dit heen, Kapitein? Waar gaat dit heen? Gisteren werden onze deuren beklad. Vandaag wordt een van onze huizen verwoest. En morgen? Morgen?'

De Politieman keek naar de Imam, die er nog uitgedroogder uitzag dan anders. Zijn lichaam dat verzoop in het grote kledingstuk was zo mager als dat van een achtjarig kind en zijn witte baard leek opgeplakt. Hij vermoedde dat een niet al te sterke windvlaag voldoende zou zijn om hem mee te voeren naar de hemel.

'U weet dat Dokter Krashmir helemaal niets met de moord op Pastoor Pernieg te maken had,' vervolgde Guedj treurig.

Nourio trok zijn wenkbrauwen overdreven ver op.

'Hoe kan ik dat weten, meneer de Imam? Vertel me dat eens: hoe kan ik daar zeker van zijn?'

Guedj leek te schrikken van het antwoord van de Politieman, die hem spottend aankeek.

'Dat weet u diep vanbinnen. Krashmir is geen moordenaar. Hij had geen enkele reden om Pastoor Pernieg iets aan te willen doen. Dat weet u best, Kapitein!'

Nourio klapte in zijn handen, een soort dof applaus, en hij strekte zijn lippen, die van zichzelf al dun waren en er nu uitzagen als twee ontstemde regenwormen.

'Wat fijn dat u in mijn hoofd kunt kijken en mijn gedachten beter kent dan ikzelf,' zei hij lijzig. 'Maar de mens zit ingewikkelder in elkaar dan u denkt. In al die jaren dat ik mijn beroep uitoefen heb ik de donkerste kanten van de ziel gezien, en zelfs de meest vredelievende mensen, van wie iedereen denkt dat ze zachtaardig en rechtschapen zijn, hebben achterkamertjes in hun hersenen waar ze allerlei verborgen neigingen verstoppen. En er is weinig voor nodig, een kort moment van zwakte, een stom toeval, een enkel woord, om de sloten van die helse plaatsen open te breken en krachten te ontketenen die heviger zijn dan je ooit zou vermoeden. U bent een man van God, meneer de Imam, dat wil zeggen een man van hoop en geloof. Daarom hebt u een verkeerd mensbeeld en begrijpt u niet dat schapen op bepaalde momenten, onder bepaalde omstandigheden, bloeddorstige hyena's kunnen worden. Ik kan het u niet kwalijk nemen dat u zo naar de mens en naar de wereld kijkt, ik zeg alleen dat uw geloof niet alleen troost biedt, maar ook blind maakt.'

De Politieman, die zowel geërgerd was over Guedj' woorden als tevreden over zijn eigen tirade, nam drie lange halen van zijn sigaar. De Imam reageerde niet. Hij keek Nourio aan met treurige, vochtige ogen. Hij rilde, van de kou of van angst. Ten slotte sloeg hij zijn blik neer, en de grote, donkere oogleden namen zijn hele lichaam mee want hij leek nog kleiner te worden. Hij kon zijn tranen niet meer bedwingen en ze stroomden over zijn magere gezicht.

'Ik beklaag u, Kapitein. U bent uzelf kwijtgeraakt. Ik zal voor u bidden.'

'Doe geen moeite. Ik heb geen enkele behoefte aan uw gebeden, raadgevingen of oordelen. Doe wat u moet doen, meneer de Imam, en laat mij mijn werk doen. Goedendag!'

Hij bereikte de Politiepost op hetzelfde moment als de Plaatsvervanger, die uit T. terugkeerde. Hij gaf hem de tijd om de oude merrie naar de stal te brengen en van schoon stro en een lading haver te voorzien. Door de wand heen hoorde hij Baraj met de oude knol praten alsof het een mens was, en dat met een zachtheid die je van dat grote brok vlees met die lompe kop en dat schamele vocabulaire niet zou verwachten.

Voor het eerst vroeg de Politieman zich af of de Plaatsvervanger misschien minder stom was dan hij dacht. Hij haalde de schouders op. Hij kon niet wachten om de instructies van Commandant Sroh te horen, en hoe het precies met de Plaatsvervanger zat interesseerde hem weinig: als je kunt geloven dat je omringd wordt door stomkoppen kun je meer van je eigen intelligentie genieten, want die is geen absolute grootheid, maar juist fundamenteel relatief.

Toch zei hij Baraj niet dat hij zich moest haasten, hij gaf hem alle tijd om voor zijn rijdier te zorgen. Het is bekend dat wachten heerlijk kan zijn, dat het de lege uren van het leven een bijzondere spanning kan geven. Nourio genoot van dit moment dat aan alles voorafging, waarop de gebeurtenissen waarvan hij vermoedde dat ze groter en heviger zouden zijn dan alles wat hij had meegemaakt nog niet in gang waren gezet.

Toen de Plaatsvervanger eindelijk naar hem toe kwam, schonk hij een kop thee voor hem in en nodigde hem uit bij het vuur – tot Baraj' verrassing, want die was het niet gewend om door zijn Meester met zoveel egards te worden behandeld.

'Goed. Geef je me nu eindelijk de brief van de Commandant?'

'Ik heb geen brief.'

'Geen brief?'

'Nee, Meester.'

'Dat kan toch niet!'

Nourio's goede humeur en de roes waarin hij sinds het gesprek met de Rapporteur verkeerde waren direct verdwenen. Zijn mond stonk opeens naar koude tabak en hij voelde zich piepklein in zijn kleine lichaam. De Plaatsvervanger bemerkte dat de wind gedraaid was en probeerde in zijn stoel te verdwijnen; toen zei hij zwakjes: 'Ik heb geen brief, maar de Commandant heeft me wel een boodschap uit mijn hoofd laten leren.'

'Had je dat niet eerder kunnen zeggen, imbeciel?' bulderde de Politieagent. 'Waar wacht je nog op? Tot je hem vergeten bent? Kom op, voor de dag ermee! Ik luister!'

Baraj zette het kopje op tafel, stond op, deed zijn ogen dicht en concentreerde zich op de woorden die de Commandant hem uit zijn hoofd had laten leren en die hij gedurende de hele terugreis had herhaald, bang als hij was dat hij ze onderweg zou vergeten.

'Kapitein, uw bericht is zo helder als bronwater. Ik twijfel er geen moment aan dat de gebeurtenissen verband met elkaar houden. Vanaf nu dient u in die richting te werken. Het Keizerrijk kijkt naar u en rekent op u om zijn vijanden te bestrijden en te verpulveren.'

De Politieman vroeg de Plaatsvervanger om langzamer te praten en liet hem het bericht nog tweemaal herhalen. Toen nog een derde keer, nog langzamer zodat hij het bericht van de Commandant op een stuk papier kon overnemen. Daarna zond hij de Plaatsvervanger heen, die geen moment aarzelde en dolblij naar huis ging, waar hij Mijn Schoonheden zou zien, aan wie hij zijn woning drie dagen lang had toevertrouwd.

Wat Nourio betreft, die bleef lange tijd in een onderonsje met Srohs woorden zitten; hij herhaalde ze duizend keer om er de primaire boodschap en de verborgen boodschap uit te destilleren.

De laatste twee zinnen waren het meest raadselachtig: 'In die richting werken' – wat betekende dat precies? De Commandant gaf hem een blanco volmacht om Perniegs dood in de schoenen van de gevluchte Dokter te schuiven, maar betekende die zin ook nog wat anders? En in de zin daarna was opeens geen sprake meer van een vermoorde Pastoor in een verloren uithoek van een verre provincie, maar van het lot van het Keizerrijk zelf, en de Commandant leek zich zorgen te maken over vijanden die hij niet noemde, maar die de Politieman kennelijk behoorde te kennen, aangezien zijn meerdere suggereerde dat hij ze kon, ja zelfs moest verslaan.

Zo raakten de dood van de Pastoor, de schuld van de Dokter en het lot van de Keizerrijk met elkaar verweven. Pernieg werd het synecdotische symbool van het Keizerrijk, zoals het feit dat de verantwoordelijkheid van de Dokter, die deel uitmaakte van de moslimgemeenschap, betekende dat die in haar geheel verantwoordelijk was voor zijn poging om de keizerlijke orde te destabiliseren.

Alles tolde.

Het borrelde in Nourio's hoofd. Hij ging door allerlei vreemde gemoedstoestanden, opwinding vermengd met angst, zelfgenoegzaamheid, een gevoel van importantie, trots, de panische angst dat hij zich vergiste en niet goed begreep wat er van hem werd verwacht.

Hij trok een kast open waarin al heel lang een fles hpetz lag. Hij schonk twee glazen vol, sloeg ze in één teug achterover en voelde de warmte door zijn keel en zijn maag naar beneden trekken, bezit nemen van zijn bloed en opstijgen naar zijn ziel, waar die in één klap een soort van kermislampion ontstak.

Hij lachte.

Lachte als een kind.

Lachte als een zot.

Hij die tot dan toe dacht dat het lot hem tekort had gedaan, dat hij zomaar terzijde was geschoven terwijl de wereld verder draaide en hem had weggehouden van de rol die hij daarin had kunnen spelen, kreeg nu reusachtige verantwoordelijkheden opgelegd. Ze hadden hem nodig! Het Keizerrijk had behoefte aan zijn kwaliteiten, zijn doortastendheid, zijn bescherming! Het stadje werd opeens een laboratorium van krachten, een mengkolf waar verschillende menselijke ingrediënten uit reageerbuisjes in werden gedruppeld, die zich vermengden en de strijd met elkaar aangingen; en hij, Nourio, werd belast met het toezicht op dat experiment, met de uitvoering, met het toevoegen van de stoffen die moesten zorgen dat er geen grote explosies zouden plaatsvinden maar dat de schadelijke stoffen wel onschadelijk werden gemaakt.

Zijn hoofd tolde bij al die schoonheid, ook omdat hij niet aan drank gewend was. Toch schonk hij zich nog een derde glas in, dat hij langzaam opdronk, en hoewel hij ze niet opriep verschenen in de droombeelden die in zijn dronkenschap opdoemden plotseling het gezicht en het lichaam van Lémia, niet zoals ze waren, maar opgemaakt en gehuld in dunne gewaden van delicate, doorschijnende stof in felle, levendige kleuren.

Stomdronken als hij was kon de Politieman, die nu nauwelijks nog Politieman was, zich niet meer beheersen; hij verliet de Politiepost en wankelde door de nacht, die zijn ijskoude duisternis over de straten van het stadje begon uit te spreiden. Verwilderd en met een onnozele glimlach op zijn gezicht liep hij naar het huis van de Klompenmaker.

22

De volgende dag werd de Politieman wakker in zijn bed, half verstikt door een grote berg dekens en dons. Hij klappertandde, en zijn arme kop leek in een bankschroef te zitten. Hij probeerde op te staan, maar toen hij eindelijk rechtop zat merkte hij dat hij geen kracht had. Hij bestond uit kalfslong en gekookte watjes. Erger nog, zijn lichaam stond in brand, en zijn keel, geïrriteerd en opgezet, deed duivels veel pijn. Buiten spatte het wrede zonlicht op de vitrage, nog meedogenlozer dan anders vanwege de alomtegenwoordige sneeuw die de schittering weerkaatste. Hoe laat zou het zijn? En waarom was hij er zo aan toe?

De trap naar de slaapkamer kraakte en een moment later kwam zijn vrouw binnen, met een gezicht waar je de ongerustheid van kon aflepelen.

'Wat is er aan de hand?' vroeg de Politieman zachtjes.

'Niet praten. Hier, drink dit. Je hebt hoge koorts. Een uur geleden lag je nog te ijlen. Ze hebben je vannacht op straat gevonden, halfnaakt en buiten westen. Een paar uur langer en je was doodgevroren. Weet je er niks meer van?' Hij bracht een hand naar zijn hoofd en voelde een buil zo groot als een kippenei met een doek eroverheen. Hij wilde zijn vrouw vragen of de Dokter was gekomen, maar toen herinnerde hij zich dat Krashmir de stad had verlaten, en hij nam hem zijn vlucht nog meer kwalijk dan hij al deed.

Opeens hoorden ze beneden een zuigeling jammeren; toen begon er een jong kind te huilen, haast alsof ze een spelletje deden om te zien wie het meest doordringende geschreeuw kon voortbrengen. De Politieman had het gevoel alsof iemand een lange schroef in zijn hersenpan draaide. Hij liet zich neervallen op bed en begroef zich kreunend onder de dekens.

Hij probeerde zijn herinneringen aan de vorige avond bij elkaar te rapen. Maar hij had alleen wat incomplete beelden, vage, bevreemdende schetsen die hij niet kon samenvoegen tot een geheel en die een verhaal vol lacunes vormden, een bodemloze duisternis met korte lichtflitsen tegen een achtergrond van knarsende voetstappen in de sneeuw, een borrelende buik, geneurie, gebraak, gescheld en geschreeuw naar de sterren.

De Politieman herinnerde zich dat hij had gedronken, hoewel hij nooit dronk, en alles wees erop dat hij bij het verlaten van de Politiepost dronken was geweest.

Wat had hij toen gedaan? Ja, wat had hij toen gedaan? Mijn God, de aanblik die hij moest hebben geboden aan de mensen die hij was tegengekomen!

Hij zag zichzelf door de straten lopen, door de ene gevel tegen de andere gegooid worden alsof ze met hem overgooiden, alsof de muren niet van steen en pleisterwerk waren maar van iets zachts, van elastiek. Toen zat hij opeens op de grond, op handen en voeten, als een hond of een varken, en dat vond hij zo grappig dat hij moest lachen, hij bulderde, blafte, knorde, had er lak aan dat iemand hem kon zien en lak aan de afkeuring; en daarna, daarna stond hij bij de kerk naar de hemel te brullen, hij beledigde de sterren en kraaide als een haan, hij vouwde zijn armen onder zijn oksels en deed of hij een vogel was. En daarna, daarna... liep hij versuft rechtdoor, volgde hij het dunne gelid van de straatlantarens naar het huis van de Klompenmaker, dat was zijn enige gedachte, zijn obsessie, hij moest naar de Klompenmaker, hij bleef staan, piste, viel om, stond weer op, liep door, ja, hij liep door, hij moest het huis van de Klompenmaker bereiken, Lémia zien, Lémia bespieden, door het raam, gluren als ze zich ging wassen, haar betrappen als ze haar kleren een voor een uittrok, haar melkachtige huid, haar kleine borsten zien.

Opeens wist hij zeker hoe het was gegaan.

Hij had het huis bereikt.

Was naar het raam gelopen.

Binnen zag hij een dunne kaars en een stervend haardvuur.

De taferelen borrelden op in zijn koortsige ziel en kregen weer vorm. Hij zag zichzelf op zijn knieën in de sneeuw zitten, het gezicht bij de vensterbank. Binnen was het donker, de ruimte werd spaarzaam verlicht door een kaarsvlam en misschien wat gloeiende kooltjes. Geen spoor van de Klompenmaker – en het broertje, ja, het broertje lag te slapen. Op een ander moment, later, een paar minuten of twee uur later, liep Lémia door de kamer en legde een nieuw houtblok op het vuur. Vonken, vlammetjes, vlammen, gouden schoven, rood. Nog later zag hij hoe Lémia, opgewarmd door het vuur dat aan kracht gewonnen had, haar kleren een voor een liet vallen. En hij, de Politieman, zat buiten op zijn knieën terwijl de vorst aan de nacht knaagde, en hij liet zijn broek en wollen onderbroek zakken en koos positie voor het raam, in het zicht van de sterren, van de maan, van God, hij stond vlak bij Lémia en de duisternis beschermde hem tegen haar blikken, hij was alleen van haar gescheiden door de duistere nacht en een stuk vensterglas toen er opeens een verschrikkelijk, sinister gekraak had geklonken, zodat hij had opgekeken en een massa ijs op hem zag vallen van het schuine dak, als een guillotine.

En toen niks meer.

De koorts was te hoog. Nourio zwom door de beelden van zijn arme, zieke geest en probeerde ze te ordenen. Hij zweette. Hij rilde. Hij kreunde. Het lukte hem niet meer om droom van werkelijkheid te onderscheiden. Was het mogelijk dat hij zich midden in de nacht, midden op straat, midden in de winter had uitgekleed en zichzelf had gestreeld? Hij, de Politieman, die zich zo bewust was van zijn functie, van zijn hoedanigheid, van zijn wezen? Of was het wat bepaalde psychiaters die in Franse hospitalen door een zekere professor Charcot waren opgeleid sinds enige tijd aanduidden met de term 'fantasma', een soort onmatige klucht dus, geconstrueerd door een onderdeel van de geest dat alle remmen heeft losgegooid, niemand weet waarom, vanwege de slaap en de dromen die hem verzwaren? Zodat iets wat waar lijkt te zijn dat toch niet is, en bestaat zonder te bestaan?

En die afschuwelijke bult dan? Hoe zat het daarmee? Geen twijfel mogelijk dat die echt was! Verdomd echt! Was hij door een ijspegel geraakt of had men misbruik gemaakt van de duisternis en zijn dronkenschap om hem bewusteloos te slaan, in de hoop dat de kou het karwei af zou maken en hem door de poorten van de dood zou jagen?

God, wat deed het pijn! God, wat leed hij! Hij zou er alles voor geven om weer degene te zijn die hij gisterochtend was, en nog meer die van eergisterochtend, toen hij theedronk in die merkwaardige kaartenkamer van de Rapporteur en luisterde naar de woorden die als een zachte pommade waren.

Opeens kromp hij ineen bij een gedachte: hoe was hij van het huis van de Klompenmaker in zijn bed beland? Wie had hem naar huis gedragen? Wie had hem in die betreurenswaardige toestand gezien? Hij voelde zich beschaamder dan ooit en bedacht dat hij zich pas over een hele tijd weer in het openbaar zou kunnen vertonen. En als zijn hele avontuur bekend zou worden, kon dat een dikke streep door die promotie zetten! Waarom had hij die vervloekte drank aangeraakt?

Hij wilde zijn vrouw roepen, maar uit zijn keel kwam alleen het geluid van botsende steentjes en praten deed verschrikkelijk veel pijn. Met een slappe vuist sloeg hij onafgebroken op het nachtkastje, en uiteindelijk beklom zijn radeloze vrouw de trap met vier treden tegelijk en stormde ze zijn kamer binnen. Beneden werden de kinderen nog dubbel zo lawaaiig.

'Hoe ben ik thuisgekomen?' rochelde hij.

Het uitspreken van die eenvoudige zin was een inspanning die hem duur kwam te staan. Zijn keel stond in brand, kabouters roskamden hem met staalwol terwijl andere ritmisch met hamers op zijn schedel beukten. Hij sloot zijn ogen en luisterde naar zijn vrouw die vertelde dat zijn Plaatsvervanger hem naar de slaapkamer had gedragen. Ze meende te hebben begrepen dat die bericht had gekregen dat zijn meerdere onbeweeglijk en halfnaakt bij het huis van de Klompenmaker was gevonden. Hij was er snel naartoe gegaan, zag hem bewusteloos en gewond op de grond liggen en had hem op zijn rug naar huis gedragen. Dat was het. Meer wist ze niet. Ze had geen idee wie de Plaatsvervanger had ingelicht. Dat had hij niet gezegd. Hij had hem nog in bed gelegd, nog steeds buiten westen, en toen was hij naar huis gegaan, even gegeneerd en slecht op zijn gemak als altijd.

De Plaatsvervanger.

Het was de Plaatsvervanger geweest. Dat kon erger.

Voor de Politieman was het een opluchting dat die grote onbenul van een Baraj zich over hem had ontfermd. Zijn ondergeschikte kende de waarde van plichtsbesef en zwijgzaamheid. Hij kon ervan uitgaan dat het ongelukkige voorval niet over de randen van zijn hersenpan zou borrelen, vooropgesteld dat er geen andere getuigen waren. Geweldig!

Nourio ademde diep in en rolde zich op in het warme bed. Hij had het gevoel dat het al wat minder slecht met hem ging en dat de koorts begon te zakken. Maar direct klopte er een nieuwe gedachte op de deur van zijn geest: wie had hem halfdood en met zijn broek en onderbroek op de knieën in de koude nacht gevonden en toen Baraj ingelicht?

Het antwoord kwam halverwege de middag, toen Baraj kwam kijken hoe het met hem ging. De Plaatsvervanger, die door de dankbare vrouw van de Politieman hartelijk werd ontvangen, stond gegeneerd in de slaapkamer, waar zijn dikke, onbehouwen kop het plafond bijna raakte. Met zijn reuzenvingers maltraiteerde hij zijn muts van mollenvel om zich een houding te geven en hij durfde niet naar de Politieman te kijken, die hij nooit eerder in zo'n vernederende positie had gezien, dat wil zeggen in zijn nachthemd op de intiemste plek van het huis.

Nourio, wiens keel minder pijn deed en die dankzij de koppen thee met honing waarmee zijn vrouw hem overlaadde iets van zijn krachten en helderheid had herwonnen, voelde zich al even slecht op zijn gemak. Door het feit dat hij zich op deze manier aan zijn ondergeschikte vertoonde – kwetsbaar en halfnaakt, terwijl alleen zijn arme ingezwachtelde hoofd uit de berg dekens, vachten en dekbedden stak – dacht hij dat het onvermijdelijk was dat hij een deel van zijn prestige en zelfs zijn gezag verloor.

'Het was een aanval, dat kan niet anders! Ze hebben geprobeerd me te beroven en te vermoorden!'

Het was het eerste wat hij zei; hij wierp het uit als aas om te zien of de Plaatsvervanger zou bijten.

Die keek naar het nietszeggende, drukke mannetje dat voor hem lag. Hij wist genoeg van de menselijke natuur, en vooral van de natuur van de Politieman, om te beseffen dat diens ijdelheid geen andere versie van de gebeurtenissen toestond dan wat hij suggereerde. Toch bestond er in hem een eeuwenoud fundament van vrees en bijgeloof dat ervoor zorgde dat hij alle leugens probeerde te vermijden, omdat hij er de gapende poort van de Hel in zag; en sinds zijn kindertijd was hij het gewoon om een gewetensvolle dienaar van de waarheid te zijn. En in alle eerlijkheid kon hij nu niets zeggen wat strookte met de wensen van de Politieman: in het licht van de lantaarn bij het huis van de Klompenmaker had hij rondom het bewusteloze lichaam van zijn Meester ijsresten zien liggen, sommige roodgekleurd door het bloed uit Nourio's schedel, en toen hij omhoogkeek had hij gezien hij dat een van de talrijke ijspegels die de dakrichel versierden, de grootste zelfs, bij de basis was afgebroken. Je hoefde niet helderziend te zijn om te begrijpen wat er was gebeurd.

Daarentegen was er geen enkele reden voor zijn meerdere om op die plaats te zijn, in een kou waarin je zelfs een veroordeelde niet buiten zou zetten, op een tijdstip in het holst van de nacht. Voor de afgestroopte kleding, het feit dat de blote billen van zijn meerdere bij de reddingswerkzaamheden aan de sneeuw bleken vast te plakken en dat zijn lid, dat was verschrompeld tot het formaat van een keverlarve, blauw was geworden van de kou, had Baraj maar één mogelijke verklaring: de Politieman was overvallen door een dringende aandrang die nog tienmaal versterkt werd door de kou. De Plaatsvervanger, die ondanks zijn drieënveertig jaren even maagdelijk van geest als van lichaam was, had geen flauw vermoeden van de basale verlangens die het verstand van de Politieman beheersten en die hem ertoe hadden gebracht zijn broek los te knopen.

'Een laffe aanval!' vervolgde de Politieman, terwijl hij de Plaatsvervanger onderzoekend aankeek, omdat diens stilzwijgen en volkomen gebrek aan instemming hem begonnen te verontrusten. 'Wat jij, Baraj?' zei hij, in de hoop dat hij aan die stommeling een reactie kon ontlokken.

De Plaatsvervanger kon niet verder achteruitlopen en stond te wiegen op zijn voeten. Dat deed hij altijd als hij zich ellendig voelde. Uiteindelijk zei hij met een dun, onderdanig stemmetje: 'U bent beter in staat dan ik om dat te weten, Meester.'

Die formulering had hij langdurig door zijn hoofd laten gaan, en hij had bedacht dat die hem niet in de positie zou brengen dat hij zou moeten liegen, terwijl hij er ook zijn meerdere de indruk mee gaf dat hij hem niet tegensprak.

'Natuurlijk! Natuurlijk...' zei de Politieman gerustgesteld, en hij wreef door het verband heen over de bult. 'Besef je wel dat het weinig had gescheeld of ik was net zo geëindigd als Pastoor Pernieg? Als ik niet aan die klap was bezweken, had de kou het wel afgemaakt. Ik heb geluk gehad! Heel veel geluk! Alsof God Zich over mij ontfermd heeft.'

Bij het horen van de naam van God sloeg de Plaatsvervanger een kruis en schoten er een paar dichtregels door hem heen, *De Allerhoogste bevlekken Zijn heilige gelaat bevuilen het tot speelgoed van je wensen maken, de buik van de hemel openrijten zodat er bloed en vlammen uit vallen*, die net als al hun voorgangers in het niets oplosten, al bleef er in Baraj' bewustzijn een merkwaardige gêne hangen waardoor hij de Politieman opeens als een verloren ziel beschouwde.

'Maar vertel eens,' vervolgde die. 'Wie heeft je ingelicht?'

'De dochter van de Klompenmaker.'

De Politieman voelde het koude zweet uitbreken.

'De dochter van de Klompenmaker, zeg je? Heeft ze me gezien... in de toestand waarin ik verkeerde?'

Het kostte hem veel moeite om die zin uit te spreken en hij wachtte ongeduldig op het antwoord van de Plaatsvervanger. Hij was weer gaan rillen.

'Ze hoorde een harde schreeuw. Toen ze naar buiten ging, herkende ze u, maar ze durfde niet dichterbij te komen. Ze is naar mij gerend.'

'Mooi zo, mooi zo,' zei de Politieman opgelucht. 'Een goed kind, ik ben haar veel verschuldigd.'

'Ja,' stemde Baraj in.

'Dus je zegt dat ze niet zag... dat ze niet zag hoe ik eraan toe was toen ik was neergeslagen... dat ik... nou ja, je begrijpt wat ik bedoel!'

'Ze heeft alleen gezien dat u het was en dat er bloed over uw hoofd stroomde. Verder niets.'

Nourio zuchtte en staarde naar het plafond. Hij sloot zijn

ogen. Het ergste was voorkomen, dacht hij. Met dichte ogen vervolgde hij: 'En wordt er in de stad gepraat over de brute aanslag die op mij is gepleegd?'

'Het is te koud, de stad is uitgestorven. Iedereen zit thuis bij het vuur. De kinderen gaan niet eens naar school. Alleen de noordoostenwind is op straat. En in de verte hoor je de wolven huilen.'

'Wolven...' zei de Politieman. 'Sublieme wolven,' mompelde hij dromerig.

De Plaatsvervanger keek naar de Politieman, die verzoop in het grote bed, die bijna geheel onder de lagen warmte verdween maar toch klappertandde.

Waarom zou je wolven bewonderen? Als Baraj aan wolven dacht, zag hij alleen dieren met reusachtige, trieste ogen, uitgemergeld en met de geur van bederf om zich heen, die als hij naderde snel wegvluchtten, omzichtig, op een drafje, de vuile staart tussen de poten, en lusteloos gromden alsof ze er zelf niet eens in geloofden. Toen hij er ooit een had neergelegd met een schot grove hagel, twee winters geleden, vanuit de gedachte dat hij de vacht tot een bontjas kon verwerken, had dat niets anders opgeleverd dan een lijk in ontbinding, aangevreten door ongedierte en schurft, zo mager als de veter van een werkschoen, met een volkomen lege maag. Hij had niet eens de moeite genomen het dier te villen, maar had het kadaver minachtend tegen de stam van een oude beukenboom geschopt.

Zijn meerdere sliep. Hij snurkte en slaakte af en toe een kreetje dat klonk als een muis die is gevangen door een kat die zijn doodsstrijd uit verveling verlengt door hem te folteren met zijn klauwen en zijn lusteloze kaken. De Plaatsvervanger probeerde zich gewichtsloos te maken en op de tenen van zijn enorme voeten verliet hij de kamer, opgelucht dat hij weg kon maar ook ongerust, want hij vroeg zich af of zijn Meester de eerste stappen op het hellende pad van de waanzin had gezet.

23

Het is jammer dat we nooit in de geschiedenisboeken zullen bladeren die de tijd beschrijven waarin we zelf leven. Dat is onmogelijk, want voor het bestaan van geschiedenis is het een vereiste dat degenen van wie zij de lotgevallen pretendeert te beschrijven al dood zijn. Als wij in staat zouden zijn om nadat we skeletten of as zijn geworden opnieuw van het leven en het bewustzijn te proeven, en als we dan het portret konden zien dat van ons, onze tijd en onze naasten was gemaakt, weet ik niet of tranen, gelach of irritatie de overhand zou krijgen.

Het geheugen is een kwetsbaar iets dat heel gemakkelijk vervormd raakt, en dat in wezen zo zwak is dat het als iemand het in een andere vorm wil buigen geen enkele weerstand biedt. En dus is het geheugen alleen wat wij willen dat het is. Met het verstrijken van de tijd en de eeuwen verandert het, en niets staat er zo ver vandaan als waarheid of nauwkeurigheid, want het bestaat alleen dankzij degene die het smeedt en eruit put, dat wil zeggen de mens, en voor de mens is een van de belangrijkste eigenschappen ervan dat het zo schatplichtig en onbezwaard mogelijk is en zo weinig mogelijk negatief.

Op de avond voor Sint-Andreas vond een belangrijk incident plaats: Mahmud en Brahim Kouechi, tweelingbroers van zestien jaar oud, waren niet ver van de markthallen toen ze Fatiah zagen rennen, hun zuster, die duidelijk in paniek was. Het meisje was twee jaar jonger dan zij. Uit haar ogen die je door de nikab heen kon zien, sprak doodsangst.

De jongens vroegen wat er was gebeurd en ze vertelde dat ze in de Bozniësteeg Fédour Bazki, de Stomme, de onnozelaar, was tegengekomen, die twee grote melkbussen meesleepte. Toen hij het meisje op hem af zag lopen, versperde hij haar de weg met zijn lichaam en de melkbussen en slaakte hij kreten waar Fatiah bang van werd. Toen ze zich om wilde draaien hield de onnozelaar haar tegen door haar sluier vast te grijpen en toen scheurde hij die weg, omdat hij geen idee had van zijn kracht, en de lange donkere krullen van de jonge vrouw werden zichtbaar onder haar kaftan en haar schapenvacht. Ze probeerde de sluier weer om te doen, maar de onnozelaar hield haar tegen, lachte de tandstompjes in zijn verwrongen mond bloot, en onder het roepen van barbaarse vreugdekreten haalde hij zoals altijd zijn dikke geslacht uit zijn broek en begon er dansend door de steeg mee te zwaaien.

In de ban van zijn spel stootte hij een van zijn melkbussen omver, zodat de inhoud over de grond stroomde; op slag verloor hij zijn interesse in de jonge vrouw, hij sloeg zich op het hoofd en de borst en treurde in zijn onverstaanbare taal van grind en glasscherven over de verspilde melk.

Fatiah maakte van de gelegenheid gebruik om haar sluier terug te grissen en er zo snel mogelijk vandoor te gaan.

De jeugd is een dommelend vuurtje waar maar een mespuntje buskruit bij hoeft om er een ziedende vuurzee van te maken. In de sfeer van spanning die het stadje al wekenlang in de greep had en die nog was verhevigd sinds het vertrek van de Dokter, van wie iedereen buiten de moslimgemeenschap er inmiddels van overtuigd was dat hij op de een of andere manier betrokken was bij de dood van Pernieg, kostte het een aantal volgelingen van de Profeet, ondanks de oproepen tot kalmte van de Imam, steeds meer moeite om de verdachtmakingen, toespelingen, spot, agressie en beledigingen waarvan ze dagelijks slachtoffer werden lijdzaam te ondergaan, ook omdat de autoriteiten nooit tussenbeide kwamen om de schuldigen aan te houden of te bestraffen.

Mahmud en Brahim Kouechi waren niet eens de meest wraakzuchtige jongeren van wie het gemoed was opgewarmd in de giftige atmosfeer die in het stadje hing, maar de aanblik van hun zuster in overduidelijke staat van ontreddering, in combinatie met wat ze vertelde over wat haar was overkomen en haar verloren eer, waarvan ze voorzagen dat ze die nooit meer terug zou winnen – want dat ze het onreine geslacht van een ongelovige had gezien en dat haar sluier door hem was losgerukt, was hetzelfde als dat ze naakt voor hem had gestaan en haar eigen geslacht had getoond –, bracht hen tot hun daad.

Ze brachten hun zus naar huis, vertrouwden haar zonder verdere uitleg aan de zorgen van hun moeder toe, bewapenden zich met keukenmessen en gingen direct weer op pad.

Ze renden naar de Bozniësteeg, in de hoop dat ze die imbeciel daar nog zouden aantreffen, maar het enige wat ze vonden was een grote melkplas die al bevroren was en het ironisch samengeknepen oog van het laatste kwartier van de maan weerkaatste, die getuige van het voorval was geweest.

De tweeling besloot naar de boerderij van de familie Bazki te gaan en ze vonden Fédour in de stal, waar hij met zijn zweep een dikke koe opjoeg die niet naar haar stal terug wilde.

Toen de Stomme ze zag, glimlachte hij met zijn zieke mond en vroeg met een handgebaar of ze hem wilden helpen. En die onnozelaar, die alweer vergeten was wat hij hun zus had aangedaan, die eeuwig in het heden leefde en van wie de defecte geest niet onthield wat er een paar minuten eerder was gebeurd, liet ze zonder argwaan dichterbij komen, en pas toen de broers zijn handen grepen en op zijn rug vastbonden met een halster van hennep dat ze van een spijker gristen, en hem daarna ophingen aan een balk, waardoor zijn armen omdraaiden, wat hem een bizarre kreet van pijn ontlokte die iets weg had van een lachsalvo, leek hij opeens te begrijpen dat ze hem kwaad wilden doen.

Toen brulde hij voor het eerst. Als een varken dat gekeeld wordt. Dat leegbloedt, dat zo mishandeld wordt dat het beseft dat de dood nabij is. En als zijn familie hem al hoorde, dan waren ze zo gewend aan zijn dierlijke kreten, hadden ze zo'n lage dunk van hem en stond hij in hun ogen zoveel lager dan een mens, nauwelijks hoger dan een hond of kat, dat God zelf met Zijn vinger naar ze had moeten wijzen om ze tot een reactie te bewegen.

Maar kennelijk lag God te slapen.

Of was Hij ergens anders.

Zoals zo vaak.

Een van de broers, Brahim, spuugde de onnozelaar in het gezicht, terwijl de ander zijn keukenmes tevoorschijn haalde en op diverse plaatsen met de punt in zijn lichaam begon te prikken, al durfde hij het lemmet niet verder dan een duim diep te steken, zodat de halfwas kronkelde van de pijn. Er begon wel bloed te vloeien, het druppelde op zijn kleding, liet dunne, granaatrode, langzaam stromende strepen achter, even kwetsbaar en onzeker als de ondergrondse rivieren die je op warme zomerdagen weleens op het plateau ziet bovenkomen.

Laten we het gewoon maar zeggen: vóór de gebeurtenis in de steeg waren de gebroeders Kouechi opgroeiende lammeren. Speels en onmatig, levendig, gek, gespannen, vrolijk, losjes, zonder kwade zin en zonder haat – kinderen kortom, die op het punt stonden dat niet meer te zijn en die zich ongeduldig, koortsachtig, vol hoop en vertrouwen op de teleurstellende weg naar de volwassenheid begaven.

Maar aan het einde van die dinsdag, van die dag van Sint-Andreas, de heilige van zoetwatervissers en koordvlechters, beschermer van vrouwen op zoek naar een echtgenoot of het moederschap, beschermheilige van Schotland, Rusland, Oekraïne, Griekenland, Roemenië en Sicilië, de broer van Petrus die Bithynië, Efese, Thracië, Byzantium en Acahai doorkruiste, waarna Nero de Ongelovige hem in het jaar 60 van onze jaartelling liet kruisigen in de stad Patras, aan het einde van die dinsdag dus, toen de lucht al van kleur veranderde omdat die het onuitputtelijke blauw moe werd en een loodwitte tint aannam die de kortademige zon en armzalige maan in zijn wolken van schaapsmeer verstikte, lieten de gebroeders Kouechi, mogen ze eeuwen- en eeuwenlang vervloekt blijven, zij en hun nageslacht, hun ware aard zien.

Brahim en Mahmud – wie van hen trok die arme drommel zijn kleren uit?

Brahim en Mahmud – wie van hen deed alsof hij de smeekbeden van de stumper niet hoorde terwijl de punt van het keukenmes de smaak van de lichte huid van de simpele ziel te pakken kreeg en hem prikte waar hij maar wilde, tot steeds dieper in zijn ingewanden?

Brahim of Mahmud – wie van hen besliste na afloop van die waanzinnige messendans rondom het lichaam, in die stal vol onverschillige dieren die hun grote warme lichamen hadden neergelegd, die loeiden en herkauwden, die slechts een paar stappen van de slaap verwijderd waren en besloten zich niet druk te maken over het lot van hun koeherder die hen toch elke dag voedde, hun te drinken gaf, hun stro ververste, die hen molk en verzorgde, die hen vaak op hun vochtige snuit kuste, die hen in het mooie seizoen naar weiden vol dik gras en geurige bloemen bracht, die hen soms ruw behandelde maar toch veel van ze hield – wie van hen besliste waar ze het lichaam zouden verminken?

Brahim en Mahmud – wie van hen greep plotseling Fédours balzak onder de neerhangende ezelsstaart beet, pakte hem in zijn hand, draaide eraan, kneep erin, kneedde hem met zijn stalen vingers en verpletterde hem, lachend, net zo lang tot de Stomme geen lucht meer kreeg, tot hij brulde als op de dag des oordeels, tot hij kreunde, met zijn voeten tegen de vochtige aarde trapte, de banden om zijn polsen los probeerde te rukken, dikke heldere tranen over zijn lelijke wangen liet rollen, bloedde, rochelde, smeekte, kwijlde, en met zijn arme mond, het gevolg van een verkeerde geboorte, die niet goed was afgewerkt, die een misbaksel was, het speeksel van zijn leed uit wilde spugen, smeekbeden en gebeden wilde uitkrijsen, terwijl die mooie dikke koeien hun mooie oogleden over hun mooie, zachte, kalme ogen sloten terwijl hij vlakbij hing te lijden, ver van alle mythologie over de kribbe waar hun voorouders zo'n mooie rol in hadden gespeeld, terwijl ze gaapten van vermoeidheid, krengen dat ze waren, en tevreden in slaap vielen en begonnen te dromen terwijl hij vlak naast die reusachtige onverschilligheid zijn pijn moest ondergaan?

En Brahim en Mahmud – wie van hen sloot plotseling zijn hand om het groentemes en nam de ballen van de ongelukkige in de andere hand, haalde de naam van de Profeet aan, zei dat Hij de grootste was, alsof Hij hier iets mee te maken had, en doorkliefde de huid zodat er een verbaasde stroom bloed uit piste terwijl als twee onrijpe, losgesneden, idiote, nutteloze, zware, groteske, te vroeg van de boom gehaalde vruchten de arme testikels van die zwakzinnige op de grond vielen, tussen de koeienmest in het looppad van de stal, in de modder en de duisternis, voor altijd, voor eeuwig, terwijl hij, de simpele ziel, de martelaar, de gek, de stomme, de heilige misschien, door de pijn die te hevig was het bewustzijn verloor en op zijn o zo lelijke gezicht de tranen, die zo prachtig waren als tranen kunnen zijn, zwaar, langzaam vielen en bleven vallen?

24

Fédours doodsstrijd duurde lang.

De dood speelde met hem.

Of die twijfelde of hij hem mee zou nemen of nog in de mensenwereld zou laten.

Zijn familie en het hele stadje, die hem al zo lang geleden de rug hadden toegekeerd omdat ze hem weerzinwekkend vonden, zaten urenlang bij zijn bed. Het was een processie zonder einde. Iedereen kwam opdraven, met uitzondering van Goriet Eldjaic, die kreupel was sinds zijn geboorte omdat hij door een speling van het ruggenmerg tot iets weeks was gereduceerd, en van Birko Manuescu, aan wie een slechtgehumeurd ezeltje het gebruik van armen en benen had ontnomen.

Ze hadden Fédour in de mooiste kamer van de boerderij gelegd, terwijl hij tot dan toe alleen op het stro in de stal mocht liggen; daarvoor verjoegen ze de oude matriarch die al boven de negentig was, die was geboren in een ander rijk en Evguenia heette.

Het bed was opgemaakt met linnen lakens waarop het monogram van de familie Bazki geborduurd stond. De kussens waren van fijn katoenbatist, en een grote, zachte, dikke berenvacht deed dienst als gestikte deken. De bek van het dier hing over de rand van het bed, terwijl de achterpoten aan weerszijden van het doodsbange gezicht van de verminkte drommel lagen. Er was een stoof met gloeiende kolen op het bed gezet en er lag een grote koperen waterkruik in.

Het was, kortom, een geweldige plaats om te sterven.

In de kamer brandden dertig kaarsen. Er was ook een altaar opgericht met iconen van de Maagd en ebbenhouten crucifixen met figuren van ivoor. Er hing wierook in de lucht en, omdat je je maar beter kunt voorbereiden dan met lege handen kunt komen te staan, stond er ook een bakje wijwater met een cederhouten kwastje. Aan weerszijden van het bed stonden stoelen die dienstdeden als staties voor vermoeide bezoekers.

In het bed lag de arme Fédour te kreunen. Aangezien er geen Dokter meer was, kwam iedereen een eigen mening en een eigen zalfje brengen, maar de castraat leed verschrikkelijk en ondanks alle tourniquets en drukverbanden bloedde hij langzaam leeg. De zalfjes die direct op de open wond werden aangebracht brachten geen verlichting, maar juist een gekmakende, brandende pijn die hij niet kon uitdrukken of uitschreeuwen vanwege zijn mismaakte mond. En het was vreselijk om hem te zien kronkelen en lijden terwijl je niets voor hem kon doen en hij niets kon zeggen, de naam van zijn beulen niet eens, omdat hij al van jongs af aan niet kon praten en er niet eens een poging was gedaan om hem te leren schrijven. Het was een nacht vol tranen, gejammer en gebeden, totdat hij bij het aanbreken van de dag stierf. Eindelijk kwam zijn kruisweg ten einde, en die dood maakte moordenaars van de Kouechi-tweeling.

Dit alles rapporteerde Baraj aan de Politieman, die nog herstellende was, maar zich al veel beter voelde en niet langer het bed hield.

Het was een paar uur na de dood van de Stomme. In het verhaal van de Plaatsvervanger ontbrak vanzelfsprekend de naam van de dader. Het leek de Politieagent niet te deren. Hij was vooral gefascineerd door het aantal ongewone gebeurtenissen in zijn stadje, zoveel gebeurtenissen van geheel verschillende aard die elkaar opvolgden en die onmogelijk met elkaar in verband te brengen waren, behalve dan dat ze kort na elkaar hadden plaatsgevonden.

Natuurlijk leek de gruwelijke verminking van Fédour niet bij de rest te passen: iedereen wist dat hij niet goed bij zijn hoofd was, en die manie van hem om zijn geslacht te laten zien schokte niemand meer. De Politieman kon de gedachte niet onderdrukken aan zijn eigen nacht van dronkenschap, toen ook hij zich had ontkleed. Er ging een rilling door hem heen bij de gedachte dat de sadist die de Stomme had verminkt hem hetzelfde had kunnen aandoen.

Het lijkt ironisch om te zeggen dat de dood van de koeherder het herstel van de Politieman bespoedigde, maar zo was het wel. De volgende ochtend kwam hij heel vroeg naar de Politiepost, nog eerder dan de Plaatsvervanger. Hij maakte vuur, zette thee en schonk twee kopjes in toen hij hoorde dat Baraj buiten zijn laarzen tegen het ijzer sloeg om de sneeuw eraf te krijgen.

'Goedemorgen, Meester, is het wel verstandig om zo snel alweer aan het werk te gaan?'

'Ga zitten en drink op.'

De Politieman leek in een uitstekend humeur, en de bult op zijn schedel was niet meer dan een vage blauwe herinnering met gelige randen. Baraj had heimwee naar de afgelopen dagen, toen hij alleen was geweest. Hij zuchtte en zei dat hij de vorige avond iets merkwaardigs had vernomen.

Klädens, de kleermaker in de rue des Étuves, had hem erop gewezen dat zijn twee leerjongens de hele dag niet waren komen opdagen. Terwijl het serieuze, punctuele jongens waren die aanleg voor het vak leken te hebben. Het betrof de gebroeders Kouechi, een tweeling van zestien. Toen hij bij hun ouderlijke woning had aangeklopt om navraag te doen, vertelde hun vader dat ze die ochtend naar T. waren vertrokken, waar een oom ze een baan als commies in zijn ijzerwarenhandel had aangeboden. Klädens was zo verrast door dat antwoord en door de houding van de vader, die geen praatje wilde maken en de deur in zijn gezicht dichtsloeg, dat het hem verstandig had geleken om het aan de Plaatsvervanger te melden.

'Ik weet niet hoe u erover denkt, Kapitein. Denkt u dat er iets te onderzoeken valt?'

De Politieman keek de Plaatsvervanger minachtend aan. Was die nou echt zo stom?

'Wat zeg je nou? Natuurlijk valt er iets te onderzoeken! Er valt altijd iets te onderzoeken. Altijd. Ongeacht waar het om gaat. Zelfs bij de meest transparante en respectabele daad, hoe helder en alledaags die ook is, valt iets te onderzoeken. Want als je op zoek gaat, écht op zoek gaat, en al je intelligentie gebruikt, dan vind je altijd iets, want iedereen houdt wel iets verborgen in het diepst van zichzelf, als een lijk dat daar begraven is, onstoffelijk maar daarom niet minder verrot, en het is de taak van de onderzoeker om het te vinden en op te graven. Die lijken zijn natuurlijk beeldspraak, dat begrijp je. Neem jou nou, Baraj, een eenvoudige, integere man: stel dat ik me als Politieman in jou zou verdiepen, dan weet ik zeker dat ik vroeg of laat wel iets ergs zou ontdekken waar niemand van afweet behalve jij! Of niet soms?'

De Plaatsvervanger slikte moeizaam. Hij dacht aan het varken dat hij in een kuil had moeten gooien, maar dat zijn bestaan bij hem thuis voortzette als hammen en worstjes in een wolk van lariksrook.

'Kijk niet zo, Baraj, ik plaag je maar! Om je vraag zo eenvoudig mogelijk te beantwoorden: het overhaaste vertrek van de tweeling lijkt op het eerste gezicht vreemd. Maar de vraag is: moeten we ons daar zorgen over maken, ja of nee? Wat denk jij?'

Nu moest hij nog nadenken ook! Soms miste Baraj zijn vroegere leventje, hoe eenvoudig en rauw het ook was geweest, toen hij als dagloner op de boerderijen in de omgeving werkte en af en toe, wanneer het stadsbestuur vond dat de loop van een pad moest worden vastgelegd of een stuk straat opnieuw moest worden geplaveid, als wegwerker. Toen werden hem nooit vragen gesteld waar hij antwoord op moest geven. Sinds de dood van de Pastoor leek de stad steeds meer op een kookketel, of op zo'n hels apparaat dat soms onder de stoet van de koning werd gelegd als men genoeg had van de vorst. Om nog maar te zwijgen over zijn meerdere, in wiens ogen een verontrustend schijnsel lag en die de laatste tijd continu in alle staten was. De Plaatsvervanger bedacht dat hij maar al te graag naar een ander tijdperk zou verhuizen. Hij had geen enkele ambitie om historische tijden mee te maken, om op een breuklijn te leven. Zijn meest bestendige verlangens waren anonimiteit en vergetelheid, regelmatige, monotone, identieke dagen die in alles hetzelfde waren en in niets opvielen. Waarom was hij nou over die tweeling begonnen?

'Ik weet het niet, Meester. U bent mijn meerdere en bovendien veel intelligenter dan ik. Wat u besluit, is juist. Daar twijfel ik niet aan.'

'Goed gesproken, Baraj. Goed gesproken.'

De Politieman haalde een krumme uit zijn zak en stak hem op. Het was de eerste sigaar sinds zijn ongeluk. Hij zoog de eerste trek wellustig naar binnen en glimlachte voor zich uit. En dan te bedenken dat hij zich tot voor kort kapot had verveeld in dit bevroren rattenhol!

Hij zette zijn stoel dichter bij het vuur, legde zijn voeten op de bank en bleef lange tijd zitten, terwijl de Plaatsvervanger naar de stal ging om de paarden te verzorgen. Hij keek naar de rookwolken die hij soms door zijn neusgaten uitblies en soms door zijn mond; in dat laatste geval probeerde hij perfecte ringen te blazen die een paar seconden door de kamer dreven en daarna op het vensterglas verdwenen.

Hij dacht na.

Over de tweeling.

Over hun vertrek. Hoe dan ook had die tweeling iets te maken met de mishandeling van de Stomme. Geen twijfel mogelijk. Het was zo kort op elkaar gebeurd dat het onmogelijk was dat er geen verband bestond. Maar wat was dat verband dan? En waarom? Het interesseerde de Politieman weinig, in ieder geval niet op dit moment. Het was trouwens volkomen zeker dat ze niet naar T. waren vertrokken. De wegen waren onbegaanbaar door de sneeuwstorm en de vorst. Er was geen postkoetsverbinding meer. Die familie had geen paarden en ook niet de middelen om een paard te huren, en al hadden ze die wel gehad, dan nog zouden de broers al na een paar werst aan de kou bezwijken. Dus waren ze nog in de stad. Ergens. Misschien waren ze thuis, misschien zaten ze ondergedoken bij een lid van hun gemeenschap. Die laatste hypothese leek hem het meest waarschijnlijk. Of zaten ze in de moskee?

Maar wat de Politieman zich vooral afvroeg, was hoe hij dit nieuwe feit kon gebruiken. Hij dacht aan de raadgevingen van Commandant Sroh – 'Het Keizerrijk kijkt naar u en rekent op u om zijn vijanden te bestrijden en te verpulveren' – en aan zijn onderhoud met de Rapporteur. De dood van de Stomme en de verdwijning van de tweeling waren geen toeval. Het was nog een draai aan het mechaniek, dat als het zover was, als hij het zou beslissen, al zijn opgeslagen energie in een enkel ogenblik zou vrijgeven.

Baraj kwam weer binnen, de nek gebogen, het lichaam verward. Hij hield zijn blik op de houten vloer om de Politieman niet aan te hoeven kijken. Het idee dat iedereen wel ergens schuldig aan was en dat je alleen maar goed hoefde te zoeken, zat hem dwars. Het ging hem niet eens om zijn clandestiene worsten, maar vooral om het feit dat het kwaad overal kon postvatten, in iedereen, zelfs in de mensen die er het verst vandaan leken te staan. Het sloeg zijn diepste overtuigingen aan diggelen.

'Ik heb een paar dingen in de stad te doen. Blijf op de Politiepost. Ik ben voor twaalven terug.'

'Goed, Meester. En de tweeling?'

'Daar ben ik mee bezig, daar ben ik mee bezig.'

En met die woorden stond de Politieman op, wierp de resten van zijn sigaar in de haard en trok zijn kleren recht; en toen hij de mantel had aangetrokken waarvan de panden bijna tot aan de zolen van zijn laarzen reikten, ging hij naar buiten en liep voorzichtig, voetje voor voetje glijdend over de ijslaag op de stoep, naar het oude pand waar het kantoor van de Rapporteur van het Keizerlijk Gezag zich bevond.

25

Hij trof de Rapporteur in de enorme ruimte die hij als werkkamer en audiëntieruimte gebruikte, met een antieke haard die groot genoeg was om er een heel rund in te roosteren, maar toch niet in staat was om de kamer te verwarmen.

Om een sfeer van ernst en importantie te creëren en indruk te maken op de bezoekers was het lange eikenhouten bureau geheel overdekt met boeken, kasregisters, notitieboeken, kokers, cilinders, zegels, inktpotten, pennen, penhouders, telramen en documenten; ze lagen op duizelingwekkend hoge stapels die hier en daar bijna het plafond raakten, dat bestond uit houten caissons die eeuwen geleden in een naïeve stijl beschilderd waren en de vier seizoenen uitbeeldden met de werkzaamheden die daarbij hoorden.

Maar als je de stapels beter bekeek, zag je dat er op alles een dikke laag stof lag, wat bewees dat de Rapporteur ze nooit aanraakte; trouwens, als je hem zou vragen om de inhoud en de omvang van zijn functie gedetailleerd te omschrijven, dan zou hem dat niet makkelijk vallen, want hoewel hij deze post al bijna tien jaar bekleedde, had hij nog steeds geen goed idee van waar die om ging.

Hij wist heus wel dat hij zijn benoeming te danken had aan het feit dat hij tot de lage adel behoorde, en dat het keizerlijk gezag er in het kader van zijn voortbestaan alle belang bij had om zelfs de meest onbetekenende, de meest nutteloze adellijke geslachten, tot de allerlaagste aan toe, met privileges te paaien.

Iedere dag dwong hij zichzelf een paar uur door te brengen in deze enorme ruimte waar je 's zomers stikte van de hitte en 's winters bevroor, om met gelaten blik de klikbriefjes door te nemen, die zo schamel en repetitief waren dat ze hem al snel verveelden, en een paar bezoekers te ontvangen – eigenlijk niet zoveel – die hij aanhoorde en nadat hij ze allemaal dezelfde belofte deed, namelijk dat hij hun grieven onmiddellijk onder de aandacht van het gezag zou brengen, heenzond.

Toen de griffier de Politieman aankondigde, voelde hij een sterke opwinding, en de kou leek opeens minder bijtend. Hij nam plaats in de hoge fauteuil bij de haard en liet Nourio plaatsnemen op een soort bankje van twee verdiepingen dat ook dienstdeed als keukentrapje, en waarop je niet gemakkelijk een comfortabele zithouding vond.

'U komt vast het rampzalige lot bespreken dat die arme invalide ten deel is gevallen, Kapitein. Wat een beestachtige gebeurtenis! Ik kan u vertellen dat ik me altijd over de menselijke natuur zal blijven verbazen. De mensheid blijkt altijd nog slechter te zijn dan je denkt. Hoe gaat u dit aanpakken?'

De Politieman gaf niet direct antwoord. Hij probeerde iets van het haardvuur te vangen door zijn handen ernaar uit te steken.

'Ik zou natuurlijk een onderzoek kunnen instellen en samen met mijn Plaatsvervanger alle islamitische huizen kunnen bezoeken, wie weet wat dat oplevert. Maar...' De Politieman tilde zijn handen op en liet zijn handpalmen zien om zijn onmacht te verbeelden.

'De vlucht van de Dokter heeft onze stadsgenoten wat koren op de molen gegeven, maar daarna is er niets meer gebeurd. Als ze te hongerig worden, verzwakken ze. Het begon zo goed. Misschien moeten we ze nog wat graan toewerpen? De menigte heeft een neus voor feiten en situaties die een eenling soms niet doorziet. De menigte volgt haar eigen weg, die soms vreemd lijkt maar meestal wel in de goede richting leidt. En dan te bedenken dat die arme Stomme niet eens een echte begrafenis kan krijgen, zo zonder Pastoor. Er zou ook iets anders kunnen gebeuren dat als een soort van... ceremonie kan dienen. Een nogal ongewone ceremonie natuurlijk, met een onvoorspelbare liturgie, maar die wel de woede tot bedaren zou brengen die overal bovenkomt en die zich tegen alles en iedereen zou kunnen richten.'

Hij pauzeerde even zodat de Rapporteur het dreigende gevaar kon beoordelen; toen vervolgde hij op rustiger toon: 'Als we die gebeurtenis in een bepaalde richting sturen, ben ik ervan overtuigd dat we het Keizerrijk tevreden kunnen stellen, hoeveel het ook van ons verwacht.'

Er viel een lange stilte; toen klapte de Rapporteur in de handen.

'U hebt me overtuigd, Kapitein! Uw rol houdt hier op en die van mij begint.'

Toen hij Nourio's gezicht zag betrekken, glimlachte hij.

'Dat zeg ik alleen om u te beschermen. Ga door met uw werk en laat mij nadenken over de beste manier om hier munt uit te slaan. Denk aan het Keizerrijk!'

De Politieman herhaalde: 'Ja, denk aan het Keizerrijk!' want hij merkte dat die zinsnede de Rapporteur beviel; en toen hij afscheid nam wist hij niet zeker of hij blij of teleurgesteld moest zijn.

Na het bezoek aan de Rapporteur had hij geen zin om naar de Politiepost te gaan, en ook niet om naar huis te gaan, naar het uitgeputte gezicht en het uitgeputte lichaam van zijn vrouw en het gekrijs van zijn kinderen, waarvan de laatstgeborene alleen leek te bestaan om hem de oren van de kop te schreeuwen.

Hij liep lukraak door de straten, voorzichtig omdat de stoepen een schaatsbaan waren geworden. Hij kwam weinig mensen tegen, en iedereen die hij zag ging schuil onder zoveel lagen kleding dat hij onmogelijk kon zien wie het was. Een dunne mist gaf alles een fantasmagorische sfeer, alsof hij in een droom zat. Alles leek de laatste tijd zo irreëel dat hij zich afvroeg of hij de laatste tijd niet in een droom zat, of hij onbewust en ongemerkt in een roman verzeild was geraakt waarin hij een personage was dat zijn auteur nooit zou kennen, en de ontknoping ook niet.

26

Drie dagen later gebeurde er iets vreemds. De Plaatsvervanger was op de Politiepost, waar hij wachtte tot zijn meerdere terugkwam van de Burgemeester, die zoals iedere maand de lopende registers controleerde en aftekende. De dag doofde langzaam uit. Baraj dacht aan Mijn Schoonheden. In de lege uren of de droevige momenten die hij af en toe beleefde, wanneer zijn ziel zonder dat hij wist waarom verstrikt raakte in de netten van de melancholie, hoefde hij alleen maar aan de mooie gouden blik van die twee grote bastaarden te denken die iets van staanders, doggen en griffons hadden, aan hun altijd trotse, edele, zachte, liefdevolle houding en aan hun warme geur, en de tijd ging minder langzaam en het verdriet verstomde.

Hij had ervoor gezorgd dat het vuur bleef branden, had de twee paarden verzorgd en met ze gekletst terwijl hij hun halsters verving en ze prachtig hooi vermengd met droogbloemen gaf. Daarna had hij een halve kuub hout gekloofd om zijn lichaam en zijn spieren weer tot leven te wekken en de ijskoude lucht in zijn longen te voelen, waarna hij de houtblokken bij de haard had opgestapeld, zo netjes als een huishoudster. Daarna had hij de samowaar opgewarmd en zwarte thee gezet, die hij kruidde met de jeneverbessen die hij altijd in een zakje bij zich droeg en daarna met kleine slokjes opdronk toen die nog gloeiendheet was. Daarna moest hij in slaap zijn gevallen, en een reis door het land van de dromen hebben gemaakt, een land waar het voor hem altijd eenvoudig en rustig was, waar dieren woonden die hij kende en pekelvlees en dikke soep waren. Toen hij weer wakker werd knaagde de schemering aan de kamer; buiten was het licht ervantussen gegaan, en de sneeuwvlokken verdrukten zich voor het raam en keken hem met hun pupilloze ogen aan. Hij rakelde het vuur op, wreef zijn wangen in met koud water en stak de olielamp aan.

Precies op het moment dat de vlam van de lamp zijn licht door de kamer begon te verspreiden, werd er drie keer kort op de deur geklopt. Baraj sprong op. Hij hield niet van bezoek, en al helemaal niet als de Politieman er niet was. Met de dood in zijn ziel begaf hij zich naar de voordeur, verschoof de grendel die hij er altijd op deed en deed open. Voor hem stond een man, ongeveer van zijn leeftijd maar ruim een kop groter. Zijn kaalgeschoren schedel werd in het midden doorkliefd door een litteken, zo lang als een handpalm, in de vorm van een maansikkel. Hij was gekleed in het groen met gouden livrei van het huis van de Markgraven Ozlë, waaroverheen hij een grote cape van donkere wol had geworpen. De sneeuw had zijn witheid over zijn opvallend smalle schouders verspreid. Zijn wolfgrijze ogen glimlachten kwaadaardig, en toen zijn lippen uiteengingen toonden ze kleine, tot een punt gevijlde tanden.

'Wat is dit nou, Baraj? Laat je je oude kameraad niet binnen?'

En met die woorden veegde hij de Plaatsvervanger met de rug van zijn hand opzij en betrad gewichtig de kamer, die hij aan een inspectie onderwierp alsof hij het interieur en de netheid ervan wilde controleren. Toen liep hij naar de haard, trok zijn wanten uit, stak zijn handen uit naar de vlammen en wreef erin.

'Krijg ik geen thee van je? Het was een lange rit en ik ben helemaal verkleumd, wat een rotweer.'

De Plaatsvervanger had nog geen woord gezegd. Hij deed de deur weer dicht. In zijn dikke lijf ging zijn hart tekeer. Zodra hij de man had gezien, herkende hij hem: Martjial Maijre, en al zijn oeroude vrees, alle doodsangsten uit zijn kindertijd stroomden in één klap in hem terug alsof hij weer tien was. In een oogwenk werd hij weer dat zwakke joch, dat pispaaltje, die zondebok op wie iedereen zijn woede botvierde: de familie die hem onderdak en soep gaf, de Schoolmeester, de klasgenoten die hem aan één stuk kwetsten met harde woorden of stenen en stokken naar hem gooiden.

Het feit dat hij groter en sterker dan alle anderen was baatte hem niet. Integendeel, zijn dagelijkse beulen waren juist blij dat ze iemand als hij als slachtoffer hadden, en bovendien was het nooit in hem opgekomen om iets terug te doen, hoewel hij ze met een enkele vuistslag bewusteloos had kunnen slaan. Ook toen al was Baraj een groot, zachtaardig beest, net als nu. En van al diegenen die hem bijna dagelijks te grazen namen, was Martjial Maijre zonder enige twijfel de meest kwaadaardige; in zijn persoon zat alle slechtheid van de wereld samengebald. Hoe Baraj zijn best ook deed om Martjial te ontlopen, hij dook altijd weer op; hij kwam voor hem staan, keek hem uitdagend aan met zijn kille aasetersblik en bekogelde hem met beledigingen, met woorden die pijn deden, en daarna begon hij te slaan, liet hij trappen en vuistslagen op hem neerregenen, en als Baraj op de grond lag, als de pijn nauwelijks meer te verdragen was, greep Martjial Maijre door de broek heen zijn ballen vast, kneep erin en beval hem een kinderliedje te fluiten, altijd hetzelfde: 'In het berkenbos zag ik mijn meisje, ze droeg een pot met water en toen lachte ik naar haar', een liedje over de lente en de liefde, over vers gras en zachte huid.

Maar de pijn was zo hevig dat dat jongetje niet in staat was om meer dan een paar noten te fluiten, dan ontsnapte de lucht als een laatste snik uit Baraj' mond zodat Maijre nog harder ging knijpen, en als bij het slachtoffer de tranen opwelden omdat het kinderliedje maar niet over zijn lippen wilde komen, dan lachte dat roofdier en verbrijzelde het de edele delen van zijn slachtoffer zo hard als hij kon.

Maijre was gaan zitten zonder Baraj te vragen of dat goed was, en dan ook nog op de plaats van de Politieman. De Plaatsvervanger zette een kop thee voor hem neer.

'Je trilt helemaal, Baraj! Heb je het koud, kadavertje van me?'

En Maijre lachte om zijn eigen grap en merkte dat ondanks de jaren die waren verstreken de macht die hij over de ander had geenszins was weggeschuurd, en dat Baraj ondanks de verstreken tijd, ondanks het feit dat hij inmiddels volwassen was, ondanks zijn kracht, ondanks het feit dat hij een reus was geworden, nog steeds verlamd van angst tegenover hem zat, als een kind waarmee de ander kon doen wat hem goeddocht.

Daarom nam Maijre twee slokken thee, verklaarde dat die heerlijk was en begon toen dat kinderliedje van vroeger te fluiten, alsof het niets voorstelde, met een glimlach die zijn lippen spreidde zodat zijn kleine tanden zichtbaar werden, zodat de Plaatsvervanger zich nog ellendiger voelde; en ondertussen boorde zijn stalen blik zich in die van Baraj, waardoor die een plakkerige mond kreeg en de ogen onderdanig neersloeg.

Word je geboren als slachtoffer? Word je geboren als beul? Zit in ieder van ons het zaadje van wat we zullen zijn, ook als we nooit weten wie of wat dat heeft geplant? Of is het de loop van ons leven die ons maakt tot wie we zijn, die de mensheid in twee volkeren opdeelt, dat van de slachtoffers en dat van de folteraars?

Zou Martjial Maijre, die in staat was om insecten, ezels, mensen te zien sterven, ja zelfs om hun dood te bespoedigen met de hak van zijn schoen of met een bajonet, die daar actief aan kon bijdragen, wat hij naar men zei had gedaan in de diverse oorlogen waaraan hij had deelgenomen, in dienst van verschillende legers, zelfs dat van de Turk – zou hij even wreed en amoreel geworden zijn als hij in zijn kindertijd Baraj niet had gekend?

En als Baraj zich niet door die ander had laten mishandelen zonder terug te vechten, zou hij dan ook zo'n groot, goeiig schepsel zonder een greintje kwaadaardigheid zijn geworden, dat niet in staat was tot kwade gedachten en kwade daden, dat bereid was om iedere klap te incasseren die het leven op zijn rug liet neerdalen?

De mens wordt toch niet goed of slecht geboren – wacht hij niet enkel op een metamorfose? Is de mens niets anders dan een lege gietvorm waarin op een dag het gips wordt gegoten dat zijn echte gestalte en zijn ware aard zal laten zien?

Maijre nipte in alle rust aan zijn thee. Hij was zelfs zo schaamteloos dat hij de ander om een glaasje drank vroeg, en Baraj bracht het zonder tegenstribbelen. Maijre was terug in het land en had dienst genomen bij de Markgraaf, ook al wist niemand wat zijn taken precies waren – als hij die al had. Hij stond aan het hoofd van het leger van lagere bediendes en palfreniers die hij er vaak van langs gaf, zowel verbaal als met zijn zweep, maar over de jachtopzieners, de jagers, de secretarissen, de koks, de huishoudsters en het hogere huispersoneel, de enigen die toegang hadden tot de privévertrekken van de Markgraaf, had hij niets te zeggen. Die namen niet eens de moeite hem te groeten als ze hem tegenkwamen, en als hij hen groette, negeerden ze hem. Voor hen was hij even onzichtbaar als een vlieg of een windvlaag. Hij was transparant. Daar voelde hij zich boos en bitter over.

Er werden duizend verhalen over hem verteld, en langzaam maar zeker was er een duistere legende over hem ontstaan, met ontelbaar veel hoofdstukken die gemeenschappelijk hadden dat ze stuk voor stuk zijn wreedheid beschreven. Als je iemand die hem niet kende een indruk van hem wilde geven, haalde je bijvoorbeeld de verschrikkelijke episode aan die door Korporaal Slupo Sourek was verteld, de broer van Goria Sourek de Zadelmaker, die hem een paar jaar geleden had bezocht voordat hij opnieuw voor zeven jaar dienst nam in het leger van de Keizer. Het was een verhaal over bloedbaden onder de burgerbevolking, gepleegd door een bende onder bevel van Maijre die huishield in Transnistrië, los van het officiële leger maar met de stilzwijgende goedkeuring van de bevelhebbers. In het bijzonder had Slupo verteld dat als Maijres bende een dorp had verwoest, hij zijn mannen een grote emmer met de ogen van de lijken en de overlevenden liet brengen, die hij, als hij bij het vuur zijn pijp zat te roken, een voor een in de vlammen gooide; en als ze met het droge geluid van een kleine bom uit elkaar spatten, lachte hij.

Slupo was een betrouwbare bron, niet iemand die snel onder de indruk was; en hoewel hij jarenlang op allerlei slagvelden de dood van dichtbij had meegemaakt, was hij daar niet hard en gevoelloos van geworden maar juist medemenselijk en gevoelig. Toen hij te horen kreeg dat Martjial Maijre weer in het land was en in dienst van Markgraaf Ozlë was getreden, slaakte hij een diepe zucht; zijn door ontbering getekende onderofficiersgelaat betrok en hij zei: 'Waarom komt de Duivel zo graag weer naar de Aarde terug?'

27

De haard maakte de Politiepost zo heet als een smederij en gaf het gezicht van Martjial Maijre een vleeskleur. Nu zijn kale schedel rood was en het litteken een agressieve paarse tint had gekregen en gelig vet leek te etteren, zag hij er nog kwaadaardiger uit.

'Wat sta je daar te dromen, dikke stomkop? Je zegt geen woord!'

Baraj herpakte zich. Maijre floot nog steeds dat deuntje, maar het begon hem te vervelen: hij knoopte zijn livrei los en haalde snel een envelop uit zijn binnenzak met op de achterkant een groot zegel met het blazoen met drie berenkoppen van de Markgraven Ozlë.

Onder het zegel had een secretaris in een zeer net handschrift met ingewikkelde lussen in blauwe inkt geschreven:

Ter attentie van
Kapitein van Politie Nourio

'Ik had hem liever persoonlijk aan je baas gegeven, maar ik moet nog een eind reizen en het wordt al donker. Ik reken op je. Ik weet dat je het buskruit niet hebt uitgevonden, maar dit lukt je wel, niet?'

Baraj gaf geen antwoord. In zijn vuisten die langs zijn lichaam hingen voelde hij een merkwaardige kracht; opeens bedacht hij dat het niet veel moeite zou kosten om de beul uit zijn kindertijd naar het hiernamaals te sturen en dat niemand hem zou missen. Maar alleen al van die gedachte werd hij doodsbang en hij ontspande zijn vuisten.

Maijre legde de envelop midden op tafel, knoopte zijn livrei weer dicht en hulde zich tot aan zijn hals in zijn grote cape. Hij liep naar de deur en trok hem open, en op het moment dat hij over de drempel wilde stappen draaide hij zich om naar Baraj, ongetwijfeld om nog een laatste stroom gal over hem heen te spuwen. Drie of vier seconden gingen voorbij, maar er kwam niets anders over zijn lippen dan een lach als een fluim; toen verdween hij in de schemering.

De Plaatsvervanger deed de deur dicht en liet zich in een stoel vallen. Hij trilde. Het duurde minuten voordat zijn op hol geslagen hart weer rustiger werd. Hij wist niet waarom, maar op dat moment verscheen voor zijn geestesoog het mooie, pure gezicht van Lémia: het deed hem goed, maakte hem rustig. Hij voelde dat hij weer kalm werd, net als wanneer hij in zijn kindertijd een weesgegroetje opzegde.

De ander had de brief van de Markgraaf op tafel neergelegd. Baraj durfde hem niet aan te raken. Er zou wel een belangrijk bericht in staan. Maar waarom schreef de Markgraaf persoonlijk aan de Kapitein? Had dit iets te maken met de moord op Pastoor Pernieg, de vlucht van de Dokter, de foltering die Fédour Bazki had ondergaan en zijn dood?

Baraj durfde niet naar huis te gaan voordat zijn meerdere er was, en hij gaf zichzelf de taak om de brief van de Markgraaf te bewaken. Maar toch viel hij in slaap, en toen de Politieman binnenkwam, schrok hij op uit een zeer alledaagse droom, die hem toch troost had geboden, waarin hij in zijn huisje zat, op zijn holle brits, met Mijn Schoonheden slapend tegen zich aan. Hij werd rood omdat hij was betrapt bij het verzuimen van zijn plicht, maar Nourio zag de dikke ogen van zijn Plaatsvervanger niet. Wel zag hij direct de brief op tafel liggen; zijn hart maakte een sprongetje.

'Die is minder dan een uur geleden voor u gebracht, Meester.'

'Door wie?'

'Door Maijre, die voor de Markgraaf werkt.'

De naam zei Nourio weinig, en hij kon er maar moeilijk een gezicht bij bedenken. Het zou wel een huisknecht zijn, of een secretaris. De huishouding van de Markgraaf bestond uit bijna honderd man, en de meesten van hen kwamen nooit van de domeinen af. Daarvan kende hij er geen een.

Hij pakte de envelop, en terwijl zijn vingers het zegel met het blazoen van de familie Ozlë bevoelden en hij de naam en de titel van de afzender las die met krachtige, sierlijke hand op het papier waren geschreven, het papier dat geen gewoon papier was, dun en grof van structuur, maar romig velijn met een subtiele korrel en mooi beige van kleur, voelde hij zijn pols versnellen.

Het was voor het eerst sinds hij deze functie bekleedde dat hij een bericht van de Markgraaf kreeg. Hij had hem zelfs nog maar twee keer gezien, de eerste keer heel vluchtig bij het beukenbos van Mrovic, toen een houtvester hem was komen vertellen dat de houtstapel die hij net gehakt en gekloofd had was gestolen. Hij was ter plaatse gekomen om het delict te constateren, en toen hij over de besneeuwde weg terugreed naar de stad, had de slee van de Markgraaf hem met een haast bovennatuurlijke snelheid ingehaald, voorafgegaan door vier ruiters, en hij hoorde het geluid van de soepel glijdende ijzers en het gerinkel van de belletjes. Hij zag nog net een gedrongen gestalte, gewikkeld in bontmantels, met een dik, besnord hoofd dat voor driekwart in een Siberische muts van wolvenhuid verdween, die ingezakt in het rijtuig zat.

De tweede keer was bij de uitvaart van Pastoor Pernieg, toen de blootvoetse krankzinnige zijn door wierook omhulde beschimpingen uitschreeuwde. De Markgraaf zat op de voorste rij, op de bank die voor hem bestemd was en waarin eeuwen geleden de wapens van zijn geslacht waren uitgehouwen. Hij zat tegenover de resten van de kwijlende Bisschop die met zijn voeten wiebelde en met zijn rode muiltjes speelde. Toen droeg de Markgraaf dezelfde muts, maar nu stond die iets verder naar achter, zodat je de brede, kale aanzet van zijn voorhoofd kon zien. Hij was minder oud dan Nourio zich had voorgesteld. Hij moest ongeveer van zijn leeftijd zijn. Op zijn gezicht lag een bodemloze verveling, en zijn dunne rode lipjes gaven hem een air van vrouwelijkheid die door de dikke zwarte snor werd weersproken.

Na afloop van de ceremonie had de Markgraaf niet aan de processie deelgenomen. Hij had de ring van de Bisschop gekust, die dat niet merkte; toen was hij in zijn slee gestapt die hem terug naar zijn Kasteel had gebracht.

De Politieman stelde het moment dat hij de envelop zou openen zo lang mogelijk uit. Baraj keek hem aan met zijn grote, ronde ogen en durfde zich niet te verroeren. Nourio streelde het papier, zijn verbeelding sloeg op hol, bouwde honderd hypotheses over de inhoud van de missive.

Uiteindelijk was hij zover: hij haalde zijn mes met hoornen handvat uit zijn zak, vouwde het open en sneed de bovenkant van de envelop voorzichtig open. Er zat een kaart in van buigzaam karton, waarop het blazoen van de Markgraaf groot en in kleur stond afgedrukt. Op de achterkant las hij, in de hand van dezelfde scribent, met dezelfde inkt en dezelfde delicate letters als het adres op de envelop, de volgende woorden:

> Zijne Hoogheid de Markgraaf Vitold Vlad Domitien Ozlë, zeventiende van zijn naam, tweeëntwintigste graaf van Bessa, elfde vorst van Mordochië, ridder in de Orde van het Gezegende Kruis, Commandeur van het Rijk, Zilveren Stilus van de Vrijbroeders, verzoekt Kapitein van Politie Nourio hem te vereren met zijn aanwezigheid bij de berenjacht die op de laatste vrijdag van deze maand zal plaatsvinden op zijn domeinen.

De Politieman kon zijn ogen niet geloven. Hij moest het kaartje vier keer herlezen om de inhoud tot zich door te laten dringen. En toen las hij het voor de vijfde keer, hardop ditmaal, op de plechtige toon van een deurwaarder, evenzeer om zichzelf ervan te overtuigen dat hij niet droomde als om de Plaatsvervanger tot getuige te nemen.

Zijn somberheid was op slag verdwenen, en hij leek een haantje dat bol stond van blijdschap. Hij liep heen en weer door de kamer en liet zijn vingers met het kaartje spelen. Zo nu en dan sloeg hij ermee op de rug van zijn andere hand en sprak hij een paar woorden hardop uit: 'Vorst van Mordochië, berenjacht, vereerd, ik Kapitein Nourio, gast van de Markgraaf, op zijn domeinen!' Hij lachte, perste er een paar danspasjes uit, floot een deuntje, draaide een rondje. Hij ging zelfs zover dat hij het kaartje kuste; uiteindelijk ging hij tegenover Baraj zitten en blies alle lucht uit zijn longen.

'Wat zeg je daarvan? Daar sta je paf van, of niet soms? Ontken het maar niet! Geef toe, dit is iets heel bijzonders!'

De Plaatsvervanger bewoog zijn hoofd op een manier die voor instemming kon doorgaan. Nourio draaide zich om in de stoel, legde zijn voeten op tafel, vouwde zijn handen achter zijn hoofd en staarde glimlachend en dromerig naar het plafond.

'Hebt u al weleens gejaagd, Meester?' waagde de Plaatsvervanger.

'Absoluut niet, maar wat doet dat ertoe? De mens is een geboren jager. Het is een vaardigheid die in ons diepste geheugen is gebeiteld. Van oorsprong is de mens jager. Dat was noodzakelijk om te overleven. Eeuwen van beschaving hebben dat instinct in slaap gesust, maar er is weinig voor nodig om het wakker te maken. En weet je, Baraj, terwijl ik dit zeg voel ik me in staat om elke beer op aarde te doden.'

Hij lachte hardop.

De Plaatsvervanger keek zijn meerdere aan. Was het echt mogelijk dat een enkele brief, al kwam die dan van de Markgraaf, een mens zo kon veranderen? Als het nou om een promotie ging, een geschenk, een legaat, ja, dan had hij het begrepen. Maar een berenjacht? Als hij ooit voor zo'n absurde bezigheid werd uitgenodigd, zou hij doen alsof hij griep had, of een pijnlijke heup, of een andere kwaal, als hij maar niet hoefde te gaan.

Hij vroeg zijn meerdere toestemming om te vertrekken, en de Politieman, die net een sigaar had opgestoken, maakte een gul handgebaar, een grootmoedig gebaar, wenste hem zelfs een fijne avond toe, wat hij anders nooit deed. Baraj bedankte en verliet de Politiepost; en toen hij de deur achter zich had dichtgetrokken, bleef hij even staan om zijn grote wollen mantel dicht te knopen, want de sneeuw kwam met bakken uit de lucht. De zachte, dikke vlokken vormden opaliserende wervelingen in de nacht en op het pad viel nog een laag witheid.

Net toen hij weg wilde lopen hoorde hij de stem van zijn meerdere, en hij dacht dat hij werd teruggeroepen. Hij legde zijn oor tegen de deur om zich ervan te vergewissen dat hij niet gedroomd had. Nee. Het was wel degelijk de stem van de Politieman, maar die riep hem niet, die declameerde luidkeels de tekst van de uitnodiging en toen hij daarmee klaar was begon hij opnieuw, met een andere stem ditmaal, gemoduleerd, gekunsteld en met ingelaste pauzes.

Baraj wierp een blik door het raampje, zorgvuldig zodat de ander hem niet zag. De Kapitein stond rechtop en maakte strijkages, terwijl hij een gesprek met een denkbeeldige gespreksgenoot voerde. Hij reciteerde de tekst van het kaartje:

> Zijne Hoogheid de Markgraaf Vitold Vlad Domitien Ozlë, zeventiende van zijn naam, tweeëntwintigste graaf van Bessa, elfde vorst van Mordochië, ridder in de Orde van het Gezegende Kruis, Commandeur van het Rijk, Zilveren Stilus van de Vrijbroeders, verzoekt Kapitein van Politie Nourio hem te vereren met zijn aanwezigheid bij de berenjacht die op de laatste vrijdag van deze maand zal plaatsvinden op zijn domeinen.

Na het laatste woord salueerde hij ernstig, waarna hij in zijn handen klapte en om zijn as draaide. Hij vergat alles wat hem bezighield, de moord op de Pastoor, de spanning die het stadje in haar greep hield, de vlucht van de Dokter, de moord op de arme Stomme, Lémia's schoonheid, zijn kwellingen, zijn leed, zijn rotleven in deze verloren uithoek waarvan de meeste inwoners van het Keizerrijk de naam niet kenden, ja niet eens wisten dat die bestond. Alles was weg. De uitnodiging van de Markgraaf nam zijn hersenen volledig in beslag, drong door in iedere cel, liet geen enkele ruimte over voor enige andere gedachte, reduceerde zijn wereld tot die van een jong, stompzinnig kind dat net een rammelaar heeft gekregen waar hij continu mee schudt en voor wie er niets anders bestaat dan het geluid van de belletjes waar hij nooit genoeg van krijgt.

Baraj wendde zijn blik af van die gek en bedacht dat de mens vreemd in elkaar zat. Hij begon te lopen. Er gingen een paar dichtregels door hem heen, zo snel als vallende sterren – *Slaap, lief kleintje met je dunne wimpers, de avond is een schouder, de morgen is mijn hand* –, waarvan hij alleen de aangename nasmaak vasthield; toen verdween hij in de sneeuw en de nacht.

28

Al bijna een week dacht de Politieman aan niets anders dan aan de berenjacht.

De eerste vraag die zich aandiende was de kwestie van het tenue. Hij kon zich niet voor een dusdanig bijzondere gelegenheid bij de Markgraaf aandienen in zijn alledaagse kloffie, waar hij al heel lang geen aandacht meer aan had besteed en dat hem opeens ellendig voorkwam. Het stadje telde misschien niet veel winkels, maar er was wel een bazaar, en hij had gehoord dat daar jagersbenodigdheden te koop waren.

Die waren hier niet makkelijk te vinden, want het jachtrecht kwam enkel de Markgraaf toe, en die gaf alleen toestemming om op een vos of een eekhoorn te schieten aan een paar houtvesters die voor hem werkten en zo nu en dan aan een notabele die de aandrang voelde. Maar het waren voornamelijk hij en zijn gasten die een paar keer per jaar op jacht gingen. En Markgraaf Ozlë, die belangrijke verantwoordelijkheden in het Keizerrijk had, al wist men niet precies welke, en die geregeld door de Keizer aan het hof werd ontvangen, had meer dan genoeg tijd en vermogen om de mooiste wapens te kopen bij de factorijen in München, Wenen, Brno of Boedapest, inclusief de bijbehorende kleding, zodat hij nooit iets in een plaatselijke winkel hoefde te kopen.

Toen Nourio de deur van de bazaar openduwde, schrok hij van de opgestapelde koopwaar in alle soorten en maten: zeepkisten, zinken teilen, emmers, tuingereedschap, martervallen, mollenvallen, addervallen, rattenvallen, rollen touw, tonnetjes teer, dozen met spijkers, geïmpregneerde doeken, diverse staken, vuurwerk, houten speelgoed, rollen wasdoek, glasplaten, aardewerken borden en schotels, barometers, zakken zaaigoed, takkenbezems, looddraad, diverse zeisen, hamers, zakken pleister en kalk, papieren bloemen, lijsten, bokalen gevuld met gele of groene vloeistoffen, Zwitserse koekoeksklokken, rieten stoelen, heiligenplaatjes, berokers voor imkers, snoepgoed en vlindernetten; alles lag opgestapeld, alles lag door elkaar, in wankele stapels van de vloer tot aan de zoldering, tussen gangpaden die smaller waren dan je schouders zodat je er ietwat zijdelings doorheen moest lopen.

Toen de Winkelier, wiens locatie in deze stampvolle ruimte moeilijk te bepalen was, het belletje van de winkeldeur hoorde, zei hij onafgebroken: 'Ja, ja...', waarop de Politieman antwoordde: 'Ik ben hier! Ik ben hier!' terwijl hij in zijn poging de koopman tegemoet te lopen in het labyrint verdwaalde, zodat hij geen idee had waar hij precies was of hoe hij weg kon komen.

Met veel moeite ontweek hij de konijnenhokken en volières waarop pannensets balanceerden; en ten slotte botste hij bijna tegen een iel, gebocheld wezen op, met lange armen die uitliepen in handen met spinnenvingers, en een driehoekig gezicht met vierkante trekken overdekt met dun zwart haar dat achterover was geplakt en werd gedomineerd door een lange, dunne haakneus, kleine spitsmuizenogen en puntige oren van ongewone afmetingen waar bovenop donker haar in korte, stijve plukken groeide.

Het was Semmour, de Winkelier.

'Hoe kan ik u van dienst zijn, Kapitein?' zei hij, terwijl hij breed glimlachte en een ongewone hoeveelheid kunstmatig witte tanden van verschillende vormen en afmetingen ontblootte.

Nourio legde uit dat hij binnenkort meeging met een berenjacht die door de Markgraaf werd georganiseerd. Hij vertelde het op heel neutrale toon, alsof het de gewoonste zaak van de wereld was en het niets bijzonders voor hem was. Het probleem, zei hij, was dat hij toen hij deze post kreeg toegewezen niet al zijn meubilair had kunnen meenemen en ook niet al zijn spullen, zodat hij die had moeten achterlaten in een opslagruimte in de stad. En onder die *impedimenta* – hij sprak dat kostbare woord duidelijk uit, en het leverde hem de geïntrigeerde en bewonderende blik van de Winkelier op – bevond zich zijn gehele jachtuitrusting.

'Ik snap het... ik snap het,' besloot de handelaar, die in zijn lange handen wreef. 'Geen nood, Kapitein. U bent hier aan het juiste adres: hoe onwaarschijnlijk ook, ik heb hier koopwaar van de beste kwaliteit, die u zeker zal bevallen. Als u mij wilt volgen.'

Na een bochtige, kronkelende tocht kwamen ze uit bij een soort hok met een minuscule oppervlakte waarvan alle muren waren bedekt met grote kasten en losse planken. Semmour begaf zich naar een hoge metalen kast die een hele hoek innam, waarvan de handvatten waren samengebonden met een gevangenisketting en drie indrukwekkende hangsloten. Uit zijn broekzak haalde hij een sleutelbos en na een tiental vergeefse pogingen slaagde hij erin de hangsloten te ontgrendelen, de ketting te verwijderen en de kast plechtig te openen, waarbij hij tegen de Politieman zei: 'Kijkt u eens aan, Kapitein. Ziehier het beste wat er op het gebied van wapentuig wordt geproduceerd!'

Nourio kwam dichterbij en bestudeerde de schat. Hij wist hier helemaal niets van, had in zijn diensttijd slechts drie of vier keer op zandzakken hoeven schieten.

In de kast bevonden zich een tiental met stof bedekte wapens. Het kleinste, waarvan de loop uitliep in een hoorn, leek meer op een muziekinstrument. Er waren vuurwapens uit andere tijden, musketten, fantasiedonderbussen met versierde kolf gemaakt voor risicoloze parades, voorlopers van karabijnen waaraan de trekker, trekkerbeugel of zelfs een deel van de patroonkamer ontbrak. De aandacht van de Politieman werd getrokken door het grootste wapen van allemaal. Het had een enkele, reusachtige loop en zag er behoorlijk zwaar uit. De winkelier gaf hem geen tijd om na te denken.

'U hebt er oog voor, Kapitein. En dat verbaast me niets. Wat u hier ziet is een schitterend Engels wapen, een rariteit, op maat gefabriceerd voor een lord die verwant was aan de Onderkoning van India, een groot jager op tijgers en olifanten. In dit wapen is alle kennis verwerkt die de Londense wapensmeden door de eeuwen heen hebben vergaard. De kerfjes op de kolf getuigen van het aantal dieren dat de bezitter ermee heeft omgelegd. U telt er niet minder dan achtendertig. Achtendertig wilde dieren die naar de andere wereld zijn geholpen zonder dat ze iets doorhadden, zo krachtig en nauwkeurig is dit juweel: het brengt de dood onmiddellijk en pijnloos. Jammer genoeg is het niet te koop.'

'Wablief?' zei de Politieman verrast.

‘Ik ben er te zeer aan gehecht.’

‘Jaagt u dan?’

‘Zeker niet, maar ik heb wel gevoelens. En dit wapen heb ik gekregen van mijn helaas overleden broer, die een zijdehandel dreef in de buurt van Covent Garden; die Engelse lord was een van zijn beste vrienden en heeft het hem geschonken.’

‘Maar kunnen we niet tot een vergelijk komen?’ opperde de Politieman, voor wie dat oude, verroeste geval opeens alle mogelijke deugden leek te bezitten.

Semmour zuchtte, sloot zijn knaagdierenogen, deed ze weer open en keek Nourio melancholisch aan. Je zou denken dat er een stoet van verdrietige herinneringen voor zijn geestesoog langstrok; toen aaide hij de loop van de karabijn zoals hij de arm van zijn denkbeeldige broer op zijn sterfbed zou hebben geaaid. Hij zuchtte weer.

‘Het is hartverscheurend, Kapitein; maar dit is een bijzonder geval; aangezien u niet de eerste de beste bent weet ik zeker dat u dit wapen, dat voor mij zoveel meer dan alleen een wapen is, waard zult zijn.’

De Politieman haalde opgelucht adem. Maar toen de Winkelier hem de prijs van die hartverscheuring noemde, stikte hij bijna. Het bedrag vertegenwoordigde drie maanden salaris!

‘Kunt u me niet wat korting geven?’ zei hij.

‘Korting? Op verdriet en herinneringen?’ riposteerde de Winkelier direct, die overal een antwoord op had. Toen zei hij: ‘Maar voor die prijs geef ik u de kogels erbij cadeau, Kapitein!’

Toen had Nourio het gevoel dat het een koopje was. Hij schudde de lange dunne hand die Semmour naar hem uitstak en die zo koud was als een slang; van de aanraking kreeg hij de rillingen.

De koop was gesloten.

Nu gingen ze naar kleding kijken.

De Winkelier bleek een dodelijk vermoeiende praatjesmaker, die de Politieman geen moment rustig liet nadenken. Hij pakte Nourio in met woorden tot die er hoofdpijn van kreeg. Onder het praten haalde hij grote hoeveelheden kleding van de planken: vachten, korte broeken, smalle wollen broeken, leren broeken, vilten vesten, wollen vesten, suède vesten, otterbonten vesten, baretten, petten met klep en oorkleppen, hoeden met pluimen, hemden van dikke wol, geweven ondergoed, hoge sokken, lavallières, stropdassen, sjaals, sjerpen, rijglaarzen met ijzerbeslag, laarzen en beenkappen van teerdoek, schoenen van zeehondenleer.

Het was zo'n grote uitstalling dat Nourio er verblind en uitgeput van raakte. En de Winkelier, die het ideale slachtoffer rook, gunde hem geen moment rust, vulde de krappe ruimte met de inhoud van planken die hij achter elkaar door leeghaalde, alsof hij een hoorn des overvloeds leeggoot.

Het passen begon, en na lange tijd en diverse herschikkingen stond Nourio voor een grote vlekkerige spiegel, gekleed in een hertenleren knickerbocker, een saletjonkershemd met rode en blauwe strepen en een weelderige bef, een felgeel vest met een rubberlaag en een voering van vossenbont, Tiroler sokken van kriebelende grijze wol, overschoenen die tot boven de enkel kwamen en die een paar jaar eerder waren gedragen door de eerste bedwingers van de Matterhorn. De uitrusting werd gecompleteerd door groene loden wanten, een gletsjerbril die bestand was tegen felle zon en ijzige wind, en een sjako van zwart vilt, versierd met een gouden bies en de veer van een emoe, die had toebehoord aan een officier uit het leger van Napoleon, een jachtliefhebber en een grote donjuan; dat hoofddeksel was 'van de zaak', zoals Semmour benadrukte.

Nourio bekeek zichzelf langdurig in zijn uitdossing.

Hij was onherkenbaar en grotesk.

Hij vond het prachtig.

En toen hij na duizend buigingen van Semmour de winkel verliet, met de immense karabijn in een etui van gebarsten, door de ratten aangevreten leer, een kist met tweehonderd kogels die een paar kilo woog, en de kleding verpakt in een dichtgebonden deken die naar wolvet stonk, was hij de gelukkigste mens ter wereld en had hij zich voor zes maanden in de schulden gestoken.

De volgende dagen zag de Plaatsvervanger zijn meerdere niet één keer. 's Ochtends bleef Nourio thuis, waar hij zijn uitdossing onophoudelijk aanpaste en zijn karabijn met alle zorg omringde. Hij negeerde zijn vrouw en kinderen, dacht niet meer aan Lémia en sloot zich op in een soort gangkast boven de slaapkamer, waar hij verder niemand toeliet.

's Middags ging hij de deur uit, ook als het hard sneeuwde, met zijn wapen warm ingepakt en zijn jaszakken vol munitie, en dan verdween hij in het bos om schietoefeningen te doen. De eerste keer werd hij zo verrast door het oorverdovende lawaai van de karabijn en vooral door de verschrikkelijke terugslag, dat hij bijna zijn gehoor en een schouder moest missen. Hij hield er twee dagen lang een continu sirenegeluid in het rechteroor aan over en een bloeduitstorting ter grootte van een bord op zijn bovenarm, eerst Pruisisch blauw en daarna meer naar vuilgeel neigend, waar een kronkelend wijnrood netwerk overheen liep.

Hij trok er lering uit, en bij de volgende sessies propte hij zijn oren dicht met bolletjes was en beschermde hij zijn schouder met een kussentje van paardenhaar.

De explosies die het wapen veroorzaakte waren verbijsterend luid. Ze weerklonken door het bos, botsten tegen de bomen en leken niet te eindigen. Hij slaagde erin de terugslag langzaam maar zeker de baas te worden; maar met de precisie van zijn schoten ging het minder goed.

In het begin had de Politieman, gedreven door optimisme en vol vertrouwen over zijn aangeboren capaciteiten, een oude pan die hij niet meer gebruikte aan een tak van een dode boom gehangen en was daarna honderd meter achteruitgelopen. Na zes kogels die alle kanten opgingen, bedacht hij dat hij misschien te ver weg stond. Hij ging een tiental stappen dichterbij staan en vuurde opnieuw. Nog tien kogels. Hetzelfde resultaat. Ondanks de was suisden zijn oren, en zijn arm werd bijna twee keer zo dik. Hij ging nog dichterbij staan. En nog dichterbij. Hij schoot aan één stuk door, middag na middag, negeerde de pijn die zijn rechterarm verlamde en het schelle geluid dat zich in zijn oorschelp had genesteld en niet wegging, overdag niet en 's nachts niet; en nooit kwam er een gaatje in de pan.

Maar soms worden inspanning en doortastendheid beloond, en uiteindelijk, twee dagen voor de jachtpartij, toen hij de moed al begon te verliezen, raakte hij de pan met een bijzonder welgemikt schot dat een spectaculair gat maakte, zo groot als een runderoog, en een geweldig lawaai van brekend metaal veroorzaakte.

Eindelijk was het hem gelukt.

Hij was gelukkig.

De beren konden maar beter voorzichtig zijn.

Hij stond op vijf meter van het doelwit.

Die hele week dacht hij aan niets anders dan aan zijn oefeningen, en ook las hij driemaal een boekje over de jacht dat hij op een plank bij een raam in de Herberg van Vilok tussen een stapel oude papieren vond. Al die dagen dacht hij niet één keer aan zijn werk. Hij zette geen stap in de Politiepost, tot verbazing van de Plaatsvervanger, die naar zijn huis ging om navraag te doen. Nourio stuurde hem weg, zei dat het belangrijkste momenteel de berenjacht was, die tot connecties zou leiden die in de toekomst zeer goed van pas zouden komen bij het onderzoek, en ook dat hij de Politiepost en de lopende zaken aan hem toevertrouwde; toen sloeg hij de deur in zijn gezicht dicht, haastig omdat hij zijn uitdossing nog een keer wilde passen en zijn karabijn in het vet wilde zetten.

De Plaatsvervanger stond paf, maar uiteindelijk was hem het vooruitzicht dat hij dagenlang alleen op de Politiepost zou kunnen doorbrengen en vroeger dan anders naar huis zou kunnen gaan, niet onaangenaam.

29

De afspraak was om zeven uur op het Kasteel. Het tijdstip stond onder aan de uitnodigingskaart die de Politieman continu in zijn zak had zitten. Eindelijk was het vrijdag. De vorige avond had hij zijn uitrusting nog een laatste keer gecontroleerd en toen was hij vroeg naar bed gegaan. Hij had geen minuut geslapen. Om middernacht hield hij het niet meer uit en stond hij op. Hij kleedde zich langzaam aan, zoals je dat een paar keer in je leven bij grote gebeurtenissen doet: je eigen bruiloft, de uitvaart van een naaste, een vorst die door je straat zal komen.

Hij ging naar buiten en constateerde dat het in zijn kleding, in die opvallende schoenen, met de hertenleren knickerbocker om zijn dijen en het gevoerde en met rubber beklede vest dat zijn longen samenperste, moeilijk was om normaal te lopen. De zware karabijn, waarvan de riem in zijn schouder sneed, en de weitas vol munitie – hij had honderd kogels meegenomen, zodat hij zeker niet te weinig had – hielpen ook niet. Maar het waren allemaal details, en zijn opwinding was voldoende om het te vergeten.

Het had onafgebroken gesneeuwd en het vroor dat het kraakte. Zijn adem zond charmante dampwolkjes de nachtlucht in, dik en speels. Aan de hemel waren duizend sterren vastgepind. Er klonk geen enkel geluid in het stadje. Het was een perfecte nacht.

Iets later betrad hij de stal van de Politiepost en zadelde hij een van de twee merries, die zich afvroeg wat haar overkwam omdat zij net als haar metgezellin gewend was aan een leven zonder beweging, zonder verrassingen, en die zowel overdag als 's nachts urenlang in diepe slaap doorbracht. Dus toen de Politieman het zadel omgespte werkte ze niet bepaald mee, en de Politieman zweette hevig in zijn uitdossing om het voor elkaar te krijgen. Toen hij klaar was, vroeg hij zich af of hij direct zou vertrekken. Hij aarzelde, maar uiteindelijk leek het hem beter van niet: dan liep hij het risico dat hij veel te vroeg kwam, en als hij dan op enige afstand van het Kasteel van de Markgraaf op het afgesproken tijdstip wachtte, kon hij onderkoeld raken. Hij bedacht dat een kop thee en het gezelschap van de haard hem geen kwaad zouden doen. Hij liet de oude knol gezadeld en wel in de stal staan en verwarmde water in de samowaar.

Terwijl hij zijn veters losknoopte om zijn voeten te bevrijden, overdacht hij zijn situatie. Was deze jachtpartij geen teken van het lot? Dat zo'n voorname edelman als Markgraaf Ozlë, die met alle gekroonde hoofden van Europa omging, die in de gunst van de Keizer stond en geparenteerd was aan de Tsaar via zijn vrouw, wier oudtante de schoonzuster van de vader van de Tsarina was – dat zo'n hoogstaand persoon opeens interesse toonde in iemand als hij, zoveel zelfs dat hij hem persoonlijk uitnodigde voor een jachtpartij op zijn domein, kon alleen maar betekenen dat er verborgen bedoelingen achter zaten die zijn levenslot flink zouden veranderen.

En zo zat hij bijna twee uur lang kleine slokjes thee te drinken, terwijl zijn gedachten over elkaar heen buitelden en steeds groter werden, totdat hij ervan overtuigd was dat deze berenjacht maar een excuus was, en dat de Markgraaf hem had ontboden omdat hij sinds de moord op Pastoor Pernieg een man in hem herkende die in staat was een nevelige rol op de voorgrond te spelen in het stadje, in de provincie, ja in het Rijk zelfs waarvoor dit grensgewest van groot belang was.

Maar nu was het tijd om te vertrekken, en toen hij zijn veters weer had dichtgeknoopt en zijn kleding goed had gedaan, keek hij naar de reusachtige karabijn en de munitietas op de kont van het paard, zette zijn sjako op, trok zijn wanten aan, nam het paard bij de teugels en leidde het naar buiten, naar de reusachtige bevroren nacht, waar het dier stomverbaasd naar keek.

Het was lang geleden dat hij op die knol was geklommen, die al meer dan vijfentwintig jaar oud moest zijn, en hij ontdekte dat het dier, hoe hij zijn best ook deed, ondanks zijn trappen met de hak, slagen met de rijzweep, aanmoedigingen, dreigementen, vleierijen, liefkozingen, porren, knepen, lieve woordjes en scheldwoorden, onverdraaglijk langzaam vooruitkwam, nauwelijks waarneembaar zelfs, zodat de Politieman in zijn zadel onbeweeglijk in een min of meer onveranderlijk landschap leek te zitten en hij het gevoel kreeg dat hij letterlijk geen stap vooruitkwam.

Zijn irritatie sloeg om in bezorgdheid toen de extra tijd die hij dacht te hebben grotendeels wegsmolt en langzaam maar zeker in een mogelijke vertraging veranderde. Hij keek naar de wijzers van het bolle horloge dat in zijn zak zat en constateerde dat de tijd extreem snel verstreek, terwijl het dommelende beest nauwelijks een hoef voor de andere kreeg. Hij gaf het dier er met al zijn kracht van langs, en toen begon hij te smeken, maar geen van beide methodes leidde tot iets. Op van de zenuwen, doorweekt van het zweet, met een pijnlijk achterste van de wrijving van de harde hertenleren knickerbocker tegen zijn dunne onderbroek, bereikte hij het voorhof van het Kasteel op het moment dat in de naastgelegen kapel de laatste van zeven slagen klonk.

Twee huisknechten haastten zich naar hem toe en hielpen hem afstijgen. Twee anderen maakten zijn bagage los en namen die mee. Een vijfde greep het rijdier bij de teugels en bracht het naar de stallen, en kennelijk begreep het dier wat daar op haar wachtte want het begon op een drafje te lopen, terwijl Nourio verbijsterd toekeek.

De nacht liep ten einde.

Het vierhoekige voorhof van het Kasteel, aan drie kanten begrensd door een dubbele rij zwarte dennen, trilde in het licht van een reusachtig aantal toortsen die in de grond waren gestoken. De gevel van het houten Kasteel leek in het schijnsel nog groter dan hij in werkelijkheid was, en de middeleeuwse architectuur met uitkragingen, wachttorens, een voorde en een donjon, leek te leven en te bewegen. Hij hoorde de harde stemmen van de hondengeleiders die de meutes tot rust maanden die in de kennels zaten, maar brulden van opwinding omdat ze begrepen dat de jacht op het punt van losbarsten stond.

Een zesde huisknecht nodigde de Politieman uit hem te volgen en hij liep achter hem aan, ernstig en met een hoge borst van importantie. Hij bereikte een groepje van ongeveer vijftien mannen dat hard pratend en lachend voor de hoofdpoort van het Kasteel stond. Ze stonden om een ronde, korte centrale persoon heen: dat kon niemand anders dan de Markgraaf zijn. Hij vertelde juist een anekdote die zijn toehoorders kennelijk beviel, maar toen hij de Politieman zag, voorgegaan door de huisknecht die zich direct uit de voeten maakte, onderbrak hij zijn verhaal om de nieuwkomer te verwelkomen.

'Daar bent u dan, Kapitein, op het laatste nippertje. We waren al bang dat u verdwaald was!'

Nourio liep naar de Markgraaf toe, en plotseling zonk de moed hem in de schoenen: hij was helemaal vergeten hoe je volgens de etiquette een edelman van de rang van zijn gastheer diende te begroeten. Hij greep de hand die de Markgraaf naar hem uitstak voor wat de Britten met *shake-hand* aanduidden, een buitenlandse gewoonte die onder invloed van de aristocratie het gehele continent begon te veroveren, maar de Politieman, die niet op de hoogte was van dat nieuwe gebruik, bedacht voor de gelegenheid een geheel nieuwe begroeting; hij boog naar de hand van de Markgraaf toe, drukte er met het uiteinde van zijn lippen een kus op, en zei terwijl hij eerbiedig overeind kwam met een van nederigheid benepen stemmetje: 'Uw dienaar, Majesteit!'

De Markgraaf leek verbaasd en trok zijn wenkbrauwen op; zijn donkere snor trilde en hij kneep zijn vrouwenlippen samen.

'Ach, waarom ook niet!' zei hij uiteindelijk, terwijl er door de aanwezigen een lach zo discreet als een trilling trok, waarvan de ironie de Politieman geheel ontging.

Een huisknecht kwam aangelopen met zilveren bokalen waarin een geurig brouwsel dampte. Hij bood ze eerst aan de Markgraaf aan, die er een pakte, toen aan de Politieman, toen aan de anderen.

'Waarde vrienden,' begon de Markgraaf terwijl hij zijn bokaal hief. 'Ik dank u dat u mijn bescheiden uitnodiging hebt aangenomen om op mijn domein te jagen op het dier waarvan onze voorouders de naam liever niet noemden omdat ze het niet boos wilden maken: de fantastische "likker", de "renner op vier of twee poten", de "geklauwde krachtpatser", noemden ze hem liever. U weet even goed als ik dat dit een van de mooiste vormen van jagen is. Het is een jacht die teruggaat tot de nacht der tijden, en de prooi is een van de moeilijkste soorten die er zijn. Het dier is zo bloeddorstig dat de jager zeker niet zijn meerdere is, en daarom is deze jacht onwaardig noch ongebalanceerd. De boeken staan vol met tragische verhalen waarin het dier de bovenhand kreeg en in zijn kielzog een spoor van opengereten honden en tot vormeloze massa's verscheurd vlees gereduceerde jagers achterliet. Daarom verzoek ik u om vooral voorzichtig te zijn en niet te missen als de "honingeter" binnen schootsafstand is. U kunt hem missen, maar hij zal u niet missen, en het zou me zeer verdrietig stemmen als deze dag, die onder zo'n goed gesternte begint, zou eindigen met pijn of leed. Ik hef mijn glas op de gezondheid van u en van die "grote linkshandige zalmverslinder", en ik wens u allen een geweldige jacht! *Norok zdravlje*!'

'Norok zdravlje!' herhaalden de jagers uit een mond, waarna ze de bokalen aan hun lippen zetten.

Het was een heerlijke drank: zoete warme wijn waarin kruiden en specerijen hadden getrokken en waar een flinke snuf peper aan was toegevoegd. Nourio dronk met kleine slokjes. De drank verhitte zijn bloed en hij voelde zich opeens enorm op zijn gemak.

De Markgraaf verdween, en voor het eerst bekeek de Politieman zijn gezelschap van vandaag. Hij was verrast en lichtelijk teleurgesteld toen hij de meesten van hen herkende: in de eerste plaats de Burgemeester, dan de Notaris, de

Archivaris, de Ontvanger, de drie Schoolmeesters en de Rapporteur van het Keizerlijk Gezag, die toen Nourio hem aankeek knikte en zijn bokaal naar hem ophief. Ook herkende hij Alexis Grünen, de Houtvester, vergezeld door zijn twee zoons, en twee aan lagerwal geraakte edelen van Germaanse afkomst, Edler Gaspar von Richter en Ritter Hieronimus Kluge-Diffenbach, wier uitgewoonde kastelen op de landerijen die grensden aan het immense en opulente landgoed van de Markgraaf, regen en wind doorlieten.

Waren dit dan de gasten van de Markgraaf? Nourio kreeg het gevoel dat ze iedereen in de provincie die geen boer of handwerksman was en een positie bekleedde die nauwelijks hoger was dan de allerlaagste, met een grove borstel bij elkaar hadden geveegd. Een miserabele kleinburgerij van ambtenaren, waar een vleugje aan lagerwal geraakte, van de keldervloer opgeveegde adel aan was toegevoegd. Hij dacht dat hij deel ging nemen aan een dag voor vorsten, hertogen en markiezen, voor hoge ambtenaren van het Keizerrijk met ernstige gezichten en essentiële functies, en hij was diep teleurgesteld.

Temeer omdat hij merkte dat de op zachte toon gevoerde gesprekken ten koste van hem leken te gaan, en dat er gelach opsteeg uit de kelen van zijn metgezellen, wat ze probeerden te verhullen door hun hand voor hun mond te houden. Sommigen van hen bekeken hem van top tot teen en stootten elkaar aan, of fluisterden elkaar iets in het oor wat ertoe leidde dat degene tot wie de kwinkslag was gericht het uitproestte van het lachen. Hij voelde zich opeens slecht op zijn gemak in zijn lichaam en zijn kleding, en dat werd alleen maar erger toen hij de tenues van de andere jagers bekeek, die op een paar details na allemaal identiek waren: groene of grijze loden jassen, lange broeken van ingevet leer, hoge dikke laarzen, waarschijnlijk gevoerd, om de voeten, vilten hoeden versierd met pluimen van dassen- of zwijnshaar of met broches die een gems of een woudhoen uitbeeldden, en donkere handschoenen van dikke wol. Ook de Markgraaf, die was teruggekeerd en in een gesprek was verwikkeld met een man die gekleed was in het groen met gouden livrei van het geslacht Ozlë en een jachthoorn aan een draagband droeg, was zo gekleed.

De Politieman voelde zich belachelijk in zijn carnavalspakje en hij vervloekte die zwendelaar die hem dit had aangesmeerd, en dan ook nog voor zoveel geld.

Maar het machtige, serieuze loeien van de jachthoorn haalde hem uit zijn verbittering en maakte een einde aan de gesprekken. De man blies een luguber deuntje, haast zonder variatie, dat doordrong in Nourio's buik en zijn ingewanden liet resoneren. Toen het ophield, nam de Markgraaf het woord.

'Vrienden, mag ik jullie vragen een kring te vormen?'

De huisknecht kwam weer langs met het grote blad en iedereen zette zijn bokaal erop; toen vormden ze een cirkel met een diameter van een meter of tien. Iedereen zette zijn hoofddeksel af, en terwijl de meeste jagers hun hoed aan twee vingers lieten hangen, ging Nourio in de houding staan, drukte zijn sjako tegen zijn zij en sloeg er vormelijk zijn arm omheen. Dimitria Fonhres, de Notaris, die tegenover hem stond en niets miste van zijn onbeholpenheid en zijn ongepaste hoofddeksel, wierp Nourio een glimlach toe, en zijn lippen vormden een grimas, waarmee hij zijn spot maskeerde met gefingeerde bewondering. De Politieman deed of hij niets doorhad, maar vanbinnen kookte hij.

De hoornspeler ging in het midden staan.

'Ik stel jullie mijn trouwe Börvak voor, die mijn wouden en het wild dat zich er ophoudt beter kent dan wie dan ook. Mijn vertrouwen in hem kent geen grenzen. Hij is vandaag de jachtmeester. Ik wil u vragen hem blind te gehoorzamen: uw veiligheid en het succes van de onderneming hangen ervan af. Het woord is aan hem.'

De man, die een kop groter was dan de Markgraaf, had een serieus gezicht met grote, ernstige ogen.

'Zoals mijn Meester al opmerkte, is het dier waarop we vandaag zullen jagen niet zomaar een prooi. Zijn neus is ongeëvenaard, zijn oor is scherp. Zijn zicht is middelmatig, maar als u mist, zal hij zeker aanvallen. En als u een wijfje met jongen ziet, of jongen alleen, schiet dan zeker niet, want dat kost u uw leven. We jagen enkel op de mannetjes. Zorg dat u geen enkel geluid maakt. Verberg u zo goed u kunt. Naast de "brommer" kunt u vandaag zoveel "roodwild" schieten als u wilt: edelherten, damherten, hinden, hertengeitjes, reekalven, reeën, reebokken. Zoveel u wilt. Maar schiet geen zwijnen, vossen of wolven. Pas op voor de honden en de drijvers. Aan het einde van iedere drijfjacht zal ik drie keer op de hoorn blazen. Na dat signaal mag er geen enkel schot meer worden gelost, ook als er plotseling een prachtig dier voor u opdoemt. Er zullen vandaag twee drijfjachten worden gehouden. Beide keren zal ik u van tevoren naar uw post brengen en daar blijft u, wat er ook gebeurt. Ik kom u ook weer ophalen. Dat is alles. En laat ons nu eer betonen aan de honden en de drijvers!'

Alsof ze op het teken hadden gewacht, begonnen de honden, die tijdens deze inleiding onafgebroken gedempte geluiden hadden voortgebracht, intenser te blaffen en te huilen; en terwijl de dageraad het voorhof van het Kasteel in melkachtige tinten hulde en de toortsen langzaam uitdoofden, verschenen er meer dan zestig jachthonden, in groepen van vier of vijf, die met hun tanden ontbloot om het hardst blaften.

Ze droegen halsbanden met ijzeren punten en liepen allemaal aan de lijn van wat Nourio aanvankelijk aanzag voor breedgeschouderde mannen maar wat in werkelijkheid vrouwen waren, een twaalftal jonge, sterke reuzinnen met enorme dijen, in leren plastrons geperste borsten, en billen als fokmerries. Stuk voor stuk hadden ze weelderig blond haar, dat ze zo goed en zo kwaad als het ging hadden getemd tot een soort van wrong. Hun monden waren groot, hun wangen levendig roze en hun konen doorbloed. Hun ogen straalden hoogmoedig. In hun sterke vuist hielden ze de lijnen vast van staanders, doggen, griffons, kangals en drahthaars. Ze straalden een indrukwekkende trots uit. Grote ponjaards met hoornen handvatten staken uit gevesten aan hun riem. Het leken de godinnen van een primitieve religie en Nourio voelde zich zowel piepklein als gefascineerd door die wezens die met hun brullende beesten uit de duisternis opdoemden.

Ze gingen op een rij voor de kring van jagers staan en spoorden hun dieren aan om nog harder te blaffen, met rauwe kreten en woorden die alleen de dieren en zij begrepen. Langer dan een minuut bleven ze staan, onbeweeglijk en superieur te midden van alle lawaai, de geur van de honden, het leer en de adem van de bomen om hen heen, die op die winterochtend de geur van hars en mos combineerden; toen trokken ze zich op een teken van Börvak terug. Het geblaf nam af.

Het was duidelijk dat ze naar het bos gingen.

Toen was het de beurt aan de gasten; hun wapens werden naar ze toe gebracht en toen werden ze op twee sleeën met banken, getrokken door vier ruinen onder leiding van een voerman, naar hun post gereden.

De jachtmeester ging voorop, op een parelkleurig sleeppaard met reusachtige spierbundels dat rustig voortstapte, met deinende nek en achterhand.

Aan de linkerzijde van de Politieman zat de Burgemeester die al een beetje dronken leek, daarnaast de Notaris die onafgebroken gaapte, en rechts van hem de twee neerslachtige zoons van de Houtvester. Tegenover hem zaten Oresz Malver, de oude Schoolmeester, de Archivaris die vrolijk aan het fluiten was en de twee lage edelen, verschrompeld in hun vergane glorie en het noodlot; ze hadden iets van oude boerenknechten die licht zwakzinnig waren.

Een van hen, Ritter Kluge-Diffenbach, keek continu naar de imposante karabijn die Nourio tussen zijn dijen klemde en waarvan de loop twee koppen langer was dan hij. De Politieman zag het, zoals hij ook zag dat de wapens van zijn metgezellen, net als hun uitdossing, min of meer identiek en zeer sober waren: kleine karabijnen met veiligheidspal, licht en goed hanteerbaar, die zowel qua gewicht als qua afmetingen niet meer dan de helft van zijn wapen innamen.

De Ritter bleef naar het buitenissige wapen van de Politieman kijken en begon met een hoog stemmetje te praten.

'Ik heb al eerder zoiets gezien als wat u tussen uw dijen klemt. De man die het gebruikte was een zigeuner, een halve clown, die een jaar of vijftien geleden op de voorjaarsmarkt van het Wiener Prater een komisch nummer opvoerde. Hij probeerde er ballonnetjes mee te raken, maar dat wapen was zo onhandelbaar dat hij het niet tegen zijn schouder kon zetten en de trekker niet kon overhalen; het gewicht sleurde hem mee en hij viel alle kanten op, voorover, achterover, opzij, en telkens als hij weer met zijn achterwerk op de grond belandde, riep hij drie keer "Teufel! Teufel! Teufel!" en dan rolde hij met zijn ogen en blies hij door zijn neusgaten. Het publiek schaterde het uit, en toen hij er eindelijk in slaagde om aan te leggen en te vuren kwam er helemaal geen kogel uit de loop, alleen een dikke zwarte rookwolk, waardoor die potsenmaker pikzwart werd! Om je slap te lachen! Laten we hopen dat iets dergelijks u niet overkomt, Kapitein!'

Op de slee brak gelach uit, dat de Politieman pijn deed.

'Het is misschien niet het meest geschikte wapen voor de jacht van vandaag,' meende hij te moeten opmerken, 'maar ik heb dit wapen van mijn vader en die heeft het weer van de zijne. Ik hecht zeer aan mijn afkomst, meer dan aan het perfecte schot. U moet mij voor dit wapen verontschuldigen, maar in ieder geval zal ik u vandaag niet overvleugelen.'

De leugen leek te werken. De Ritter zag er opeens minder zelfverzekerd uit, hij mompelde iets over familietrouw en -eer, en die woorden werden door iedereen op instemming onthaald. Daarna durfde niemand er nog over te beginnen, niet over het carnavalswapen en niet over de rest.

30

Het konvooi loste langzaam op in het bos. De gang van de sleeën had een zekere monotonie die de geest van de jagers dromerig maakte. Zelfs het kleinste geluid viel ze op. Ze observeerden de contouren van de bomen, de schaduwen, en ze waren er zo op gebrand om duizend dieren te betrappen dat ze continu gestalten dachten te zien die wegvluchtten of zich ingroeven in de sneeuw.

Want de sneeuw was overal, op sommige plaatsen vlak en dof, op andere plaatsen opgehoopt tot bergkammen van schuim, doorkruist met kloven op dwergformaat die minuscule landschappen in die compacte massa tekenden.

Het was al licht, maar de zon stond laag boven de horizon en slaagde er niet in om boven de toppen van de dennen uit te komen, die toen ze verder reden steeds meer de overhand kregen; de groepjes beuken en berkenbossen waren al een tijd verdwenen.

Het pad was al een tijd niet meer gebruikt, en Börvak moest zich op zijn rijdier een weg banen, waarbij het beest bijna tot aan zijn buik wegzonk in de sneeuw, zonder dat dat zijn regelmatige tred leek te deren. De sleeën volgden, dankzij de buitengewoon brede ijzers en de behendigheid van de koetsiers.

De Politieman, die zijn kalmte had hervonden, had de indruk dat hij niet door een werkelijk landschap reed maar door een sprookje, en het steeg hem naar het hoofd.

Een uur lang reden ze door de kou en de stilte, onder het prachtig donkergroene bladerdek, naar een open plaats waar de sleeën werden achtergelaten en ze te voet verdergingen.

Met gebaren maakte Börvak duidelijk dat ze in een enkele rij moesten lopen. Hij ging voorop. Hier hadden de bomen zo'n dicht bladerdak en stonden ze zo dicht op elkaar dat de sneeuw op de grond minder diep was dan op het pad. Ze liepen stevig door, met uitzondering van de Politieman, die een twaalftal kilo's aan karabijn en munitievoorraad meezeulde en wiens schoenen, die duidelijk gemaakt waren voor een alpinist, zijn passen vertraagden en bovendien steeds meer pijn deden.

De jachtmeester leidde de groep bijna een halfuur lang verder, daarna liet hij de jagers een voor een halt houden toen hij hun ongeveer om de driehonderd meter hun post aanwees. Tot zijn grote verdriet, en zonder dat hij wist waarom, was Nourio de laatste die een plaats kreeg toegewezen, zodat hij langer moest lopen dan iedereen om de plaats te bereiken die Börvak hem aanwees: een rotsblok waar een oude boomstam tegen leunde en die de wand van een vallei domineerde, waartussen dennen, die hier minder dicht op elkaar stonden, jeneverbessen en opschot van loofbomen groeiden.

'Dit is een heel bijzondere post, Kapitein,' fluisterde Börvak in zijn oor. 'Hier is twee jaar geleden een "klauwdier" van bijna dertienhonderd pond gedood. Zijn tanden waren twee keer zo groot als mijn handen en zo scherp als de bijl van de beul. Let goed op en aarzel niet als het zover is! Zelf zit ik verderop, net voorbij die heuvel. U zult me niet zien.

De drijfjacht gaat zo beginnen. Ze komen uit het westen onze kant op, en maken in de vallei die voor ons ligt rechtsomkeert. Ik wens u veel geluk.'

Börvak verdween.

Nourio koos zo goed als hij kon positie, laadde zijn wapen, zette het tegen de boomstronk en wachtte.

Wachtte lang.

Wachtte langer.

En nog langer.

Hoe langer hij wachtte, hoe meer zijn opwinding afnam; en de zekerheid dat hij een beer of ander wild zou zien verschijnen, verdween. In het begin putte hij zijn ogen uit door continu ieder zichtbaar stukje bos af te speuren, waarbij hij zijn schootsveld systematisch van rechts naar links en dan van links naar rechts schoonveegde.

Toen sloeg de vermoeidheid toe: hij zag niets meer. Geen enkel dier. Nog geen vogeltje. Hij hoorde ook niets meer, omdat diep in zijn oor nog steeds dat continue lawaai klonk dat zich er tijdens de schietoefeningen in had genesteld. Hij zag niets anders dan witheid en takken, en wat hij aanvankelijk mooi en machtig had gevonden, vond hij nu monotone, onsamenhangende natuur.

Toen hij bijna in slaap viel, verscheurde een explosie de gewatteerde atmosfeer van de ijzige ochtend. Daarop volgde al snel een tweede, en toen nog een; en toen werd het bos geteisterd door de knallen van vijftien à twintig schoten, en het lawaai werd nog versterkt door het reliëf.

Ook hoorde hij het woedende geraas van de honden, die door het lawaai van de kogels en de aanwezigheid van het wild nog vuriger werden dan ze al waren, een crescendo bereiken evenals de afschrikwekkende kreten van de drijfsters, die de beesten woedend aanvuurden met woorden gebruld in hun taal die de Politieman niet kende, en waarvan hij later pas hoorde dat het een dialect was van de Servische gemeenschap in het vorstendom Bulgarije, waar deze reuzinnen toe behoorden en waar de Markgraaf ze speciaal vandaan liet halen omdat de jacht er werd beschouwd als de meest nobele kunstvorm en het talent van degenen die er hun beroep van maakten zijn weerga niet kende.

Al dat lawaai, al die dingen kwamen zijn kant op, en hij herkende het fenomeen als dat wat in het boekje dat hij bij Vilok had meegenomen een *ferme roulant* werd genoemd, wat betekent dat de honden een gewond dier achtervolgen dat probeert te ontsnappen en af en toe stilstaat en omkijkt. Nourio had ook geleerd dat een gewond dier niet zwakker is, maar juist tien keer zo sterk, en dat iedereen die op zijn pad komt, hond of mens, zijn woede over zich heen krijgt. Het kon zelfs gebeuren dat een dier dat ver weg, niet eens op zijn vluchtpad, een jager zag, geheel bezeten van woede op de ongelukkige afstormde om hem aan stukken te scheuren.

En de *ferme* bewoog zich in de richting van de Politieman.

Hij voelde een verstijvende angst opkomen in iedere spier van zijn lichaam. Hij greep zijn karabijn, stak hem vooruit, toen naar links, toen naar rechts, maar er was niets te zien, hoewel het lawaai van de honden en de drijfsters en de lugubere, felle kreten van het gewonde dier onmiskenbaar dichterbij kwamen. In paniek liet hij zijn wapen los en begroef zich in de holte onder het rotsblok, die een mens kon bevatten; toen schoof hij met reusachtige inspanning de boomstam ervoor. Eindelijk was hij veilig. Onbereikbaar.

Onzichtbaar. Zijn hart sloeg haast door zijn borstkas heen.

Hij bleef onder de grond totdat drie stoten op de hoorn het einde van de eerste drijfjacht aankondigen. Verstijfd en verkleumd kwam hij tevoorschijn uit zijn schuilplaats, toen sloeg hij zo goed als hij kon de sneeuw van zich af, die ondanks zijn waterdichte vest tot in zijn onderbroek was doorgedrongen, en wachtte op de jachtmeester.

Die kwam met stevige passen aangelopen, gewend aan een inspannend leven in de openlucht.

'En?' vroeg hij. 'Hebt u die prachtige zestienender gezien?'

'Schitterend! Hij was nog geen twintig meter van me vandaan,' loog de trillende Politieman. 'Maar ik kon niet schieten, want de honden waren te dichtbij.'

'Bij mij ook', zei Börvak. 'Doet er niet toe – wat een dier! En dat hout, schitterend!'

'Ja. Zo'n gewei heb ik nog nooit gezien,' zei de Politieman, die het tempo van de jachtmeester probeerde bij te houden.

Langzaam maar zeker pikten ze alle jagers op, en het groepje, dat bruiste van een opwinding waaraan de inhoud van bepaalde heupflacons die in de warme kleding verstopt zaten niet vreemd was, bereikte de sleeën weer en praatte na over de geloste schoten, raak of mis, en de gebeurtenissen van die ochtend werden onophoudelijk nagespeeld: het dier dat verscheen, het aanleggen, de op een ongelukkig moment overgehaalde trekker of het perfecte schot dat het wild had neergelegd.

Er waren drie herten en twee hertenkalveren gedood, evenals twee spiesherten en vier reeën. Hun kadavers waren achtergelaten in het bos en zouden helemaal aan het einde van de dag door de wachten worden verzameld. Het was een meer dan keurig begin; en de meest behendige jager bleek de oude Schoolmeester te zijn, die persoonlijk vier dieren had gedood.

Op de open plaats bij de sleeën waren zes tafels neergezet, bedekt met witte lakens. Er stonden glazen op, messen, borden, schotels met paté, worsten, geperst varkensvlees, gevulde kalfspoten, terrine van zwijnskop, galantine, zwarte ronde broden en potten met zoetzure augurken en ingelegde pepers.

In de sneeuw waren flessen rijnwijn en champagne te koelen gezet. Er brandde een groot vuur om de jagers te verwarmen, terwijl boven een tweede vuur van houtskool grote zijden spek, peperworsten en gemarineerde koteletten werden geroosterd.

Dit wonder was mogelijk gemaakt door de aanwezigheid van vier huisknechten die op een derde slee met de etenswaren en het serviesgoed waren nagereden, en die de kristallen flûtes nu volschonken met een demi-sec van het beroemde Franse wijnhuis Veuve Clicquot.

Het was de eerste keer dat de Politieman deze drank proefde, die alle hoven van Europa overspoelde. Hij vond het een geestige, zwierige drank en sloeg niet af wanneer een bediende, die de magnum zo voorzichtig vasthield als een in doeken gezwachtelde zuigeling, hem wilde bijschenken.

Ze aten en dronken, dronken en aten, en het groepje kwam weer op krachten en begon hard te praten en vettig te lachen zodat de jachtmeester ze tot de orde moest roepen omdat ze op die manier de 'uweetwels' op de vlucht joegen.

Het was trouwens tijd om weer in de sleden te stappen en

in de richting van de bergkam van het Dode Meer te gaan, waar de tweede drijfjacht zou worden gehouden. Nourio verbaasde zich erover dat hij de Markgraaf niet had gezien. Edler von Richter, die had gegeten alsof hij dagenlang niets binnen had gekregen en die met zijn grijze tanden aan het bot van een kotelet knaagde, vertelde hem dat de gastheer niet van jagen hield en zelf niet deelnam aan de jachtpartijen die hij organiseerde.

'Een merkwaardige buurman is het! Hij heeft geen enkele ondeugd: hij jaagt niet, hij gokt niet, hij drinkt niet, hij zit niet achter de vrouwen aan en hij is niet religieus! Maar is het uiteindelijk niet de grootste ondeugd om geen enkele ondeugd te hebben?' besloot hij lachend, terwijl hij met het schoon afgekloven bot voor de neus van de Politieman zwaaide.

Ze namen weer plaats op de bankjes van de sleeën en glimlachten naar elkaar, opgezweept door de wijn en de kirsch, met hun buik vol charcuterieën en roggebloem. Alle gesprekken gingen over de jacht. De wereld, het onheil van de tijd, de bokkensprongen van het Keizerrijk, de rampen die het stadje recentelijk waren overkomen, bestonden niet meer. Men sprak over kalibers, wild, drijfjachten, buikschoten, trofeeën, hertenbiefstuk, hazelhoenpaté, everjong met truffel. Er werden recepten uitgewisseld en adviezen gedeeld, en voor de vorm werd er geruzied. Ze waren opeens hele goede vrienden geworden.

De Politieman maakte het lezen van Viloks brochure te gelde door enkele anekdotes te berde te brengen die hij erin had zien staan, waarbij hij zichzelf tot de hoofdpersoon maakte. Zo vertelde hij dat hij er in een vorig leven dankzij zijn geduld, valstrikken en kennis van het terrein, na twintig kansels in de koude nacht, in was geslaagd om een wolf te doden 'zo groot en zo zwaar als een *keiler*' die al maandenlang een ravage aanrichtte onder de schapenkuddes in de regio, en die iets te dicht in de buurt van de dorpen begon te komen.

Er werd aandachtig geluisterd. De champagne maakte een begaafd spreker van hem. Hij genoot van zijn succes, hij die in zijn leven slechts een kale, hulpeloze wolf had gezien in het Natuurhistorisch Museum van de stad waar hij aan zijn armetierige, snel afgebroken studie was begonnen.

De sleden kwamen tot stilstand.

Het was een sinistere plek.

Het bos had het hier opgegeven, en in de holte van een reusachtig rotsbekken waarin het water van een meer ooit moet zijn gestorven van verveling en daarna verdampt, groeiden alleen wat lage planten, ruig, struikachtig en vuil, een wirwar van braamstruiken, korte elzen en tondelhout. Varens met ijsbrand legden hun rossige skeletten plat in de sneeuwmassa. In de rotsige ravijnen die op morenen leken stonden kropachtige pijnbomen. Helemaal beneden gaf een groepje espen de bergkam een obscene, asblonde toef haar. Welbeschouwd leek het hier of je niet op aarde was maar op het onbewoonde oppervlak van een dode planeet, op de maan misschien, of op een nog verder verwijderd hemellichaam.

Het ballet van de positionering van de jagers begon opnieuw, onder auspiciën van Börvak, die de genodigden aanspoorde door te zeggen dat het hier, ondanks de uiterlijke schijn, stikte van het wild, dat het een drukke doorgangsroute vormde voor het 'bruine beest met de gevoelige snuit' en bovendien vanwege de diverse grotten en holtes die hier verborgen waren een populaire overwinteringsplaats.

De jachtmeester wees ook op het bijzondere aspect van schieten in de unieke omgeving van een bergkam: overal lagen stenen, keien en rotsblokken, waarop de kogels maar al te graag afketsten om dan in een onvoorspelbare richting verder te gaan, naar een andere jager of zelfs naar de schutter zelf – dat was eerder voorgekomen. Vandaar dat het zo belangrijk was dat je niet miste.

De waarschuwing boezemde Nourio geen angst in; hij voelde zich vol van energie en zelfvertrouwen. Hij was er zeker van: bij deze tweede drijfjacht zou hij een paar dieren *ad patres* sturen. Hij was niet dronken, maar de champagne had hem in zijn bubbels gevangen, hij was stoutmoedig en lacherig, en inmiddels had hij helemaal geen last meer van zijn kleding en ook niet van de kou, die overigens nog even bijtend was.

Börvak zette hem neer op een granieten plateau dat een eindje uitstak boven een flank van de bergkam. Het weidse uitzicht dat zich aan hem openbaarde loste in de verte op in de bosrand. Onder de rand van het plateautje bevond zich een kreupelbos van ondoordringbare zwarte dennen. Daar voorbij lag een steenval van rotsgruis, waarvan de stroom hier en daar werd onderbroken door bijna gefossiliseerde dode takken.

Nourio nestelde zich comfortabel tegen de stam van een dennenboom en strekte zijn benen uit op het plateautje. Hij pakte zich zo goed in als hij kon, trok zijn dikke wanten recht en legde de immense karabijn op schoot; en hoewel hij waakzaam wilde blijven, zakte hij van vermoeidheid en door de gevolgen van de spijsvertering in een geniepige halfslaap die algauw een diepe slaap werd.

En hij droomde.

Maar was het wel een droom?

Hij deed zijn ogen weer open. Het landschap was veranderd. Van onder aan de bergkam steeg een nevel op, een herinnering aan het vocht dat er had gehangen, en die steeg langzaam maar zeker op langs de stenen flanken, waarvan de hoeken en uitsteeksels verdwenen in de vale, zachte materie. De kou was vochtig en zijn gezicht glom van de waterdruppeltjes, die hij met de rug van zijn hand wegveegde. Hij vond het moeilijk te geloven dat hij nog op dezelfde plaats was waar Börvak hem had achtergelaten, en het duurde niet lang tot de nevel die maar bleef opstijgen hem bereikte en in een wolk hulde.

Hij kon nauwelijks meer dan een paar meter voor zich kijken. Het leek allemaal zo irreëel dat hij meende dat hij in ondoorzichtige gedachten zat opgesloten, die geen gestalte of consistentie konden aannemen.

Ondanks zijn gedeeltelijke verdoving hoorde hij in de verte, verstild en gedempt door de mistbanken, de kreten van de honden en de mannenstemmen van de drijfsters, en zo nu en dan een geheel krachteloze knal die meer weg had van een klappertjespistool.

Het was geen hevige charge meer, geen wirwar van geschreeuw, geen spervuur zoals hij dat die ochtend had gehoord. Nee, het had er meer van weg dat dat geluid uit een andere wereld kwam, dat het afkomstig was uit een heelal dat niet het zijne was en hem bereikte door kleine kieren, waar de kreten, het geluid van de kogels, het tragische geblaf van de honden gesmoord doorheen klonken, wat ze een echo zonder weerkaatsingen gaf. En anders, vond hij, leek het alsof hij was opgesloten in een glazen kooi die daarna gevuld was met een geurloze rook, die hem afsloot van de rest van de mensheid, van alles wat zich daar afspeelde en van haar geuren en geluiden.

Het veroorzaakte geen enkele onrust in hem. Hij voelde nog net een lichte gêne, een soort verdriet bij de gedachte dat ze hem uit het spel hadden verwijderd, dat de gebeurtenissen voortaan zonder hem zouden plaatsvinden en dat hij er geen rol meer in zou spelen.

Maar net op het moment dat hij dat bedacht, hoorde hij vlak bij zich geritsel tussen de naaldbomen dat steeds harder klonk, en tegelijkertijd een vreemde ademhaling, een machtig gehijg dat met ruw gegrom gepaard ging en naar hem omhoog leek te klimmen.

Het was heel anders dan alles wat hij kende, en hij had geen tijd om bang te worden. Hij verroerde zich niet. De karabijn lag op zijn schoot. Hij voelde het gewicht. Rechts van hem had hij binnen handbereik tien kogels neergelegd, in het gelid als kleine, gehoorzame soldaatjes die hun orders afwachtten. In zijn ooghoek zag hij hun koperen glans die de nevel niet geheel kon doven. Maar wat hij vooral zag, wat hij uit de grijze nevel tevoorschijn zag komen, wat die nevel brutaal verscheurde, was 'hij', degene die je niet mocht noemen, 'de koning van het bont', 'de larveneter', de 'brommer', die zijn woeste snuit naar voren stak en wiens snelle adem een sterke mondgeur van cariës, zwarte aarde en rot vlees in de richting van de Politieman wierp.

Het wonderbaarlijke beest bewoog zich op vier poten voort, maar toen zijn snuit op de rand van het plateau botste waar Nourio op zat, leek het verbaasd, stopte, aarzelde, kwam weer op adem, en richtte zich ten slotte theatraal langzaam op zijn achterpoten op.

Het dier was reusachtig. Het was opeens donker. Een dierlijke nacht die stonk naar ranzig vet, naar een vacht doorweekt met urine en sneeuw, naar klieren en vertrapt veen, naar bont met korsten van aarde en uitwerpselen.

De Politieman dacht niet dat zijn laatste uur geslagen had: hij dacht dat het al voorbij was. Overal waar hij keek zag hij niets anders dan de opgerichte gestalte van de beer en hij rook de hitte van zijn buik. Het ontzaglijk grote penseel van zijn geslacht, begroeid met een warrige, gitzwarte vacht van stekelig haar, lag binnen het bereik van zijn hand, evenals de twee reusachtige testikels, die omsloten werden door een gebarsten huid met modderkorsten. Het fabeldier bedekte de hemel, bedekte de aarde, bedekte de nevel, bedekte het leven. Het bleef staan waar het stond, haast onbeweeglijk, voelde niets van de doornen van de heesters die op duizend plaatsen in zijn warrige vacht staken.

Hoe was het mogelijk dat de beer Nourio niet rook? Hoe was het mogelijk dat hij hem niet zag? Hoe was het mogelijk dat hij zijn adem niet hoorde, het bonzen van zijn hart dat uit de borstkas leek te zijn ontsnapt om als een razende tamboer in de openlucht te leven?

Een droom.

Dat was het.

Gewoon een droom.

De Politieman lachte, tikte bijna op de pens van het dier maar weerhield zich er toch van. Maar aangezien het een droom was, had hij voordat die weer vervloog alle tijd om ervan te genieten en het monster in detail te bekijken, en de brede bek te bestuderen die boven hem uittorende.

Nourio keek dus omhoog. Zo van beneden bezien had het dier de proporties van een Griekse tempelzuil. Het stak zijn voorpoten vooruit en bewoog ze af en toe om zijn evenwicht te bewaren; het had zijn nagels uitgestoken, ze waren gebogen en lang, met de vorm van dolken. Het beest leek ergens op te wachten en bromde zachtjes.

Het geblaf van de honden, dat tot dan toe ver weg was geweest, kwam merkwaardig snel dichterbij. Ze hadden de geur van het beest geroken. De beer vluchtte niet, maar draaide zich om, liet zich op vier poten vallen en brulde vervaarlijk naar ze, zo hard dat het rotsplateau trilde. De honden reageerden door nog meer lawaai te maken en kwamen op hem af. Het dier brulde opnieuw, heel lang, toen vluchtte het weg, zo wendbaar als een wild konijn, en verdween in de doornstruiken.

De nevel slokte het dier direct op.

De Politieman vroeg zich net af hoe deze droom zou aflopen toen hij, niet al te ver weg, vlakbij haast, twee karabijnschoten hoorde waarvan de echo continu tegen de randen van de bergkammen bleef botsen zodat er geen einde aan kwam. Er klonk opnieuw gebrul, langduriger en hartverscheurender dan eerst en op het einde zo fragiel als een jammerklacht; daarna hoorde hij niets anders meer dan het bloeddorstige gehuil van de honden, die dronken leken van vermoeidheid en bloed en die door niets tot rust konden worden gebracht. Nourio opende zijn ogen. Hij rilde en voelde zich stijf. Het geblaf dat hij aan het einde van zijn droom had gehoord ging door. Maar nu hoorde hij ook de stemmen van de drijfsters die hun dieren tot rust maanden en bevelen naar ze riepen. Het moest zich allemaal op een meter of honderd van hem afspelen, niet meer dan dat. De Politieman stond op en bewoog zich om zijn spieren los te maken. Een windvlaag beladen met dunne sneeuw geselde zijn gezicht en voerde de nevel mee. Opnieuw zag hij de kom van het Dode Meer, dat in de naderende avondschemering de lugubere tint van gesmolten lood kreeg. Hij hoorde stemmen en draaide zich om: Börvak kwam naar hem toe, vergezeld door de Houtvester, de Edler en de Rapporteur van het Keizerlijk Gezag.

'Was u degene die schoot?'

De Politieman antwoordde van niet. Het leek de jachtmeester te ontstemmen.

'Maar verdomme, iemand heeft toch geschoten! Twee keer, of niet soms? De Burgemeester dan? Die moet het dan wel zijn.'

De Politieman bevestigde dat hij twee knallen had gehoord. Terwijl hij dat zei, bedacht hij dat de anderen zouden denken dat hij krankzinnig was, omdat hij ze in zijn droom had gehoord.

'Ruikt u dat?' vervolgde Börvak met stralende ogen van opwinding. 'Ruikt u dat? Hij is hier vlakbij geweest! Dat is zijn geur! Die herken ik uit duizenden! Hebt u hem niet gezien?'

Nourio was in de war: terwijl de jachtmeester op een antwoord wachtte, keek hij naar de doornstruiken die nu door een geul in tweeën waren gespleten: het leek of er een eg doorheen was gegaan. Hij begon te trillen.

'Nee, niks gezien,' wist hij uit te brengen. 'Niks gezien', en hij begon te klappertanden. Het duizelde hem. Hij wist niets meer zeker. Wat hoorde bij de droom? Wat hoorde bij de werkelijkheid? Wanneer was de droom begonnen? Wanneer was die opgehouden?

Toen. Toen pas, op dat moment, toen alle gevaar geweken was en de honden de wisse dood van het dier met nog harder geschreeuw vierden, werd de Politieman overmand door angst. Hij was verlamd, kon geen stap meer zetten. Hij wankelde. Hij moest ondersteund worden en haast naar de sleeën getild worden. Men schreef het op het conto van de vermoeidheid en de kou. Hij liet ze begaan, was sowieso niet in staat om een voet voor de andere te zetten, en in zijn hoofd buitelden angstaanjagende beelden over elkaar van de beer die zich boven hem verhief, een vleeswording van een zoömorfe god afkomstig uit de nacht der tijden, die rekenschap kwam eisen maar hem uiteindelijk nog even uitstel had gegund.

Later bij het jachttableau, opgekikkerd door de geflambeerde punch die werd geserveerd zodra ze weer op het voorhof stonden, kreeg Nourio zichzelf weer in de hand.

De Markgraaf ontving ze op het bordes en liet zich alle details van de jacht vertellen, terwijl de drijfsters, geholpen door de stalknechten en onder leiding van Börvak, het dode wild op een groot bed van dennentakken legden die voor de gelegenheid waren afgezaagd.

Toen ze klaar waren blies de jachtmeester op zijn hoorn, en op een gebaar van de Markgraaf liep iedereen naar wat een reusachtig stilleven leek, zowel qua afmetingen als qua samenstelling. De dieren lagen op een bed van dennennaalden waaromheen grote fakkels brandden die aan de snuiten en ogen likten en een gouden glans en weerschijn op de vachten wierpen, terwijl uit de buiken, waaruit de ingewanden waren verwijderd, dieprood bloed vloeide, dat in vrolijke stroompjes door de harsachtige takken heen in de sneeuwmantel onder het latwerk druppelde.

Er viel een diepe stilte, en de jagers en de drijfsters gingen in een plechtige haag voor het wild staan. Zelfs de uitgeputte honden, die weer in hun kennels waren opgesloten en hun voer aten, zwegen.

De Politieman bekeek het tafereel van de dood. Er lagen achtentwintig dieren in totaal, van een mager reekalf tot een weelderige hinde, maar ook spiesherten met pezige lichamen waarin je de onvoltooide jeugd nog voelde, drie oude herten, met een brede borst, maar bij wie het verzwakte hout te kwetsbaar leek voor hun imposante lichamen. Twee achttienenders, tweelingen haast, namen behoorlijk veel ruimte in, en hun geweien met rozenstokken zo groot als twee gebalde vuisten staken hun takken in het rond alsof ze de hele lucht wilden omvatten. Van de dieren die 's middags waren gedood en die vlak daarvoor van hun ingewanden waren ontdaan, dampten de wonden nog; in de harsachtige duisternis verspreidden ze een geur van lauwe darmen, gefermenteerd gras, stront en warm bloed.

Maar waar de Politieman zijn ogen niet van af kon houden was het dier dat nu het dood was bij naam genoemd mocht worden: de beer. De beer die alles wat je je kon voorstellen overtrof in grootte, kracht en gewicht.

In tegenstelling tot de andere dieren, die op hun zij lagen, was de beer op zijn buik gelegd. De poten waren gespreid en de afschuwelijke bek werd opengehouden met een bijna twee voet lange stok. Het dier wekte de indruk dat hij nog een laatste keer zou brullen van woede naar de aanwezigen, die voor hem stonden en verantwoordelijk waren voor zijn dood.

Inderdaad was het Egor, de Burgemeester, met zijn kop als een gecastreerde kalkoen en zijn kleine mollige vingertjes, die het dier had gedood.

Hij kon er niet over uit. Een beer. Zijn eerste. 'En niet

zomaar een beer,' had Börvak gezegd. Een mannetje zoals je ze niet vaak ziet, dat hij al drie jaar probeerde te doden omdat hij het dier ervan verdacht een houthakker aan stukken te hebben gereten en half te hebben opgegeten. Het dier had de smaak van mensenbloed te pakken gekregen. Het zou opnieuw kunnen toeslaan.

De jachtmeester vroeg de aanwezigen om allereerst eer te bewijzen aan de honden en de drijfsters. En bij die woorden gingen de reuzinnen tussen het wild en de jagers staan, met hun hooghartige, vermoeide gezichten naar hen toe gekeerd. Zo kon de Politieman een van die wezens heel even van vlakbij ruiken. De uitputtende drijfjachten waarvoor ze urenlang hadden moeten lopen en brullen, waarvoor ze zich een weg door braambossen hadden moeten banen, door dicht op elkaar groeiende dennenbomen, door steenslag en moerasland waar de takken ze hadden gegeseld, door de noordoostenwind en de kou, hadden ze vermoeid, en nu de Politieman ze bekeek bedacht hij dat ze iets hadden van een vrouw die net uit bed kwam na het bedrijven van de liefde, door lithografen uit een ander tijdperk afgebeeld op romantische werken.

De vrouw die verhit en moe van de inspanning tegenover Nourio stond, had haar blouse en leren kazak opengeknoopt. Haar borsten werden nu niet meer samengedrukt en leken uit de stof te springen. Op de huid van haar gezicht zaten diverse schrammen. Haar nek zat vol aarde. Haar half loshangende haar dat vanaf haar nek over haar schouders viel zat vol mos, twijgjes, korstmos en dierenhaar. Haar sterke handen met de gebroken, geschaafde, opengehaalde huid was bijna geheel overdekt met geronnen bloed, en het was niet duidelijk of dat van haar was, van het wild dat ze van ingewanden had ontdaan, of van een gewonde hond. En dan was er haar geur, waarmee Nourio zijn neusvleugels volzoog, een sterke geur van zweet, een vleugje komijn en dierenkeutels vermengd met de geur van het bos waarvan de blonde reuzin de vochtige diepte en de verstikkende vrieskou geconcentreerd leek te hebben in de geuren van plantensap, verrotte bladeren en hars, die zich als een doek om haar heen wikkelden.

Er werd geapplaudisseerd. En door niemand zo hard als door Nourio, die de drijfster tot zijn spijt zag weglopen terwijl hij onder zijn gekartonneerde broek zijn harde, gestrekte roede voelde.

Toen deelde de Markgraaf de brisées, de kleine dennentakjes die op de dieren waren neergelegd, aan de gelukkige schutters uit. En de Burgemeester kreeg de luidste ovatie van iedereen, die hij zonder te reageren in ontvangst nam, nog steeds versuft door wat hij voor elkaar had gekregen en waar hij nog steeds niet echt in geloofde, ook al had hij de details van het schot al honderd keer beschreven, en ook ondanks het lijf van de grote beer waar hij piepklein en diep onder de indruk naast stond, en waarvan de jachtmeester, met toestemming van de Markgraaf, de linkerachterpoot met een enkele slag van zijn bijl afhakte om die aan hem te geven.

Er viel een lichte sneeuw, die smolt zodra hij op de vacht van de dieren landde. Hun wijd open ogen zagen niets meer. Behalve van de beer, waarvan het kadaver zo was neergelegd dat het leek alsof hij nog steeds woedend was, ging er van de dieren een lieflijke rust uit, een soort weemoed, alsof geen van hen zijn schutter iets kwalijk nam.

De ceremonie was voorbij.

De Politieman durfde niet in de buurt van de beer te komen. Hij had het onaangename gevoel dat de beer vaker naar hem dan naar de anderen keek. Hij vroeg zich net af hoe hij gepast afscheid kon nemen toen een huisknecht bij de kasteelpoort zijn stem verhief om aan te kondigen dat meneer de Markgraaf aan tafel kon.

Het was dus nog niet voorbij! Ze gingen nog dineren! Terwijl hij doodmoe was en aan niets anders meer dacht dan aan slapen. En dan moest hij die hele terugweg nog afleggen op die slechtgehumeurde, afgereden knol!

'De dag was mooi, maar de avond wordt onvergetelijk, neemt u dat van mij aan!'

Hij was zo in gedachten verzonken dat hij niet had gemerkt dat de Rapporteur naar hem toe was gekomen. De anderen liepen al naar binnen, achter de kasteelheer aan.

'Hoe bedoelt u?' vroeg de Politieman.

'Gewoon, dat het een prachtige dag is geweest, of niet?'

'Zeker...'

'En dat de avond... onvergetelijk wordt!'

'O?'

'Neemt u dat maar van mij aan, Kapitein.'

En met die raadselachtige woorden en nog steeds dezelfde mysterieus bedoelde glimlach op zijn ronde hoorndragersgezicht, nodigde hij de Politieman met een hoofdknik uit om zich bij de anderen te voegen, terwijl de klokken in de kapel zeven keer sloegen.

31

Op die dag dat zijn meerdere afwisselend doodsbang en dolblij was, genoot de Plaatsvervanger van zijn vrijheid. Hij verkeerde niet vaak in de gelegenheid om te doen wat hij wilde, en de opdracht die de Politieman hem had gegeven was vaag genoeg – waken over de openbare orde – dat hij die heel ruim kon interpreteren of juist heel nauw.

Toch kwam hij als gewoontemens al om zes uur naar de Politiepost. Hij constateerde dat de Politieman heel vroeg was vertrokken, want er lag alleen nog wat as in de haard en het water in de samowaar, waarvan hij voor de zoveelste keer vergeten was de kooltjes bij te vullen, was koud.

Hij ging naar de stal, waar hij een gesprek aanknoopte met het rijdier dat niet begreep waar zijn metgezel gebleven was. Hij legde het uit terwijl hij haar hooi, schoon water en een portie haver gaf. Als hij wist dat hij helemaal alleen was en er geen andere oren meeluisterden, praatte Baraj graag met de dieren. Hij wist dat de Politieman en talloze anderen dat belachelijk zouden vinden, maar hij hield van ze: van Mijn Schoonheden, de paarden van de Politiepost, koeien, schapen en simpele huismussen. Dieren oordeelden niet. Die kon het niets schelen of je lelijk, mank of onhandig was, of je kolenschoppen in plaats van handen had, of je benen te stram waren, of je haar op slecht gekaarde wol leek. Dieren luisterden en wiegden soms met hun hoofd van rechts naar links, alsof ze je woorden probeerden te vertalen, en dat vervulde hem met vreugde.

De nacht was ijskoud geweest, maar de dag begon opvallend licht. Eerst zette de Plaatsvervanger het raam wijd open om de muffe lucht te verdrijven, toen haalde hij de meubels van hun plek en begon de vloer energiek te vegen en te schrobben met een emmer water die hij speciaal daarvoor had verwarmd.

Opgegroeid tussen de varkens, omdat degenen die hem in huis hadden genomen hem meteen naar de modder hadden verbannen, had hij al heel vroeg een passie voor schoonmaken en properheid gekregen, en niets gaf hem zoveel voldoening als de Politiepost vrij van vuil en stof te zien. Wie zijn huis, ruw en geteisterd door de extreme weersomstandigheden, van buiten zag, zou kunnen denken dat het binnen smerig was, maar het was er zo schoon als in een laboratorium. Er gingen geen twee dagen voorbij of Baraj nam alles wat erin stond met een vochtig doekje af: de meubels, het servies, de wanden, het plafond, de vloer. Je zou er van de vloer van brede planken kunnen eten. Zijn ondergoed en kleding waren oud, versleten en opgelapt, zijn beddengoed was ook niet het jongste meer, maar hij deed de was zo vaak hij kon, liet het wasgoed drogen voor de haard en in het korte mooie seizoen op het grasveld voor zijn huis; dan legde hij het op het warme, gemaaide gras of hing het op aan draden die hij tussen twee staken spande, en dan genoot hij van die textiel die klapperde in de oostenwind en opbolde als een zeil.

Die grote schoonmaakbeurt kostte hem dik twee uur. Hij bekeek het resultaat en voelde een eenvoudige trots. Hij dacht even aan zijn meerdere, die ongetwijfeld ergens in het bos zat te wachten totdat er een dier langskwam. Hij bedacht dat hij niet veel kwaad zou aanrichten: de schietoefeningen waren hem niet ontgaan. Niet dat hij wilde spioneren, absoluut niet, maar de eerste keer dat Nourio zonder zijn Plaatsvervanger in te lichten naar het bos was verdwenen, was Baraj opgeschrikt door de harde knallen, en toen hij zijn meerdere niet kon vinden om hem te vragen wat hij moest doen, had hij het initiatief genomen om zelf te gaan kijken en toen had hij zijn Meester betrapt, die continu op zijn operettedoelwit schoot zonder ooit doel te treffen.

Hij had zich ongemerkt uit de voeten gemaakt.

Baraj kende het wild zo goed dat hij een uitzonderlijk jager zou zijn geweest, maar voor hem was het doden van iets wat hem zo bekoorde, wat hem had geholpen om de lelijkheid van de mensen te verdragen, een godslastering.

Onbemind, mishandeld, afgewezen en vernederd, had hij sinds zijn jongste jaren de troost die zijn gelijken hem niet gaven gevonden in de natuur en de bewoners daarvan. Niet alleen kende hij de namen van alle bloemen, planten, bomen en stenen die op het plateau te vinden waren, maar ook die van alle dieren, van het kleinste vliegende of kruipende insect tot de honderden sedentaire vogelsoorten en de trekvogels, waarvan hij de vlucht door de hemel volgde die strenge vorst of juist milder weer aankondigde, en in de struiken de nesten zag; en ook kende hij alle zoogdieren, waarvan voor hem het meest indrukwekkende en bijzonderste niet het rendier was, niet de wolf, niet het hert, niet de lynx, zelfs niet de beer – die hem overigens wel respect inboezemde –, maar de hermelijn, een wezen dat nauwelijks dikker was dan zijn middelvinger en ook niet veel langer, en dat zich zo snel verplaatste dat het menselijk oog nooit zeker wist of het die onwerkelijke, zigzaggende pijl nou echt door de houtstapel had zien schieten waarin het diertje zijn woning gemaakt had, en wiens levendige liefdesspel een schitterende glimlach op Baraj' moeilijke gezicht bracht.

Tegen elf uur gunde hij zichzelf een pauze; uit zijn zak haalde hij een stuk gekookt spek, brood en een ui, en hij ging op de bank zitten die tegen de zuidmuur van de Politiepost stond en die hij twee jaar geleden had gebouwd. Daar zat hij, met zijn ogen dicht; hij gaf zich over aan de zon, kauwde genietend op zijn eten dat voor hem een vorstelijk feestmaal was. Hij dacht aan niets. Hij had het goed. De stenen in zijn rug hadden iets van de warmte bewaard die de winterzon ze had gegeven. Het spek dat hij twee dagen eerder had gekookt in een bouillon van tijm en alsem, had de heerlijke smaak van vet en wilde kruiden waar hij zo van hield. Toen hij het ophad, spoelde hij zijn mond met een kop zeer sterke thee, toen haalde hij de tabaksstreng uit zijn zak, beet er een stuk vanaf en kauwde er lang op, genietend van het zwarte sap dat hij door zijn mond liet rollen als een zeer goede wijn, om het ten slotte in lange stralen uit te spugen die een abstract handschrift in de sneeuw vormden.

Er was een iets te frisse wind opgestoken. Vanuit het westen kwamen er in regelmatig tempo wolken dichterbij, aanvankelijk bleek en helder, maar algauw wattig. Nog meer sneeuw, dacht Baraj. En dus besloot hij om voordat het met pakken uit de lucht kwam vallen een rondje door de stad te lopen. Een rondje dat uit meerdere rondjes zou bestaan, want hij had de gewoonte, hij wist niet waarom, om met zijn zware tred in concentrische cirkels door de stad te lopen, hoewel de Kapitein hem dat nooit had opgedragen: hij begon aan de randen van de stad, volgde de oude vestingmuren die op honderd plaatsen waren ingestort, en drong dan steeds verder in spiraalvorm het stadje binnen, als de punt van een zwengelboor in het hart van een boom.

Het was een rustige dag. Hij kwam weinig mensen tegen en hij groette iedereen terug die hem groette. Het was onvoorstelbaar dat in dit stadje twee misdrijven waren gebeurd die hem nog steeds zo kwelden.

Hij had Pastoor Pernieg nooit echt gemogen; die had nooit iets gedaan om hem te helpen, had juist meegedaan met de algemene spot toen hij hem de grondbeginselen van de Bijbelse geschiedenis bijbracht, die hij maar moeilijk kon onthouden. Wat de arme Stomme betreft: Baraj wist dat die ongevaarlijk was en hij beschouwde hem soms als een broeder in het leed: hij had er van de natuur van langs gekregen, God had niets gedaan om dat tegen te houden, en zijn familie had hem, vóór de moord die alles veranderde, net zo behandeld als de koeien die hij in zijn eentje verzorgde. Wat hem was aangedaan, moest zijn aangericht door mensen die dronken waren van wreedheid en wraak. Baraj had in zijn leven moordenaars gekend, en tijdens zijn diensttijd had hij arme drommels zien sterven bij nutteloze bestormingen tijdens nutteloze oorlogen. Maar wat de Stomme was overkomen was van een andere orde.

Daar dacht hij aan toen hij om de hoek van een huis, op een paar stappen van hem vandaan, stemmen hoorden die spraken in een taal die hij niet kende. Hij bleef staan en spitste de oren. Het klonk vrolijk. Mannenstemmen. Een stuk of tien, dacht hij, en ze leken grappen te maken. Onder hen was een stem die hij herkende, hoewel die nu in de onbekende taal sprak: het was Martjial Maijre.

Hij liep naar de hoek en keek: inderdaad was het Maijre, omringd door acht mannen die hij nog nooit had gezien en van wie de wrede gezichten iets van soldaten hadden, huurlingen, lansknechten uit een andere tijd die zich verkochten aan de hoogstbiedende en in staat waren om de weduwen en kinderen die ze de vorige dag nog hadden beschermd in stukken te hakken. De hele troep ging bij de Herberg van Vilok naar binnen, brabbelend in het Russisch of Moldavisch of zo – een taal uit een ver land.

De Plaatsvervanger vroeg zich af wat hij moest doen. De Politieman zou het wel geweten hebben. Maar die was er niet. Baraj was alleen en hij moest een besluit nemen. Het was niet eenvoudig. Moest hij de identiteit van deze mannen vaststellen en om hun reispapieren vragen? In andere omstandigheden had hij geen moment geaarzeld, zo vanzelfsprekend vond hij het om dat te doen. Maar de aanwezigheid van Maijre verlamde hem. Baraj, die een rund met een enkele vuistslag buiten westen kon slaan, rilde bij alleen al de gedachte dat hij dat groepje moest benaderen, de blik zou kruisen van de beul uit zijn jonge jaren en in diens aanwezigheid het woord tot de anderen moest richten.

Hij liep om het huizenblok heen en kwam via de Olmajsteeg uit aan de overkant van de Herberg, die daar dertig meter daarvandaan lag. Toen zag hij de bende aan tafel zitten, en Vilok stond erbij, ongetwijfeld om een bestelling op te nemen. Baraj bleef staan, een halfuur misschien, en keek toe hoe ze een pul bier dronken terwijl de Herbergier borden en bestek bracht en de tafel dekte.

De sneeuw, die eerst fijn was, veranderde in een droge bui van vlokken met scherpe randen die als ze op de schouders van de Plaatsvervanger landden het delicate geluid maakten van kristallen kroonluchters waarvan de pendeloques tegen elkaar botsen. Opeens doemde het mooie gezichtje van de jonge Lémia in zijn hoofd op, wat als bij toverslag zijn angst wegnam, en hij voelde een merkwaardige moed. Hij stak het pleintje over en liep de Herberg binnen. Hij probeerde zich zo natuurlijk mogelijk te gedragen, zei gedag en liep naar de bar, waarachter Vilok druk in de weer was. Die draaide zich om en beantwoordde zijn groet met een knik.

In zijn rug hoorde Baraj het groepje aan tafel luid hun boeventaal praten; ze leken goedgehumeurd. Bij het binnenkomen had hij alle vaste drinkebroers gezien, onder wie de Klompenmaker; allemaal zaten ze alleen aan een tafeltje achter hun glas, nu al versuft.

Vilok zette een kop bouillon voor de Plaatsvervanger neer. Het was zijn enige bestelling. Je kon je niet vergissen. Baraj bedankte hem.

'Alles goed?' vroeg hij.

'Alles goed...' antwoordde de Herbergier, die nadrukkelijk naar de mannen achter Baraj' rug keek om hem duidelijk te maken dat het helemaal niet goed was, dat er een of ander raar groepje uit het niets was opgedoken. Maar voordat de Plaatsvervanger iets kon antwoordden, schalde de stem van Maijre door de Herberg.

'Heidaar, dikke! Groeten we onze vrienden niet meer?'

Baraj moest zich wel omdraaien.

'Dag, Martjial... Ik had je niet herkend. Je praat een beetje vreemd.'

'Omdat ik veel gereisd heb, snap je? Als je reist dan leer je, dat zou jij ook weten als je je reet wat vaker uit de magere aarde hier trok!'

Baraj antwoordde niet. Maijre keek hem provocerend aan. Hij verwachtte iets, ongetwijfeld dat de Plaatsvervanger zou vragen wie zijn metgezellen waren; maar Baraj deed niets, staarde ze alleen een voor een in het gezicht, en daar zag hij iets wat ook het gezicht van zijn oude vijand karakteriseerde: een soort van leegte, een holte, alsof het vlees eruit was geschept om alles wat het menselijk maakte weg te halen, zodat er alleen nog ruimte was voor het kwaad en de zonde.

Maijre leek teleurgesteld dat Baraj niets zei, en terwijl hij op hem wees richtte hij zich in zijn onbekende taal tot zijn compagnons. Hun gezichten werden nog vrolijker. Ze hingen aan de lippen van die man die zich als de onbetwiste leider gedroeg, en toen die zweeg keken ze de Plaatsvervanger medelijdend aan en barstten daarna in lachen uit.

Het deed Baraj helemaal niets. Want hij dacht aan Lémia. Lémia, zijn heiligenplaatje. Zijn beschermvrouw. Het effect was wonderbaarlijk. Hij voelde een grote vrede in zich. Iets warms. Iets dieps. Hij wendde zich weer tot Vilok, die zich niet op zijn gemak leek te voelen met die nieuwe klanten. Baraj dronk rustig zijn bouillon op. Toen legde hij een muntstuk neer, groette de Herbergier en ging naar buiten zonder nog een blik te werpen op de mannen aan de tafel, die ook niet meer in hem geïnteresseerd waren. Maar hij had alle tijd genomen om ze goed te bestuderen en te zien dat ze geen wapens of bagage bij zich hadden. Ze leken uit het niets te komen en op het punt te staan om daar weer naar terug te keren, zonder hier langer te blijven.

De Plaatsvervanger ging op weg naar huis, maar toen kreeg hij een idee: die bende was niet uit de lucht komen vallen en ook niet door een mollengang gekropen! De enige manier om de stad te bereiken, met de sneeuwopstuivingen die het de postkoets en alle andere rijtuigen al een paar dagen beletten om erdoorheen te komen, was te paard of per slee. Ze moesten hun rijdieren dus ergens hebben achtergelaten. Met deze kou konden ze die onmogelijk buiten laten staan, zeker niet na zo'n inspanning, ook al waren ze vast geen goede meesters. De enige plaats waar reizigers hun rijdieren konden achterlaten, was de stal van Djurdic. Daar kon je paard voor een paar centen warm staan met hooi, water en graan. De Plaatsvervanger liep een andere kant op. Hij had alle tijd. Het kostte niets om even een kijkje te nemen.

Hij kende Djurdic goed, en die sloeg Baraj hoog aan omdat hij wist hoe dol hij was op de twee paarden van de Politiepost en hoe goed hij ze verzorgde. Maar Djurdic was een verschrikkelijke kletskous, en als de Plaatsvervanger hem over die mannen zou uithoren, kon je er zeker van zijn dat iedereen dat binnen een paar uur zou weten – die mannen voorop.

En bovendien durfde Baraj niets te vragen. Hij wilde vooral kijken: naar de rijdieren en als die er was naar de bagage. Hij stond voor de grote stalpoort, maar liep om het gebouw heen, want hij wist dat er aan de achterkant een gang tussen twee gebouwen liep die uitkwam bij een opening waardoorheen de stortkarren reden die de mest afvoerden naar de glooiende akkers. Die zat nooit op slot. De deur werd met een simpele grendel op zijn plaats gehouden. Toen hij vlakbij was, hoorde hij de dieren door de deur heen. Geen twijfel mogelijk: er waren er meer dan een. Hij deed open, voorzichtig om niet te veel geluid te maken, en ging naar binnen.

De gezonde geur van adem en paardenvijgen vulde de reusachtige stal en verspreidde een vredige warmte. Drie lichtschachten in het dak goten verticaal daglicht naar binnen, dat het stro met grote witte vlakken bestoof.

Baraj had zich niet vergist; aan het houtwerk waren twaalf paarden vastgemaakt. Dat van Maijre herkende hij meteen, een nerveuze Hongaarse halfbloed, misschien half krankzinnig door alle klappen die hij van zijn eigenaar had gekregen, die niet op zijn plaats kon blijven staan en zijn halster los probeerde te rukken. Wat de andere betreft: die had hij nog nooit gezien, niet van dichtbij en niet uit de verte. Het waren sterke, onverstoorbare dieren met niet al te hoge schoften, afstammelingen van de paarden uit de oudheid, die goed bestand waren tegen extreme omstandigheden en voedselgebrek.

Het was duidelijk dat ze een lange weg hadden afgelegd, want omdat ze voor het merendeel slecht afgewreven waren, zag je sporen van wit schuim op hun vacht. Toen de Plaatsvervanger iets daarvan naar zijn lippen bracht, constateerde hij dat het vrij zout was.

Deze paarden hadden een langdurige inspanning achter de rug. De meeste waren uitgeput. Twee mooie rijdieren van een jaar of tien lagen zelfs op hun zij. De anderen lieten het hoofd hangen. Sommige dieren leken zelfs nog niet helemaal op adem gekomen.

Baraj liep tussen de dieren door, bekeek ze allemaal, streelde ze, fluisterde troostende woordjes, hing bij een ruin de haverzak goed die zo haastig was vastgemaakt dat hij er niet uit kon eten. Het paard at van het graan en hinnikte vrolijk om de Plaatsvervanger te bedanken.

Toen was hij niet langer geïnteresseerd in de paarden en

keek hij de stal rond. Hij hoefde niet lang te zoeken. In een hoek stond de bagage van de ruiters op elkaar gestapeld: het waren leren, met riemen dichtgebonden buidels, allemaal min of meer identiek, en door het nomadisch bestaan van hun eigenaars zo getaand dat ze glansden.

Baraj tilde er een paar op: ze wogen zo weinig dat er textiel of kleding in moest zitten. Maar een paar andere waren opvallend zwaar. De Plaatsvervanger maakte de riemen los. Hij stond perplex van de inhoud: grote hamers, lange nagels, nog langer dan die van de timmerlieden, met opvallende, zeshoekige koppen; planken zo lang als een arm en zo dik als de zijkant van je handpalm, van droog, stevig hout – beuken waarschijnlijk. In andere buidels zaten flessen, zorgvuldig ingepakt in meerdere lagen krantenpapier of doeken. Hij probeerde de kurk van een ervan los te trekken, maar dat lukte niet. Hij keek naar de vloeistof die erin zat en hield hem tegen het licht. Kleurloos en doorzichtig; het zou wijwater kunnen zijn, of sterkedrank gestookt van een of andere vruchtensoort.

In een andere bundel vond hij touw en rollen kleefband die naar hars roken, van het soort dat rond de stammen van fruitbomen wordt gewikkeld om te zorgen dat er geen ongedierte naar boven kruipt, of rond de fakkels die op midzomernacht worden gemaakt om de nacht met grote vreugdevuren te verlichten.

Baraj was klaar met zoeken. Hij had nauwelijks iets achterhaald over de mannen en de reden van hun bezoek. Kennelijk waren het gewoon vreemdelingen op doorreis, timmermannen of houtbewerkers die Maijre in een ander leven had leren kennen, van wie hij wist dat ze zouden komen, en voor wie het stadje gewoon een tussenstop was.

Hij liep de stal uit.

Wat hij had gedaan was illegaal, en als zijn meerdere erachter zou komen, stond hem zonder twijfel een onaangenaam kwartiertje te wachten.

Maar uiteindelijk voelde hij geen enkele angst, hoe vreesachtig hij gewoonlijk ook was. Tot zijn verrassing bespeurde hij zelfs een zekere opwinding over die kleine expeditie, en terwijl hij naar huis liep bedacht hij dat zijn karakter aan het veranderen was, dat hij niet meer precies dezelfde persoon als vroeger was, dat hij zich niet herkende en dat hij ook niet wist wat die verandering veroorzaakt had.

Toen hij de rue du Coq-Éteint afliep, zag hij Imam Guedj uit zijn huis komen, gehuld in dikke lagen kleding. Hij liep voorzichtig over het trottoir, dat was overdekt met een laag groenig ijs; toen hij Baraj tegenkwam groette hij eerbiedig, en Baraj groette terug omdat hij deze onopvallende man, van wie hij niet begreep waarom zijn Meester zo'n afkeer van hem had, hoog aansloeg.

En toen hij de Imam zag, herinnerde hij zich dat het vrijdag was, de dag van het grote gebed. Kennelijk liep de Imam dus naar de moskee om de ceremonie voor te bereiden.

Dat betekende dat het tegen vijven was.

Wanneer kwam die Kapitein nou terug? Dat verdomde jagen, dacht hij. Hij was niet dol op zijn meerdere, maar toch vond hij het vervelend dat hij er niet was. Want hij had eerbied voor zijn kennis en autoriteit. De Kapitein had in de stad gestudeerd, die gebruikte woorden die hij zelf niet kende. Hij las boeken, hij schreef lange verslagen zonder er ooit hoofdpijn van te krijgen. En het belangrijkste – hij was de baas! Hij kon niet wachten tot de ander terug was zodat hij hem kon vertellen over de mannen in de Herberg – maar als hij verslag had gedaan en was uitgepraat, zou de Kapitein vast voor de zoveelste keer spottend zeggen: 'Arme Baraj, je maakt van een mug een olifant! Hou toch op met dat gepieker! Ga houthakken, dat zal je goeddoen!

Toen hij de deur van zijn huis opendeed, dansten Mijn Schoonheden om hem heen, en zijn hart maakte een sprongetje bij deze onberekenende genegenheid. De bastaarden kwispelden en likten aan zijn handen, keken hem recht in de ogen, met de zekerheid dat ze er het vertrouwen en de liefde in zouden lezen die hun liever waren dan al het voer.

'Kom maar, Mijn Schoonheden, dan maak ik eten!'

En de honden begrepen wat hij zei en drukten zich tegen hem aan, omhulden hem met hun grote bruine lichamen, duwden speels en erkentelijk met hun zwarte snuiten tegen zijn dijen.

Baraj maakte de bakken klaar, gaf ze eten en zichzelf ook. Kennelijk stonden de honden voor hem op dezelfde trede van het leven als hijzelf, en om die reden zou hij ze nooit minder goed behandelen dan zichzelf. Niet dat de Plaatsvervanger iedere avond een feestmaal voor zichzelf maakte, maar als hij bietensoep at, aten Mijn Schoonheden dat ook; en als hij ragout van spek at, konijnengoulash, of zoals die avond een stuk gesmoord vetspek met kool, dan aten Mijn Schoonheden dat ook.

Zo zaten Baraj' wereld en zijn gevoel voor gelijkwaardigheid in elkaar, en sommige mensen zouden dat idioot vinden, andere bewonderenswaardig.

De klokken hadden net zes uur geslagen.

Mijn Schoonheden hadden hun buiken vol gevreten en lagen languit voor de haard, waarin Baraj houtblokken had opgestapeld. Dat was nog zo'n eenvoudig genoegen waar hij geen genoeg van kreeg: een goed vuur was beter dan welk gesprek dan ook. Ernaar kijken, je voeten ernaar uitstrekken, de gloeiende hitte ervan voelen en daarna, als het langzaam uitdoofde, de streling; dan de hartstocht opnieuw aanwakkeren met wat droge takken en luisteren naar de muziek die het maakte, staren naar de verkoolde bouwwerken die instortten en vonken rondwierpen – het was genoeg om de langste avond mee te vullen. En als je daar nog een streng tabak aan toevoegde, dan hoefde je noch hier, noch na de dood op zoek naar het paradijs.

Net toen hij de streng uit zijn zak haalde om er een stuk vanaf te bijten, werd er aangeklopt.

Hij versteende.

Mijn Schoonheden, die met volle maag verstrengeld voor de haard lagen, tilden alleen een ooglid op, dat ze toen weer lieten neervallen als een gordijn.

Er werd opnieuw geklopt, en de Plaatsvervanger, die was bijgekomen van zijn eerste verrassing omdat hij slechts zelden bezoekers ontving, bedacht dat het de Kapitein moest zijn. Ja. De Kapitein! Wie anders?

Hij borg zijn tabak op, trok zijn tenue recht en liep naar de deur, die hij wijd opendeed.

Maar er was niemand.

Alleen de nacht was er, en die toonde hem zijn zwarte gelaat.

Hij had het toch niet gedroomd! Mijn Schoonheden hadden dan wel niet geblaft, maar ze hadden wel een oog geopend! Ja, er had wel degelijk iemand aangeklopt. De Kapitein was ongeduldig van aard – was hij weer weggegaan omdat hij vond dat de Plaatsvervanger te langzaam reageerde?

Baraj ging naar buiten en deed twee stappen achter zijn meerdere aan om hem terug te roepen, maar voordat hij kon roepen, viel er iets, een reusachtig rotsblok vermoedde hij, tegen de achterkant van zijn schedel, en zonder dat hij iets kon doen voelde hij zijn lichaam verslappen en de grond onder zijn voeten wegzinken.

De nacht liet zichzelf in hem binnen.

Hij viel in de duisternis en de grote vergetelheid.

32

Ze waren bij de likeur aanbeland en iedereen was aangeschoten.

Zelfs de Markgraaf, die niet van de jacht hield maar dol was op eindeloze diners, had moeite met praten, struikelde af en toe over een moeilijke syllabe of een woord dat iets te lang was.

De etiquette was verdwenen.

Ze waren gewoon mannen onder elkaar.

Dronken mannen.

Er moet gezegd worden dat er meer werd gedronken dan gegeten, al werd er ook flink gegeten: pasteien, soepen, patés, wildragout, stoofschotels, een gevulde gans, een everjong in gelei, salades, kazen, roomtaarten, gekonfijte vruchten, chocolaatjes. Maar er werd nog veel meer gedronken. Punch, champagne van die knappe Franse weduwe – over wie schunnige grapjes werden gemaakt, ook al hadden ze haar nooit gezien –, witte wijnen uit Bohemen, *spumanti* uit Italië, rode wijnen uit Vosne-Romanée en Saint-Émilion, tokaj uit Hongarije, likeuren uit Spanje, kleurloze drank uit Oostenrijk, wodka uit Polen, abrikozenlikeur uit het Zwitserse kanton Wallis.

Nourio was niet het meest dronken van iedereen, integendeel. Hij had vooral gedaan alsof hij dronk, had zijn lippen bevochtigd aan de mooie kristallen glazen, en de minst bestendige was de Notaris geweest, die halverwege de maaltijd met zijn gezicht in zijn plak everjong was gevallen en daar nog steeds lag te snurken, met zijn neus en oren vol portgelei.

Toch was de Politieman uitgeput, door het vroege opstaan, alle emoties van de dag en dit diner waar geen einde aan kwam; en hij had het gevoel dat de jachttrofeeën, die met honderden aan de wanden van de immense eetzaal hingen, zich naar hem toe bogen om een gesprek met hem aan te knopen. En dus verkoos hij koffie boven de likeur die de bediendes hem aanboden.

Zeker, tijdens het festijn hadden ze nog nagepraat over de jachtpartij, de Burgemeester was over zijn karabijnschot begonnen, evenzeer om te snoeven als om zich ervan te overtuigen dat hij echt degene was die het gelost had, maar met dank aan de braspartij hadden ze ook uitstapjes naar andere onderwerpen gemaakt: vrouwen, geld, de wereld, de Turk, de Tsaar, het bestuur over de aarde.

Toen men over het zwakke geslacht begon, diste iedereen een anekdote op, en ze namen het tegen elkaar op in grootspraak en grofheid. Nourio, wiens obsessie gepaard ging met een haast ziekelijke preutsheid als hij erover moest praten, luisterde zonder zelf een steentje bij te dragen, terwijl de Rapporteur, met troebele ogen en een gulzige mond, tijdens deze onbetamelijke uitwisseling de blik niet afwendde van de twee zonen van de Houtvester, van wie de gezichten nog week waren van de jeugd.

Vanuit de dood keken de opgezette herten, reeën, everzwijnen, rendieren, elanden, lynxen en beren die de hoge larikshouten muren bedekten onverstoorbaar met hun glazen ogen naar deze ontaarde mannen die beneden hen de prachtige, met linnen en fijn servies gedekte tafel veranderden in een overdekte vuilnisbelt van sausvlekken en omgestoten glazen, vuile borden, vlees- en broodresten, verkreukelde servetten, vettig bestek en sigarenas.

In de ruimte dreef een wolk van vettige, scherpe rook, rottingsgeuren en zware adem, die alle subtiele geuren en aroma's die de spijzen en dranken verspreidden veranderden in een soort pestilente darmlucht die zich vermengde met de geur van mannen die bij het krieken van de dag waren opgestaan, zich slecht hadden gewassen, uitgeput waren van de inspanning en opgewonden waren door de jacht en het feestmaal.

Het was om te stikken; de Politieman hield het niet meer uit en stond op, zonder dat iemand het merkte, met uitzondering van de Markgraaf, die niet blij leek dat hij al wilde vertrekken.

'Wat, Kapitein, gaat u ons al verlaten?'

Hij verhief zijn stem zodat iedereen hem hoorde. De gesprekken stokten. Er viel een stilte. Vanonder vermoeide oogleden werd er met onvaste blikken naar Nourio gekeken.

'Het is al laat, Hoogheid, en mijn rijdier is oud.'

'Kom, kom, zo gaat u ons toch niet verlaten. We zijn in goed gezelschap, en bovendien zou ik u graag een curiosum van dit Kasteel tonen, dat liefhebbers van de menselijke aard, en dat bent u allemaal, zeker zal interesseren.'

Het leek haast alsof hij ze zo lang mogelijk bij zich wilde houden, en geen van de andere gasten zag daar een probleem in. Maar er was duidelijk iets vreemds aan de hand, wat een ogenblik lang de aandacht van de Politieman trok;

hij was echter te vermoeid om helder na te denken en zijn twijfel verdween weer.

De Markgraaf stond op en veegde zijn gilet af, dat uit elkaar leek te springen onder de druk van zijn buik die zo rond was als een bal. De disgenoten volgden zo goed en zo kwaad als het ging zijn voorbeeld: ze kwamen moeizaam overeind, zetten een paar wankele stappen, rekten zich uit, gaapten, leegden een glas dat hen nog verleidde. Alleen de Notaris reageerde niet, en met zijn gesnurk liet hij de gelei trillen waarin hij in slaap was gevallen.

Het groepje volgde de Markgraaf als in een processie. Ze passeerden talrijke kamers, gangen, antichambres en hallen, en na die pelgrimstocht, die meerdere deelnemers volkomen uitputte, bereikten ze dankzij een tiental in de rots uitgehouwen treden een ondergrondse deur die er stokoud uitzag.

Ze hadden het oudste gedeelte van het Kasteel bereikt, dat kort na het jaar 1000 gebouwd was. De edelman haalde uit een zak van zijn gilet vol saus- en wijnvlekken een sleutel, die er vergeleken met het fraai bewerkte slot waarin hij hem stak heel eenvoudig uitzag. Maar het meest verbijsterend was hoe hij die sleutel bewoog: hij draaide hem twee keer naar links, vier keer naar rechts, toen weer naar links – een of twee keer? – en toen drie, vier keer naar rechts. Ze konden het niet bijhouden. Ze hadden geprobeerd zijn bewegingen te volgen en ze waren verdwaald. Eindelijk weerklonk er een helder geluid, een klikje dat haast vrolijk klonk. De Markgraaf haalde de sleutel uit het slot, stak hem weer in zijn zak en duwde de deur open.

Eerst zagen ze niets, omdat het pikdonker was in de ruimte, die de aangename geur verspreidde van een hooizolder of een graanopslag, wat je niet zou verwachten te vinden in de ingewanden van een Kasteel.

De Markgraaf bleef op de drempel staan; zijn linkerhand zocht iets op de binnenmuur. Hij tastte een paar seconden rond, toen slaakte hij een korte kreet van tevredenheid, en hij pakte een lantaarn beet die meer weg had van een folterinstrument, van zo'n peervormige mondklem die men destijds inbracht bij degenen van wie men een bekentenis los wilde krijgen, waarna een ingenieus mechaniek in werking werd gesteld dat de peer twee- of driemaal zo groot maakte zodat de kaken van de ongelukkige abrupt uit elkaar spatten.

In de lantaarn stonden twee kaarsenstompjes. Uit zijn broekzak haalde de Markgraaf een bewerkte tondeldoos van geguillocheerd goud, bezet met edelstenen, waarvan de dop versierd was met een kleine adelaar die met gespreide vleugels op een aardbol zat. Na een paar pogingen sprong er een vlammetje op en daarmee ontstak hij de kaarsenstompjes.

'Kom binnen, vrienden...'

Hij sprak met een zachte stem vol van mysterie.

Iedereen passeerde de Markgraaf, die met de lantaarn op de drempel bleef staan, en betrad de duisternis. Niemand zei iets. De Politieman begon zich slecht op zijn gemak te voelen en hij vroeg zich af wat hun gastheer van plan was. Hij had een hekel aan verrassingen en onvoorziene gebeurtenissen, en hij wilde niets liever dan zo snel mogelijk aan de terugweg beginnen.

De Markgraaf deed de deur dicht. Hij hield de lantaarn heel laag, in de buurt van zijn voeten, zodat de kaarsen alleen de vloer van houtblokken verlichtten.

'Ik zal u iets merkwaardigs tonen, en ik wil u vragen om er met niemand over te praten. Vanaf nu zullen we in zekere zin verbonden zijn door een geheim, en ik zou het niet op prijs stellen als iemand dat verbond zou verraden door zijn mond open te doen.'

Hij zweeg een ogenblik om die woorden goed te laten doordringen in de geesten van zijn gasten.

'Onder mijn voorouders was een Markgraaf die hartstochtelijk van jagen hield. Er wordt zelfs gezegd dat hij op zijn trouwdag direct na de inzegening de kerk verliet en er in galop vandoor ging om zich bij zijn jachtmeesters te voegen. Oorlog voeren interesseerde hem niet, en om te voorkomen dat hij eraan zou moeten deelnemen, stuurde hij kisten met goud naar de Keizer, die daar tevreden mee was en hem verder niet lastigviel. Opjagen, drijven, achtervolgen, insluiten, doden. Alleen de jacht gaf zijn leven betekenis. Hij leefde halverwege de zestiende eeuw, in een tijd dat de gebruiken minder verfijnd waren dan nu, en de wil van de Leenheer was wet op zijn domein. Als Markgraaf had hij het privilege van de lage en hoge rechtspraak, wat in het bijzonder wil zeggen dat hij het recht had om de doodstraf op te leggen en zelf de wijze van tenuitvoerlegging te bepalen.

Zo kwam hij op het idee om zijn passie en de rechtspraak te combineren. Hij bedacht dat misdadigers een heel bijzondere prooi konden zijn en dat dat tot bijzonder aangename jachtpartijen kon leiden. Daarom gaf hij de arme drommels die tot de galg waren veroordeeld de keus: of ze werden opgehangen, of ze zouden het doelwit van een drijfjacht vormen, waarbij ze gratie zouden krijgen als ze bij het vallen van de avond nog niet waren ingesloten en omgebracht. Het merendeel ging akkoord; ze namen het risico omdat ze dachten dat ze het er levend van af zouden kunnen brengen.

Op de ochtend van de jacht werden ze naakt in de huid

van een hert genaaid dat de dag ervoor speciaal voor dat doel was gedood, zodat ze doordrongen zouden worden van de geur van wild en de honden hen zouden kunnen vinden. Dat gebeurde op het voorhof waar ik u vanochtend ontving. Zodra het licht van de dageraad de hemel begon te kleuren, werd de ongelukkige van zijn boeien ontdaan en kreeg hij een uur de tijd om te vluchten. Na dat uur werden de honden losgelaten. De jagers en de drijvers gingen achter hem aan, mijn voorouder en zijn gasten bestegen hun paarden. De jacht kon beginnen.'

De Markgraaf zweeg. Hij hield zijn lantaarn nog steeds bij de grond. Zijn gezicht was onzichtbaar en dat van de andere aanwezigen ook, en het leek haast of ze allemaal verdwenen waren, want het geluid van hun ademhaling en voetstappen was verdrongen door de stilte.

'Mijn voorvader was niet alleen jager, hij was ook wreed, en zijn belofte was een leugen. Wat kan één man beginnen tegen ruiters, drijvers die het bos als hun broekzak kennen en snelle honden met een onfeilbare neus? Niet een van de ongelukkigen die dacht dat hij zijn leven kon redden, slaagde daar ook in. Dertien keer hield hij zo'n jachtpartij. Met dertien veroordeelden. Dertien menselijke prooien. Dertien mannen die, toen ze eenmaal door de jagers waren omringd, de doodssteek kregen. Met een dolk, in de hand van mijn voorvader of een gast die hij die eer gunde. Dertien trofeeën.'

En met die laatste woorden tilde de Markgraaf de lantaarn overdreven langzaam omhoog, en de twee trillende vlammetjes verdreven de duisternis. Opeens zagen ze de afmetingen van de kamer waarin ze stonden, die ongeveer zo groot was als een slaapkamer; maar wat ze vooral zagen, wat opdoemde uit de duisternis, waren dertien angstaanjagende gezichten, met een door angst en verbazing versteende gelaatsuitdrukking, die de indruk wekten dat ze hun hoofd door de muur hadden gestoken terwijl hun lichamen zich nog aan de andere kant bevonden.

De aanwezigen konden hun kreten, vloeken en zuchten niet inhouden. Want op de grote medaillons van uitgezaagd hout zaten inderdaad hoofden, opgezette mensenhoofden, afgesneden bij de basis van de nek, die leken te bewegen in het angstaanjagende licht van de twee kaarsen. De Markgraaf hield de lantaarn bij elk ervan, ging van de ene naar de andere, en het bewegende licht leek die gruwelijke trofeeën te laten bewegen; ze kregen enorme schaduwen, wat de illusie van beweging wekte die het schouwspel nog afschuwelijker maakte, want het was net alsof die dode en opgezette misdadigershoofden zich naar de bezoekers toe bogen om hun iets te vertellen over de pijn en de doodsstrijd die ze hadden doorstaan. De Politieman, die zich niet makkelijk liet verrassen, was met stomheid geslagen. Dat gold ook voor alle andere aanwezigen, en sommigen van hen, in het bijzonder de Burgemeester, maar ook de Archivaris, van wie werd gezegd dat hij aan een hartkwaal leed, leken zo geschrokken dat ze ieder moment van hun stokje konden gaan. 'Mijn God, mijn God...' mompelde de Archivaris aan één stuk door, terwijl hij zijn lippen kneedde met zijn vingertoppen. Bolek Kladijic, een van de Schoolmeesters, raakte hier uiteindelijk zo geïrriteerd van dat hij zijn welvoeglijkheid liet varen en zei: 'Laat God hier alsjeblieft buiten. Of liever gezegd: als je in Hem gelooft, vraag Hem dan hoe Hij zoiets als dit heeft kunnen toestaan!'

Alleen de Markgraaf, die gewend was aan het afgrijselijke

schouwspel, leek er niet door geraakt te worden. Hij glimlachte, tevreden met het effect, dolblij met die bijzondere collectie waarop niet veel mensen in de wereld zich konden laten voorstaan, en hij genoot zichtbaar van het ijzingwekkende effect van die galerij van menselijke trofeeën op de gezichten van zijn gasten.

Net als bij hele alledaagse zwijnen of herten waren in de oogkassen glazen ogen gestopt, die in de vlammen van de lantaarn vol met tranen leken te stromen. En volgens de tradities van de jacht hing onder iedere trofee een gegraveerde plaquette die herinnerde aan de dag en de plaats waarop de prooi in kwestie was gedood.

'Zien jullie dat haar?' riep de Markgraaf vrolijk. 'Onaangetast, soepel en nog steeds met de oorspronkelijke kleur! Is het niet ongelooflijk dat de tijd en de dood geen grip hebben op ons haar?' vervolgde hij, terwijl hij zijn voorhoofd streelde. 'Maar de huid is een ander verhaal!'

Om zijn publiek te overtuigen, hield hij de lantaarn op slechts twee vingers afstand van het hoofd van een van de slachtoffers, wiens licht geopende mond nog wat laatste woorden leek te willen spreken. De huid had de textuur gekregen van leer dat men was vergeten in te vetten en dat op sommige plaatsen zo strak gespannen stond dat het onder invloed van extreme uitdroging was gecraqueleerd. Ook de kleur was veranderd. Zoals sommige schilderijen van oude meesters donkerder worden door bitumen en oxidatie, was ook hij aardebruin geworden, bijna zwart, en hoewel de gelaatstrekken van de ongelukkige bewezen dat hij geen wilde was, zou men door deze bijzondere gelaatskleur kunnen denken dat hij in een Afrikaans land was geboren.

De dertien slachtoffers leken niet op elkaar, maar op het

moment van hun dood stonden hun gezichten allemaal strak van dezelfde angst, en de vakman die ze had opgezet had die uitdrukking weten te behouden. Het leek of ze de toeschouwer tot getuige wilden nemen, niet van hun onschuld, want ze waren allemaal wel degelijk galgenaas geweest, maar van de valstrik waar ze in waren gelopen, van de valse hoop die ze was gegund dat ze aan het noodlot zouden kunnen ontsnappen, en van het verraad van degene die hun dat had voorgespiegeld.

'Men zegt dat mijn voorvader zijn kinderen in deze kamer opsloot als ze niet luisterden. Destijds waren de opvoedingsmethoden nogal hard. Wat mij betreft: toen mijn vader me voor het eerst binnenliet in wat we het "geheime kabinet" noemden, voelde ik me alsof ik vanitassen ontdekte die me vertelden over de kwetsbaarheid van mijn leven, over de lachwekkendheid van mijn persoon, en over het feit dat ik behoorde tot een diersoort die nauwelijks verschilt van de dieren in het bos. Duidelijke lessen in ethiek, zou je kunnen zeggen, voor wie zich over de eerste emotie heen kan zetten, namelijk dat je deze bloedbaden en de geest waaraan die zijn ontsproten afschuwelijk en infernaal vindt!'

Toen de Markgraaf en zijn gasten even later plaatsnamen in de rookkamer, waar de inmiddels ontwaakte Notaris bij de haard aan een grote pijp lurkte, waren de gesprekken minder opgewekt dan tijdens het diner. Het leek of er plotseling pottenkijkers waren. Niet één maar dertien. Ze waren dood en ze zwegen, maar toch hadden ze het vermogen om de levenden te storen en te confronteren met hun angsten en hun dood.

De Politieman kon zijn ongeduld nauwelijks bedwingen. Hij wilde maar één ding: weg uit het Kasteel, naar huis gaan en de groteske uitdossing waarin hij al bijna twintig uur marineerde uittrekken. Hij sloeg de hartversterking af waarmee een bediende rondging en betuigde zijn eerbied aan de gastheer.

'Ik zie dat u niet kunt wachten om naar uw vrouw terug te gaan, Kapitein; men zegt dat ze bijzonder charmant is. Ik begrijp u, en ik zal u niet langer ophouden. Ik hoop dat deze dag u in staat heeft gesteld om te ontspannen en uw zware verantwoordelijkheden een ogenblik te vergeten! Ik wens u een behouden terugtocht.'

Nourio, wiens ijdelheid werd gestreeld door de manier waarop de Markgraaf hem toesprak, maakte een buiging en liep achteruit weg. Maar toen hij weer overeind kwam, zag hij nog net de verontruste blikken die de Markgraaf uitwisselde met de Burgemeester en de Rapporteur. Gedrieën leken ze een geheim te delen dat iets met hem te maken had.

Buiten sneeuwde het niet meer. De nacht was koud, maar niet zo ijzig als de laatste dagen. Hij liep naar de stal om zijn rijdier te halen, voorgegaan door een palfrenier die zijn onwaarschijnlijke karabijn voor hem droeg.

Het oude rijdier herkende hem toen hij kwam aanlopen en hinnikte ernstig en zacht. Ze liet zich zadelen en zonder tegensputteren uit de stal leiden. De Politieman bedankte de palfrenier en reed om de bijgebouwen heen, in de richting van de oprijlaan.

Maar net toen hij op zijn knol was geklommen ging de deur van een van de bijgebouwen open; hij hoorde geschreeuw en gelach. Hij herkende de ordinaire lach en de onbekende taal van de drijfsters. Hij naderde ze tot op twintig meter en zag door de openstaande deur de groep vrouwen; ze zaten bij een groot vuur te eten en te drinken.

Vanwege de warmte en de wijn hadden ze hun kleren losgemaakt en hun leren kazakken uitgetrokken zodat ze in hun hemd zaten, waarvan de meesten de knopen tot halverwege de boezem hadden losgemaakt, waardoor hun grote borsten vrijelijk onder de stof leken te dansen. De meesten leken dronken, ze spraken hard, maakten lawaai, duwden elkaar, praatten door elkaar heen en deden of ze vochten, als ze elkaar niet de inhoud van de bierpullen in het gezicht smeten en daarna hard lachten, druipend van het bier, de wijn en het kwijl.

Sommigen aten dikke stukken vlees die nog rauw leken, die ze bij hun lippen afsneden met hun jachtmes; en dan kauwden ze erop, zogen ze het bloed en het sap eruit, en spuugden ze iets wat niets anders kon zijn dan zenuwen en pezen in het vuur.

Het was een wreed spektakel van Amazones, en de Politieman dacht aan barbaarse festijnen uit de mythologie waarbij de goden hun eigen kinderen verslonden, of maaltijden waar de gasten niet wisten dat wat werd opgediend en waar ze van smulden hun eigen nageslacht was, geroosterd en gebraden. Want aan het tafereel dat hij heimelijk aanschouwde was iets wilds en archaïsch, iets verbodens ook, alsof het vlees dat de reuzinnen verslonden menselijk was, terwijl ze dat zelf in hun buitensporigheid, hun hartstocht en hun geschreeuw juist niet leken te zijn.

Hij hoorde een klaterend geluid als van een krachtige waterbron, een ruisende beek, en hij keek om. Hij zocht in de duisternis naar de bron en zag op enige afstand een witte, melkachtige vorm in het donker waar het stromende water vandaan kwam.

Het was een van de drijfsters, degene die het gebouw was

uitgelopen; nu was ze halfdronken neergehurkt en plaste ze neuriënd in de sneeuw. De Politieman zag nu duidelijk haar enorme billen waar de urine vandaan kwam, en de damp die ervan opsteeg leek uit de neusvleugels van een reusachtig dier te komen.

Toen de drijfster klaar was, kwam ze overeind, draaide zich om in de richting van de Politieman, die ze nog niet zag, en bukte weer om een handvol sneeuw te pakken, waarmee ze in haar kruis wreef. En net toen ze daarmee klaar was zag ze Nourio op zijn paard, die gefascineerd naar het weelderige, rossige bont keek dat als vurig schuim haar hele onderbuik bedekte.

Toen slaakte ze een kreet, en met haar grote hand maakte ze van de sneeuw die ze gebruikt had om zich schoon te maken een sneeuwbal die ze naar de Politieman gooide, die zich nog net op tijd over de nek van zijn rijdier kon buigen, waardoor de sneeuwbal hem miste.

Toen riep de drijfster twee woorden die vloeken moesten zijn, trok ze haar onderbroek omhoog en voegde ze zich gierend van de lach bij haar collega's.

33

Aan het einde van de achttiende eeuw bedacht Youlish Zaropov, een verhalenverteller uit Bessarabië wiens naam tot ons is gekomen dankzij drie liefdesgedichten die in deze contreien traditioneel worden opgezegd aan het einde van de huwelijksviering, een boek waarin alles geschreven zou staan wat de totaliteit van menselijke wezens in een enkele dag had meegemaakt.

Op zijn achttiende begon hij met schrijven. Toen hij op zijn zevenentachtigste stierf, had hij tienduizenden bladzijden volgeschreven, maar toch was hij er niet in geslaagd om meer op te schrijven dan de wederwaardigheden van iets meer dan honderd personen.

Het ambitieuze plan van Zaropov laat duidelijk zien dat de literatuur, met haar buitensporige ambitie om over de wereld te vertellen, slechts op een heel beperkt deel van die wereld licht kan werpen, en dat het menselijk leven zo veelvormig en complex is dat het altijd aan haar vraatzucht zal ontsnappen. Op het moment dat sommige mensen de mooiste momenten van hun leven meemaken, lijden en wanhopen anderen juist verschrikkelijk. Hele volkeren floreren en verrijken zich, terwijl anderen omkomen van honger en dorst. Niemand kan weten wat zijn buurman doormaakt. Je weet zelfs nauwelijks wat zich afspeelt in de geest van je partner of kinderen.

De wereld is een merkwaardige stal waarin sommige koeien sappig hooi vermalen, herkauwen, kalven en melk geven, hoewel vlak naast hen, zonder dat ze het zien of beseffen, andere koeien die onder de vliegen zitten een behoeftige, zwarte tong uitsteken en honderd stokslagen krijgen. Waar is de koeherder? Waarom heeft hij die ongelijkheid geschapen? Wat heeft het allemaal te betekenen? Heeft het wel iets te betekenen?

De Politieman keerde terug naar het stadje – redelijk snel, als je rekening houdt met de leeftijd van zijn rijdier, maar dat leek zo snel mogelijk terug te willen naar haar stalzuster en de stal die al twintig jaar haar huis was; hij hoefde haar niet zoals op de heenreis op te jutten of te slaan.

Het was een maanloze nacht. Een paar sneeuwvlokken dreven zwak en onwerkelijk op de wind. Nourio was in de war. Hij was gewend aan lichtere kost, en het diner dat haast een orgie was geweest, lag hem zwaar op de maag. Ook werd hij gekweld door een warrige gedachte, een voorgevoel, dat deze uitnodiging voor de jacht een excuus was geweest, en dat het doel ervan niet was geweest om een ongelukkige beer om te leggen die, wat ze ook zeiden, ongetwijfeld zo goed als niemand kwaad had gedaan, maar dat er een diepere reden voor was.

Het bos waar hij doorheen reed, leek in de duisternis gevuld met allerlei verontrustende geluiden, waarvan hij de bron niet kon achterhalen.

Toen hij de laatste bomen eindelijk achter zich liet en hij de helling beklom die het begin vormde van het voorgebergte waarop het stadje duizend jaar geleden was gebouwd, voelde hij zich opeens opgelucht en minder moe. Over een halfuur zou hij van die uitdossing bevrijd zijn. Zou hij zichzelf weer zijn. God, wat was hij zot geweest, en ijdel! En belachelijk! Maar de anderen ook!

En terwijl de gedachte aan het jonge lichaam van Lémia zich in zijn geest begon af te tekenen en de monsterlijke, zwetende gestaltes van de drijfsters verdreef, evenals de gruwelijke hoofden van de opgezette slachtoffers, de aanblik van de grote beer die zich voor hem verhief, de ijzige kou van de ochtend, het lange kauwen tijdens het eindeloze diner, werd de nieuwsgierigheid van de Politieman opeens getrokken door een dof rood schijnsel dat in de richting van de stad de zwarte hemel van beneden af verlichtte; en op hetzelfde moment voerde de wind als een verderfelijke boodschapper de geur van verkoold hout en hete as aan.

Hij voelde zijn hart op hol slaan. Er was iets gebeurd! In zijn afwezigheid was er iets gebeurd! Iets waarvan hij de omvang direct begreep! Hij trapte met zijn hielen in de pens van zijn rijdier om haar in galop te krijgen. Het dier groef haar geheugen af naar de bewegingen die ze moest maken om te rennen en probeerde haar berijder zo goed en zo kwaad als het ging van dienst te zijn.

Op datzelfde moment wist Baraj zich eindelijk uit zijn boeien te bevrijden. Hij was uren bezig geweest, had met zijn samengebonden polsen tegen de scherpe kant van de voetenschraper gewreven die links van zijn voordeur stond.

Hoeveel tijd had hij in de kou doorgebracht, eerst buiten bewustzijn en toen hij weer was bijgekomen geobsedeerd door het idee dat hij zich moest bevrijden, terwijl elders in het stadje een brand woedde waarvan hij direct al de felle vlammen had gezien en het gekraak van het hout en de instortingen had gehoord, en ook, dat wist hij zeker, te midden van alle lawaai dat door de afstand werd gedempt, een wanhopig geschreeuw, menselijk gebrul, totdat het gehuil van de vlammen langzaam maar zeker was afgenomen, de stemmen waren stilgevallen, de stank van de rook door de windvlagen werd verjaagd en er alleen nog lawaai klonk als er verkoolde staketsels instortten?

Hij bracht zijn hand naar zijn achterhoofd. Dat was gedeformeerd door een reusachtige, pijnlijke bult die in het midden door een wond in tweeën was gespleten; er zat iets kleverigs op dat half gestold bloed moest zijn. Hij voelde zich hondsberoerd en dacht dat hij opnieuw van zijn stokje zou gaan. Hij klemde zijn tanden op elkaar en haalde zijn mes uit zijn zak. Hij sneed de touwen door waarmee zijn enkels bij elkaar waren gebonden. Hij moest het een paar keer proberen, zo slecht gehoorzaamden zijn verkleumde vingers. Hij was bevroren. Hij moest overgeven. Zijn hoofd tolde.

Binnen huilden Mijn Schoonheden nog steeds. Baraj was bijgekomen door hun lawaai. De opgesloten honden waren zo buiten zinnen dat hun geblaf met het verstrijken van de uren was ontspoord tot een hartverscheurende klaagzang.

De Plaatsvervanger probeerde op te staan, maar hij begon direct te wankelen en zakte ineen tegen de deurpost. Hij liet zich langzaam op de grond glijden, toen ging hij op handen en voeten zitten. Blind tastte hij naar de handgreep en bracht hem in beweging, en toen hij erin was geslaagd de deur te openen kroop hij naar binnen, terwijl Mijn Schoonheden zich piepend van blijdschap tegen hem aan drukten en de warmte van hun vacht en hun lauwe kwijl over zijn grote, rillende gestalte verspreidden.

Baraj omvatte hun hele lichaam en duwde de deur dicht met zijn voet. Het vuur in de haard was gekrompen tot een paar gloeiende kooltjes, maar het was nog aangenaam warm in de kamer. Hij sloot zijn ogen weer, en ondanks zijn inspanningen verloor hij opnieuw het bewustzijn. Hij viel languit op de houten vloer, terwijl Mijn Schoonheden de grote wond zachtjes begonnen schoon te likken.

Toen de Politieman de poort in de stadsmuur passeerde, liep het tegen middernacht. Het leed geen twijfel meer dat er ergens een grote brand woedde, want overal werd de lucht verstikt door grijze massa's rook met de scherpe geur van brandend hout, en nog een andere stank, weeïg en misselijkmakend.

Hij verwachtte dat hij allerlei inwoners zou tegenkomen, de gebruikelijke menigte die samendromde zodra er een tragische gebeurtenis plaatsvond, die weliswaar treurde en de ongelukkigen beklaagde die door dat vreselijke lot waren getroffen, maar die zich ook verlustigde aan het spektakel dat haar sterkte in haar eigen welzijn.

Maar de straten waren uitgestorven.

Natuurlijk was het midden in de nacht en stervenskoud, maar toch was het vreemd dat hij niemand zag. Bovendien waren van bijna alle huizen waar hij langsreed de luiken gesloten, en erachter was geen licht te zien.

Hij reed verder, tegen de stroom in van de uitwasemingen van de brand, die zo snijdend waren dat hij zijn neus en mond met zijn zakdoek moest bedekken. Het rijdier kreunde en leek niet te begrijpen waarom de Politieman haar dwong om die rookwolken in te stappen, die prikten in haar neusgaten en ogen.

Toen hij dichter bij de brandhaard kwam, maakte de kou van de winternacht plaats voor een kunstmatige warmte, als van een bakkersoven. Hij hoorde ook geluid, een laag geruis dat fluitend en monotoon tussen de muren door blies en af en toe werd onderbroken door gesis, een knal, hoog gefluit of geknetter.

Al die dingen, de hitte, het geruis, de explosies, werden sterker toen hij bij de werkplaats van Rudjic, de Blikslager, de hoek omsloeg en de Hravekstraat inreed. En opeens weigerde zijn rijdier om verder te lopen, en niets kon haar op andere gedachten brengen. Ze schudde prevelend het hoofd, stroopte haar lippen op en toonde haar gele, loszittende tanden. Nourio steeg af en maakte het dier vast aan een ring die in een gevel was gemetseld. Hij ging te voet verder, verborg zijn gezicht zo goed als hij kon in zijn zakdoek.

Hij was de pijn en vermoeidheid vergeten. Hij voelde zijn hart tekeergaan en het bloed bonken in zijn slapen. De hitte werd ondraaglijk. Alsof een hittegolf tegen het ritme van de seizoenen in zijn tenten in het stadje had opgeslagen.

Aan het uiteinde van de Hravekstraat zat een flinke knik, en voorbij die knik bevond zich een piepklein pleintje waarop in het midden de moskee stond. Nourio trok zijn vest uit, waarvan de rubberlaag door de steeds fellere hitte zo zacht was geworden dat hij bang was dat die aan zijn huid zou vastkleven. Zijn voorhoofd en zijn hele lichaam waren doorweekt. Tegen een gevel stond een houten luik geleund, dat uit zijn hengsels was gelicht en op reparatie wachtte. De Politieman pakte het op en gebruikte het als schild terwijl hij doorliep. De hitte werd onmenselijk en toch waren er geen vlammen te zien, alleen een merkwaardige rode gloed die het zwart van de nacht uitwiste en de lucht en de gevels van de huizen kleurde.

Toen hij eindelijk het pleintje zag, voelde de Politieman zich ziek, zowel omdat de hitte nog heviger werd als omdat van het kleine houten moskeetje met de koperen koepel niets anders over was dan een hoop gloeiende houtskool, een reusachtige berg van gloeiendheet hout, een brandstapel van reusachtige afmetingen waarop de half gesmolten metalen koepel de vorm had aangenomen van een reusachtige, ingezakte peer.

Nourio ademde niet meer. Hij geloofde zijn ogen niet. Hij besefte niet eens dat zijn haar, wimpers en wenkbrauwen verschroeiden en dat hij blaren op de neus kreeg. Uiteindelijk bracht de pijn hem weer bij zinnen. Hij slaakte een kreet, liet zijn geïmproviseerde schild achter en rende ervandoor, opgejaagd door de aanblik van de door brand verwoeste moskee; hij bedacht dat de Hel er zo uit moest zien. Ja. Dit was een hels visioen, en hij herinnerde zich de stichtelijke prenten die in de kerken aan de muur hingen en die eenvoudige zielen eeuwenlang van vrees en afschuw hadden vervuld. Maar toen schoot er een gedachte door hem heen: als de Hel dit stadje had uitgezocht om er zo'n vurig spektakel te vertonen, wie waren dan de verdoemden?

Toen hij zijn rijdier weer bereikte, was hij buiten adem. Hij dacht eerst dat dat door het rennen kwam, maar hij begreep dat de brandende lucht als vergif moest hebben gewerkt. Hij voelde zich zwak en versuft. Zijn hoofd deed pijn. Hij besefte ook dat zijn gezicht verbrand was omdat hij te dicht bij de brandhaard was gekomen. Het kostte hem moeite zijn rijdier te beklimmen; toen het hem gelukt was, wilde hij er het liefst op in slaap vallen. Hij gaf de flanken van het oude beestje de sporen, en het nam uit zichzelf de weg naar de Politiepost.

Toen hij verder van het vuur verwijderd raakte werd de lucht weer koud en zuiver. Het deed de Politieman goed, en hij vroeg zich af of hij het gruwelijke tafereel niet had gedroomd. Maar de geur van verschroeid haar die om hem heen bleef hangen haalde die hypothese onderuit: de moskee was wel degelijk in vlammen opgegaan, en de brand, toch een bijzondere gebeurtenis, had geen menigte nieuwsgierigen en leeglopers aangetrokken, maar de straten van de stad daarentegen schoongeveegd: alle inwoners waren binnen de muren van hun huizen gebleven en dat was helemaal onvoorstelbaar.

Toen Nourio de Politiepost bereikte, was hij weer helder. De knol liep uit eigen beweging naar de stal. Ze duwde de deur open met haar gigantische, donkerpaarse lippen waarop witte haren groeiden. Haar zus verwelkomde haar hinnikend en daarna met bizarre geluiden die op gelach leken. De ander, die te moe was, reageerde niet, maar wreef zich tegen haar aan. De dieren leken blij elkaar weer te zien.

De Politieman ging ervan uit dat Baraj er zou zijn, maar er was niemand en het was koud: de Plaatsvervanger moest allang weg zijn. In de haard lag alleen as. Hij moest het vuur langdurig oppoken om de schamele kooltjes tot leven te wekken, en toen ze weer rood oplichtten, kokhalsde hij bij de gedachte aan de reusachtige brandende berg die trilde in de nachtlucht als het verzadigde lichaam van een oerwezen dat lag te dromen; en hij had er vlak naast gestaan, ongelovig en versteend, zodat hij bijna door de extreme hitte was verzwolgen.

Het was vreemd dat Baraj er niet was. De Plaatsvervanger was hier duidelijk wel geweest, daarvan getuigde de properheid van de Politiepost; maar hij had niet op zijn meerdere gewacht en ook geen notitie in zijn onbeholpen handschrift voor hem achtergelaten, zoals hij soms deed. Het was evenwel onmogelijk dat hij niets van de brand in de moskee had gemerkt. Dit paste niet bij het karakter van Baraj, die aan de kleinste gebeurtenis een reusachtig belang hechtte, zozeer zelfs dat het voorkwam dat hij de Politieman stoorde of urenlang bleef wachten om hem op de hoogte te brengen van een futiliteit!

Hij besloot hem thuis te gaan opzoeken.

Onderweg dacht hij na. De jachtpartij leek al tot een ver verleden te behoren. In zijn afwezigheid was er iets heel ernstigs gebeurd. Hij deed zijn best om zijn gedachten te beperken tot directe acties: naar Baraj gaan, hem vinden, hem ondervragen, zodat hij nog niet aan de reikwijdte en de consequenties van de brand hoefde te denken.

In het bijzonder wijdde hij geen enkele gedachte – iets waar hij zich later over zou verbazen – aan de vermoedelijke slachtoffers van de brand. Onbewust richtte hij zich met al zijn denkkracht op de verwoesting van het gebouw, alleen van het gebouw, waarvan hij zich de architectuur nauwkeurig kon herinneren: de omvang, de constructie, de okerkleur van het pleisterwerk dat de muren bedekte, de cerulisch blauw geverfde uiteinden van de draagbalken die onder de koepel uitstaken en de glinsterende koepel zelf, waarvan het koper in de loop van de eeuwen zijn glans nooit was verloren omdat de moslimgemeenschap, die er het symbool van het stralen van zijn God in zag, hem ieder jaar zorgvuldig verniste om te voorkomen dat hij een doffe, groengrijze kleur kreeg.

Ja, aan die dingen wijdde Nourio al zijn aandacht, om te voorkomen dat hij in de afgrond zou vallen die hij voor zijn voeten voelde opengaan.

De onopgeloste moord op Pastoor Pernieg – hij zag de ingeslagen schedel van de Pastoor weer voor zich, zijn stramme, groteske lichaam onder de sneeuw, de zwarte soutane met de armoedige boord die heel vaak versteld was, die loshing en onder de modder zat, en zijn rechterhand die hij tot een vuist had gebald zodat zijn laatste beweging geen vergiffenis maar woede uitdrukte – scheen hem opeens onvoorstelbaar onbelangrijk toe.

En dan te bedenken dat hij zich had beklaagd omdat hij zich zo verveelde op deze standplaats!

In een paar maanden had er een reeks afschuwelijke gebeurtenissen plaatsgevonden in het stadje. Meer dan de meeste van zijn collega's in het Rijk in hun hele carrière meemaakten! Hij zat op de plek waar de ondergang van de wereld dreigde te beginnen! Hij was de gelukkige! De uitverkorene! Het was een marteling.

Hij naderde Baraj' huis. Wat zou dat grote stuk onbenul, die niet in staat was om een zin van meer dan vier woorden te formuleren, in godsnaam uitspoken? Buiten was er niets opvallends te zien. Er brandde geen licht achter het raam. Binnen werd er geslapen als een os. Hoe was dat mogelijk?

Nourio voelde woede in zich opborrelen.

Maar toen hij minder dan vijf meter van de deur stond, werd hij onthaald met een woest geblaf, dat hem aan de grond nagelde. Die vervloekte honden gingen als razenden tekeer, en die grote idioot deed er niets aan! De Politieman wachtte een paar seconden, maar het geblaf van de honden nam niet af; en hoe weinig hij ook van die dieren wist, en ondanks het feit dat hij vond dat ze vreselijk stonken, naar vochtig onderhout en oude lappen, en hij ook niet van die grote vochtige ogen hield, toch werd het hem langzaam duidelijk dat het geblaf niet agressief bedoeld was, maar een noodkreet was.

Hij waagde het erop, hij liep naar de deur en ging naar binnen: toen zag hij Baraj languit op de grond liggen. Uit de bult op zijn enorme hoofd kwam een lange stroom bloed waar de twee honden naar stonden te kijken. Nourio dacht dat de Plaatsvervanger dood was. Hij knielde bij hem neer, legde twee vingers op zijn keel. Hij voelde het bloed in de ader bonzen. Dat grote beest was stevig gebouwd.

De Politieman stond op. Hij wankelde en moest met een hand steun zoeken bij de muur. Er was te veel gebeurd, dat was duidelijk.

Hij werd overmand door twijfel: was hij in staat om alles wat er speelde te lijf te gaan? Hij voelde zich opeens zo laf als een jongeman die voor het eerst een borst ziet. Wat moest hij doen? Hoe moest hij te werk gaan?

Baraj begon te kreunen. Zijn ogen bleven dicht.

'Hoor je me?' zei de Politieman, die opnieuw bij hem neerknielde.

De Plaatsvervanger brabbelde iets.

'Wat? Ik versta er niets van.'

'Water... water...' zei de arme drommel, zonder zijn ogen open te doen.

Nourio kwam overeind en keek om zich heen. Het was de eerste keer dat hij in de woning van zijn ondergeschikte was. Boven de gootsteen zag hij metalen mokken hangen. Hij pakte er een, vulde hem, bracht hem naar de lippen van de gewonde, die er koortsachtig en gulzig van dronk.

'Hé! Zeg eens wat! Wat is er gebeurd?'

Baraj viel weer in slaap. De pijn was te hevig. Hij wilde overgeven. Hij wilde slapen. Voor altijd slapen. En Mijn Schoonheden. Zijn honden!

'Mijn Schoonheden...'

'Wat? Wat zeg je?'

'Mijn Schoonheden...'

'Waar heb je het over? Ga je me nog vertellen wat er is gebeurd?'

Maar de Plaatsvervanger reageerde niet, en zijn hoofd, dat hij had opgetild, viel terug op de vloer.

En toen sloeg Nourio de Plaatsvervanger, en nog een keer, en nog een keer, op beide wangen sloeg hij en hij brulde zijn naam terwijl hij merkte dat een merkwaardig gevoel hem in zijn greep kreeg, een gevoel dat hij niet kende, iets nieuws, en dat gevoel was geen angst maar doodsangst. Ja. Doodsangst. En toen hij trillend tot die conclusie kwam en die voor zichzelf onder woorden bracht, maakte dat gevoel daar gebruik van om nog iets sterker te worden.

34

Toen Baraj een paar uur eerder bewusteloos buiten in de kou en de sneeuw lag, zijn grote lijf zo stijf als de punt van een lans, en de dood langzaam om hem heen draaide, aan hem snuffelde, aarzelde, hem aanraakte met de punt van zijn zeis, weer terugdeinsde en zijn oude, knokige hand op zijn voorhoofd legde, toen droomde hij.

Hij liep door een landschap dat hij niet kende en waar de begroeiing bestond uit heide, mos en wilde tijm. Op sommige plaatsen werd de monotonie van de begroeiing onderbroken door een stengel bastaardwederik of door groot, vlezig, bruinrood vetkruid.

Er was niet echt een pad, maar hij liep zonder te aarzelen in de richting van de ronde top van een heuvel die dodelijk vermoeid tegen de hemel leek te leunen. Het was in de dageraad of in de avondschemering, dat was niet duidelijk. De zon was niet zichtbaar; je zag er alleen het oranje licht van, dat de omtrek van de heuvel scherp tegen de horizon liet afsteken.

Baraj liep. Hij was alleen. Zonder honden. Zonder wie dan ook. Was hij de laatste mens? Of zelfs het laatste levende wezen, want er klonk geen enkele roep, geen enkel geluid, geen vogelzang. Er was geen wind. Het was niet koud en niet warm.

Baraj liep verder, want hij voelde dat hij dat moest doen, maar hij wist niet of hij een doel najoeg of gehoorzaamde aan een bevel. En voor het eerst in zijn leven voelde hij geen angst, en was hij niet op zijn hoede. Hij genoot van die nieuwe situatie, hij die van een getemde vorm van angst een permanente metgezel had gemaakt die hij voor zijn gevoel altijd in een van zijn zakken met zich meedroeg.

De top van de heuvel kwam dichterbij. God, wat een lange wandeling! Lang en heerlijk! En Baraj gaf zich over aan het genot dat in zijn hele lichaam doordrong. Hij kwam los. Hij die sinds de kindertijd altijd gespannen was geweest, met trekkende spieren, kromme rug, gebogen nek, handen die altijd klaar waren zijn gezicht te beschermen tegen de klappen die zouden komen, was nu een en al souplesse. Zijn lichaam was geen last meer. Zijn lange benen zonken bij iedere stap weg in het mos en de heide, en hij voelde de kalmte die uit de grond kwam, omhoogtrekken.

De Plaatsvervanger zag de piek groter worden en hij voelde zich een nieuw mens. Jonger. Levendig. Kwiek. Licht. Hij was dronken van zijn nieuwe aard, vrolijk en kalm, alsof hij in één zucht al het oude, alles wat zo dicht op de dood zat, had weggejaagd. Ondanks zijn vermoeidheid rende hij haast, ondanks het feit dat de helling bij de top steiler werd, ondanks het licht dat zo fel werd dat hij zijn ogen tot spleetjes moest knijpen. Algauw bereikte hij het blauw met roze gras dat de hemel aanraakte, het was vlakbij en hij kon erin gaan liggen, ja, hij kon er languit in gaan liggen om op krachten te komen, de lucht in zijn longen te zuigen, het bonzen van zijn hart tot rust brengen.

En op het moment dat hij wankelend en buiten adem aan het einde van de klim kwam, toen hij de top bereikte in het stralende licht van een opkomende of ondergaande brandende zon die alles in zijn stervende licht van gesmolten goud liet oplossen, voelde Baraj tegen zijn wang iets waarvan hij dacht dat het de rasperige liefkozingen van de tongen van Mijn Schoonheden waren, maar wat in werkelijkheid de ontvleesde botten van de laatste vingerkootjes van de dood waren, die spottend aan hem krabde en hem feliciteerde omdat hij aan het einde van zijn leven was gekomen, daar boven op de heuvel, bij de poorten van een wereld die zich aan de andere kant aan hem openbaarde en waarnaar hij alleen maar hoefde af te dalen, vol vertrouwen, rust en overgave.

Maar plotseling hoorde hij een stem die hij kende, die de soepele wand van de droom leek te willen doorboren, en die stem zei zijn naam, een paar keer achter elkaar, vol liefde, het was een jongemeisjesstem, een kinderstem haast die hem riep op een manier die veel weg had van een smeekbede, een pure, betoverende stem die hij herkende als de stem van Lémia, de dochter van de Klompenmaker. Aangemoedigd door die stem liet hij zich als door een lawinegang terugvallen langs de helling van de heuvel die hij net had beklommen en die er plotseling weer was, en razendsnel keerde hij terug naar het leven met al zijn gevaren, het bittere leven dat hij toen hij zijn ogen opendeed in al zijn hardheid terugvond, toen hij terugkeerde naar zijn gepijnigde lichaam en de donkere blik zag van zijn meerdere, de Kapitein, die over hem heen gebogen stond, wiens gelaatstrekken waren uitgevaagd door een soort mist en die aan één stuk door zijn naam zei met een stem als een gebarsten ratel, terwijl hij hem harde tikken gaf.

'Daar ben je! Ben je er weer? Wakker worden! Word dan wakker, grote idioot!'

'Kapitein,' mompelde de Plaatsvervanger.

'Eindelijk! Je herkent me weer!'

'Kapitein...' herhaalde Baraj. 'Pardon... pardon...'

Hij verontschuldigde zich, die imbeciel! Typisch voor iemand als hij om zich onophoudelijk te verontschuldigen.

De Politieman zette hem rechtop bij de haard. Hij pookte in de kooltjes, legde er een takkenbos op die direct vlamvatte. Mijn Schoonheden kwamen naar hun baas toe, vroegen om aangehaald te worden en drukten hun flanken tegen de dijen van de reus. Nourio gaf hem nog een glas water, waar hij langzaam van dronk.

'Je bloedt niet meer, maar het is een gemene wond. Wie heeft dat gedaan?'

De Plaatsvervanger keek met verwarde blik naar de Politieman, toen naar Mijn Schoonheden, toen weer naar de Politieman. Hij vond geen woorden, want hij had niets te zeggen. Hij wilde slapen. Hij had hoofdpijn. Toch probeerde hij het uit te leggen: er was aangeklopt. Hij was naar buiten gegaan. Er was niemand. Hij had een paar stappen gezet. Het was pikdonker. Ze hadden hem buiten westen geslagen. Hij had niets gezien. Niets gehoord. Toen had de kou hem eronder proberen te krijgen. Hij was wakker geworden. Had de touwen waarmee hij was vastgebonden losgekregen. Was naar binnen gekropen. Was weer bewusteloos geraakt.

Zo was het.

Het verhaal was eenvoudig en duister tegelijk.

Baraj rilde. Hij zag bleek. De honden keken Nourio aan: in hun ogen lagen grote vragen besloten die gewoonlijk alleen door mensen gesteld worden. Wist hij veel of Baraj zou sterven of niet! Hij was toch geen dokter! De wereld werd nu echt te ingewikkeld voor hem. Het mechaniek sloeg op hol waar hij bij stond, het draaide met een krankzinnig makende snelheid en hij had geen flauw idee hoe hij het kon afremmen.

Nourio herinnerde zich dat er ergens in de Politiepost een verbandtas lag. Het was een groot etui van dik leer met verband, watjes, gaas, zalf, flesjes alcohol en naamloze drankjes. Er zat ook een setje in om wonden dicht te maken, met naalden en draad, maar alleen al bij de gedachte daaraan liepen de Politieman de rillingen over de rug. Dat zou hij nooit kunnen.

Baraj had zijn ogen weer dichtgedaan. Hij was op zijn stoel ineengezakt. De wond bloedde niet meer. De wijd open randen leken op de gespreide bladeren van een grote, obscene, stinkende, tropische bloem.

Toen de Politieman later die avond in bed kroop, waar zijn vrouw zich omdraaide toen ze hem voelde, duurde het lang voordat hij de slaap kon vatten. Trouwens, deed hij dat wel? Er was in het stadje zoveel gebeurd waarvan hij de logica en de oorzaak niet kon ontwarren, en hij had het onaangename gevoel dat dat nog niet voorbij was.

Nadat hij op de Politiepost de verbandtas had gehaald, was hij nog een uur bij de Plaatsvervanger gebleven. Hij had het hoofd van zijn ondergeschikte zo goed als hij kon verbonden. Daarna had hij hem op de bank geholpen, waarna de twee honden er ook op waren geklommen en zich tegen hem hadden aan gedrukt. Baraj had ze langdurig geaaid, met zijn ogen dicht, en uiteindelijk was hij in slaap gevallen. De Politieman was stilletjes uit het huis van de Plaatsvervanger vertrokken en was door de verlaten straten naar huis gelopen, waarbij hij doelbewust een omweg maakte om niet langs het pleintje te komen waar de ruïnes van de moskee nog steeds licht en rook verspreidden.

In de vreemde uren die voorafgaan aan de dageraad, als buiten alles stil en donker is en je als je je ogen opendoet niet weet of je droomt of wakker bent, kreeg Nourio het gevoel dat er niets was gebeurd: hij zag zich weer als de jonge student, behoeftig en arm, die zich voedde met dunne soep en grote filosofische theorieën die hij niet goed begreep, die urenlang door de straten zwierf omdat hij geen geld had om cafés te bezoeken, die op de ongemakkelijke versleten banken van de universiteitsbibliotheek bleef zitten tot vlak voor sluitingstijd en als hij naar zijn kamer sloop zijn hospita ontliep omdat hij haar altijd nog wel een paar termijnen huur verschuldigd was.

Toen was nog niets in zijn leven echt begonnen. Alles of bijna alles was nog mogelijk. Het was alsof hij aan de rand stond van een diep woud, voor een waaier van paden die er allemaal doorheen liepen, maar via allerlei wegen, via lichte open plekken, hoge boomstammen, vijandig kreupelhout, stekelige bosjes, malse grasvelden of modderpoelen vol dode bladeren.

Iedere weg vertegenwoordigde een leven waarvan je de hoofdstukken niet kon uitwissen of herschrijven. Ieder mens is veroordeeld om door het verhaal van zijn leven te lopen, of hij nu wil of niet, en je kunt er geen pagina's uitscheuren en er niets aan veranderen.

Hoe was het zover gekomen dat die magere student die hij ooit was geweest, die verdwaalde tussen al die boeken, lichtjes en mensen, die zo onrustig was, die duizend dromen met zich meetorste, een politieman met belachelijke bevoegdheden was geworden, een banneling in een provincie, overal ver vandaan, waar hij stierf van verveling en berouw, maar over wie plotseling een zondvloed van problemen en ellende was uitgestort?

De tranen van een van zijn kinderen, een meisje leek het, maakten een einde aan zijn zielige dromen. Zijn vrouw stond zuchtend op, en die beweging bracht de geur in beweging van haar warme lichaam, beroerd door de slaap. Nourio snoof hem op. Hij dacht weer aan de drijfsters van de Markgraaf, aan hun krachtige lichamen, hun geur van vuil leer, van varens, zweet en bier, aan hun lippen, hun tanden, hun borsten, aan de grote kont en het vurige dons van de vrouw die hij betrapte toen ze in de sneeuw plaste. Hij voelde zijn lid stijf worden.

De Politieman zuchtte.

Het leven begon weer van voren af aan. Straks moest hij opstaan en er opnieuw instappen. Hij moest zijn rol tot het einde spelen. Hij moest het kostuum dragen. Hij dacht aan het bos van zijn jeugd en de talrijke paden waarvan hij niet wist hoe hij ze moest nemen.

Hij voelde zich zwaar en verdrietig.

Hij ging haast huilen.

35

Tegen het midden van de ochtend besloot Nourio, die dat moment al tien keer had uitgesteld, en, dat moet gezegd, ook had gewacht tot de Burgemeester, de Rapporteur of een van hun bediendes bij hem kwam aankloppen om hem te halen – maar dat gebeurde niet –, om de deur uit te gaan en zich naar het plein van de moskee te begeven.

Het was een heldere dag, verbazend zacht, en de eerste waarop de vorst zijn wapens liet zakken. De dikke sneeuwlaag die de daken bedekte werd zacht van de zonnestralen, en uit de massa ontsnapten waterstraaltjes die uit de dakgoten liepen.

De Politieman liep krom. In zijn onderbuik ging een zenuwkoliek tekeer die hij moeilijk kon bedwingen. In de straten zag hij mannen, vrouwen, kinderen en ook ouden van dagen; ze stapten zwijgend voort, in verschillende tempo's. Na een paar honderd meter besefte Nourio dat ze allemaal dezelfde kant opgingen – dezelfde kant als hij.

Toen hij bij de Hravekstraat kwam, stond die vol met passanten die langzaam en nog steeds zwijgend voortstapten. Hij baande zich een weg tussen hen door, maar algauw werd de menigte zo dicht dat hij zijn ellebogen moest gebruiken. Alleen hij liep nog. Om hem heen was er niets anders dan lichamen die op hun plaats bleven staan, zwijgend, onverschillig voor de bevelen van de Politieman dat ze hem door moesten laten; ze maakten moeizaam ruimte als hij ze zonder pardon opzijduwde.

Hij had lucht nodig. Hij probeerde doden in beweging te krijgen. Hij was de enige levende, de enige die probeerde te bewegen, omringd door lijken die meer en meer de consistentie kregen van een lauwe, kleverige, deegachtige lava, die hem onophoudelijk probeerde te immobiliseren en verstikken.

Naarmate hij dichter bij het plein kwam, werd het lastiger om vooruit te komen. Hij had het gevoel dat hij het nooit zou bereiken. Zijn geschreeuw, de klappen die hij uitdeelde om erlangs te komen en de bevelen die hij riep leken geen enkel effect te hebben. Hij stikte. Er lag een knoop in zijn maag. De inspanning was enorm. Al die mensen leken hem niet te zien en elkaar ook niet. Het was een leger van slaapwandelaars, onder invloed van eenzelfde betovering die hen naar een en dezelfde plaats leidde, waar ze elkaar verdrongen terwijl ze op iets wachtten.

Nu mepte de Politieman zonder aanzien des persoons om zich heen, maar de klappen landden op onzichtbare zandzakken. De lichamen namen het pak slaag in ontvangst maar bewogen zich nauwelijks, en niemand protesteerde als hij hem met geweld opzijduwde.

Na een ogenblik waar geen einde aan leek te komen, slaagde hij er eindelijk in de laatste muur van samengeklonterd vlees te splijten; en bezweet en buiten adem stapte hij op het moskeeplein.

De menigte stond op een paar meter van de reusachtige berg as, die nog narookte en een pijnlijk aangename warmte verspreidde. Het was een flinke menigte, wat de Politieman nu pas besefte, omdat hij alleen bezig was geweest met zich een weg te banen. Het hele stadje leek zich hier en in de omliggende straten te hebben verzameld. Er waren duizenden gezichten, duizenden ogen die allemaal naar hetzelfde keken, en duizenden zwijgende monden. Het was niet alleen de massa mannen, vrouwen en kinderen die zo indrukwekkend was, maar ook de volmaakte stilte die van hen uitging. Want niemand sprak, en het leek haast of niemand ademde. De gezichten drukten geen enkel gevoel uit, geen enkele angst, geen woede, geen afgrijzen, geen tevredenheid. Ze bleven onbewogen, alsof alle leven en bewustzijn uit hen waren verdwenen.

Opeens werd de Politieman bevangen door een hevige paniek. Hij had het gevoel dat hij de enige was die nog een ziel had. Ze hadden hem volledig in een nachtmerrie geworpen, wat op zich al onaangenaam was, maar ze maakten hem ook duidelijk dat die nachtmerrie geen nachtmerrie was maar werkelijkheid, en dat maakte zijn ellende nog verschrikkelijker. Hij wist niet wat hij moest doen. Hij had willen verdwijnen, zich weer onder de zwijgende menigte willen begeven en erin opgaan, een van hen worden, even zwijgzaam en anoniem als de rest; maar hij had het gevoel dat de lichamen om hem heen een compacte muur vormden die niet meer uiteen zou gaan om hem door te laten, zodat er geen weg terug was. Op dat moment hoorde hij een stem achter zich die tegen hem sprak.

'Daar bent u dan, Kapitein! Dat werd tijd!' Nourio herkende die stem onmiddellijk, maar op het moment dat hij die stem herkende bedacht hij dat het onmogelijk was dat die hier en nu tegen hem sprak – ja, volkomen onmogelijk, want die hoge, haast vrouwelijke, maar tegelijkertijd kille en krassende stem, was de stem van zijn meerdere, Commandant Sroh, en als de Commandant nu al op de hoogte was van de brand – wat onmogelijk was – dan nog had hij de weg die T. met het stadje verbond nooit zo snel kunnen afleggen.

Trillend en heel langzaam draaide de Politieman zich om; zijn maag begon weer op te spelen. Hij dwong zich om zijn ogen open te houden, maar eigenlijk wilde hij ze dichtdoen, want hij was ervan overtuigd dat dit spektakel waarin hij zich een marionet waande een grotesk geheel was dat hij in zijn slaap had opgebouwd.

Maar hij ontkwam er niet aan: tot zijn verbijstering stond tegenover hem, omringd door de Burgemeester, de Rapporteur van het Keizerlijk Gezag, de Ontvanger der Belastingen, de Archivaris en Oresz Mlaver, de oude Schoolmeester, Commandant Sroh, in hoogsteigen persoon, met zijn grote kalfskop, zijn slappe wangen en piskleurige ogen, in zijn smetteloze uniform, op perfect gepoetste laarzen en met een zwarte karwats in zijn met licht geitenleer gehandschoende rechterhand.

'Prachtig!'

De Commandant bekeek de Kapitein alsof hij iets meelijwekkends zag, een defect stuk gereedschap. Om zich een houding te geven, ging Nourio in de houding staan en dat hield hij een paar minuten vol, want zijn meerdere was zo verstrooid of wreed dat hij lang wachtte totdat hij hem plaats rust gunde. Degenen om de Politieman heen, die de vorige dag nog zijn jachtgenoten waren geweest, keken onverschillig toe, met uitzondering van de Rapporteur, die een geamuseerde glimlach onderdrukte.

In Nourio's maag ging het tekeer. Hij had het gevoel dat een interne demon zijn darmen in de knoop legde.

Met een knik gunde de Commandant de Politieman eindelijk plaats rust. Toen begon hij, met zijn handen achter de rug en de karwats tussen de vingers van zijn handschoen geklemd, te lopen, en de plaatselijke notabelen volgden. Nourio, die op het punt stond om flauw te vallen en niets liever wilde dan wegrennen naar een plaats waar hij alleen kon zijn, had geen andere keus: hij móest wel meegaan. Hij liep ineengedoken, met kleine stapjes; al zijn spieren waren gespannen, zijn gezicht was bleek en was overdekt met zweet; hij leek een oude man die een bevroren plas overstak.

Op een paar meter van de menigte, die nog steeds zweeg en onbeweeglijk was, liep het groepje tweemaal om de indrukwekkende ashoop heen, die bijna drie meter hoog, geheel grijs, en aan de oppervlakte poederig was; maar in de diepte hoorde je het verkoolde hout nog grommen. Van het hele gebouw was niets meer over dan deze lichte, donzige materie waarin de koepel, bewerkt door het vuur van de duizenden graden, was ingezakt tot een reusachtige donkere traan.

'Mooi... mooi... mooi...' mompelde Commandant Sroh toen hij de grote ramp in ogenschouw nam, op dezelfde toon die hij bij een militair defilé zou hebben gebruikt. Toen draaide hij zich abrupt om naar de Burgemeester en zijn trawanten en zei opgewekt: 'Zullen we maar gaan lunchen, heren? Om goed te redeneren is een volle maag onmisbaar, en God weet dat we goed moeten redeneren!'

De anderen, die nog niet geheel waren bijgekomen van het feestmaal van de vorige avond, waren niet al te enthousiast over het voorstel van de Commandant, maar niemand durfde zijn bedenkingen uit te spreken. Nourio had het behoorlijk te kwaad: hij klemde zijn tanden op elkaar, perste zijn billen samen en kronkelde als een bezetene.

'Nou, voorwaarts mars dan! Op naar de Herberg!'

Het scheelde weinig of de Officier had een deuntje geflo-ten, maar hij leek zich weer bewust te worden van de aanwe-zigheid van de menigte, die hij tot dan toe had genegeerd, en de starre ernst op de gezichten die naar hem keken had een kalmerende uitwerking op hem.

Plechtig liep hij naar de voorste rij van de op elkaar ge-propte menigte; hij legde een masker van ernst op zijn pap-perige gezicht en hoefde zijn karwats alleen maar als een maarschalksstaf vooruit te steken om de menigte naar het evenbeeld van Mozes bij de Rode Zee in tweeën te splijten, zodat hij en zijn gevolg konden passeren.

36

Sinds ze aan tafel waren gegaan, was er alleen nog maar over eten gesproken, en alleen de Commandant was aan het woord geweest. Hij raakte nooit over het onderwerp uitgepraat, en niemand durfde hem te onderbreken. De meeste disgenoten beschouwden hem als een merkwaardige diersoort of een krankzinnige. Maar hij kwam uit T. en beschikte over meer macht en voorrechten dan de overige aanwezigen.

Nourio zat aan het einde van tafel; zijn ingewanden waren tot rust gekomen. Hij kende zijn meerdere beter dan de anderen en hij wist dat achter de obsessie met eten die de Commandant voorwendde en de eindeloze monologen die hij afstak een beperkte intelligentie schuilging, die stijfkoppig en doortastend was en zich verschanste achter het prikkeldraad van onwrikbare bevelen en onweerlegbare wetten. Hij maakte deel uit van de officieren die deden of ze vriendschappelijk met hun ondergeschikten omgingen, maar die als de omstandigheden het vereisten zonder pardon een paar man lieten executeren om een voorbeeld te stellen en daarna een glas schnaps gingen drinken en een sigaar rookten terwijl ze een bordeelmeisje over de buik streelden.

De Politieman was langzaam maar zeker bij zinnen gekomen en probeerde de situatie te analyseren, terwijl zijn meerdere oreerde over de zegeningen van ragout, stoofvlees, broodjes met papaverzaad en ontbijtbolletjes met frambozenjam.

Het stond voor hem nu buiten kijf dat de uitnodiging van de Markgraaf een valstrik was geweest, waar hij door zijn trots en ijdelheid in was gelopen. Alles was vooropgezet spel geweest om hem de stad uit te krijgen, hem en de anderen die uit hoofde van hun functie van dichtbij of van veraf een machtspositie of veronderstelde machtspositie bekleedden. Hij herinnerde zich de raadselachtige woorden die de Rapporteur de vorige avond had gesproken toen ze samen van het jachttableau wegliepen, toen hij zei dat het een mooie dag was geweest en een *onvergetelijke* avond zou worden.

Onvergetelijk! Was het mogelijk dat die homofiel al wist wat er zou gaan gebeuren? En zo ja, hoe zat dat dan met de anderen?

Nourio herinnerde zich dat hij bij het afscheid, toen de Markgraaf zijn best deed om hem te laten blijven, had gezien dat de anderen steelse blikken uitwisselden die leken te bevestigen dat ze er allemaal bij betrokken waren. Maar van wie kwam de beslissing om het gebouw te laten afbranden? En wie had het uitgevoerd? Hield de aanval op Baraj verband met dit alles? En hoe moest hij de wonderbaarlijke aanwezigheid van Commandant Sroh interpreteren? Waarom was hij hier?

'Een wonderbaarlijk toeval!' antwoordde die toen hij zijn bierpul langzaam had leeggedronken en hem neerzette, terwijl hij in zijn geest speelde met de vraag die zijn ondergeschikte hem had durven stellen. 'Ja, een wonderbaarlijk toeval, Kapitein... Ik kwam u net opzoeken om me persoonlijk op de hoogte te stellen van de voortgang, of beter gezegd het gebrek daaraan, van het onderzoek naar de moord op de ongelukkige Pastoor Pernieg. Ik had de nacht doorgebracht in het logement van Klavoti en ging voor het krieken van de dag op pad, zodat ik hier rond acht uur vanochtend aankwam. Ik ging direct naar uw Politiepost, maar tot mijn onaangename verrassing trof ik u daar niet, en ook die Plaatsvervanger niet om wie u zo lang hebt gezeurd. Ziet u hoe de gebeurtenissen soms in elkaar passen alsof het toverij is, heren? Het spreekt vanzelf dat u me vanwege de omvang van het voorval ongetwijfeld zou hebben laten komen! Nu was ik door toeval, stom toeval, uw wens voor, en bevond ik me in uw midden op het moment dat mijn aanwezigheid vereist was om de zaken ter hand te nemen.'

Terwijl de Commandant aan het woord was, bekeek Nourio de gezichten van de anderen. Ze zagen er allemaal uitgeput uit en besteedden nauwelijks aandacht aan wat Sroh zei. Ze hadden gedronken. Ze hadden gegeten. En allemaal voelden ze de vermoeidheid van de vorige dag en de schadelijke effecten die het voedsel en de drank waarmee de Markgraaf zo kwistig was geweest op hun gestel hadden.

Maar de Politieman besefte dat achter die enorme vermoeidheid, die zo groot was dat sommigen zaten te gapen, iets anders schuilging: een onverschilligheid over de woorden van de Commandant, een overduidelijk tekort aan nieuwsgierigheid, en, hoewel de omstandigheden eerder aanleiding gaven tot die emotie dan tot welke andere dan ook, een volledig gebrek aan onrust.

Hier werd een kaartspel gespeeld waarbij iedereen wist welke kaarten in het spel waren, wat de tactieken van de anderen waren, hoe het spel zou verlopen en hoe het zou eindigen – met uitzondering van Nourio; en hij voelde bitterheid opwellen omdat hij wist dat hij werd buitengesloten en er niets aan kon doen.

De Commandant klapte in zijn handen om het einde van de maaltijd aan te kondigen.

'Heren, nu zal ik mij terugtrekken om na te denken over de buitengewone gebeurtenis die uw gemeenschap heeft getroffen. Vanavond zal ik mijn conclusies met u delen. Tot die tijd moet ik alleen zijn. Herbergier! Breng me naar mijn kamer. Dan brengt u me zeer zwarte thee en een flacon van die vruchtenbrandewijn die men hier drinkt, die eenvoudige eau de vie, hoe heet die ook alweer, inderdaad, hpetz, de naam was me ontschoten maar de herinnering is me bijgebleven. Perfect! Wat u betreft, Kapitein, ik verwacht u om vijf uur bij mijn kamerdeur. Dan maken we de balans op. Wees op tijd. Het daglicht wacht niet! Wel, tot ziens, heren!'

En met een losgeknoopte broek en een open vest salueerde de Commandant voor zijn disgenoten; hij was vergeten zijn servet af te doen. Hij sloeg met zijn hakken tegen elkaar en vertrok naar zijn kamer, plechtig voorgegaan door Vilok, wiens karmozijnrode neus twee keer zo groot leek te zijn geworden.

Er viel een diepe stilte. Men durfde elkaar nauwelijks aan te kijken en al helemaal niets te zeggen. Het was de Rapporteur die als eerste sprak, en hij zei iets wat tot niets verplichtte.

'Wat een gebeurtenis!'

De anderen knikten.

De Burgemeester zei:

'Ja... wat een gebeurtenis...'

Nourio keek naar ze. Ze leken zich minder druk te maken dan ze wilden laten zien.

'Hoe denkt u erover, Kapitein?' vroeg Mlaver, die met zijn grijze ogen van de Politieman diep aankeek.

Nourio aarzelde. Wat kon hij zeggen? Iedereen keek naar hem.

'Ik ben er ook door getroffen. Het is niet te bevatten. Maar nu we het er toch over hebben, heren, mag ik u vragen op welk tijdstip u over dit verschrikkelijke drama hoorde?'

Ze kuchten. Ze zaten te schuiven in hun stoelen. Ze keken elkaar aan om te zien wie er antwoord zou geven. Het werd de Rapporteur.

'Toen het licht werd, liet de Markgraaf ons terugbrengen in zijn rijtuig. We hebben in het Kasteel overnacht, al hebben we weinig geslapen. Kort voor Commandant Sroh kwamen we terug, en we gingen naar het Stadhuis, waar meneer de Burgemeester ons op krachten liet komen met een gloeiendhete bouillon. Daar meldde zich Commandant Sroh, zoals hij net al zei, en die vertelde dat hij allerlei mensen had gezien die naar dezelfde plaats leken te gaan. Zo hoorden we allemaal op hetzelfde moment van die rampzalige gebeurtenis.'

'En toen u in de stad aankwam en naar het Stadhuis ging had u niets door? U zag niets? U rook geen brandlucht?'

Opnieuw lieten de tafelgenoten de Rapporteur, met zijn liefde voor schrijven en praten, het woord doen.

'Het was een bijzonder korte nacht geweest en we hadden allemaal iets te veel gedronken. We zijn in het rijtuig in slaap gevallen, en de dikke fluwelen gordijnen waren dichtgetrokken. We werden pas wakker toen we aankwamen.'

De Rapporteur zweeg en wachtte de reactie van de Politieman af. Die dacht even na en besloot toen dat het nutteloos was om door te vragen. Hij twijfelde of hij zou vertellen over de aanval op de Plaatsvervanger en besloot er het zwijgen toe te doen.

'Ik moet weg.'

'Doe uw best, Kapitein,' meende de Burgemeester te moeten opmerken. 'We hebben het volste vertrouwen in u!' voegde hij eraan toe.

'Ja, het volste vertrouwen,' herhaalde de oude Schoolmeester, en in zijn ijzige blik brandde een ironisch licht.

Nourio bedankte met een hoofdknik en verliet de Herberg.

37

Het hoofd van de Plaatsvervanger was in omvang verdubbeld omdat er een grove tulband van gaas en verband omheen was gewikkeld; hij leek op een reusachtige kegel uit een kegelspel. Hoewel zijn schedel heel veel pijn deed en het hem nog moeilijker dan anders viel om de juiste woorden te vinden, vertelde Baraj zijn meerdere dat hij de vorige dag Martjial Maijre en zijn merkwaardige reisgenoten had gezien. Hij probeerde zo precies mogelijk te zijn en geen detail over te slaan. Hij voelde ook de behoefte te vertellen wie Maijre was en wat voor reputatie hij had. Hij aarzelde voordat hij vertelde dat hij de stal van Djurdic was binnengeslopen en hun bagage had doorzocht, want dat was illegaal en hij vreesde dat zijn meerdere hem verwijten zou maken. Maar tot zijn grote verrassing complimenteerde de Politieman hem juist met het initiatief dat hij had getoond.

'Je hebt goed gehandeld, Baraj. Soms moet je de regels aanpassen als de omstandigheden dat vereisen. En is Maijre ook degene die de uitnodiging van de Markgraaf kwam brengen?'

'Ja, Kapitein.'

'En waarom zeg je dat hij God noch gebod kent?'

'Omdat hij in staat is zijn eigen vader te doden.'

'Het is opmerkelijk dat hij hier op dit moment in het verhaal tweemaal opduikt. En nog opmerkelijker dat hij voor de Markgraaf werkt.'

De Politieman overdacht wat de Plaatsvervanger had verteld. Aan de bagage van die mannen – ambachtslieden, had Baraj eerst gedacht – was hem niets verdachts opgevallen, maar het feit dat Maijre in hun gezelschap was gezien en dat ze allemaal de houding, de hoofden en het gedrag van huurlingen hadden, niet van eenvoudige timmerlui, weersprak die hypothese: de brand in de moskee bevestigde hoe dan ook dat hun aanwezigheid in de stad geen toeval was geweest. Het was belangrijk dat Djurdic zo snel mogelijk ondervraagd zou worden.

Toen ze bij hem aankwamen, stond hij net het stalstro te verschonen.

'Je hebt bezoek gehad, zie ik?' zei de Politieman.

'Dat is mijn werk, Kapitein, en voor zover ik weet is dat geen misdaad,' antwoordde Djurdic, die zijn ogen op Baraj en zijn dikke textiele kop gericht hield.

'Natuurlijk niet. Met hoeveel waren ze?'

'Met een man of acht.'

'En waar kwamen ze vandaan?'

'Geen idee. Ik spreek hun taal niet. Ze betaalden voor een nacht pension, maar ze vertrokken veel eerder.'

'Namelijk?'

'Gisteravond tegen zeven uur hoorde ik lawaai. Ik stak mijn hoofd door het raam en ik zag ze vertrekken. Ze hadden haast.'

'En dat verbaasde je niet?'

Djurdic haalde zijn schouders op. Nourio begreep dat ze niets meer van de stalhouder los zouden krijgen. Hij gebaarde naar Baraj dat het tijd was om te gaan, maar de Plaatsvervanger keek doordringend naar een hoek achter in de stal, waar een zwart geworden doek onder het stro uitstak. De Politieman liep ernaartoe en knielde neer. Het was een vest van grove stof, opgerold tot een bal, waarvan de uiteinden van de mouwen waren verbrand.

'Is deze van jou?' vroeg hij aan Djurdic, die niets had gemist.

'Nee.' Hij draaide zich om en begon weer vers stro over de bodem van aangestampte aarde te verspreiden.

Nourio snoof aan het kledingstuk: het had de geur van zweet en er zat ook een scherpe, recente, onmiskenbare rookgeur aan.

'Die neem ik mee.'

Djurdic haalde zijn schouders op om duidelijk te maken dat het hem om het even was. Nourio en Baraj liepen de stal uit.

In de stad leek het leven zijn gewone loop te hebben hernomen. De wandelaars kwamen en gingen, profiteerden van de eerste milde dag na deze lange winter. De meesten van hen hadden opvallend veel bij zich: grote balen linnen, stoelen, stapels borden en pannen; de kinderen droegen speelgoed van hout of van vilt, klein linnengoed, de vrouwen dons, dekbedden en kookketels, de mannen bedden, en met twee of drie man kledingkasten en dressoirs.

Eerst dacht de Politieman dat het een verhuizing was, maar daarna raakte hij geïntrigeerd omdat er tientallen mensen bij betrokken leken te zijn; en toen hij twee vrienden uit het huis van een moslimfamilie zag lopen met drie kandelaars en een grote kroonluchter met pendeloques, die hem bang aankeken, als betrapte kinderen, begreep hij wat er aan de hand was.

Het plunderen was begonnen.

Als de mens al in staat is om scrupules te hebben, dan kan hij die moeiteloos onderdrukken, en 's mans grootste vijand is zijn buurman. Alleen qua afstand is hij je naaste, en wie niet verder kijkt dan zijn glimlach komt steevast bedrogen uit.

Een buurman is een roofdier dat op een moment van zwakte wacht waarop hij degene die hij al jaren benijdt en bespioneert kan verscheuren. De buurman is de ultieme voyeur: hij weet alles over je leven, dat in zijn ogen altijd beter is dan dat van hem. En dus ontwikkelt hij in de loop van de tijd haast ongewild een wrok die als de omstandigheden zich daartoe lenen in het beste geval een dief van hem maakt en in het slechtste geval een moordenaar.

Een goede buur bestaat niet.

Een goede buur is een dode buur.

De Politieman beschikte, ondanks al zijn gebreken, in weinig bezochte uithoeken van zijn geest over een rudimentaire moraal; en walgend keek hij naar dat rattenleger dat alles meenam wat het dragen kon, ook dingen die ze al hadden of waar ze nooit iets aan zouden hebben.

Ook de Plaatsvervanger liet zich niet meeslepen, en als zijn Meester hem had opgedragen om die dieven stante pede in de kraag te vatten, had hij dat graag gedaan, uit volle overtuiging, ondanks de wond die nog veel pijn deed.

Hij had het gevoel dat de Kapitein zijn gedachten kon lezen, want die zei triest en zacht: 'Het is de moeite niet waard. Ze zijn met veel te veel. We zouden de hele stad moeten oppakken en daar is de gevangenis veel te klein voor.'

En dus lieten ze dat tuig hun gang gaan en liepen ze door,

naar het plein waar de immense ashoop nog steeds – hoelang nog? – getuigde van een gebouw dat er eeuwenlang had gestaan.

Ze gingen systematisch te werk. Of beter gezegd: volgens de methode van de Kapitein, die zijn befaamde notitieboekje tevoorschijn had gehaald, afstanden mat en schetsen maakte, terwijl de Plaatsvervanger rondsnuffelde in de grote ashoop, die nog warm was van het verkoolde hout dat ongetwijfeld nog dagenlang rood zou oplichten in het hart ervan.

Het vuur was zo extreem fel geweest dat alles de consistentie en uniformiteit van grijs stof had gekregen. Je kon er niets in onderscheiden, alleen hier en daar stukjes glas die eerst gebarsten en toen gesmolten waren en er nu uitzagen als kleine druppels helder water.

Baraj groef in zijn geheugen, sloot zijn ogen en probeerde het beeld van de moskee op te roepen dat hij gekend had.

Het was een houten gebouw, niet al te groot, met daarop een koepel van mooi gehamerd koper. In de loop der jaren had het beukenhout waarvan het gebouwd was op plaatsen een blonde, bijna witte kleur gekregen, terwijl op andere de nerf glansde in mooie scharlaken en wildbruine tinten. Op drie meter van de grond zaten zes hoge ramen met dwarslatten, zonder versiering of brandschildering, die licht binnenlieten door vrij dikke, onregelmatige glazen rechthoeken. De moskee had maar één buitendeur, een dubbele. Die was gemaakt van zware planken die met bouten aan elkaar zaten en was net zo sober als de rest, met uitzondering van het slot, dat van gehamerd ijzer was gemaakt en een sleutelgat in de vorm van een delicate maansikkel had. Er paste een grote sleutel in van ongeveer acht duim lengte, die de Imam aan een leren koord om zijn nek droeg.

De brand was heel fel geweest en moest zich met duizelingwekkende snelheid hebben verspreid vanwege het materiaal waarvan de moskee gebouwd was: behalve de stenen grondmuur waar het gebouw op stond, was alles van hout, zowel het gebouw zelf als het schaarse meubilair. En dan nog oud hout, gedroogd door de tijd, dat in een oogwenk vlam zou hebben gevat.

Baraj dacht aan de gelovigen die binnen waren toen de brand uitbrak. Tot nu toe had niemand daar hardop over durven praten. Hij niet, zijn meerdere niet, de autoriteiten niet, en Commandant Sroh al helemaal niet. Iedereen deed alsof ze nooit hadden bestaan.

De Plaatsvervanger bereikte de plaats waar de ingang van de moskee was geweest. Hij ging op handen en voeten zitten en begon in de lauwe as te graven, die hij met zijn vingers spreidde. Algauw haalde hij er een groot scharnier uit tevoorschijn, toen een bout, en toen nog een bout. Daarna vond hij het sleutelschild met de maansikkel, waarvan de uiteinden door het vuur verwrongen waren zodat die nu leek op een mond die was vertrokken tot een afgrijselijke grimas.

Hij kon zoeken wat hij wilde, maar de grote sleutel vond hij niet, wat ook niet zo vreemd was, bedacht hij, omdat de Imam die zodra hij de deur had geopend weer om zijn nek zou hebben gehangen. Wel werd hij toen hij overeind kwam in zijn handpalm geprikt door een puntig voorwerp, en toen hij het uit de as haalde en voor zijn ogen hield, besefte hij dat het een grote spijker was – niet zomaar een spijker, maar een lange spijker die het vuur niet klein had gekregen, met een brede, gehamerde, zeshoekige kop.

Opeens kreeg hij het heel koud en hij voelde zijn hoofd tollen. Geen twijfel mogelijk: deze spijker was identiek aan de spijkers die hij gisteren had gevonden in de bagage van de ruiters van Martjial Maijre. Hij liet zich op de grond vallen en zocht verder, en toen de Politieman naar hem toe kwam en hem zag zoeken als een koortsige hond die de verstopplaats van zijn bot is vergeten, kwam Baraj overeind en gaf hem zonder een woord te zeggen zes identieke klinknagels met een volmaakt zeshoekige kop.

38

Precies om vijf uur klopte Nourio aan op de kamerdeur van Commandant Sroh. Geen reactie. Hij klopte opnieuw, harder nu, maar het had nog steeds geen effect. Hij wachtte een paar ogenblikken en vroeg zich af wat hij moest doen. Hij legde zijn oor tegen de deur; hij meende aan de andere kant gesnurk te horen. En dus besloot hij hard op de deur te slaan.

'Ik kom al! Ik kom al!' reageerde een geïrriteerde stem.

Het duurde nog een paar minuten voordat de deur openging en de Commandant verscheen, slecht gekleed, met dikke ogen van de slaap en een arglistige blik.

'U hoeft de deur toch niet uit het lood te slaan, Kapitein! Het hoeft niet zo hard! Ik had u heus wel gehoord... ik was in gedachten verzonken. Kom binnen!'

In de kamer was het om te stikken. De kachel was roodgloeiend, de ramen en gordijnen waren dicht. Een olielamp verspreidde een zwak licht.

Het bed was niet opgemaakt. Op het nachtkastje bevonden zich een lege sterkedrankkaraf en een omgestoten glas.

Sroh liet zich met zijn loshangende bretels in een oude fauteuil vallen en wees met een vermoeide hand op een lage, oncomfortabele stoel tegenover zich, waarop Nourio zo goed als hij kon ging zitten.

'Ik luister, Kapitein. Ik wil uw bevindingen horen. Daarna vertel ik die van mij.'

Toen begon hij zijn hemd dicht te knopen en staarde in de verte.

Niets van dit alles kwam voor Nourio als een verrassing. De Commandant was dronken geworden en was als een blok in slaap gevallen. En ook had hij voorzien dat zijn meerdere hem eerst aan het woord zou laten.

'Ik twijfel er niet aan dat welwillende geesten u hebben verteld dat ik gisteren aanwezig was bij een jachtpartij waarvoor de Markgraaf mij had uitgenodigd. Ik was niet de enige: alle notabelen en gezagsdragers van de stad waren er. Ik gaf mijn Plaatsvervanger de opdracht om de orde te handhaven op een dag die doodgewoon had moeten zijn.

Toen hij midden op de dag zijn ronde deed, merkte Baraj, mijn Plaatsvervanger, de aanwezigheid op van een man uit de huishouding van de Markgraaf, Martjial Maijre, een voormalige ijzervreter wiens reputatie voor geweld ruimschoots gevestigd is. De man leek bij een groepje te horen van acht mannen, die een onbekende taal spraken. De hele groep gebruikte het middagmaal in de Herberg van Vilok. Baraj was geïntrigeerd en wilde hun intenties achterhalen, en daarom besloot hij een kijkje te nemen op de plaats waar ze hun rijdieren hadden gestald. Die stonden bij een zekere Djurdic. Aan de toestand van die dieren te zien leken ze een lange tocht achter de rug te hebben. In de bagage van de mannen, die mijn Plaatsvervanger op eigen initiatief doorzocht, vond hij niets ongebruikelijks: hamers, planken, nagels met een opvallende vorm en lengte, flessen gevuld met een vloeistof waar hij de aard niet van kon achterhalen, pluiskatoen, en lompen. Kortom: niets illegaals, niets afkeurenswaardigs.

Tegen het einde van de middag ging hij terug naar huis en toen kwam hij Imam Guedj tegen, die op weg was naar de moskee voor het grote vrijdaggebed. Thuisgekomen zorgde hij voor zijn honden. Rond zes uur werd er bij hem aangeklopt. Hij ging naar buiten maar zag niemand. Toen kreeg hij een harde klap op zijn achterhoofd, hij zakte in elkaar en verloor het bewustzijn.

Urenlang lag hij bewusteloos in de kou en de duisternis te bloeden. Toen vond ik hem, en ik verleende hem eerste hulp. Dat was tegen elf uur 's avonds. Een uur eerder had ik het kasteel van de Markgraaf verlaten, terwijl de andere deelnemers aan de jacht nog langer bleven. Toen ik de rand van de stad bereikte, werd ik er door een sterke rookgeur en een rode gloed in de hemel op gewezen dat er een ramp moest hebben plaatsgevonden. Eenmaal in de stad reed ik direct in de richting van de brandhaard, die ik met moeite bereikte omdat de hitte zo enorm was. Er was niets over van de moskee, en op straat was geen levende ziel te bekennen.

Vandaag ben ik na de lunch in de Herberg met mijn Plaatsvervanger teruggekeerd naar het plein. We hebben onderzoek gedaan en oppervlakkig naar aanwijzingen gezocht. Het vuur was zo intens geweest dat er niets over is van de lichamen van de tientallen ongelukkigen die er zijn omgekomen. Er was nog wat metaal te vinden, scharnieren en bouten – maar de interessantste ontdekking is dit, gedaan op de plaats waar de deur van de moskee zich bevond.'

De Politieman groef in de jute zak die hij had meegebracht. Hij haalde de zes nagels tevoorschijn en legde ze op een laag tafeltje dat bij de knieën van de Commandant stond.

'Dit zijn dezelfde nagels die mijn Plaatsvervanger in de

bagage van de vreemde reisgenoten van Martjial Maijre heeft gevonden. Toen we terugkeerden naar de stal van Djurdic, ontdekten we een vest dat slordig in een hoek was verstopt en waarvan de mouwen waren verbrand. De mannen hadden betaald voor een nacht onderdak, maar ze waren om zeven uur 's avonds alweer vertrokken, met enige haast en zonder iets aan de stalhouder te zeggen.'

Nourio voelde dat de aandacht van zijn gespreksgenoot verslapte. De Commandant geeuwde en krabde aan zijn buik. Ook wierp hij spijtige blikken op de lege karaf die op het nachtkastje stond.

'Ik wil geen misbruik maken van uw geduld, Commandant, en ik zal dit verhaal afsluiten met de diverse getuigenverklaringen van de bewoners van de huizen die zich het dichtste bij de verwoeste moskee bevinden. Allemaal zeiden ze hetzelfde: ze hebben niets gezien en niets gehoord! Ze sliepen al, hoewel het nog heel vroeg was! Pas veel later, toen ze de hitte voelden, waagden sommigen van hen het om de luiken open te doen; toen zagen ze de brand, maar ze konden er niets meer aan doen.

Wat daarvan ook waar is: het is een feit dat noch zij, noch de andere stadsbewoners vandaag lang hebben geaarzeld voordat ze in de huizen van de leden van de moslimgemeenschap zijn binnengedrongen en de inboedel schaamteloos hebben weggehaald, als verachtelijke plunderaars. Uit hoofde van mijn functie had ik ze ter plaatse moeten aanhouden en gevangen moeten zetten, maar ze waren met zovelen dat ik in mijn eentje weinig tegen hun wandaden kon uithalen. Ik koesterde al weinig illusies over de menselijke natuur, maar deze tragische tijd voegt nog een hoofdstuk toe aan het boek over de laagheid van de soort waartoe wij helaas behoren.'

Nourio pauzeerde omdat hij niet precies wist hoe hij zijn laatste opmerkingen moest formuleren.

'Nu rest er nog één vraag: we weten wie de schuldigen zijn, of in ieder geval wie hun aanvoerder was, maar we weten nog niets over de mensen achter de schermen. Wie heeft opdracht gegeven voor dit misdrijf? Wie was ervan op de hoogte? Ze hebben er alles aan gedaan om te zorgen dat ik niet in de stad was, en de notabelen die misschien iets tegen deze barbaarse daad hadden kunnen uitrichten evenmin. De jachtpartij die de Markgaaf had georganiseerd kwam precies op het juiste moment, zo precies zelfs dat het geen toeval kan zijn. Maar kwam de Markgraaf helemaal alleen op het idee om die jachtpartij te organiseren? Of heeft iemand hem dat ingefluisterd? En zo ja, wie dan? Hoeveel mensen zijn direct of indirect betrokken bij wat er is gebeurd?'

De Politieman zweeg. Hij probeerde een comfortabelere positie op het stoeltje te vinden, maar dat lukte niet. De Commandant leek te zijn ingedut.

'Bent u klaar, Kapitein?'

'Ik heb alles verteld wat ik weet en wat ik heb gehoord, Commandant.'

'Juist... zeer juist...'

De Commandant zuchtte, legde zijn handen op zijn dijen en kwam overeind. Hij deed zijn bretels over zijn schouders, zette een paar stappen om de Politieman heen, krabde aan zijn kin en bleef twee keer staan om peinzend naar hem te kijken. Nourio durfde niet te ademen terwijl Sroh om hem heen liep.

Wat voor spel speelde die dronkenlap? Als een ezel die vastzit aan een staak liep hij om Nourio heen, een paar minuten lang, er leek geen einde aan te komen, en uiteindelijk klapte hij in zijn handen zoals je doet wanneer je een einde maakt aan een gesprek. Hij ging weer zitten in de fauteuil en staarde de Politieman aan. Hij was volkomen wakker.

'Ik zal u een eerste vraag stellen, Kapitein.'

'Tot uw orders, Commandant.'

'Wie ben ik voor u?'

Nourio probeerde niet te laten zien hoe verbaasd hij was.

'U bent Commandant Sroh, mijn directe meerdere, onderdirecteur van Politie voor de Zuidoostelijke Provincies bij het Ministerie voor het Bestuur van de Grensgewesten.'

'Ja. Dat is mijn functie. Maar – wie ben ik voor u, Kapitein?'

'Voor mij? Ik weet niets anders te zeggen dan wat ik net zei. U bent mijn meerdere, Commandant.'

Sroh zuchtte teleurgesteld en keek Nourio hoofdschuddend aan.

'En toch,' vervolgde de Commandant, 'weet ik zeker dat u me niet op die manier voor u ziet wanneer u aan mij denkt. Nee, ik twijfel er niet aan dat u een geheel ander portret van mij schetst. Commandant Sroh? Dat is een idioot, een snoever, een nietsnut met een ongezonde kleur en een buikje die de menukaarten van 's Rijks herbergen beter kent dan de stafkaarten! Een mond, een strot, een gat, een pens. Een schepsel dat vreet en zuipt, met de hersenen van een vlo en een misselijkmakende eetlust!'

De Politieman wilde iets zeggen, maar de Commandant hief zijn hand.

'Ongetwijfeld wacht u op de dag dat ik dood neerval van al dat vreten, in de hoop dat u mijn plaats kunt innemen en u zich ook kunt volvreten bij het licht van de lampionnen van de chique cafés in de Hoofdstad. U denkt dat u daar recht op hebt. Ik moet u teleurstellen, Kapitein: dat gaat *nooit* gebeuren. Nooit, hoort u me? Natuurlijk, ik ga heus dood, daar is geen twijfel over mogelijk, dat overkomt ieder mens op deze arme Aarde. Maar u gaat eerder dood dan ik. Dat weet ik zeker. Dat voel ik. En ik voel ook dat u een wrede, domme en gewelddadige dood wacht. Ieder zijn noodlot! En ik biecht u nu mijn zonden op, maar ik weet zeker dat u ook zonden hebt, die minstens even smerig zijn en die u goed weet te verbergen achter dat onbewogen gezicht van u, die perfecte blik van de lage ambtenaar die naar het aarsgat van het Universum is verbannen!

Maar nog even over mij. U ziet mij graag als de grootste stommeling op aarde. Dat stelt u gerust. Maar u vergist zich, en dat is spijtig. Er is uw werkelijkheid en er is de mijne. En hoewel die twee in dezelfde wereld bestaan zijn ze volkomen tegengesteld aan elkaar. Ik ben een dronkenlap en een vreetzak, daar kom ik voor uit, ik zuip alles op wat is gegist en gedestilleerd. En ik ben tweeënvijftig, dus dat gaat ook niet meer veranderen. En op een dag ga ik er dood van. Nou en?'

De Commandant pauzeerde en zocht in zijn zakken – naar een pijp? Een sigaar? – maar hij vond niks. Hij kreunde, keek Nourio somber aan alsof hij hem verantwoordelijk hield voor die tegenslag en zuchtte.

'Maar Kapitein,' vervolgde hij. 'Vergeet niet dat noch de alcohol, noch een goede maaltijd me ooit hebben belet om na te denken – integendeel zelfs. Ja, integendeel, zeg ik! Als ik dronken ben van de wijn, eau de vie, vermout en port, als mijn buik bijna uit elkaar spat van het pekelvlees, de worsten, de in ganzenvet gebakken aardappels, lijsterpaté, ingemaakte kool, haring, gevuld varken, rundvlees in gelei, pierogi, leversalade, bramencrêpes, sernik, strudel, rum- en champagne-ijs, dan denk ik helderder. Dat leer je niet op de universiteit of uit een schoolboek! Geen zorgen, Kapitein, ik ben bijna uitgepraat. Maar voordat het zover is, moet ik u een tweede vraag stellen: waar bent u in dit alles eigenlijk naar op zoek, Kapitein?'

De Commandant had de Politieman volkomen van zijn stuk gebracht. Hij was duizelig van die woordenstroom, van die afbeelding van een drinker en eter die van een Vlaams schilderij uit de Gouden Eeuw leek weggelopen. Voor het eerst sinds Nourio zijn meerdere kende, twijfelde hij aan zijn oordeel over hem. Kon het zijn dat hij de ander had onderschat?

'Nou?' vroeg Sroh.

De Politieman zei: 'Heel eenvoudig, Commandant: ik zoek de waarheid. Niets dan de waarheid.'

Sroh zette grote ogen op en er ontlook een glimlach op zijn gezicht, een glimlach die groter werd en zich ontwikkelde tot een reusachtige, onbedwingbare lachbui die tranen in zijn ogen bracht en waarvan hij van top tot teen begon te schudden.

Er kwam geen einde aan die lach, die steeds harder neerklaterde, als een beledigende waterval. De vernedering van de Politieman groeide mee.

Na een minuut slaagde de Commandant erin zich te herpakken. Zijn gezicht was niet meer zo rood als een ingemaakte paprika en hij hervond zijn onverstoorbaarheid. Hij keek de Politieman misprijzend aan en schudde het hoofd.

'De waarheid! Welke waarheid dan, Kapitein? Die van u?'

'Er is maar één waarheid en die is niet van mij. De waarheid is van niemand. Die ís er gewoon, meer niet.'

'Pfft! Dat is filosofie van likmevestje! En ook nog eens stokoud en gedateerd, uit de tijd van de platte aarde en vastgeroeste denkbeelden! Er zijn tweeduizend jaar vol oorlogen, afsplitsingen, avonturen, ontdekkingen, verrotting, desillusie en onderonsjes verstreken. Het heldere water is troebel geworden. De hemel is volgestroomd met wolken. Nu moeten we ons in de schaduwen behelpen. De waarheid! Denkt u dat uw waarheid gelijk is aan de mijne? En wat is die waarheid dan, Kapitein, dat zou ik wel eens willen weten! Voor de dag ermee, ik heb wel zin in nog zo'n lachbui.'

'Helaas geloof ik dat er over dit onderwerp weinig te lachen valt, Commandant, het is een nogal treurige zaak. We hebben het over de dood van meer dan vijftig mensen, vrouwen, kinderen, jongeren, volwassenen en ouden van dagen die onder gruwelijke omstandigheden de dood hebben gevonden, die levend zijn verbrand omdat ze niet aan de vlammenzee konden ontsnappen – hoe kun je daarom lachen? Hoe kun je daarom lachen, zeker als die doden niet het gevolg zijn van een ongeluk maar van een sinistere, opzettelijke daad, zodat het een massamoord is? Degenen die die moord hebben gepleegd, wisten dat de moslimgemeenschap al een tijdje niet meer zo geliefd was, zelfs verguisd werd, en ook dat die in haar geheel bij elkaar kwam voor het grote vrijdaggebed. Moeders hadden hun zuigelingen bij zich, volwassenen hun nageslacht. Het was voor hen een gelegenheid om een eenheid te zijn, elkaar te zien, zich verenigd te voelen. Toen werd er gewacht tot iedereen in de moskee was en het gebed was begonnen. De deur werd met planken en spijkers gebarricadeerd. Door de ingeslagen ramen werden brandbare stoffen naar binnen gegooid. Ontsnappen was onmogelijk. Er waren geen vluchtwegen. Geen andere deuren. En de ramen waren zo hoog dat je die onmogelijk kon bereiken. Dat is de waarheid, Commandant. En als u bewijzen wilt zien, is dit toch wel voldoende?'

Nourio, die onder het spreken was opgestaan, zwaaide met de zes zwartgeblakerde spijkers onder de neus van de Commandant. Sroh sloeg zijn dreigende hand weg.

'Gedraag u, Kapitein. Vergeet niet tegen wie u het hebt en wat ik vertegenwoordig. U bent zo emotioneel dat u een ongepaste toon aanslaat. Dat kan u in de problemen brengen. U zwaait met wat metaal en een half verbrand vest alsof het onweerlegbare bewijsstukken zijn. Het lijkt wel of er zo'n goedgelovige middeleeuwer voor me staat die bij het zien van een willekeurig stuk vermolmd hout gelooft dat het een overblijfsel van het Kruis is, die de botscherf van een vaars aanziet voor de scheen van een heilige en een oude, door de jaren verbleekte lap voor een stuk van de Lijkwade!

Uw hele redenering is dus gebaseerd op een paar spijkertjes... Kom nou! Zo komen we niet verder. Ik twijfel of u er ooit in zult slagen de moord op de Pastoor op te lossen, een moord waarvan u niet eens beseft hoe nuttig die uiteindelijk voor ons bleek te zijn, omdat die de eerste aanleiding was voor alles wat er daarna gebeurde, waarvan de laatste akte de volledige verdwijning van de moslimgemeenschap is. Deze stad is gezuiverd, hij is weer puur, vrij van alle uitschot – een waardevolle proeftuin voor de plannen van het Keizerrijk.

Uw verstand lijdt aan bijziendheid. En dan te bedenken dat u mij werd aangeprezen vanwege uw soepele en inschikkelijke karakter. Ze hadden me zelfs gezegd dat u een theorie over de waarheid had, over... hoe noemde u dat ook alweer, *werkbare waarheid* – was dat het? Bent u dat allemaal weer vergeten? Dat had heel nuttig voor ons kunnen zijn.'

De Politieman besefte dat zijn meerdere een nauwkeurig rapport had ontvangen van het gesprek dat hij destijds met de Rapporteur had gevoerd.

'U speelt met me, Commandant, en u beledigt me min of meer openlijk. Maar als ik me zo vergis in de feiten, dan kunt u me met uw intelligentie die aan helderziendheid grenst vast wel vertellen wat er bij die tragische gebeurtenis echt is gebeurd.'

'Het is heel eenvoudig. Zo eenvoudig dat u er geen moment aan gedacht heeft. Ja, er heeft een brand gewoed. En die is aangestoken, daar is geen twijfel over mogelijk. Maar de daders zijn niet wie u denkt. Ik wil u best nageven dat die bende waarvan uw Plaatsvervanger de bagage zonder toestemming heeft doorzocht geen nette lui zijn, maar met deze zaak hebben ze niks te maken.'

'Wie zit er dan achter?'

'Wie? Dat is toch duidelijk? De moslimgemeenschap zelf! Die is gevlucht en heeft dat aangekleed als een grote massamoord! Zij waren verantwoordelijk voor de moord op Pernieg, daar ben ik van overtuigd, en ook voor de dodelijke aanval op die arme invalide, maar ze willen onthouden worden als slachtoffers. Het was een ingenieus plan! Briljant haast! Ze wilden de geschiedenis ingaan als lammeren, geofferd door barbaarse handen, terwijl ze zelf het kwaad zaaiden! De vlucht van de Dokter was een voorproefje, de slotakte hebben we net meegemaakt. Wilt u bewijzen, Kapitein? Daar lijkt u nogal aan te hechten. Toen u de as doorzocht, hebt u toen menselijke resten gevonden?'

De Politieman was met stomheid geslagen.

'Maar... Commandant... die vuurzee was een oven... Het moet daar binnen duizenden graden geweest zijn – hoe had er iets van die ongelukkigen kunnen overblijven?'

'Aha, u geeft het toe! Niets dus. Niet het minste spoor van menselijke aanwezigheid. Spijkers ja, maar geen botten, geen textiel, geen gespen, geen juwelen... niets. Niets, omdat er nooit iets is geweest. Een paar mohammedanen, waaronder ongetwijfeld de Imam, hebben het vuur aangestoken terwijl de anderen in het diepste geheim hun huizen verlieten en onder de dekmantel van de nacht en de winter vertrokken naar hun broeders aan de andere kant van de Grens.'

'Zonder iets mee te nemen?'

'Is het niet beter om niets mee te nemen als je de indruk wilt wekken dat je nooit vertrokken bent en in een vlammenzee bent omgekomen? Die mensen zullen het hoognodige bij elkaar hebben gepakt. En hoe weet u trouwens dat ze echt niks hebben meegenomen? Hield u een register bij van hun woningen en hun kledingkast? Gebruik toch uw verstand, Kapitein. Zoals ik het nu vertel, zo is het gebeurd. En zo zullen we het vooral opschrijven in een mooi rapport dat we beiden zullen ondertekenen, dat in hoge kringen gelezen zal worden en waar iedereen meer dan tevreden mee zal zijn, daar ben ik van overtuigd.'

Nourio was kapot. Hij kon niets rationeels meer bedenken om tegen de krankzinnige argumenten van de Commandant in te brengen.

'Kom, kijk niet zo moeilijk! Denk aan de raadgevingen die ik u een paar maanden geleden via uw Plaatsvervanger deed, die lieten aan duidelijkheid niets te wensen over. De samenhang, de slagkracht en het voortbestaan van het Keizerrijk zijn natuurlijk gebaseerd op macht, maar ook op het vermogen om een eigen verhaal te schrijven waarmee zijn grootsheid wordt gevierd; en die grootsheid wordt bevestigd door vijanden aan te wijzen. Als het gevaar van een ander komt, wordt de gemeenschap hechter. Geloof me, de waarheid die ik voorsta is veel nuttiger dan die van u. Het is de meest *werkbare* van allemaal – ere wie ere toekomt – en die maakt het bovendien mogelijk dat in uw stadje de rust terugkeert die sinds het begin van de winter zo ruw verstoord is. En de mensen die u, nogal voorbarig, als plunderaars aanduidt zijn gewone, goede mensen. Maar de integriteit van hun groep is aangetast; en van iemand die ertussenuit is gepiept steel je niet, daarvan vorder je alleen schadevergoeding. Ik zal u niet langer ophouden. U kunt gaan.'

39

In de laatste dagen van maart kwam de lente als een landloper aangezet. Onaangekondigd en vermomd als een vriendelijke zuidenwind. In een paar dagen was de sneeuw gesmolten. Na een week resteerden er alleen hier en daar wat grote sneeuwopstuivingen die in de weides van roodbruin gras leken op grote poolvissen die aan het einde van een uitputtende reis waren aangespoeld.

Sinds de brand in de moskee waren er drie maanden verstreken. De as was van het plein geveegd en over de akkers rondom de stad verstrooid waar later tarwe en gerst zouden groeien.

De huizen van de moslimgezinnen waren leeggehaald. En toen waren er mensen in getrokken die geen eigen woonruimte hadden, of van wie de vorige woning te oncomfortabel was geweest; niemand had ze uitgenodigd, niemand zei er iets over. Door middel van wat slimme goocheltrucjes werden de eigendomsbewijzen op een andere naam gezet, met de zegen van de Burgemeester en de Archivaris, die voor iedere akte zegelrecht en een extraatje opstreken.

De Politieman had een rapport opgesteld, onder het toeziend oog van de Commandant, die daarvoor vier dagen in de Herberg van Vilok had verbleven, waar hij zich van de eettafel naar zijn slaapkamer verplaatste en vice versa, en de voortgang van het rapport met een troebele blik in de gaten hield; aan het einde van iedere middag ontbood hij Nourio zodat hij het kon lezen.

De tekst, die in overeenstemming was met Srohs waarheid, werd door iedereen goedgekeurd, de Burgemeester voorop. De Politieman had geen pogingen meer gedaan om zich tegen de krankzinnige hypothese te verzetten. Op een avond op de Politiepost had hij de theorie van de Commandant uitgelegd aan Baraj, wiens wond langzaam maar zeker genas, en die was zo verbluft dat er geen woord over zijn lippen kwam, alleen een jammerklacht die van heel diep uit een grot leek te komen.

Voordat de Commandant het stadje verliet, meende hij er goed aan te doen de Politieman op te dragen de Markgraaf op geen enkele manier lastig te vallen over de brand. Trouwens, die had het Kasteel verruild voor het keizerlijk hof, waar hij tot de herfst zou verblijven. Pogingen om Martjial Maijre te ondervragen dienden ook niet te worden ondernomen. Volgens de inlichtingen die de Rentmeester van de Markgraaf had verschaft was die ervandoor gegaan zonder een adres achter te laten: de zaak was dus afgedaan en gesloten. Er hoefde niets meer gedaan te worden. Als hij zijn scherpzinnigheid op de proef wilde stellen kon hij het onderzoek naar de moord op de Pastoor voortzetten, al was of waren ook daarvan de schuldige of schuldigen al aangewezen.

Pernieg werd niet vervangen.

Overal in het Rijk vergrijsde de geestelijkheid en nam die in aantal af. Er waren nog maar weinig jongemannen die zich aan het priesterambt wilden wijden. Religie was als een vrouw wier charmes met de jaren waren verlept en die geen sterke gevoelens meer opwekte. De kerk van het stadje bleef leegstaan, net als zovele andere op allerlei plaatsen. Met het verstrijken van de maanden en de jaren zou die ongetwijfeld dienst gaan doen als rommelhok, stal of schaapskooi. De geur van mest zou de wierook vervangen en het geblaat van de schapen de voorgedragen gebeden.

Tegen het einde van februari hoorde de Politieman dat een reizende zanger die drie dorpen op het plateau had bezocht een legende had geweven over een grote brandstapel en een offer. Hij had het verhaal al een paar keer verteld, in herbergen vol onwetende lomperiken, in ruil voor een bord soep en een kom hete thee.

Nourio twijfelde.

Beroepshalve had hij onderzoek naar die man moeten doen; hij had hem moeten aanhouden en ondervragen. Daarna had hij hem door de Plaatsvervanger naar de Hoofdstad moeten laten brengen, waar de Commandant ongetwijfeld zou beslissen dat hij in een kerker moest wegrotten, zodat zijn verzen zijn keel niet meer uit kwamen en de waarheid die hij had geconstrueerd niet langer zouden weerspreken.

Maar de Politieman deed niets, vanuit de gedachte dat waar hij had gefaald de poëzie, waarvan hij in zijn jeugd zoveel had gehouden, en die je niet kunt meten naar de maatstaf van het leven of de menselijke tijd, met haar magie de enige ware versie van de gebeurtenissen aan volgende eeuwen kon doorgeven.

Op verloren momenten betrapte Baraj zijn meerdere steeds vaker op diepe stiltes waarin hij kauwde op een krumme die hij uiteindelijk weggooide zonder hem ook maar te hebben aangestoken. Hij staarde niet meer uit het raam maar bleef aan tafel zitten, met zijn handen tegen zijn slapen, en staarde naar de lijnen in het hout alsof het antwoord op de vragen die hij niet stelde daarin lag. Soms legde hij de steen voor zich neer waarmee de schedel van Pastoor Pernieg was ingeslagen, en dan staarde hij ernaar, soms wel een uur lang, ongetwijfeld in de hoop dat de oplossing van het mysterie eruit tevoorschijn zou komen.

De Politieman en de Plaatsvervanger bleven hun rondes door het stadje maken, maar de Politieman liep zonder iemand aan te kijken, zonder om zich heen te kijken, en de Plaatsvervanger merkte dat ze nooit op het pleintje kwamen waar de moskee had gestaan.

Toen de wind warmer werd, toen de narcissen, de viooltjes, het nieskruid en het kaasjeskruid op de hoogvlakte begonnen te bloeien, toen de dieren in de stallen werden bevangen door een allesoverheersende begeerte, veranderde de neerslachtigheid van de Politieman in een razernij van zinnen. De cataleptische toestand waarin hij sinds het drama had verkeerd, maakte plotseling plaats voor een opwinding die hem nooit met rust liet, niet overdag en niet 's nachts.

Het goede hieraan was dat er geen duistere gedachten meer door hem heen spookten, wat wekenlang wel het geval was geweest; hij vond zijn leven saai en zouteloos, al zijn zekerheden lagen aan stukken, en van zijn gezin kreeg hij zo'n grote afkeer dat hij als de Plaatsvervanger lang weg zou blijven minstens twee keer had overwogen om zich in de stal van de Politiepost te verhangen.

Maar toen de dagen langer werden, het licht helderder, en bovenal die bedwelmende föhnwind opkwam, verdwenen zijn ideeën over de dood en werden zijn gedachten in beslag genomen door copulatie, strelingen en liefdesbeten.

En dus benaderde hij zijn vrouw weer, al was ze uitgeput van die hele kinderschaar, had ze zich verwaarloosd, was ze nog dikker dan eerst en bovendien tien jaar ouder, en had haar teint, de ooit fris was geweest, zijn melkachtige schoonheid verloren.

Het was een roze avond. Het was lauw. De kinderen speelden buiten met andere kinderen; de laatstgeborene, die tandjes kreeg en kwijlend op een broodkorst kauwde, lag vlak bij ze op de vloer.

Binnen stond de vrouw van de Politieman bij de gootsteen groente te snijden voor de soep. Toen Nourio binnenkwam, hoorde ze hem naderen, maar ze draaide zich niet om, ze zei niks, ze wachtte. Hij kwam langzaam dichterbij, met hortende ademhaling, een droge mond, de gedachten vervuld van wellust, het harde lid knellend in de onderbroek; en toen hij vlak bij de kont van zijn vrouw stond, liet hij zijn hand tussen haar billen glijden die de stof van haar jurk deden opbollen.

Direct draaide ze zich om, en nog voordat hij iets kon doen zette ze de punt van haar mes op zijn keel, op de plaats waar het leven bonzend door een dikke slagader gaat.

'Je raakt me nooit meer aan,' zei ze. 'Je blijft met je vuile poten van me af. Als je nog één keer iets probeert, maak ik je af, maak ik je kinderen af en maak ik mezelf af.'

Er lag iets in haar blik wat hij niet van haar kende. Het was geen woede. Ook geen angst. Het was een strakke, lege blik. Hij begreep dat ze geen grapjes maakte en dat er niets te zeggen viel. Hij deinsde terug. Ze bleef hem aankijken. Ze hield haar mes in de lucht. Op de punt glom een bloeddruppel.

Het seizoen van de warme wind dat de mensen en dieren

tot waanzin drijft, het dreigement van zijn vrouw, zijn wrok over het feit dat hij de Moordenaar van de Pastoor niet had ontmaskerd en dat hij zich had laten dwingen tot het opstellen van een leugenachtig rapport over de brand in de moskee, maar ook het ontbreken van blijken van waardering van de Burgemeester en de andere notabelen, die sinds de gebeurtenis en het officiële rapport niet meer de moeite namen hem te groeten als ze hem tegenkwamen, en die hem bovendien wantrouwden – al die dingen bij elkaar veroorzaakten een chemische reactie in de geest van de Politieman, waardoor hij alles wat hij nog aan zelfbeheersing en innerlijke controle bezat, losliet.

Het enige waar hij nog aan dacht was Lémia – ze werd een obsessie voor hem. Er ging geen dag voorbij dat hij niet met de een of andere smoes bij haar op bezoek ging of haar over straat volgde; hij bespiedde haar door het raam, verraste haar bij de wasplaats als ze gehurkt op een plankje zat met haar doorweekte jurk opgetrokken tot halverwege haar dijen en het wasgoed zo hard uitwrong dar haar jonge, half ontblote boezem trilde.

Minstens drie keer klopte hij bij het vallen van de avond aan bij haar krot, als hij had gezien dat haar vader zich in de Herberg kapot zat te drinken. Hij wachtte tot haar broertje sliep en Lémia op het punt stond om naar bed te gaan. Dan klopte hij aan, koortsig, als een uitgehongerde wolf die zich op een schaapskooi stort; en Lémia durfde de deur niet in zijn gezicht dicht te smijten en ontving hem bij het trillende licht van een talkkaars, probeerde haar doorschijnende nachthemd zo goed mogelijk te verbergen onder een wollen sjaal, begreep nauwelijks waarom de Politieman haar voor de duizendste keer liet vertellen hoe ze het lichaam van de

Pastoor had ontdekt, een verhaal dat een psalmodie was geworden, waarvan de betekenis verloren was gegaan en waarvan alleen de armetierige, bedwelmende muziek bewaard was gebleven.

Hij verkruimelde een gedoofde sigaar, sprak zonder zijn woorden vlees te geven, zonder nog na te denken over zijn vragen, zonder naar de antwoorden te luisteren. Het was een toneelstuk zonder podium en zonder publiek, met dialogen die uit het hoofd werden opgezegd en die hij uitsprak zonder erbij na te denken. Hij stond buiten zijn woorden: hij snoof het meisje op. Hij dronk haar adem. Hij vrat van haar schouders. Hij verslond haar tedere borsten. Hij loerde op haar naakte dijen, haar knieën, haar enkels. Hij tekende in zijn geest haar jonge, onbekende geslacht. Alles zonder haar aan te raken, zonder haar aan te durven raken, want hij werd nog weerhouden door een laatste restje schroom en schaamte, door een spookbeeld, de angst om veroordeeld te worden door de mensen en misschien ook door God, al had hij die al lang geleden verbannen naar het land van kletspraatjes en ouderwetse onzin.

Als zijn begeerte het kookpunt bereikte en hij het niet meer uithield, als zijn lichaam kraakte als de boeg van een schip dat tussen de ijsschotsen belandt, vluchtte hij de woning uit; en zodra hij de drempel over was verdween hij in de zwarte melk van de schaduw van het eerste het beste afdak, en dan kon hij zich niet meer inhouden, dan verlichtte hij zich met zijn hand terwijl hij hard op zijn lippen beet zodat er geen geluid uit zijn mond kwam. Na die opwelling van genot wankelde hij wezenloos, buiten adem en met een leeg hoofd naar huis.

Er was nog iemand voor wie Lémia alles betekende. Dat

was Baraj. Maar om daarover te vertellen moeten we eerst de lelijkheid verlaten, moeten we de zonde met ruim water wegspoelen en een gedicht betreden, een hoofs gedicht in de bezadigde taal van de schoonheid. Een stilzwijgende hartstocht waarin het lichaam geen rol speelt. Waarin zogezegd alleen de ziel en de blik bestaan. Voor de Plaatsvervanger vervulde het jonge meisje zowel de rol van heilige, van zus, van kind als van moeder, alsof ze in haar nauwelijks ontloken vrouwelijkheid al die gedaantes verenigde, al die incarnaties van de vrouw, met dezelfde gratie, dezelfde onbereikbaarheid als een beeld in de kerk of het schilderij van een heilige.

Als Baraj Lémia zag, ervoer hij in het diepst van zichzelf geen liefde maar devotie, erkentelijkheid, nederigheid en aanbidding. Een aanbidding die niet veel verschilde van wat je op Bijbelse taferelen ziet afgebeeld, bijvoorbeeld die van Melchior, Caspar en Balthazar die na hun lange reis neerknielen voor het Kindeke Jezus, dat net geboren is, dat de geur van de huid van zijn moeder nog draagt, maar door hen, door die koningen, wordt herkend als de Koning der Koningen en de Redder van de wereld.

Baraj keek naar Lémia zoals je naar een vorst kijkt, met het hoofd gebogen en het hart open; hij legde zijn leven in haar handen. Op een dag had ze naar hem gekeken, naar hem geglimlacht, had ze met haar ogen door zijn manke uiterlijk heen gekeken en gezien wat er goed, eenvoudig, solide en zuiver aan hem was.

Het was de eerste keer dat iemand zo naar hem gekeken had.

En die blik had alles weggewassen wat hem sinds zijn vroegste jeugd pijn had gedaan, wat hem had verwond, bezoedeld, verslapt. Haar ogen hadden de kracht om wonden te genezen, om de ruwe randen tegen elkaar te drukken zodat ze langzaam heelden, en er vervolgens een onschuldige kus op te drukken.

Als de Plaatsvervanger 's avonds op zijn bed ging liggen, de lendenen of snuiten van Mijn Schoonheden tegen zich aan voelde en aan Lémia dacht, dan zag hij haar als een ster, een geestverschijning, een nauwelijks menselijk wezen, een goede fee misschien, een wezen waarvan alleen het feit dat ze bestond voldoende was om aan het begin van de nacht een grote glimlach op zijn lelijke gezicht te brengen en zijn vermoeide lichaam te vervullen met een wonderbaarlijk gevoel van vrede.

Hij beloofde zichzelf dat hij zijn leven aan haar zou wijden, zodat haar leven dat nog in de knop was niet gevuld zou zijn met alle angsten, beproevingen en leed die hij had moeten doorstaan.

En hij legde een gelofte af.

Ze zou alles voor hem zijn, en hij zou ervoor waken dat er nooit meer stof op haar zou neerdalen.

Hij zou zorgen dat niemand haar kwaad deed.

In zekere zin was hij religieus geworden.

De religie Lémia.

40

Zo viel alles op zijn plaats.

Het enige wat nog ontbrak was de wrijving die de lucifer tot ontbranding zou brengen, zodat de tragedie aan haar laatste akte kon beginnen.

Iedereen had een rol gekregen waaraan hij niet kon ontsnappen. Dat is ongetwijfeld wat sommige mensen het noodlot noemen – een pompeus woord dat ertoe dient ze groter te maken – of onvermijdelijkheid – de term waarmee ze hun schuld van zich af proberen te werpen.

Hoe dan ook, er kon niets anders meer gebeuren dan dat wat uit de samenkomst van personen, plaats en moment zou ontstaan. Niks noodlot dus, niks onvermijdelijkheid, het was zelfs geen toeval of goddelijk plan: eerder een handvol steentjes die op de grond wordt gegooid en waarvan je achteraf de grappige of serieuze afbeeldingen ziet die ze vormen. Het is aan degenen die dat willen om er later een betekenis in te vinden en te beslissen of het die eigenlijk wel heeft. Voor beide kanten is iets te zeggen. Of beter gezegd: ze hebben allebei een eigen gelijk. Het leven is zo'n vreemd avontuur dat sommigen van ons het alleen kunnen verdragen als ze zich ervan overtuigen dat het iets betekent. Iedereen doet wat hij kan: we zijn hoopjes atomen, en hoewel we maar al te vaak denken dat we natuurkundigen zijn, zijn we slechts materie.

Een lucifer die werd afgestreken.

Dat is wat er gebeurde.

Een op hol geslagen paard met een dodelijk zwarte kleur raakte in de ban van de lente en ontsnapte uit zijn omheining door met een enkele achterwaartse trap zijn hek kapot te maken en te galopperen in de richting waar hij zelf naartoe wilde, bedwelmd door de warme wind.

Het was een jong paard, moe van de lange winter die hij had doorgebracht in de cel van zijn krappe stal, voor wie de heerlijkheden van het leven opeens soepel gestalte kregen in de vorm van vers gras dat deinde onder de föhn; het paard rolde erin, at het op, vermaalde het tussen zijn kiezen en bezatte zich aan de muskusgeur en het groene sap ervan. En toen liet het zich op de grond vallen, het ging liggen met de benen gespreid en viel in slaap, gewiegd door vermoeidheid en vrijheid; maar dat duurde niet lang, want de wereld om hem heen was vol van mogelijkheden en bekoring.

En dus begon het paard te galopperen, zonder reden, voor zichzelf, om te voelen hoe de lucht zijn neusgaten spreidde, tegen zijn voorhoofd sloeg en met zijn reusachtige onzichtbare vingers door zijn wapperende manen woelde, om zijn spieren uit te testen, om ze te strekken omdat ze pijn deden door de lange sneeuwmaanden, om zijn pezen te ontwarren en zijn botten te laten kraken, terwijl de zon toekeek en hem met zijn stralen opwarmde.

Baraj was een luik van de Politiepost aan het verven en wierp zo nu en dan een blik naar binnen, waar zijn meerdere in gesprek was met Lémia, die hij misschien al voor de tiende keer had ontboden. Ze zaten tegenover elkaar; het meisje luisterde onderdanig en met gebogen hoofd naar de Politieman, zei af en toe paar woordjes en beantwoordde dezelfde vragen met dezelfde antwoorden.

Opeens hoorde de Plaatsvervanger een gehinnik dat hij niet kende. Hij draaide zich om. Hij zag het paard, waarvan het lichaam trilde van geluk, vermoeidheid, onstuimigheid, verlangen. Het had op zijn tocht de geur van de merries van de Politiepost geroken. Dat ze oud en versleten waren, leek hem niet te deren. Hij was gekomen, hij schraapte met zijn hoef tegen de grond. Hij sprak zijn paardentaal.

Baraj herkende hem.

Het paard was van Oblievic, een boer die een grote boerderij had op een werst van de stad. Hij verbouwde er tarwe en rogge en fokte een twintigtal paarden. Dit dier had hij een jaar eerder gekocht op de Sint-Jansmarkt. De verkoper was een veekoopman uit Wallis die bekendstond om de kwaliteit van zijn dieren en die ieder jaar zijn mooiste exemplaren te koop aanbood. Hij had Oblievic ervan verzekerd dat dit een buitengewone dekhengst was en de koop was bezegeld.

Baraj legde zijn kwast neer en liep naar het paard. Hij zag dat het uitgeput was, maar ook dronken van de lucht en het gras. Het dier was doorweekt en het rilde. Om zijn mond schuimde speeksel. Zijn blik was verward. Baraj naderde het dier voorzichtig. Hij ging vlak bij hem staan.

De zwarte hengst kreunde, knorde, krabde met zijn hoef over de grond, stampte tegen de aarde, gooide zijn hoofd achterover. Baraj nam de tijd, maakte geen onverwachte bewegingen, stak zijn hand uit naar de hals, legde hem plat op het haar dat nat was van het zweet en streelde het dier.

Het paard liet hem begaan. De Plaatsvervanger bleef minutenlang tegen hem aan staan en fluisterde geruststellende woordjes in zijn oor. Het dier luisterde en liet zich meevoeren naar de stal. Baraj deed de deur open. De merries bewogen. Hij stelde ze gerust. Hij zei dat de nieuweling maar kort zou blijven, dat hij moest uitrusten. Dat ze gastvrij moesten zijn. Hij bond de hengst vast op een paar meter van de merries. Het paard liet hem zijn gang gaan. Baraj deed de deur dicht en klopte aan bij de Politiepost.

De Politieman ergerde zich aan de onderbreking. Lémia keek op naar de reus en leek opgelucht toen ze hem zag binnenkomen; ze glimlachte naar hem. Baraj probeerde terug te glimlachen, maar zijn gezicht vertrok tot een grimas. Het joeg het meisje geen angst aan. Het was binnen zo heet als in een smidse.

'Wat?'

'Er is een paard van Oblievic ontsnapt. Ik heb het in de stal gezet. Ik moet de eigenaar op de hoogte brengen.'

'Kan je het niet gewoon terugbrengen?'

'Ik heb een paar stappen met hem kunnen lopen, maar ik weet niet of hij me lang zou gehoorzamen. De boerderij is vrij ver weg en het is een onstuimig dier.'

'Ga dan! Wat moet ik nog zeggen?'

De Plaatsvervanger salueerde, maar durfde Lémia niet aan te kijken. Hij ging terug naar de stal en zadelde een van de merries op. Het zwarte paard bleef staan, stond onbeweeglijk tegen de muur gedrukt met de ogen halfdicht. Het leek of hij stond te slapen. De andere merrie besteedde geen aandacht meer aan hem en vermaalde haar hooi.

Baraj vertrok naar de boerderij.

Nourio stond op. Door het raam zag hij de Plaatsvervanger over het pad verdwijnen. Achter hem zat Lémia. Hij voelde zijn hart samenballen in zijn borst en zijn mond werd droog. Hij was nat van het zweet. Hij maakte twee knopen van zijn hemd los. Hij had meer dan een meter hout in de haard gelegd en zei continu tegen het meisje dat ze moest doen alsof ze thuis was, dat ze haar sjaal wel mocht losknopen, dat ze elkaar immers goed kenden, dat ze niet formeel hoefde te doen.

Maar ze was op haar hoede, een kwetsbare leeuwerik met smetteloze vleugels; de hitte leek haar niet te deren en ze hield de sjaal stevig voor haar borst geknoopt.

De Politieman pookte de helse haard op. Hij trok zijn vest uit, stroopte de mouwen van zijn hemd op. Hij streek langzaam met zijn hand over zijn borst, over zijn drijfnatte keel, terwijl hij Lémia aankeek. Zo gaf hij zichzelf zonder al te veel moeite te doen het gevoel dat hij haar streelde.

'Ik val je al maandenlang lastig over die gruwelijke gebeurtenis! Maar je mag het me niet kwalijk nemen. Ik doe gewoon mijn werk. Ik wil begrijpen wie die verschrikkelijke moord heeft gepleegd, ik wil hem vinden en laten boeten! Jij bent de kostbaarste getuige, Lémia, ja, je bent kostbaar. En weet je, ik vind je om nog meerdere redenen kostbaar, niet alleen als getuige...'

De Politieman liep weer naar het raam. De Plaatsvervanger was aan de horizon verdwenen. Nu was hij echt met het meisje alleen. Hij werd er onrustig van, zijn hoofd tolde, hij liet zich vallen in zijn stoel en dronk in één keer een glas water leeg.

Het meisje folterde een draadje wol tussen haar vingers. Plotseling legde Nourio zijn hand op haar beide handen: hij nam ze gevangen. Lémia wilde ze losrukken, maar het lukte haar niet. De Politieman drukte nog harder.

'Waarom ben je zo bang voor me? Ik heb het beste met je voor! Ik sta altijd voor je klaar. Je bent geen kind meer. Je bent al haast een vrouw. Je bent in alles een vrouw, dat heb je vast al weleens gehoord, lieve Lémia! Nog even en je kunt op zoek naar een man. Wat een geluksvogel is dat... ja, wat een geluksvogel, de man die jou in zijn armen houdt, die zijn hoofd op je borst legt, die zijn lippen naar de jouwe brengt en...'

Het meisje stond abrupt op uit de stoel, rende naar de deur en trok hem open. In een fractie van een seconde vergat de Politieman wie hij was, wat zijn functie was, wat gepast was, wat goed was en wat slecht was; hij vergat zijn vrouw, zijn kinderen, zijn leeftijd, de leeftijd van het meisje, zijn angst. Hij vergat alles. Hij werd een redeloos dier, vervuld van smerige begeerte, overspoeld door niets dan vleselijke drift. Zijn geest deed troonsafstand en zijn geslacht werd alleenheerser. Hij zag het gebeuren, vanuit een ander gezichtspunt, alsof hij toeschouwer was van de weerzinwekkende daad die hij beging, en nu hij zich in die verdubbeling bezig zag leidde dat niet tot een opwelling van helderheid die hem bij zinnen bracht, integendeel, het vergrootte zijn opwinding juist: hij genoot er des te meer van *omdat* hij het zichzelf zag doen.

Hij trok Lémia los van de deur waaraan ze zich had vastgeklampt en duwde haar met kracht tegen de tafel, zonder zich te bekommeren om haar tranen of haar jammerklachten. Hij drukte haar tegen het hout, greep haar bij de keel, wurgde haar bijna terwijl hij met zijn vrije hand haar kleren verscheurde, een doorgang zocht naar haar borsten, haar buik, haar dijen, die hij met zijn dunne vingers uit elkaar duwde.

Hij sprak onsamenhangende, verhakselde zinnen vermengd met gerochel en gezucht. Hij verslond haar lippen met de zijne, duwde ze open met zijn tong, likte eraan.

Tranen stroomden over de wangen van het meisje. Toen hij zich op haar stortte had ze eerst geschreeuwd, maar algauw verdroogden de kreten in haar keel en er kon er geen woord, geen enkel hulpgeroep meer uit ontsnappen. Alles in haar ziel en haar lichaam deed pijn. En boven zich zag ze het verwrongen gezicht van de Politieman die zijn azijnachtige adem uitblies, die haar overspoelde met kwijl en krankzinnige woorden en die er met zijn door woede en begeerte vertekende gelaatstrekken uitzag als een gnoom.

Ze deed haar ogen dicht. Onder in haar buik voelde ze zijn gore handen wroeten en ondertussen hoorde ze hem piepen in haar oor, kreunen, monsterlijk grommen. Hij praatte hortend tegen haar, met woorden waar geen regelmaat in zat, met vuilnis, modder, halve zinnen, herhalingen, vierendelingen, en alles wat hij zei was vermengd met gehijg en obscene zuchten die het bevuilden en van alle betekenis ontdeden.

Ze vocht niet meer. Duisternis daalde neer over haar ogen. Een schemering zo zwaar als duizendjarig lijden verpletterde haar jonge lichaam dat tot dan toe nieuw en puur was geweest. Ze had het gevoel dat ze zacht, verdrietig, verloren, verlept werd. Ze verouderde onverdraaglijk snel, werd meegesleurd in een onbeheerste val naar de dood. Ze wilde zich eraan overgeven, voor eeuwig rusten, zo diep slapen als een steen, verdwijnen, wegzinken in het harde hout van de tafel waarop de Politieman haar plette. Ze wilde niets meer zijn. Eindelijk niets meer zijn. De verschrikkelijke brand niet meer voelen die in haar buik kwam en ging.

Maar opeens voelde ze zich lichter.

Het lichaam van de Politieman drukte niet meer op haar.

Er was een beweging in de lucht geweest, een stem, een geluid.

Ze deed haar ogen open.

Ze begreep niet meteen wat er gebeurde.

In de omtrek van de deur tekende zich het silhouet af van degene die ze, alleen voor zichzelf, de Goede Reus noemde: de Plaatsvervanger van de Politieman. Hij deed haar denken aan personages uit de legendes die de Schoolmeester voorlas, die een afschrikwekkend uiterlijk hadden maar wier hart helderder was dan het helderste bronwater.

Hij hield de Politieman vast en tilde hem met één hand in de lucht, waar hij kronkelde als een rups die van de bloemstengel waar hij aan knaagde wordt getild.

'Laat me los! Ik beveel je om me los te laten, idioot!' bulderde de Politieman, met zijn belachelijke regenwormachtige lijf.

Baraj had al een halve mijl afgelegd toen hij opeens, zonder te weten waarom, zeker wist dat hij terug naar de Politiepost moest gaan. Iets had bezit van hem genomen, iets wat niets met willen te maken had en waarvoor geen rationele verklaring te bedenken was. Hij voelde zich als ijzervijlzel dat de aantrekkingskracht van de magneet onmogelijk kan negeren.

Hij maakte rechtsomkeert.

Ja, hij moest zo snel als hij kon rechtsomkeert maken. De oude merrie leek het ook te begrijpen want ze waagde zich aan een verdienstelijk, zij het weinig effectief drafje.

Uiteindelijk was hij aangekomen.

Toen hij wilde afstijgen hoorde hij vreemde geluiden door het raam, vechtgeluiden. Hij sprong van zijn rijdier, nam niet de moeite om haar vast te maken en rende naar de deur, die open bleek.

Toen had hij het gezien.

En nu was het ondenkbare gebeurd: hij hield de Kapitein vast met een van zijn sterke jatten, die zich als een bankschroef om zijn keel had geklemd. Nourio bulderde, tierde, brulde bevelen en scheldwoorden, probeerde de Plaatsvervanger te trappen maar zijn benen waren te kort, en omdat zijn broek op zijn knieën hing kon hij geen grote bewegingen maken.

'Alstublieft, Meester, rustig,' waagde Baraj, maar het enige effect van die woorden was dat zijn meerdere nog bozer werd, want sinds die stommeling er was, gingen Nourio's ogen en geest langzaam open en besefte hij wat hij had gedaan en dat dat als een misdrijf werd beschouwd, als een van de laagste en verwerpelijkste misdrijven die je kunt bedenken; en zijn gedachten waren met ruim water schoongespoeld en hij besefte dat hij halfnaakt was en dat zijn Plaatsvervanger hem in die groteske uitdossing had gezien en had begrepen wat er was gebeurd. Hij wilde hem doden. Hij *moest* hem doden, anders kon er God weet wat gebeuren, ja, hij *moest* hem doden, hij moest Baraj doden, maar hij slaagde er niet in zich los te maken. Zijn trappen en vuistslagen landden in de leegte; maar toen hij met zijn armen door de lucht zwaaide als iemand die van een dak valt en tevergeefs probeert te vliegen, wist hij als door een wonder de pook te grijpen die hij vlak daarvoor had gebruikt om het vuur op te porren.

Het was een ruwe ijzeren staaf, niet al te dik, die vroeger een andere functie had gehad en daarom een merkwaardig gevormd uiteinde had dat zo scherp was als een speerpunt. Nourio, die haast stikte onder de hand van de Plaatsvervanger, sloeg blind naar voren. Een klap met het scherpe deel verwondde Baraj' schouder. Ondanks de pijn liet hij niet los, en hij bleef zijn meerdere smeken om rustig te worden.

Maar de Politieman had besloten dat hij hem ging doden en hij hoorde niets meer. Hij sloeg wild om zich heen met de energie van een veroordeelde. Baraj probeerde de slagen zo goed mogelijk af te weren, maar opeens drong de pook door in zijn borst, niet zo diep dat die zijn hart bereikte, maar ver genoeg om een hevig brandende pijn te veroorzaken, die bij dat grote beest een abrupte reflex opwekte: hij gooide de Politieman met alle kracht van zich af, rücksichtslos, gedreven door niets anders dan overlevingsdrang; en Nourio vloog door de lucht, sloeg tegen de achterwand en viel in een klein, onbeweeglijk hoopje op de grond, met een doffe klap die een beetje scherper werd door zijn zwakke, snijdende kreet.

Baraj legde zijn hand op de wond. Hij bloedde hevig. Hij grimaste. Zijn slapen bonsden. Zijn keel was droog. Hij was buiten adem. Hij begreep dat hij het bloeden zo snel mogelijk moest stelpen. Hij zocht om zich heen naar een doek, een lap, een dweil, maar voordat hij iets had gevonden kwam Lémia naar hem toe; ze deed de sjaal af waarin ze zich gewikkeld had en maakte er een dikke bol van, die ze tegen Baraj' wond drukte, schijnbaar zonder zich te storen aan het bloed dat de stof direct doorweekte. Toen maakte ze van twee dweilen die ze aan elkaar knoopte een verband dat ze strak rond de borst van de Plaatsvervanger bond.

Het leek alsof ze dit allemaal al duizend keer had gedaan. En Baraj, doodsbang door de aanblik van het lichaam van zijn meerdere dat een paar stappen van hem vandaan lag, keek verstrooid toe, vroeg zich af of hij niet droomde, dacht dat hij misschien al dood was. Als een kleine moeder hielp ze hem te gaan zitten; ze pakte een kopje, schonk thee in uit de samowaar en gaf die aan hem. Hij dronk met kleine slokjes. En ze keken elkaar aan, diep in de ogen, en Baraj zag dat er van het meisje een zacht, sterk licht uitging, het licht van eindeloze dankbaarheid, en Lémia zag in de ogen van de Plaatsvervanger een kinderlijke verbijstering, een verzaligde erkentelijkheid, iets naïefs en kwetsbaars, en ook een bodemloze angst.

Ze bleven lang zitten; ze zeiden niets, durfden hun mond niet open te doen, maar ze troostten elkaar met niets anders dan hun aanwezigheid, en die troost trok zich niets aan van de tijd die door klokken wordt aangegeven. Ze bekommerden zich alleen om elkaar, niet in een vlaag van kleingeestig egoïsme, maar als overlevenden die te dicht bij de afgrond zijn gekomen, die verbijsterd zijn dat ze nog leven en zich in een miraculeuze, gewatteerde uithoek van de wereld bevinden.

Pas toen de Plaatsvervanger zijn hand uitstrekte om het lege kopje op tafel te zetten hernam de werkelijkheid haar ruwe loop. Ze werden zich opnieuw bewust van de plaats, van het moment en van wat er was gebeurd.

Toen Baraj opnieuw naar de kleine, onbeweeglijke massa van de Politieman keek, kon hij een kreun niet onderdrukken. Nourio lag op de grond, met het gezicht tegen de vloer, opgevouwen, zijn onbehaarde witte achterwerk bloot, de twee handen guitig over zijn oren.

Hij was boven op de pook gevallen, die was door zijn kleding heen gegaan en stak nu verticaal omhoog; hij had hem helemaal doorboord. Er ging niets tragisch, niets afgrijselijks van die aanblik uit, daarvoor leek de Politieman te veel op een graatmagere kip die inderhaast is gespiest, nog voordat ze geplukt is, vanuit de waarschijnlijk vergeefse gedachte dat ze geroosterd als maaltijd kan dienen.

Het was een groteske, wrede dood. Ergens was in allerijl een rechtbank samengesteld die zijn misdaad had onderzocht. Het was een korte zitting geweest. Het oordeel was unaniem. De terechtstelling was er direct op gevolgd. Efficiënt. Uniek.

Hij die in zijn leven continu van zijn eigen intelligentie had genoten omdat hij dacht dat hij slimmer was dan de meeste mensen, was op de stomst denkbare manier gestorven, zo bliksemsnel dat hij niet had kunnen stilstaan bij de kwetsbaarheid van het leven, bij de keten van oorzaak en gevolg, en dat hij niet eens van zijn doodsstrijd gebruik had kunnen maken om een diepzinnige laatste gedachte in steen te beitelen.

Wat nog erger was: hij was gestorven zonder ook maar iets van de mysteriën op te lossen die hem maandenlang hadden beziggehouden, de moord op Pastoor Pernieg voorop, waarvan hij hoopte dat de opheldering daarvan hem eindelijk de erkenning van zijn meerderen zou opleveren.

Hij was gestorven omdat hij niet in staat was geweest de stormen van zijn persoonlijkheid de baas te blijven.

Hij was gestorven omdat tussen de bovenkant van zijn dijen een kloppend stuk vlees en twee klieren hingen die meer macht over hem hadden dan zijn verstand.

Hij was gestorven door een idiote, criminele moord – hij, de arrogante bewaker van de orde, de zogenaamde beschermer van de zwakken.

En zijn aanblik in de dood, de houding van zijn lichaam, zijn magere naakte billen, zijn twee handen die hij meelijwekkend tegen zijn oren drukte alsof hij de verschrikkelijke uitspraak van zijn veroordeling niet wilde horen, zou bij een willekeurige toeschouwer geen gevoelens van ontzetting en compassie oproepen maar juist een bulderend gelach – met uitzondering van de Plaatsvervanger, die verstijfd van angst was door de consequenties van zijn daad.

De Plaatsvervanger lachte niet. Hij kon niet lachen omdat hij zo verloren was dat hij zelfs zijn pijn vergat.

De Kapitein was dood, en dat had hij gedaan.

De grond verdween onder zijn grote, knokige voeten.

Zijn hart roffelde als een bezetene.

De lucht drong met moeite door in zijn longen.

In zijn hoofd trokken allerlei beelden voorbij. Hij die afreisde naar de Hoofdstad om zich aan te geven bij de autoriteiten.

Mijn Schoonheden die huilden toen ze hem zagen vertrekken.

Hij die de moord opbiechtte en direct in een kerker zonder ramen werd gegooid.

Waar hij wekenlang verrotte.

Het proces, dat minder dan een uur in beslag nam, onder leiding van drie militairen met serieuze gezichten en plastrons bepleisterd met onderscheidingen.

Buiten de zaal wachtte de galg.

Hij besteeg het schavot zonder te treuzelen, met de blik naar de grond, zonder nog een laatste keer om zich heen te kijken om de mensenwereld te zien.

Terwijl hij het touw al om de nek had en de Priester hem zegende en hem het heilig oliesel gaf, dacht hij terug aan zijn grote honden die aan hun lot waren overgelaten; de tranen sprongen hem in de ogen en hij kon ze niet wegvegen, want ze hadden zijn handen achter zijn rug samengebonden, en terwijl hij probeerde zijn wangen tegen zijn schouders te drogen klapte het luik onder zijn voeten omlaag en zoog de dood hem mee op een moment dat hij er niet op gerekend had, met een luguber gekraak van hout en wervels.

Hij greep Lémia's hand, ze liet het toe.

'Ik heb hem gedood...' mompelde hij. 'Ik heb mijn Meester gedood...'

En toen hij dat zei, kreeg zijn daad een nog groter gewicht. Een immens rotsblok dat zijn schouders verpletterde. Hij voelde zich met de seconde zwakker worden. Hij kon zich er niet tegen verzetten.

'Ik heb hem gedood...' herhaalde hij.

En zijn hele grote karkas schudde van het snikken.

41

Wat had iemand die ze zo zag moeten denken bij de aanblik van dat vreemde gezelschap bestaande uit Lémia en Baraj die door de avondschemering liepen, voorop het piepjonge meisje die een deken uit de Politiepost had meegenomen en over haar schouders had geworpen, met de Plaatsvervanger achter zich aan die als een reusachtig, vermoeid lastdier met haar mee strompelde, het hoofd onophoudelijk deinend op het ritme van de stappen, het lichaam dik van het verband, en benen als beukenstammen, die zich liet leiden naar God weet waar, hij wist het niet, hij wist dat zij het wist en het was genoeg voor hem dat het meisje het wist, het meisje dat niet zoveel jaar geleden nog in het nest van de kindertijd zat en dat nu een Moeder Courage was geworden die een gewonde reus leidde, die drie vingers van zijn rasperige hand omklemde terwijl ze in de andere hand de steen vasthield waarmee de Pastoor was vermoord, die ze van een plank in de Politiepost had gepakt, een prehistorisch wapen dat ze zonder te aarzelen had meegenomen en dat perfect in haar palm paste, dat ervoor gemaakt leek, als lava die speciaal voor haar gestold was, waarom had ze die steen meegenomen, waarom had ze hem gepakt toen Baraj onophoudelijk zijn misdaad herkauwde en kreunde over de misstap die hij had begaan, en waarom had ze Baraj' hand gepakt en hem naar buiten geleid, waarbij noch zij, noch de Plaatsvervanger zich over het lichaam van de dode Politieman hadden bekommerd, ja, hij was dood, dat kon niet anders, en ze hadden hem daar laten liggen, nog ellendiger dan een dode rat, en Lémia was gaan lopen, met zelfverzekerde stappen, ze leek haar geschonden lichaam te reinigen met de lucht die aan het einde van de lentedag fris was en ze liep zonder aarzelen in de richting van de ondergaande zon, naar een bestemming die alleen zij kende, terwijl de arme Plaatsvervanger die verteerd werd door berouw geen vragen stelde en volgde, dronken van wat hij had gedaan – ja, wat had die iemand moeten denken?

Lémia voerde Baraj mee. Het westen stond in brand. De ondergaande zon spreidde zijn grandioze effecten tentoon. Langzaam maar zeker werden de twee lopers omsloten door het donker van de nacht, dat gewatteerd over de aarde neerdaalde. Ze werden kleiner, dunner, ze werden silhouetten van zwart papier.

Lémia en Baraj bereikten het langwerpige plateau, de ruige blote aarde, vergeeld na de winter, waarover nog geen groene huid van vers gras lag. Het meisje leidde nog steeds, wist waar ze naartoe ging, aarzelde niet, vermeed de aardkloven, de afgronden met dunne monden die uitdijden tot dikbuikige diepten, de breuken in het grote schild van dolomiet, de depressies, de veenderijen en het puin. Hier en daar lagen oude schapenkeutels, resten van een vuur of een herderskampement, een ingestort muurtje, een bron die weer tot leven kwam, waar water uit opborrelde, en overal, overal hing de geur van de aarde die zich ontdeed van de lange vorstperiode, die zich had bevrijd van de tabberd van sneeuw en zich uitrekte, die uitgebreid gaapte, opzwol, eindelijk weer inademde en donker en fris uitademde.

Aan de hemel stond een eerste ster, en het blauw strekte zich uit en werd zwart-wit. In het westen de zinkende zon. Opgedronken door de horizon. Schijnsels en lichtstrepen. Verder niets. Rood. Vlammen. Purper. Opnieuw askleur.

De roep van de nacht.

Zijn eerste penseelstreek.

Lémia bleef staan. Baraj ook, met neergelaten hoofd, de ziel zo zwaar van smart en berouw dat er geen enkele andere gedachte in kon postvatten.

Waar waren ze?

Het meisje trok aan zijn hand. Hij keek op. Dat was wat ze wilde. Ze wilde dat hij het zag. Hij gehoorzaamde.

Wat zag hij dan?

Eerst niks.

Duisternis die steeds donkerder werd. Hij sloot zijn ogen, deed ze weer open, deed ze weer dicht. Probeerde ze te laten wennen aan de stervende avondschemer. Lémia stond vlak bij hem. Ze bewoog niet. Ze wachtte tot hij er ook was, tot hij er echt was, dicht bij haar, de ogen open, de geest helder. Ze wachtte. Ze keek naar hem. Maakte hem duidelijk: 'Neem je tijd, Goede Reus, we zijn er. Jij en ik. We keren de uren en de mensen, hun regels en hun tijd de rug toe. Alleen jij en ik zijn hier, en de waarheid die ik je wil vertellen. Neem je tijd.'

Baraj schudde zich uit. Zijn borst brandde. Hij had willen slapen, willen verdwijnen. Hij wist het niet meer precies. Hij was beschadigd, gewond, vanbinnen en vanbuiten. Hij miste Mijn Schoonheden. Hij had dicht tegen ze aan in slaap willen vallen. Maar opeens zag hij het. Hij zag Lémia. Hij herstelde zich. Hij herkende het plateau. Hij herkende het aan de heerlijke geur: het plateau, wakker geschud door de eerste lauwheid van de lente. Hij wist waar ze waren. Ja. In zijn ziel en zijn geheugen wees hij een punt aan op de kaart. Hij herstelde zich. Wreef met zijn grote jatten over zijn smoel. Alsof hij in de waterstraal van een fonteintje hing.

Lémia knielde neer.

Hij volgde haar met zijn ogen en ontdekte dat er op de grond een graf te zien was, waarvan het oppervlak iets was ingedeukt, alsof het het lichaam dat er voor eeuwig lag te slapen omhulde; de randen van het graf waren gemarkeerd met stenen, zo groot als een gebalde vuist. Een graf midden in het niets, heel ver van het kerkhof dat een slapende stad vormt, het kerkhof dat een symbool is van een gemeenschap van mensen, waar de doden zich aan elkaar kunnen warmen en in hun lange nacht misschien met elkaar kletsen, zonder dat de levenden daar iets van afweten.

Dit was het graf van iemand die uit die gemeenschap was verjaagd, aan wie men duidelijk had gemaakt dat ze geen plaats had te midden van de andere doden, dat ze tot in de eeuwigheid alleen moest blijven, dat ze was weggestuurd naar het hart van het reusachtige plateau waar ze in de strenge winters omringd werd door sneeuwstormen en in de veel te korte zomers door het armzalige geblaat van de kuddes die treurden om het schaarse gras.

Met een hand volgde Lémia de omtrek van het graf; ze stopte bij alle stenen en streelde ze teder. Baraj keek toe. De avond was gevallen en had de prettige geur van een zachte bries. De steeds talrijkere sterren aan de hemel vertelden over zilveren oneindigheden. En het meisje ging door, haar hand ging van de ene steen naar de andere en de Plaatsvervanger keek toe, terwijl in zijn schedel de ideeën met duizelingwekkende snelheid rondtolden als planeten die zich proberen te organiseren tot een harmonisch geheel dat opeens zichtbaar wordt, want Baraj voelde dat hij op de rand van een openbaring stond, dat voelde hij, een eenvoudig mens, een beschadigd mens, in zijn verwarring.

Lémia's hand stokte, hield stil bij een onderbreking in de stenen rand, een holte waarin geen steen lag, een leegte die ze langzaam en zorgzaam streelde zoals ze daarvoor de stenen had gestreeld; en Baraj keek naar de leemte, kwam nog een stapje dichter bij de afgrond van het begrip, en toen Lémia merkte dat de Plaatsvervanger naar haar keek met een intensiteit die ze nooit eerder in zijn grote, eenvoudige ogen had gezien, toonde ze hem de steen waarmee Pernieg was gedood, de steen die ze van de plank in de Politiepost had meegenomen, de moorddadige steen die al maandenlang zwaar was van het mysterie van de dood van de Pastoor, en die steen, die uit de gewelddadige nacht van de tijd kwam, legde ze in de holte die erop wachtte, de holte waaruit ze hem maanden geleden met dezelfde hand had gepakt; en nu was de stenen rand weer compleet en kon de dode koningin weer rusten, de zelfmoordenares die geen gewijde aarde verdiende, degene tegen wie Pastoor Pernieg na haar dood nee had gezegd, zij mocht niet in zijn kerk, zij mocht niet op zijn kerkhof, geen zelfmoordenaars, ze is een zondaar, begraaf haar maar ver van de stad, ver van alle ogen, stop haar zelf maar onder de grond, in het Koninkrijk Gods is geen plaats voor haar, daar zal ze nooit welkom zijn – en hij sprak met een stem zo scherp als een glasscherf, zijn kop was als een beitel, en zijn lange tanden, zijn starre blik waren die van een dienaar van God, en die weigering die hij die ellendige, smekende weduwnaar in het gezicht spuugde, met zijn kinderen tegen zich aan gedrukt, de kleinste te klein om er iets van begrijpen, maar het meisje al groot genoeg – en die dag legde ze een belofte af, zwoer ze op de ziel van haar moeder dat ze die man die hun leed nog groter maakte zou straffen, een belofte die ze jaren later had ingelost; en op het moment dat ze het hoofd van de geestelijke raakte voelde ze geen last en geen berouw.

Het graf was hersteld.

De steen had zijn plaats weer ingenomen en kon opnieuw een steen zijn. En daaronder, in de dichte aarde, kon de dode zelfmoordenares zich eindelijk laven aan de diepe vrede. En glimlachen. Glimlachen naar Lémia, haar dochter, die ze liefhad vanaf de andere kant van de dood.

De nacht omhulde Baraj en het meisje. En in zijn naïeve geest had de Plaatsvervanger het begrepen. Daar had hij geen woorden voor nodig. Hij had de moord begrepen, en hij begreep het pact dat Lémia met hem sloot: 'Ik vertel je mijn waarheid, jij bent de enige die ervan zult weten; ik ken jouw waarheid, en ik ben de enige die ervan zal weten. Jij hebt de Politieman gedood, ik heb de Pastoor gedood. We zijn verenigd in het toebrengen van een dood die niet onrechtvaardig is, die met een aanvaardbaar gewicht op de schaal van de balans weegt en waar rekening mee zal worden gehouden op de dag dat de zielen worden gewogen; maar nu zijn wij hier, verenigd door ons geheim.'

Lémia kwam overeind en keek Baraj diep in zijn ogen. Plotseling had hij zin om te huilen, al wist hij niet precies waarom; niet uit pijn of verdriet, maar omdat hij vervuld was van een nieuwe emotie die hij niet kende, die geen liefde was en geen erkentelijkheid, die ook geen vriendschap was, nee, die iets heel anders was, iets wat hij niet kon benoemen, niet eens zuiver kon onderscheiden, het was een soort welbevinden, een vleugje geluk, ja, dat was het misschien, maar niet meer dan een aanzetje, en op het moment dat de dikke tranen in zijn ogen opwelden, drukte het meisje zich tegen hem aan en sloot hem in haar armen, en de nacht zelf kwam naar ze toe en omhelsde ze ook met zijn zwarte, lauwe weefsel, bij dat graf dat weer rustig was, op dat grote, kale plateau dat de vorm had van een mausoleum, niet ver van de Grens, waar onzichtbare wervelwinden zich samenbalden.

De orde was eindelijk hersteld.

Maar voor hoelang?

42

Nourio's verdwijning deed het stadje weinig.

Het leek haast of de meeste inwoners opgelucht waren, de notabelen voorop.

Al snel deed het gerucht de ronde – wie het had verzonnen mocht Joost weten – dat de Politieman de spanning niet meer aankon die veel mensen in de nasleep van de brand in de moskee hadden gevoeld tussen hem en zijn meerdere, commandant Sroh.

Men ging ervan uit dat hij er de voorkeur aan had gegeven om onaangekondigd te vertrekken, zonder een adres achter te laten, moe van het echtelijke leven en zijn snotterende kinderschaar, in de ban van een opwelling van bitterheid over zijn ellendige carrière, om elders een nieuw leven te beginnen; en algauw leek het of hij nooit had bestaan.

Lichamelijk was hij verdwenen, maar uit de gesprekken werd hij nog sneller gewist. Er werd nauwelijks geluisterd toen een Friulische marskramer die handelde in bidprentjes, messen, snuisterijen en linten, zwoer dat hij hem twee weken eerder in de straten van Graz was tegengekomen, gekleed in het habijt van het gilde der Nachtwakers. Men floot. Haalde de schouders op. Men zei: tja, kan. Poeh. Leuk voor hem.

Ieder mens denkt dat hij belangrijk is, maar je stelt zo

weinig voor, je neemt zo weinig ruimte in het overvolle geheugen van de mensen in.

Zelfs de vrouw van de Politieman maakte zich niet druk over zijn langdurige afwezigheid. Men zag dat ze de straat op ging en winkels bezocht. Ze leek bevrijd van de ketenen die haar tot dan toe hadden belet een normaal leven te leiden. Sommige vrouwen die haar tegenkwamen zeiden zelfs dat ze een glimlach op haar gezicht zagen, dat ze de tint uit haar jonge jaren terug had en niet meer gebukt ging onder een constante vermoeidheid die haar gelaatstrekken vervaagde.

Toen de zomer naderde, werd ze opgehaald door een verre neef die ze kennelijk van haar tegenspoed op de hoogte had gebracht; en ze laadde haar nageslacht en haar weinige meubels op een kar en vertrok – naar de Hoofdstad, zoals ze de dag ervoor aan Baraj had verteld, die ze in de Politiepost opzocht.

Haar korte bezoek vervulde de Plaatsvervanger met schaamte. Hij wist niet hoe hij zich tegenover haar moest gedragen of wat hij moest zeggen.

Het was een bloedhete dag.

De stad lag te dommelen in een kalme versuffing.

Aan de hemel waren de zwaluwen uitgeput van hun nutteloze, geometrische vluchten.

Baraj bood de vrouw van de Kapitein een glas koud water aan, dat ze accepteerde. Hij liet haar plaatsnemen aan tafel. Ze dronk met kleine slokjes van het water en liet haar blik over de muren dwalen, langs de rustende haard waar alle as uit was geveegd, de samowaar, de registers, de planken, de inktpotten, de pennen, de formulieren, een oud vest van de Politieman dat verweesd aan een haakje hing, en zelfs de pook die in het haardijzer hing en waar haar blik, wie zal zeggen waarom, even aan bleef hangen, haar blik waarin op precies dat moment een glimlach ontstond, wat een golf van paniek in de borst van de Plaatsvervanger veroorzaakte.

'Dus hier bracht mijn man al zijn tijd door?' zei ze, zonder dat de Plaatsvervanger kon zeggen of er spot of verdriet in haar woorden lag.

Ze dronk nog wat en zette het glas neer, toen keek ze de Plaatsvervanger aan, die tegenover haar was gaan zitten en naar zijn handen keek die hij voor zich op tafel had gelegd alsof het twee slecht gevierkante, onhandige stukken hout waren. Zijn hart ging tekeer. Hij wou dat hij ergens anders was.

'Je zult het niet altijd makkelijk met hem gehad hebben. Hij was altijd met zichzelf bezig. Anderen bestonden niet voor hem, daar kan ik over meepraten.'

De vrouw van de Politieman praatte heel familiair met hem en het schokte hem niet. Ze had een mooie stem, melodieus en geraffineerd, een stem die niet paste bij het stadje, bij de bekrompenheid, bij de sfeer van een vergeten provincie.

Baraj deed zijn best om zijn gezicht in de plooi te houden. Er viel een stilte. Op het glas van de ruit zat een wesp die zoemend van woede probeerde te ontsnappen en onvermoeibaar tegen het glas botste. Een van de twee merries hinnikte in de naastgelegen stal, niet veel later gevolgd door de andere.

'Wat doet het er eigenlijk toe, hij is dood.'

Ze zei het haast tegen zichzelf.

Ze sprak heel zacht.

Fluisterde.

Ondanks de hitte rilde de Plaatsvervanger. Hij vroeg zich af of hij het goed had verstaan.

'Want jij weet net zo goed als ik dat hij dood is, of niet soms?' zei ze, luider nu. 'Je kende hem ook. Wij weten allebei dat hij nooit zomaar zou weggaan, niet zonder iets te zeggen, niet zonder iets te doen. Dat past niet bij hem. Een man die altijd het laatste woord wil hebben, zelfs als hij verliest, gaat er niet zomaar vandoor.'

Baraj wist niet wat hij moest zeggen. Hij durfde niet meer te ademen en wilde al helemaal niet de blik van de vrouw van de Politieman kruisen. Hij kreeg het opeens heel koud.

'Ik hoop alleen dat hij voor zijn dood net zoveel heeft geleden als hij mij al die jaren heeft laten lijden; hij behandelde me nog slechter dan een object, hij blies zijn naar die ellendige sigaren stinkende adem in mijn gezicht, hij vernederde me, hij bevuilde me aan één stuk door.'

Ze zweeg en praatte toen verder, haast tegen zichzelf.

'Je denkt dat je voor de rest van je leven met honing bent getrouwd, maar dan lik je eraan en is het azijn.'

Ze stond op; de Plaatsvervanger deed hetzelfde. Ze liep naar de deur en deed hem open. Een hete wind waaide de kamer binnen, de wesp bemerkte het buitenkansje en ontsnapte, maar kwam op de absurde gedachte om een tussenstop te maken op de deurpost. De vrouw van de Politieman zag hem en gaf hem zonder aarzelen een tik met de rug van haar rechterhand. De wesp viel op de grond. Drie pootjes klauwden naar de aarde, terwijl zijn angel uit zijn buik kwam in een poging om iets te steken, wat dan ook. Zo lag hij een paar seconden te spartelen; toen bewoog hij niet meer.

Dat was zijn einde.

De vrouw van Nourio wendde zich tot Baraj.

'Het leven gaat door. Ik hoop dat je gelukkig wordt. Wat mij betreft, ik ben nu alweer gelukkig, en ik schaam me niet om dat te zeggen. Ik had niet gedacht dat ik dat ooit nog zou meemaken. Ik was op weg naar de dood. Ik wachtte erop. Hoopte erop. Hoe vaak heb ik niet gesmeekt, aan wie dan ook, aan wat dan ook, om mijn leven te verkorten! Maar we zijn alleen. Als God bestaat, heeft Hij ons al lang geleden de rug toegekeerd. Hij hoort niemand. God is de grootste egoïst die er is. Hij bekommert zich alleen om Zichzelf. Ik denk dat Hij teleurgesteld is in de mens. Ik begrijp Hem wel. Maar misschien heeft Hij Zijn oor toch bij mijn hart te luisteren gelegd? Ik ben nog jong. Niet afzichtelijk. Ik heb hartstocht en verlangens. De wereld is groot. Ik geloof dat ik mijn plaats aan de tafel heb verdiend. Hij heeft me verhoord. Daar dank ik Hem voor.'

Ze aarzelde of ze nog iets zou zeggen, peilde de Plaatsvervanger met haar blik en glimlachte naar hem.

'Ik heet Martha. Dat heeft niemand zich ooit afgevraagd, dat heeft niemand ooit gevraagd. Ik was de vrouw van de Kapitein, de vrouw van de Politieman, de vrouw van Nourio, de vrouw van je meerdere, de moeder van zijn kinderen. Nu heb ik besloten om weer Martha te worden. Martha. Onthou mijn naam. Mijn man vond je een nietsnut, maar ik voel dat je meer waard bent dan hij. Je ogen liegen niet.'

En ze vertrok met een knik, maar pas nadat ze met de hak van haar schoen zorgvuldig het lijk van de wesp plette, dat uiteenspatte tot een vettige, gele massa.

Het kostte de Plaatsvervanger dik een uur om bij te komen van haar bezoek. Een uur waarin hij gekweld werd door onrust, waarin hij terugdacht aan de tragische gebeurtenis, de vechtpartij, de val van de Politieman, de pook in zijn borstkas, en het verstijfde, ijskoude lichaam met de blote kont dat hij de volgende dag had aangetroffen toen hij eindelijk de moed had verzameld om terug naar de Politiepost te gaan.

Want hij moest het laten verdwijnen.

Hij bedacht allerlei manieren, overtuigde zich bij elk ervan dat het de best denkbare oplossing was, en meteen daarna van het omgekeerde. Hij overwoog het lichaam te begraven, te verbranden, in stukken te snijden, in een kloof te gooien, te verzuipen in de vijver van de Bvorjki's, waarvan het water zo donker is en de bodem zo modderig dat je er een heel regiment in kunt laten verdwijnen, inclusief intendance en veldkeukens.

Maar hij vond steeds weer argumenten om zich ervan te overtuigen dat geen van die oplossingen de juiste was en dat elk ervan hem vroeg of laat zou aanwijzen als de dader.

Uiteindelijk dacht hij dat het het beste was om het lichaam toe te vertrouwen aan het bos en de dieren. Hij wist hoe gemakkelijk wolven, lynxen, vossen en zwijnen in krap een nacht een kadaver kunnen verorberen; ze lieten niets over, behalve botten waar alle vlees vanaf was geschraapt; en als iemand het skelet ooit zou vinden, zou niemand kunnen achterhalen van wie het was geweest of hoe de eigenaar in het dodenrijk was beland. Waarschijnlijk zou men concluderen dat het een dode zwerver was, of een reizende koopman die door zijn reisgenoten was achtergelaten.

Hij wachtte tot het donker was, toen ging hij op pad.

Nourio's lichaam, waar hij de pook met moeite uit had getrokken, had hij opgerold in een zeil, ingepakt als een lamsbout en op de rug van de oudste van de twee merries gebonden, die niet verrast leek door de nachtelijke wandeling door de maneschijn die de velden en de bossen liet baden in melkachtig licht.

Baraj liep stapvoets, zodat hij geen vragen zou oproepen als hij toevallig werd gezien. Hij liep een ronde. Er waren aanwijzingen dat er stropers actief waren in de gemeenschappelijke bossen. Hij had zijn antwoorden al klaar.

Maar hij kwam geen levende ziel tegen, en onder het gekrijs van de narrige uilen en het gekwebbel van de gaaien wier nachtrust hij verstoorde, drong hij tot een diepte van twee werst door in het bos van Ban Vlavlov, naar het meest dichtbegroeide deel, dat bestond uit nieuwe aanwas van naaldbomen, omringd door hoge loofbomen.

Hij bond de merrie aan de lage tak van een es, maakte zijn lading los en legde die over zijn schouder.

De Politieman woog niks. Baraj werd er bijna lichter door. Hij duwde de doornstruiken, de jonge haagbeuken en de jonge dennen opzij en begon te lopen, en al na een paar minuten bereikte hij de plaats die hij in gedachten had: een modderpoel waar groepen zwijnen naartoe kwamen om hun vacht met modder te bedekken om zich tegen parasieten te beschermen. De aarde was her en der vochtig en bleef dat zelfs in het heetst van de zomer, vanwege een bron die in ontelbare waterstroompjes uit de grond opborrelde. In de aarde stonden talrijke pootafdrukken, groot en klein, en overal hing de herkenbare geur van zwijnen, zwaar maar aangenaam, die niet veel verschilt van de geur van de bladeren van een notenboom die je tussen je handen fijnwrijft.

Baraj legde zijn vracht neer, knoopte de touwen los en opende het zeil. Het lijk van zijn meerdere leek nog nietiger. De huid was blauwig geworden. De stramme, wasachtige handen zaten nog steeds tegen de oren gedrukt, het lichaam was verwrongen. De Plaatsvervanger kleedde het uit, vermeed het om het dode gezicht van de dode aan te kijken en rolde de kleding op tot een bol. Die zou hij verbranden als hij weer thuis was.

Naakt leek Nourio's lichaam op een opgerolde rups. Het was zo verschrompeld dat er weinig menselijks meer aan was. Hij leek een exemplaar van een ondefinieerbare diersoort, een onvoldragen vrucht die lang voor het einde van de zwangerschap door de baarmoeder was uitgeworpen. Het was nauwelijks te geloven dat het ooit door een stel hersenen was bestuurd en dat het door trots en verlangen als een leren zak was opgeblazen, zover dat het onherstelbare daden had gepleegd.

Baraj vroeg zich af of hij een gebed moest uitspreken, twijfelde en zag ervan af. Hij keerde de dode de rug toe en ging ervandoor, haast rennend; hij vond de merrie, reed zo snel als hij kon het bos uit en beloofde dat hij er heel lang geen stap meer zou zetten.

Hij hield woord en keerde nooit meer terug.

Maar wat Baraj niet zag en niet wist, was het dedain waarmee de wilde dieren het lijk van de politieman behandelden, in tegenstelling tot wat hij had gedacht en gehoopt.

Geen van hen, zelfs de schraalste, wilde ervan eten.

Er kwamen allerlei dieren kijken: de eerste nacht een oude vos met een weelderige vacht en een dikke staart, een ware vorst, diep gezonken en gedesillusioneerd, dat wel, maar met ogen die glansden van spot en wijsheid; hij rook een nieuwe geur en ging op zoek naar de bron.

Hij snuffelde aan het lichaam; hij nam de tijd, rook aan de lippen, de neusvleugels, de oren, toen aan de schouders, de dijen, de voeten, de billen, maar hij leek zo ontsteld door die inspectie dat hij er jankend van walging vandoor ging, zonder een poging te doen om van het vlees te eten.

Diezelfde nacht, op het donkerste uur, kwam een magnifieke zeug, gevolgd door zeven speelse, krijsende biggen; ze was doodmoe, haar melkklieren waren opgezet, ze was prikkelbaar, uitgeput omdat ze haar kudde dagelijks haar tepels moest aanbieden, en bovendien uitgehongerd; ze haastte zich naar Nourio's lijk, nam niet eens de tijd om eraan te ruiken maar begon direct de zij te verscheuren, ze slikte een grote hap door, gadeslagen door haar hongerige nageslacht. Maar direct spuugde ze het vlees weer uit, knorrend van woede; toen duwde ze een paar keer met haar snuit tegen het lijk, mishandelde het zoals je een zwendelaar op de markt onder handen neemt die je oplicht met de koopwaar die hij je aansmeert. Uiteindelijk ging ze er tierend en woedend vandoor, met haar kinderschaar achter zich aan.

In de uren, dagen, weken daarna zag Nourio's lijk alles voorbijkomen wat het bos telde aan vleeseters, volgens een strikt protocol van afnemende hiërarchie dat perfect gerespecteerd werd; maar geen enkel dier wenste zich met zijn vlees te voeden.

De hitte en de schaarse buien konden de verrotting van het vlees dan wel versnellen en het aantrekkelijker maken voor bepaalde lagere soorten die houden van stank en verrotting, maar het feit bleef dat geen enkel dier bereid was om ook maar het kleinste stukje van het lichaam van de Politieman tot zich te nemen.

Alleen de tijd, die alles kapotmaakt, nam hem onder handen en veranderde hem in een zachte substantie; de vorm van zijn lichaam loste op tot een langwerpige massa die enorm opzwol en toen leegliep, die smolt, inzakte, vloeibaar werd en in alle richtingen uitliep tot een vettige plas.

En toen – toen pas – kwam het volk van de mieren, de mestkevers, de bromvliegen en de kakkerlakken die hem op dezelfde manier en met even weinig respect onder handen namen als een willekeurige dassendrol of ezelskeutel; en na twee weken noeste arbeid was er niets meer van Kapitein Nourio over dan een hoopje niet al te witte beenderen.

Zo eindigen de mensen: als een les, die hun door het leven wordt verteld als ze daar voorgoed uit zijn vertrokken, en die moet doorgaan voor moraal.

Baraj bleef ervoor zorgen het in de Politiepost schoon en netjes was, en hij bleef zijn rondes door het stadje lopen, zonder dat iemand dat had gevraagd of er iets over zei; maar uit het feit dat de Burgemeester, de Rapporteur en de Archivaris hem groetten als ze hem tegenkwamen leidde hij af dat hij er goed aan deed en dat ze hem er dankbaar voor waren. Hij bleef zijn bescheiden soldij ontvangen, en nooit werd hem gevraagd om rekenschap af te leggen over de verdwijning van zijn meerdere.

Iedere ochtend verzekerde hij zich ervan dat overal orde heerste, en dan ging hij bij Lémia op bezoek. Hij ging nooit naar binnen in dat huis, waar de ernstig verzwakte vader nauwelijks nog uit kwam; die bracht zijn dagen koortsig op de bank door terwijl hij in de lucht mepte om de aanvallen af te slaan van de schorpioenen, spinnen, duizendpoten en slangen. Baraj bleef op de drempel staan, als een wachtpost die weet wat zijn taak en zijn plaats is, en het meisje kwam naar buiten, groette hem en vroeg hem om binnen te komen, maar dat durfde hij niet, en dus liet ze hem daar staan en kwam ze enige ogenblikken later terug met een kop thee of een glas water in de hand, en dan gingen ze op de bank zitten die de Plaatsvervanger voor haar had gebouwd.

De grote lomperik nam een slok.

Het jonge meisje keek naar hem.

Ze spraken nauwelijks een woord.

Dat hoefde niet.

Ze hadden hun geheimen.

Ze hadden hun kwetsuren.

Ze glimlachten naar elkaar.

Soms kan een glimlach zoveel zeggen.

43

Alles sterft, dat is bekend.

Mensen, dingen, steden, rijken.

Het einde is ons voorland.

Of je nu verheven of verachtelijk bent, aan de dood ontkom je niet.

De Politieman is gestorven. Zoals iedereen zal doodgaan die op welke manier dan ook door dit verhaal heeft gewandeld.

Het stadje zal sterven.

Meegevoerd door een ongunstige wind van de geschiedenis – de geschiedenis die alles aanwakkert en alleen maar ongunstige winden kent, die een windhoos zonder logica of orde is, die geen andere wensen heeft dan evenwichten te verstoren en aan te zwellen tot een storm.

Het Keizerrijk zal sterven.

Het zal nog wel even duren voordat het zover is, maar het zal sterven, moe van zijn zogenaamde grandeur en gefingeerde eenheid, verblind door zijn voormalige pracht; de Grens zal week worden, er zullen gaten en scheuren in komen en dan zal hij de honderdduizenden op elkaar gepakte mensen doorlaten die het Rijk uiteen zullen doen spatten als een notendop onder de hak van een schoen. Uit die natuurramp zullen allerlei Staten geboren worden, klein en groot, koninkrijken, hertogdommen, vorstendommen, republieken, waar men elkaar zal doden in naam van God of de Profeet, en op de bestaande haat zal nieuwe haat worden gelegd, en samen zal dat een onuitputtelijke, vruchtbare voedingsbodem zijn voor het kwaad dat nog moet komen.

Ja, het Keizerrijk zal sterven, ook als het dat nog niet weet.

Langzaam maar zeker zijn de jaren op Baraj' schouders neergedaald, als de sneeuw die iedere winter op het stadje valt.

Nu lijkt hij op de mooie hoofdtak van een nobele boom, op eikenhout of hoepelhout.

Mijn Schoonheden zijn niet meer, die zijn een mooie hondendood gestorven na hun mooie korte hondenleven en zijn met alle egards begraven, vlak bij het huis. Op hun graf, op de plek die ze hebben achtergelaten, waar ze destijds hun lange, dromerige middagslaap hielden, bloeien nu iedere zomer opnieuw geneeskrachtige kruiden, prachtige grasstengels, armenvol bloemen met de geur van de wind.

Baraj heeft nu twee andere Schoonheden aan zijn zij, van wie hij evenveel houdt als van hun voorgangers. Ze hebben hem in staat gesteld het verdriet te vergeten dat na de dood van de eerste twee lang aan hem knaagde. Mijn Schoonheden II, geliefd en gekoesterd, lopen samen met Baraj terug naar de bouwval aan het einde van de dag in een monotone winter vol sneeuw en mist. Nog zo'n winter waar geen einde aan komt.

Baraj en Mijn Schoonheden II hebben de dag doorgebracht bij Lémia, het meisje dat groot is geworden en voor wie Baraj als een vader is sinds de hare is gestorven, gesloopt door de wijn, de waanzin en het verdriet; het meisje is een vrouw geworden en heeft een echtgenoot die timmerman is en die van haar houdt, en twee kinderen, de jongste nog geen vijf maanden oud, een mollig jongetje, een gulzige ziel, dol op knuffels en goede melk, en de oudste die precies op haar moeder lijkt, een fris poppetje met zwarte ogen dat vanaf haar drie jaren uitdagend de wereld in kijkt alsof ze die gaat verslinden.

Baraj komt graag bij ze op bezoek.

Hij brengt zijn rust en zijn kracht voor ze mee. Hij heeft nu een voorname baard van zilver verweven met houtskool; het dochtertje trekt eraan en dan lacht ze, en hij wordt niet boos op haar maar zet haar op zijn knie en doet een paard na, een draak, een beer, een schaap, hij imiteert het geluid van een bunzing, een uil, een leeuwerik. In stilte eet hij van de soep en dan bedankt hij, geeft iedereen een kus en gaat met zijn honden naar huis voordat het donker wordt.

Zo gaat het bijna iedere dag en het is een zegen voor hem, voor Lémia, voor haar man die graag met Baraj over planten en bomen praat, over wolken, vogels, gebruiken en plekken; en ook voor de kinderen is het een zegen, die in slaap vallen bij zijn grote warme gestalte, in zijn geur van vuur en tabakspruim, die met zijn honden spelen en hun zachte, ronde buik aaien.

En de Plaatsvervanger, die niemands Plaatsvervanger meer is, die het leven en de dood van de Politieman heeft verbannen naar een verre uithoek van zijn ziel die hij met twee sloten op slot heeft gedaan, waarna hij de sleutel heeft weggegooid – die Baraj, Baraj van Krajna, loopt 's avonds door de met nevel bedekte sneeuw, begeleid door Mijn Schoonheden II, hij loopt en bedenkt dat zijn leven dat zo slecht begon, met pakken slaag, met tranen, ellende en geschreeuw, dat dat vervloekte leven langzaam maar zeker is opengegaan als de kroon van een klaproos en net zo mooi is geworden als de blaadjes van die bloem, die bloem die overal gedijt, in vuil, in ondankbaarheid, in kale greppels; en Baraj van Krajna glimlacht bij die gedachte en bedankt de wereld, wanneer hij opeens voelt dat zijn ademhaling stokt en zijn hart samentrekt.

Verbaasd blijft hij staan, hij bedenkt dat het niks is, dat het zo weer voorbij zal gaan, dat hij te snel heeft gelopen, dat hij te gelukkig is, dat het belachelijk is om zo beneveld te raken van geluk, en hij doet zijn mond wijd open, probeert de lucht te drinken, op te zuigen, maar de lucht wil niet naar binnen, en zijn hart draait zich om, als een natte doek die wordt uitgewrongen, en Baraj valt, hij kan het niet geloven, hij valt op zijn knieën terwijl de honden verbaasd toekijken.

Zo blijft hij secondenlang zitten, tevergeefs happend naar lucht in de uitgestorven witte avond, hij voelt de bijtende kou niet meer en beseft opeens dat er niets meer aan te doen is, dat hij aan het laatste ogenblik van zijn leven is begonnen, dat het belachelijk is dat je je moet klaarmaken voor de dood als je net hebt bedacht hoe goed je het hebt; en dan gaan al zijn gedachten naar zijn honden die binnenkort verweesd zullen zijn, en die grote lummel vraagt zich angstig af wat er zonder hem van ze zal worden, en die gedachte voert hem naar Lémia, zijn heilige, zijn bidprentje, degene die hij aanbidt; wat moet er van haar worden, van Lémia, kleine, kostbare Lémia, maar hij weet dat haar echtgenoot van haar houdt, dat ze moeder is van twee mooie kinderen die ook van haar houden, dat alles goed is, dat hij kan gaan.

Hij rolt op zijn zij met zijn handen tegen de borst. Zijn

gezicht ligt in de romige sneeuw die een vorstelijk doodskleed wordt, en uiteindelijk spat zijn hart uit elkaar in een onzichtbare apocalyps van bloed en goud. Op hetzelfde moment strekken de honden hun vochtige snuit naar de onzichtbare hemel uit en beginnen langdurig te huilen. Het is niet zozeer een lugubere klaagzang als wel een onbehouwen eerbetoon aan de Meester die alles voor ze was.

Want ze weten het.

Want honden weten het altijd.

Want honden waren ooit mensen, de besten onder hen, de zeldzaamsten, de heiligsten, en daarom heeft God ze tot iets beters gemaakt en zijn ze honden geworden.

Ze kijken elkaar aan.

Ze gaan nog een laatste keer tegen Baraj aan liggen.

Ze schenken hem nog een laatste keer hun mooie, diepe, volle en voortaan nutteloze warmte.

Ze sluiten hun ogen terwijl hij ze nog open heeft, voor niets en voor niemand, terwijl de nacht hem opdrinkt.

Zo, nu is het echt voorbij.

Er valt niets meer te zeggen.

Voortgekomen uit de nacht, uit gedachteloosheid
Keer ik daarnaar terug, een slapende zwemmer
Vergetelheid zal mijn water zijn
Onbewustzijn mijn beweging
Alles zal geweest zijn
Niets zal nog zijn.
Schemering.

En meteen drijft het gedicht weg, net als de ziel van Baraj die het heeft voortgebracht, net als een mistflard in de wind, net als adem op een ruit, net als een droom in de vroege ochtend.